わが胸の底のここには

takami jun
高見 順

講談社 文芸文庫

目次

わが胸の底のここには

わが胸の底のここには
言ひがたき秘密《ひめごと》住めり
藤村

その一　――私に於ける恥の役割について

私は四十に成った。

まだ私は四十である――と言うべきかもしれないのだが、そして私にしても左様に言いたい想いの切なるものがあるにも拘らず、四十の私の心身には早くも私の嘗って予期しなかった老衰の翳がさしはじめた。あの忌わしい肉体と精神の衰滅が突如、そして潮の退《ひ》くように刻々と、容赦なく、私のうちに感じられはじめた。嗚呼、私はまだ四十だというのに……。

老いといえば、戦時のあのざわめきの中で私は、――もし戦いの済む迄生き延びることが許されたならば、これまで果し得なかった人生への借財ともいうべき自らの文学上の制作を、戦後こそ孜々《しし》として、悔いの残らぬように営々と為し遂げて、そうして老年の静寂と孤独とを待ちたい、一応為すべきは為したとする心豊かなそれらでなく、諦めの上のそれらであっても、とにかくそれらを持ちたいと、どんなに願ったことだろう。だが、ただいま私の上に、落日の儚なさと確かさで迫ってきたものは、左様な老年でなく、呪わしい挫折感に貫かれた突然の老衰なのである。四十にして既に老衰とはなんという滑稽さであるか。なんという惨めさであるか。喜劇は常に悲劇である。

私には、もはやあらゆる意味の情熱が失われた。老衰の、これが証拠でなくてなんだろう。情熱は、生命のもっとも素朴な自然なあらわれとでも言いたいあの植物と同じく、その伸びんとする芽が摘まれれば摘まれるほど、いよいよ強く伸びんとする力を内に蓄え、かくてその力の現わし方も亦、放埒を抑えた端正の美しさを持ちうるというものだが、しかしあまりにも無慙に、またあまりにもしばしばその葉を奪われその枝を折られつづけた植物は遂に生きる力そのものをも摘みとられて空しく枯れねばならぬのと同じく、私の情熱も、壮年の正にその爛熟期に当って早くも萎えた。私は主として精神の情熱を言っているのだが、その情熱の萎えを、しかしながら、十年前の私のように(嗚呼、なんという情熱に燃え立った私であったことか。)ことごとく「現実」のせいにすることが、今の私には出来難い。それも私の老衰の故か。

若い日の私は、自らの愚行をすら「悪しき時代」の責任と為して、自らは恬として恥じず、ひたすら「現実」を糾弾したものだったが、今の私は、左様な私を、左様な考え方を恥じるのである。さりとて、何もかも自分のせいだ、自分の責任だとまでは言えないだろうが、そしてそれは、何もかも自分のせいではないとする卑劣さとともに唾棄すべき、傲慢の一種というものだろうが、——生きんとする芽を理不尽に摘む時代の暴力も悪なら、摘まれるがままに摘まれる己れの無力もまた悪だったとしたい、そういう今の私である。嘗つての私や私たちの口によくのぼった力関係という言葉をここに持ち出せば、悪を跳梁させたについては力関係の点でこちらの無力にも責任がある。即ち無力も悪だったと私は項垂《うなだ》れる。

そうした私からすると、悪をただもう己れの外に見出して、猿のごとくいきり立っている、そうした憎悪が、今日のもっとも代表的な情熱であるかの如くに思われるのは、――（いや、いつの世にもそうかもしれないが）――この上なく哀しいのである。憎悪が人間のもっとも代表的な情熱に成っているということを哀しく憎悪する私は、もし私にいくらかの情熱が残されているとすると、それは己れへの憎悪というもののうちに、ささやかながらその残滓《ざんし》が見出されると感じなくてはならぬ。

何故、かようなことを書くか。

私は、生きたいのである。まだ生きたいのである。四十にして滅びるということから逃れたいのである。そのために、私は私のうちに残っている情熱の火を搔き立てたい。そして生の情熱をも燃え上らせてこの奇怪な老衰から救われたい。

そのために、私は己れを語ろうと決意した。私は何者だろう？　私はどんな人間だったろう？（聖ピエトロの石段の上に坐して、こう呟いた五十歳のスタンダールの幸福さよ！）

己れを語るということは、この私にあっては、憎悪すべき己れの過去を摘発するということに他ならぬ。そうして私は己れへの憎悪という形でかろうじて残っている情熱を掻き立てて、かくて生きんとする生命の火をも掻き立てたいのである。だが、それで私は、私を今にも圧《お》し拉《ひし》ごうとしている衰滅から逃れうるであろうか。そうだ、たとえ情熱の火を掻き立てても、それは丁度あの儚い燠《おき》の火が、ひょっとした風の吹き廻しで再びぱっと景気よく燃え立つことがあっても、それは一時で、それでもう金輪際、二度と燃え上ること のない完全な灰に成って了うように、かえって自らの衰滅の期を早めることに成りはせぬか。そうだ、たとえそんな焰であろうとも、私はもう一度心のなかに赤々とした焰を燃え上らせたい。そうして、もはや避け難い衰滅なら、潔くそのうちに身を沈めて行こう。

私はさきに如何に我慢強い植物でも絶えずその枝葉を拶《むし》り取られていたら、遂には枯れて了うということを言ったが、その植物がもし亭々と聳えた力強い樹であったなら、その枝葉をのこらず丹念に奪い去られるということもないだろうし、枝葉を取られて枯れるということも無い筈だ。すなわち私は弱い植物であったのだ。私はまた特別に無力だったのだ。思わぬ破滅もまた致し方のないことだと、そう思って、破滅に身を沈めて行こう。

私は特別に無力だった。無力なまま抵抗力を養わなかったという意味で、また暴力が実際以上に普通の人以上に作用したという意味で、また暴力を誘い出すような無力さだったという意味で、私は特別に醜悪でもあった。

恥ずかしい私の過去よ。

己れの過去を恥ずかしい想いなしでは回顧できないという人は、世に少くはないだろう。だが、その人の頑是ない幼時までが、恥でびっしり充たされているという人はまた世にそう多くはないだろう。私はその少い、――しかも主観的な羞恥感だけでなく、誰から見ても立派な（？）恥でその幼時が一種華々しく塗りつぶされている稀な人間のひとりである。私の二十代から三十代に於ける恥は、思えば、すべて私の幼時の恥によって養われたものであった。……

*

――麻布の竹谷町のとある狭い横丁の長屋の前に、長屋の子には似つかわしくない、前髪をのばしておかっぱにした、身なりもこざっぱりした見るからに脾弱そうな男の子がひとり、しょぼんと立っている。横丁の向うでは、つんつるてんの汚い着物をきた子供たちが集って、錦絵風の武者絵の張ってある円形のメンコを順番に地面に叩きつけている。その子供たちの仲間入りをするには、小学校前のそのおかっぱ髪の子はまだ齢がちいさいが、しかしせめてその傍へ行って面白そうなメンコ遊びを見たいとしている顔だった。でも同時に、敵の襲来を常に警戒し恐怖している小さな動物の眼のようなおどおどした表情で、決してその場を離れようとしなかった。陽を家の背後に受けた、さむざむとした低い軒下を――。

路地といった方が適当かもしれない狭いその道と直角に、やや広い道路があり、その先にまたこれと直角に、川に沿って電車線路が走っているのだが、丁度そこで、川の彎曲とともに曲っているので、小さな電車がぶざまな救助網をガクンガクンと揺りながら通りすぎるたびに、車輪がキーと軋む。その音が、暮色の迫りはじめたその路地にまで何か悲しく響いてくる。ひとりぼっちの子供は、その音に耳を傾けているような子供らしくない姿であった。

その子供が私であった。そのいじけた子供が……。

女のようなおかっぱ髪の為に、私は近隣のガリガリ頭の男の子たちから嫌われていた。勿論、後頭部は刈り上げてあるのだが、前は女の子と同じであった。健全ということを大人と違って強く純粋に愛するところの子供の精神は、男の子のくせに女の子みたいに前髪を垂れている不健全さを許し難いものとして憎むのである。長屋の子らしくない生意気なおしゃれ頭として反感も唆ったのであろう。私はまた同じく子供であったから、子供の健全な精神から自分のおかっぱ髪を憎み、そしておかっぱ髪の故に私を、時に言葉や素振りだけでなく、暴力でもって、寄ってたかっていじめつける子供たちを、常に恐れていなくてはならなかった。そうした私は、心までが、いくらか女の子のようであった。もっと幼い頃の私は、女のような身なりをさせられていたのだ。私のおかっぱ髪はその名残りとも言うべきものだった。かかる不健全な外形が幼い精神を、男とも女ともつかぬ風の懦弱《だじゃく》なものにするのに如何に見事に役立ったことか。更にその幼い懦弱は、幼い肌に刻みつけられた傷が生涯その痕を残すように、いな、寧ろ肉体の成長とともに、如何に見事に私のうちに成長して行ったことか。しかしそのことで母親を咎めてはならぬ。

私の母親は、生きて行く上の唯一の心のたよりとしていた私を、しかも月足らずの誕生のため到底育つまいと言われていたほど羸弱《るいじゃく》な私を、なんとしてでも育てあげたい、成人させたいという一心から、巷間に伝えられていた病魔除けの手段に縋ったのである。男の子を女の子のように見せかけて置くと、幼い子の生命をねらう悪魔が軒先から覗いた時、女の子はつまらないと素通りするという迷信に、母親は一途に取り縋ったのだ。そんな母親は万一私が悪魔に攫われるようなことがあったら、それこそカッと逆上して自分の生命を絶ったかもしれない。

そんな母親だったのなら、――と人は、こう思うかもしれない。私が、どうして私自身呪わしいものとしていたそのおかっぱ髪を普通の路地の子のようなガリガリ頭に直してくれと、母親に哀訴なり抗議なりしなかったのだろうと、そう人はいぶかしく思うかもしれぬ。しかし私の幼い頃、母のよく口にしていた「きびしい躾」というものを、ちょっとでも知っている人だったら、私が母親に向って到底そんなことを言い出し得なかったろうと察してくれるに違いない。

「あなたは全く変った子だった」

後年、私が子の親に成ってもいい齢に無事に達したとき、幼時の私を知っている人に会うと、その人は言った。

「おとなしいというのか、我慢強いというのか……」

右の人差指のコの字に曲る、字で言うと下の鍵の角の上に、火のついたもぐさをちょこんと乗せて、そして幼い私は部屋の隅にちょこんと坐って、ゴメンナサイ、ゴメンナサイと言って泣いていたという。大粒の涙をぽろぽろこぼしながら、小さな子供がおとなしくお灸を据えられている、――それにはその人は魂消《たまげ》たと言う。ちょっと手をはらえば、もぐさは取れるのに、まるで行《ぎょう》でもしているみたいに、お灸が幼い皮膚をじりじりと焼くのを我慢して、ただ言葉で、モウシマセンカラ、ゴメンナサイと母親の許しを願っている。

「僕なんか、僕の子供時分なんか、お灸と聞いただけで、逆に大暴れに暴れたもんだ……」

私だってはじめは暴れた。誰があの痛いお灸を据えられるのを、――中気の老人じゃあるまいし、子供で好きなものがあるものか。しかしいくら暴れても、それでお灸から脱れられるという訳のものではなかった。暴れれば暴れるほど、もぐさの量が大きく成る一方だった。この子はこの頃どうしたのか、すっかり悪く成った、親の言うことをちっとも聞かない、そう言われるだけだった。もっと悪くなると大変だから、うんとこらしめておかないといけない。――それで、幼い頭は観念したのだ。どうせお灸を据えられねばならぬのなら、おとなしく据えられよう。

それに、ひとつはこんなことがあったからだ。ことごとに叱られ折檻されるので、絶望的な反抗の態度に出た時のことだが、その為一層ひどい折檻を受けなくてはならなくなり、今はそれがどういう折檻だったかは覚えてないけれど、私の泣き声が長屋の人々の聞くに堪えない悲鳴に近いものだったのだろう。近所の店子《たなこ》の依頼でか、大通りに面した、路地の角に住んでいた大家《おおや》さんが、私の家へ飛んで来て、

「まあ、まあ、お母さん。もういい加減にして……」

すると母が言った。

「親が子供を折檻するんですから……。それに母親《おや》ひとり子ひとりの大事な子だからこそ折檻するんですから……」

私はそのとき、救いの手を差しのべられて、ほっとした気持より、狂乱に近い母親のありさまを他人に見られることが、その母親の子として恥ずかしい、大家さんに恥ずかしくて堪らない、そんな気持だったことをありありと覚えている。或は小学校にもう入ってか

らのことかもしれないが、とにかくまだほんの子供なのに、そんな子供らしくない気持だったことを今もなお覚えている。そんな子供らしくない気持だったからこそ、忘れられないのだ。

このように、羞恥に対しては極めて幼い頃から極めて敏感な、――異常なほど敏感な私であった。恥に充たされたせいだろうか。恥の記憶がまた異常なほど根強く深刻なのだが、従って過去を回顧する場合、他の記憶が全くといっていい位、曖昧なのはわれながら驚くほどなのに、恥の記憶のみは夏雲のごとくに壮大に湧き起り、かくて過去の私を語るということは、私の恥の記憶を書くということに成るのも、自然の理《ことわり》というものなのである。……

「あんたのお母さんは、しかし、きびしかったな」

お灸の話をした人は、つづけてそんなことを言った。同情されて私は恥で(ここでもまた!)顔を赧らめ、

「――これ」

と人差指を、まるで盗賊の符号のような形にしてその人の前に突き出して、己れの羞恥をごまかした。

「ここに、お灸の跡が、ほれ、こんなに歴然と残っています」

そう言って笑うと、その鼻の奥にあたって、あのもぐさの焼ける臭いがまざまざと蘇っ

た。それは何か懐しかった。——一度か二度で出来た生やさしい跡ではなかった。

——話が横道に逸《そ》れてばかりいるのを気にしないではないが、二十代の中頃、私とその頃同じ年齢の者なら大方知らない者はないと言っていいあの「豚箱」という奴に、私も馴染の浅くない方だった。そのひとつとして、大森の警察署の留置場に百日近く入れられていたことがあったが、取調べに警視庁からやってきた、その時分「有名」だった特高課の刑事は、私のそのお灸の跡のある指の間に鉛筆を入れて、

「さあ、言わねえか」

開いた指を締めるのだったが、いやなんともいえない、全く不思議な位の痛さだった。今は街頭で売られている「赤旗」——その頃は謄写版の小型のものだったが、焼き忘れたそれを家宅捜索《ガサ》で取られ、それでもって責められた。いずれ私の回顧もその時期に到ることと故、ここでは詳細は省くけれど、差し当って必要なのは、

「柳に雪折れなしってのは手前のことだ。しぶとい野郎だ」

表面はしおらしく然し蕊《しん》は強情に、知らぬ存ぜぬと自白を拒んでいた私にそう刑事が言うと、舌なめずりして新手の拷問に移った時の思い出である。プロレタリア作家のT・Kを拷問で殺したという噂から「有名」だったその刑事のその舌なめずりは、「犯人」を自白せしめるための余儀ない手段としての拷問というのでなく、拷問で苦しめるのを実は楽しんでいるということを私に明瞭に告げた。そうした拷問によって遂に私は自白させられ

たのだが、しかし「被害」をすぐさま他に及ぼさない程度には自白の時期をのばし得たというのは「おとなしいというのか、我慢強いというのか」と人に奇怪視される私のある種の性質の為であり、いわばその性質を私に齎らした幼時のきびしい折檻のおかげであった。しかし折れない筈の柳が折れるのも亦、人間の性質を決定するその幼時に当って私の養われた我慢強さが我慢強さだけの我慢強さではない為だった。

　実は私はここで、母のきびしい折檻には、子を生むとともに佗しいひとりぐらしの境涯に落された女のヒステリーもたしかに加わっていたようだ、——宛《あた》かもかの刑事の拷問の心理には、「犯人」を自白せしめる為の拷問というだけでないものがあったのと同じく、と書こうと思ったのだが……。そういう気持もあって、突然拷問の話に逸れたのであるが、いまその話を書いたあとでは刑事と母親とを、たとえ話にせよ、一緒にするのは、私を苦労して育ててくれた母をいかにも心なく傷つけるようで、到底忍びないのである。子としてまたかかる親不孝は許されない気がする。そんなたとえを、軽率に思い浮べたというだけでも、罰当りの感じに、いまは苦しめられている。……

「忠雄ちゃん」

　古びた低い軒の下にひとりで佇んでいた私は、家のなかから私を呼ぶ母親の声を聞いた。

「はーい」

「もう家ン中に入んなさい」

「はーい」

「もう寒いよ」

「はーい」

「風邪ひくといけないから入んなさい」

　すると、この時、
　通りがかりの男が大仰に顔を顰めて、連れの男に言った。「なんだろう、この臭いは」

「うえ、臭い、臭い」

「納豆屋のむろがこの長屋の裏にあるんだ」

「ああ、あの表通りの……」

　大家《おおや》の糸屋さんの隣りに大きな納豆問屋があった。私の家の裏に丁度そのむろがあって、むろを開けると、あの納豆の醱酵した臭いにおいがあたり近所に遠慮会釈なく溢れ漂うのであった。

「よくこんな臭いところに住んでいられるな」

「今はまだいいんだ。夏場は、それこそたまんねえぞ。夏は、だからこの道は通らねえことにしている」

路地の先にある工場の職人だったかもしれない。その辺の記憶は無いが、この会話だけは、はっきりと覚えている。幼い私の頭に、熱い恥の想いとともにくっきりと刻みつけられた、そう言う方が正確であろう。

その時、私は幾歳だったか、自分では分らないが、恐らくそうした言葉を私の前で放言しても、私の幼さでは侮辱として通じまいとそう私を無視できる、そんな幼さであったのだろう。だが私にはその侮辱が、今もって忘れないほどの、即ち生涯にわたって消し難いほどの強さをもって響いたのである。再び、だが、――まことに不思議なことには、死ぬまで忘れないほどの強烈な侮辱の因ってきたるそもそもの原因たる強烈な臭気については、私は全然、記憶が無いのだ。そんな臭いところに住んでいたのかと、頭を傾《かし》げる始末である。その家に私は、それからその家の近くの小学校に入学し、そして卒業するまでずっと住んでいたのであるが、臭気に関しては、まるで覚えが無い。慣れて鼻がバカに成っていたのだろうか。しかし、とにかく「よくこんな臭いところに住んでいられる」という言葉ほど、思えば、私の住んでいたところの如何に陋巷《ろうこう》であったかを明確に、――残酷なくらい明確に示すものは無い。

そんな臭い家のなかに、私の母親は日がな一日、坐りつづけて安い賃仕事の裁縫をしていた。幼い私と老いたその母（私の祖母）を養うために……。

かえるがなくから

か——えろ

メンコ遊びの子供たちは、そんなことを口々に言って、散りはじめた。貧しくとも父母の揃ったそれぞれの家へと帰って行った。

陋巷と、私は書いたが、これからして麻布の竹谷町をもって陋巷の町と解されては、私は私の過去の約三分の一にわたる時期を見守っていてくれたその町の名誉を傷つける者と成るであろう。その頃、竹谷町及びその一帯は、一般的に言えば所謂山の手の屋敷町の部類に属していた。そして屋敷と屋敷との間に、宛かも指の間の疥癬のように、見苦しい陋巷が発生していたのである。そうした事情は、そうした陋巷に住んでいた幼い者に、下町の、どこまでも余すところなく陋巷といった町に住んでいる者の恐らく知らない楽しみを与えていた。たとえば、大雨のあとなど、自分の家の前の溝でもって、金魚や日高や鮒などが、まるで夢のように取れて、——ああ、どんなに楽しかったことか。ああ、どんなに幼い私は出水を待っていたことか。

大概の屋敷には、池がある。池には必らず金魚や鮒がいる。大雨があると池が溢れて、時には大きな鯉までが、喜びのすくない陋巷の私たちをまるでそうして喜ばせようとするかのように、池から溝へと泳ぎ出てくるのだ。「きんぎょやア、きんぎょ」と言って通りを流して歩く金魚屋や、夏の縁日をいわば涼しい美しさで彩っていた金魚屋から、そう容易に金魚を買えない陋巷の子供たちは、その代り溝からただでしゃくって取れる楽しみを与えられていた。しかもその嬉しさは、買う嬉しさに遥かにまさるものだった。夜来の雨のからりとあがった夏の朝などは、そうした子供等の嬉しさで上ずった声でみたされて、一層の爽快感を唆るのだった。大人までが四つ手を持ち出し、馬穴を鳴らして駈け出した。

　駄菓子屋には、子供の口慾を刺戟するもののほかに、メンコやとりもちなども売っていたが、その種類として、竹の輪に緑の蚊帳地を張って柄をつけたものが店頭に出してあった。竹の輪だけのものもあり、この方が安かった。これで溝のぼうふらを取って、同じ溝からしゃくいあげた大事な金魚を養うのである。その頃の溝には、どこでも、ぼうふらが泳いでいて、青い蚊帳地と赤いぼうふらとの色の対比は美しく、ぼうふら取りはそれ自身ひとつの楽しさを成していた。蚊を防ぐ蚊帳の小切れがその蚊の幼虫をとらえる道具に成っているのも面白い。蚊帳地の張ってない竹の輪だけのものは、糸ぼうふらを取るためのもので、溝の泥にくっついて必らず集団的に棲息している糸ぼうふらは、一疋ずつ遊泳しているぼうふらの真赤なのにくらべると色が淡く、名のように糸の細さで、これはどこにでもいるという訳に行かなかった。流れの強い大通りの溝にはいなくて、いくらか淀み気味の、そして水かさのそう深くも浅くもないといった路地の溝で見付けなくてはならない。見た眼は、一疋ずつのぼうふらより、丁度糸の長い絨毯のようにゆらゆらと揺れている糸ぼうふらの集団の方が美しく、また金魚にもこの方がいいとされていたけれど、それを取るには溝泥のなかへ竹の溝をくぐらせて糸ぼうふらを輪にひっかけて取るので、泥が一緒にくっついてくる。それが汚ならしく、また簡単に多量に取れるので面白味がなく、私は自然、一疋ずつしゃくる面白さに惹かれて、その方ばかり金魚にやり、そのため大切な金魚を消化不良で殺してしまうことが多かった。

屋敷の存在はまた私たちに蟬や蜻蛉を与えてくれた。大胆な子供たちは庭に忍び込んで蟬を取った。幼い女の子たちは、屋敷の生垣《いけがき》の葉でままごとの材料に事欠かないのであった。

そうした「お屋敷」のひとつで、私の母の仕事の大事な「おとくいさま」に成っている家があった。主人は福沢諭吉門下の実業家で、岡下といった。

明治三十五年発行の「風俗画報」増刊の「新撰東京名所図会」麻布区の部に「竹谷町」の景況として――「区域狭くして人家も疎なれば、至て寂寞の地なり。六番地一に仙華園あり。……同地の二に久保正助氏の宅あり。電話新橋一〇五九を架す。岡下――氏の宅は、十四番地にあり。新橋電話機二四六〇番を架せり」とある。これで見ると明治三十五年頃はまだ騒々しい陋巷は発生していなかったようであるが、寂寞の地に建てられた岡下家の屋敷の古さと有名さとは、この記事から推して知られる。明治四十年に福井県で生れた私は、間もなく母親に連れられて上京、しばらく飯倉の方にいたのちこの竹谷町に移ったのだが、ごく幼い頃から、仕立物を持った母親に連れられてその岡下家に出入し、そこでは「おうちゃん」という名で呼ばれていた。名を尋ねられたとき、幼い私の舌は「ただおちゃん」とまだ言えないで、「ただ」を抜かし、「おうちゃん」と言ったのが、はじまりだった。そこでは私の一家の特別の事情が知られていて、幼い私は「おうちゃん、おうちゃん」と可愛がられた。不憫がられたと言うところかもしれぬ。

軈《やが》て私はひとりで殆んど毎日のようにその家へ出入するように成ったが、それは私の何歳の時からかは、はっきりしない。その頃はすでに主人の歿したあとで、そして画家志望だったとか聞いている長男も病歿していて、次男の代に成っていた。子規の門下だったその人は父の遺した財産のお蔭で、若くして悠々自適の俳人の生活を楽しんでいたが、美しい夫人との間に私より三つか四つ年下の男児があった。その児の遊び相手といった恰好で私はその家へ毎日のように行くように成ったのだ。東町の方に向って門を開いた主家《おもや》のほかに、その次男夫婦のために裏側に新宅が建てられ、竹谷町の私の長屋のあった道路のさきに門が設けられていた。私の行ったのはその家である。私が殆んど毎日そこへ行ったのは、長屋の悪童との交わりを好んでいなかった母親の希望や命令もあったのだろうが、私自身も亦、その家へ遊びに行くことを好んでいた。前述のように近隣の子供たちから嫌われていた私は、私の方も子供たちを嫌っていたから――というよりいじめられるのを恐れていたから、年下とはいえ遊び相手があるのは、そしていくらか気持が窮屈とはいえ遊びの場所が得られるのは、うれしかった。遊びの道具がふんだんにあるので、うれしかった。岡下家の方でも、おとなしくお行儀のいい（——と自分で言うのは変だと人は思うかもしれぬが、事実は自慢より自己嫌悪の気持を籠めて言っているのだと言ったら余計変に響くだろうか。）私を、外へ遊びに出させられない大事な一人息子の遊び相手に選べて好都合としていたかもしれない。

「——おうちゃん」

「はい」

どんな場合も、私の返事はお行儀のいい「はい」であった。家でもそうだった。家でそうだったから、外でもそうだったのだ。「うん」というような横着な返事をすると、母親からひどく叱られた。

「おうちゃん。積木はあきたから、もうやめ……」

私はあきていなくても、おとなしく言葉に従った。私は決してさからうことをしなかった。知らなかったと言うべきか。それも母親の躾によるもので、親や眼上の者にさからってはならぬと固く教えられていた。母親に叱られて、弁解しようとすると、

「親に口答えする。……」

事の如何にかかわらず、そう言って封ぜられた。機嫌の悪い時は口答えを親不孝とされ、親不孝の口を抓《つね》られた。従順というより盲従を、母は美徳としていた。

私はかなり長時間でも、きちんと坐ることができた。字の書いたものは決して跨がなかった。食事のときは茶碗や箸の音を決して立てなかった。うっかり音を立てると、

「餓鬼が集る。……」

そう言って叱られた。ごはんをこぼさぬ様きつく注意されたのは言うまでもない。又ごはんにおかずをまぜたりして食べるのは大変に行儀の悪いこととしていましめられた。食事の後、睡気《ねむけ》がさして横に成ろうとすると、

「寝ると牛になる。――いけません」

勿論長屋の子のように、着物の袖で洟をふいたりはしなかった。駄菓子屋で買い食いをする「悪癖」はなかった。座敷で相撲を取ったりする「乱暴」はしなかった。

先ずこんな風だったから、「お屋敷の坊ちゃん」の遊び相手には全くもってこいの躾のいい子供であった。

岡下家の坊ちゃん（――と私はその子を呼んでいた。）は十時と三時にお母さんから間食のお菓子を貰うのだが、私のそれまで知らなかった、たとえばウエファースというような上等のお菓子が私にも分け与えられた。

「はい、お三時」

紙に載せて夫人の手渡してくれるお菓子を私は決してその場で食べないで、紙に包んで家に持って帰った。外で物を食べるような不行儀をしてはならぬ、ひとさまから頂いたも

のは必らず持って帰って見せるようにという厳格な母の命令に従っていたのである。そう言えば、あるとき、母の吩咐《いいつけ》で、母の「おとくいさま」のひとつである表通りの軍医の家に行ったところ、「お利口さんですね。何かお駄賃をあげたいけれど……」

病身らしい蒼い顔をしたその家の夫人が、そう言って、生憎く何も無いからと、お椀に味噌汁の残りを入れて出された時は困った。この突飛なお菓子代りは、家へ持って帰る訳に行かない。

「遠慮はいらない。おあがんなさい」

当惑の末、私は台所口に立ったまま、乞食の子のように、冷たく水っぽい味噌汁を咽喉に流し込んだ。台所口にいたのは、その木戸から必らず出入するようにと母親から言われていたからである。

その味噌汁は私の家の味噌汁よりずっとまずかった。まして岡下家の「お三時」や「お十時」の足許にも寄れないものだった。私は貧乏くさい蒼い顔の夫人を軽蔑した！

貧乏な素人仕立屋の小倅には味噌汁の残りだって御馳走だろうといったそんな扱われ方に対して、恥に敏感な私が、恥を感じなかった訳はないのだが、この場合に限って珍しく恥の記憶が無いというのは、逆に先方に対する軽蔑を心いっぱいに充たすことによって、恥の入り込むのを防いだ為だろうか。もとだったら、恥だけのところだが、――私は、たしかに変化していた。変りつつあった。岡下家へ行くように成ってから、私は変っていた。

岡下家の子は私と同じおかっぱ髪だった。私の行く理髪屋の主人が小僧に道具を持たせてその家へ出張して来て、南向の縁側で坊ちゃんの散髪をするのだった。

理髪屋が鞠躬如《きっきゅうじょ》として伺候《しこう》したとき、丁度私の居合わせたことがあった。理髪屋は私の顔を見ると、岡下家の人たちに振り撒いたと同じ愛想笑いで、

「おや、坊ちゃん」

と私に言った。

その家では「おうちゃん」と呼ばれていた私が「坊ちゃん」と呼ぶ、いわばほんとうの本物の坊ちゃんの前で「おうちゃん」の私が「坊ちゃん」と呼ばれたことは、坊ちゃんとその家族に対して、何か詐欺のようなうしろめたさを感じさせられたのだったが、しかし理髪屋に対しては私は秘かに得意の気持だった。私の心に狡い変化がおこっていた。

「しっかり消毒したろうな」

バリカンを持った理髪屋に岡下氏がまるで一人息子の手術に立ち合っているような顔で、そう言った。

「は、それはもう……」理髪屋は恐縮していた。

「台湾坊主がうつると大変だからな」

その時分は伝染性のものと考えられていた。

——坊ちゃんと僕とは同じおかっぱ髪だ！

私はそう自分に言うのだった。あんなに恥じていたおかっぱ髪だったのに、それが「お屋敷の坊ちゃん」と同じだというところから、今度はそれを誇るように成って来た。そうだ、自分は長屋に住んではいても、長屋の餓鬼どもとは違うのだ、そう考えるのであった。（母親も実は、その気持だったのだ。長屋の子とは違うのだというところから私をかっぱ髪にしていたのだ。私に対するきびしい躾も、ひとつはそこから来ていたのだった。）

そしてそれと時を殆んど同じうして私は、自分にも父があるのだということを知りはじめた。長屋住いの私のところには居ないが、そして私や私の母の前に姿を現わさないが、しかし、父はいる。しかも岡下家に劣らぬ立派な屋敷に住んでいる父が——。

だから、自分は母とともに路地の長屋に屛息《へいそく》してはいても、他の長屋の連中とは違うのだ。だから、岡下家の坊ちゃんと同じおかっぱ髪をしているのだ。……

「おじさん、頭刈って」

善福寺の理髪屋に私は堂々と（！）入って行った。

「おや、いらっしゃい、坊ちゃん」

岡下家で会った主人が私を笑顔で迎え、そして私を連れて来た祖母に「おかげさまで暖かに成りました」というような挨拶をした。その祖母は今まで理髪屋というといやがっていた私が手の裏を返したような態度なので驚いていた。

理髪台にじっと腰掛けていると自ずと睡気の催してくる春頃だったと記憶するが、理髪屋の前に蒲鉾屋があって、トントコトントコと鮫の肉を叩いている音も亦睡気を誘うのだった。その時分どこかの漁夫が鮫の腹を裂いたら人間の足が出て来たという記事が新聞に出ていた。家はたしか「万朝報」か「やまと新聞」を購読していたが、私が自分で読める訳はないのだから、そういう記事の話を母と祖母とがしていたのを小耳に挟んだのだろう。家ではそれから鮫の肉とそれで作るものを嫌い出したので、その蒲鉾屋の変に白い肉が鮫だということも子供心に分っていた。――あの蒲鉾屋の鮫も人間を食っているかもしれない。人間を食ったばちで小刻みに刻まれている。そんなことを考えていると、

「坊ちゃん、ちょっと立って下さい」

主人にそう言われて（言われたと思って）私は台の上に立った。

「おッと、あぶない」

主人は、そして、私が寝惚けていると言って、大笑いをした。

私は怒った。愚弄されたと怒った。たしかに立てと言ったから立ったのだ。決して寝惚けていた訳ではない。口に出して争いはしなかったが、心の中でそう抗弁して決して譲ら

なかった。

つまらないことのようだが、永くこのことは私の心に残った。のちのち、そしてしばしば、――いくらどう考えてみても、寝惚けていたとは思えないのだった。何か聞き違いをしたのかもしれないが、寝惚けたなんて醜態はしなかったと思うのだった。不当に嘲笑された、そんないやな想いが澱のごとくに残った。然し、のちに成ると、このことは、私がい、い、怒った、怒り得た恐らく最初の場合として、やがて私には寧ろ快い思い出と成って行った。

怒ったというのも、変化のためだった。前述のような変な誇り、誇りとはいえない誇りかもしれないが、私はとにかく誇りを持ったことによってこうしていわば人間らしく怒れたのである。

岡下家の坊ちゃんは身体が弱く病床に就くことが多かった。いや、大したことはなくても、そういう家庭によく見られる神経質な病気恐怖症とでも言うべき型のその父親がもう大騒ぎをして、それ、坊ちゃん（と父親は子供をそう呼んでいた。）の顔色が悪い、ヘンな欠伸をした、それ、熱があると、まるでそれが夫人のせいであるかのように怒鳴り散らして、子供を大病人扱いした。何かそれが趣味のようでもあった。病気愛好症のようでもあった。それがまた子供を弱くした。

冬は殆んど坊ちゃんは病室に籠っていると言ってよかった。熱湯のたぎった洗面器をのせた大きな火鉢には炭火が真赤で、部屋はそれこそ夏の納豆屋のむろのように暑かった。熱気に近い暖かさは冬着の私にはむしろ苦痛であった。すなわち病床へも私は遊びに行っていたが、ほんとうに悪いときはやはり遠慮した。遠慮させられた。

そんなある時、表通りの大溝のほとりで、私は小学校の同級生と珍しく一緒に遊んでいた。既に私は小学校に入っていた。詳しいことは覚えていないが、亀戸の天神さまか目黒の不動さまか、どこかへお詣りに行くというので他所《よそ》行きの着物を着せられ、母が仕度をととのえるまでそこで遊んでいたもののようである。溝に太い材木が浮いていたことを覚えている。水のかなり早く流れていた溝にどうして材木が流れずにとどまっていたか、その辺はよく分らないが、ふわふわと浮いている材木の上に、子供らしい冒険を好む心理でかわるがわる飛び乗っていた。臆病者の私も皆への見栄からピョンと材木の上に乗った。そういうことにかけては実に不器用だった私も一二度はうまくやってのけたが、そのうちつい気を許すと、皆のように巧みに身体の安定をとることが出来ないで忽ち溝の中に転落した。わーッとみんなは歓声を挙げた。

他所行きの着物を溝泥だらけにして溝から這いあがった私は、母の激怒を思って心を震わせた。どうしたら、いいだろう。

普段着でさえ汚すと叱られた。うっかり、木戸などに出ている釘に着物をひっかけると、鉤裂きができる。これなどはお灸ものだった。幼時の私は、釘というものの存在をどんなに呪ったことだろう。子供をさいなむ悪魔の爪のような気がした。貧しいから着物を買えない。それで着物についてやかましかった点もあったろうが、子供の思わぬ過ちを許して貰えなかったことは辛かった。許してくれたっていいではないかと抗議することは固《もと》より許されない。それは例の口答えに成った。なんにも言えないから黙って抗議すると、

「親を睨むとばちが当るよ」

親を睨んだそのばちで鰈《かれい》の眼はあんなに成った。そんな言葉が頭に刻み込まれた。

私は自分が継子ではないかしらと、ほんとうにそう考えたことがしばしばあった。母のきびしさは私に継子いじめを思わせた。然し、継子でない故に、継子いじめ以上の遠慮のないきびしさが却って私の上に加えられたのであった。――今に成って私は母に怨みつらみを言おうとするのではない。継子いじめを思わせるきびしさが、いかに私をわれながら堪らない、常におどおどと怯えているような弱い卑屈な人間にしたかということについては、そうして後日そうした自分から脱却しようとして、自由な幼時を楽しみ得た人には分らない苦労をどんなにしなければならなかったかということについては、母にちょっと怨みも言いたいところだが、しかし、母としては、私を、母の言葉で言えば「母親育ちだからとて、後指をさされることのないような、躾のいい」子供にしようとしてほんとうに真剣だったのだ。――

溝泥のべっとりとくっついた臭い着物から私は赤いぼうふらをつまみとりながら、

「どうしよう、どうしよう」

と半泣きだった。蓋《けだ》し未曾有の出来事であった。なんと言って謝ろう。謝っても、しかし折檻からは免れられない。未曾有の折檻が予想された。

恐くて家へ帰れなかった。と言ってどこへも行けない。いっそ溺れて死んだ方がましだった。そうも思われた。溝では、しかし死ねはしない。

折檻の恐怖から、ふと、卑怯な嘘が頭に浮んだ。いたずらをして溝に落ちたのではなく、友だちから突き飛ばされたのだ、――そう言おうと思いついたのだ。自分の過ちではない、そう言えば許して貰えるかもしれない。

しかしそれは子供の浅慮だった。その嘘は、事態をいよいよ悪化させたのだった。

「そんな悪いことをするのは、どこの子です」

激怒した母親からこう追及された。私は狼狽して、突き飛ばされた自分が悪いのだから許してくれと泣いたけれど、母は追及をやめなかった。

「花村さんに突き飛ばされた――」

と私は言った。私が溝に落ちた時、わーッと歓声を挙げた子供のなかには事実、その花村という同じ組の子がいたが、特にその名を挙げたのは、その父親が嘗つて代議士に出たことのあるという弁護士で、所謂「お屋敷の坊ちゃん」の一人だったからであろう。即ち

「お屋敷の坊ちゃん」というので母親は怒りを抑えてくれるかもしれない。こう考えたのだろうと私は、少年の私の卑劣な心事を推測する。

虚偽は虚偽を呼ぶ。そしてこの新たな虚偽は私の思わくに反していよいよ母親を激昂させてしまった。代議士云々を耳にすると母親は私に新しい着物を着せてその手をひっとらえ、そして他の手で臭い着物をさげて、狂気のように屋外へ出た。

「さあ一緒においで。どんな大家《たいけ》の子か知らないが、ひとの子を溝に突き落すなんて、そんな……」

大家の子ということが余計母親の感情を刺戟した。その花村という子はもう大通りにいなかった。いたら、その子の手もひっとらえて、その家へ押しかけるつもりだったのだろう。母は私に、その家へ連れて行けと言った。その家は大分離れていた。子供たちがぞろぞろ、うしろから跟《つ》いて来た。

突き飛ばされたなんて嘘なんです。ひと思いに言えばいいところを、言わねばならぬところを、私は母親の怒りの激しさにすっかりおびえて、もう馬鹿のように成って歩いていた。

母の方ではかねてきびしく教育してあるのだから、私が嘘をつくというようなことは有り得ないと思い込んでいた。しかしそのきびしさの故に私は虚偽へと追い込まれたのだ。

その家へ行くと、母は御主人に会わせて頂きましょうと言った。大きないかつい髭を生

やした元代議士が肥った身体を大儀そうに玄関に現わした。横柄に突き立ったまま、

「なんです、御用は」

母親はその威圧的な髭にますます怒りを煽られたかのように、

「これを一体どう御覧になります」

と臭気紛々たる着物を髭の前に突きつけるようにした。

「あんまりでは御座いませんか」

母親の綿々たる訴えを元代議士は薄笑いを浮べて聞いていた。そこへその子が帰って来た。

私の嘘は暴れてしまった。

「うむ。言いがかりでもつける気だったのか。お前さんは」

薄汚れた白足袋を穿いた弁護士は眼を剝いた。項垂れた母親に彼はなおも言った。

「なんとか返事をしたらどうだ。つい今し方までは、――この子の父親は貴族院に出ているの、なんのと、黙って聞いていれば勝手なことをぬかしおって。だから馬鹿にするなといったお前さんの科白だったが、こっちこそ、馬鹿にするなと言いたいね。とッとと帰れ！」

車夫馬丁のごとき啖呵であった。

「妾風情が、なんだ、きいた風な口をきいて……」

「妾じゃございません」

と母は言った。

「じゃ、なんだ」

私は母親の袂を、帰ろうと引っ張って、泣いた。

「女中奉公をしてておお手がついたというところか。ハッハッハ」

「女中を致したことはございません」

「いいから、もう出てけ！」

どえらいその声に、門に群った子供たちが驚いて散った。

――こんな惨憺たる破目《はめ》に母親を陥れたのは私なのだが、母親は不気味にもその日、その私に対して何の折檻も加えなかった。


こんな事件は私を街頭の友だちとそれとの遊びとから、いよいよ離れさせた。この事件直後は学校通いまでうとましく思ったが真面目な小学生だった私は学校をずるけるということは出来なかった。この事件が級の者に知れ渡ってからは、学校でも私はみなから離れていた。私は孤独であった。学校から真すぐ帰ると、小さな机に向っておさらいに専念した。勉強が好きというよりそれ以外に少年の生活の処理法がなかったのだが、そうして自ずと勉強好きに成って行った。そして外へ出るときは岡下家へ行った。

岡下家には私の買えない少年読物や少年雑誌がいくらでもありそれらを私は貪るようにして読んだ。いつでも自由に読めるのと違って、読めるときに読んでおかねばならない不自由は、私の読み方を真剣なものにし、読む楽しさ読める喜びをもかえって増し、従って読んだものを強く私に印象づけ、読んだものから確実になにかを吸収するのに役立った。孤独な魂はその読書によってどんなに慰められ、力づけられ、また養われたことだろう。わが精神形成史の、それは重要な頁であった。その頁がもし欠けていたら私は不良少年から無頼漢へという別の生涯を辿ったかもしれない。

岡下氏が令息のために選んだ書物のなかには、その頃の少年の心を捉えていた立川文庫というようなものはなかった。少年の魂にとって有害でない、有益な本のみが選ばれ、それが私の魂の糧として与えられたのである。

岡下氏の静かな書見の姿も少年の私のうちに憧憬に似た感情を搔き立てた。そういう生活の許される遺産といったものの考えられない貧しい少年が、岡下氏の姿のうちに将来の自分を考えるということは出来なかったが、そういう姿へと出来れば近づくように努力したいと私は願った。総じて芸術制作とその生活へと人が結びつけられるその原因はどこにあるのか、――その人にそういう先天的な素質があって自ずとそういうことに成るのか、すなわち、宿命的なものなのか、それとも後天的な各種の条件が人の情熱と意欲に、芸術へと惹かれる要素を加えるのか、いずれとも私はにわかに断定できないが、私の場合は、この岡下家で過された私の時間が、私をして、書斎での孤独を何よりも愛するところの私たらしめた、かなり重大な原因と成っていることを認めない訳に行かないのである。

書斎での孤独を何よりも愛するところの私、――これを私は作家の私という意味で、それをつまり具体的にそう書いたのであるが、作家としての私が、現実の仕事、現実での仕事、現実に意義を持つところの仕事よりも、孤独な書斎での仕事を、宛かも蚕がたったひとりで繭をつくるような、なんの支えも背景もなく、何人の応援も期待せず何人の拍手も考えずに営むところの仕事を最も大切に考えるようになったのは、そういうことの大切さがほんとうに分るように成ったのは、小説を書き出してよほど経ってのことであった。

――

岡下家で読んだとある少年雑誌に、地下の昆虫のありさまを書いた童話が出ていた。暖い春を待って忍耐づよく冬ごもりをしているその昆虫に、私はなんともいえぬ親しさを覚えた。童話の書き出しは冬の地面に作者が竹の筒をさしこんで、地下の虫の生活を覗くということからはじまっていた。それは実際には有り得ない童話の世界だと分っていたが、私もなんとか虫の生活を覗きたいと思った。そうして虫と友だちに成り、話をかわしたかった。私の寂しさを訴え、虫の寂しさも聞き、お互に慰め合いたいのであった。そんな感情は友だちの無かったその頃の寂しさをはっきりと語っている。岡下家の坊ちゃんは、友だちのようで、友だちではなかった。

そうだ、友だちではなかったのだ。そう言えば、岡下家へ出入することを、私は私の友だちの家へ遊びに行くのだという工合にはたから見て貰いたいと思っていたが、しかしそうは行かないことを、手きびしく知らされる、思い知らされる日が来た。

台所の戸を開けると、

「今日は――」

と私は言った。

「だーれ?」

女中部屋から、新しく来た女中の声が聞えた。古い女中なら私の声を知っている。

「坊ちゃんいますか?」

女中は部屋に坐ったまま、じだらくに廊下にぺたんと手を置いて傾けた顔を出し、

「ああ、おうちゃん」

と今までの女中にはなかった無礼な頷きをして、

「坊ちゃんのお相手……?」

と言った。私は今でも、その時、流し場の台の下に転がり込んだ南瓜の、その切り口がすっかり腐って、黴が白い毛をはやしていたのを、鮮やかに覚えている。私は屈辱感から首を垂れ、伏せた眼が、そんな、普通の大人の高さではそこに立っても気付かない、勿論

上からでは分らないところに入り込んで腐るがままに成っていたその南瓜をふと見付け出していたのである。

幼時からすると私は変ったということを前に書いたが、変ったことのひとつとして、いつか虚栄心が芽生えていたことを挙げねばならない。虚栄心は何も私だけに特有のものではないだろうが、妙な境遇に置かれた私が夙《つと》にその心のうちに芽生えさせていたその虚栄心は、その早さに於いてその妙な作用に於いてやや特有のものとせねばならなかったのではないか。

岡下家への出入は、私にとって私の買えない本が読めたり珍しいお菓子が食べられたり、いろいろの意味で有難かったが、その利益のためには坊ちゃんのお相手という仕事を果さねばならなかった。しかしそういう自分の役割を自ら認めることは私の虚栄心が許さなかった。さりとてお相手役たることを自ら恥じ、潔しとしないとすることから、岡下家への出入をきっぱりと断念するという訳にも行かなかった。それほど岡下家は少年の私にとって魅力あるものであったし、それほどの潔癖に恵まれる為には私の置かれた境遇が違ったものでなくてはならなかった。けれど、また、自分に利益があるのだったら、どんな役目だって忍んだらいいだろうといった狡さと不敵さとにも恵まれなかった私は、そこで、自分は坊ちゃんの友だちとして出入しているのだとそう考え、そう自分をだますことはそのまま他をもだますことが出来るものとそう考えていた。ところが女中の言葉は、羞恥の傷口の上に虚栄心が分泌したかさぶたを、ものも見事に、情け容赦もなく、ひっぺがした。

私は立ち竦んだように成っていたが、やがて、

「忠之助さん、いる？」

坊ちゃんの、それが名であった。忠之助さんと、その名を友だち扱いして呼ぶことのうちに、私は精一杯の反抗を含めていた。

その二 ——私に於ける暗い出生の翳について

東京市麻布区東町尋常小学校に私は通っていた。明治四十年二月十八日に生れた所謂早生れの私は七歳で小学校に入ったのだが、大正二年に最初に入った小学校は本村小学校という、家から大分離れたところにある学校だった。そこへ半年ほど通ううちに、家の近くの東町に建築中であった東町小学校が落成して、そこに移された。

二年生のとき第一次世界大戦がはじまった。遠い欧洲での戦争かとおもっていたら、夏休の終り近くに対独宣戦布告が行われ日本も欧洲の戦争へ顔を出した。そして独探などという妙な言葉が発生し、反ドイツ熱が煽られたが、子供の私は嘗つて見たこともないドイツ人に格別の反感や敵意を持つことはできなかった。それから二十余年後、今度はまた親独ということが天下り的に宣伝されたが、そのときはもう一人前の分別を持った私はドイツに格別の愛情や尊敬を持つことはできなかった。……

欧洲戦争がはじまった頃の私の小学校の同級生には、思えば殆んどあらゆる商売の家の子供が網羅されていた。そのうちには、今から考えると、かなり不思議な商売もあったことに気付かせられる。竹谷町の西側は、私の幼い頃にはまだ狐狸の類いが棲息していると噂された丘陵に成っていて、人家など勿論無く、樹木の鬱蒼と繁ったままであったが、その丘を切り崩して断崖にした下に、いつも陰気な感じのする家があり、そこでは、丘の上からひいてきた水で何か塵埃のようなものを洗っていて、その汚い洗い水をいかにも大事そうにわざわざ長くわたした樋へ流していた。子供の眼にはその長い樋が何か子供の遊びめいたものに見えて奇妙だったが、そうして金《きん》の粉《こな》を樋の下に沈澱させているのだと聞かされた。私と同級生のその家の子は敢えて説明しなかったようであるが、その子の居合わせないときに、友だちが言った。

「金細工の店のネ、職人が坐って、こう細工してるとネ、下の畳にこう、金の屑が落ちるだろ。その古畳を買ってくんだって。その古畳から金を取るんだってさ」

身ぶりをしながら私たちに聞かせたその言葉は、その物珍しさの故か、私の記憶に今でも残っている。「かりん屋」の子というのもいた。これは古川橋の貧民窟の方の子で、その父親は「かりん、かりん」と言って、花林糖を売り歩いていた。その花林糖を私はその家で作っているのだとばかり思っていたら、そうでなくその家は小さな長屋の一軒に過ぎなかった。俠客の子もいた。俠客も職業であった。麩を作っている家の子もいた。黄色いどろどろのものの入った樽を並べたその家の前は胸の悪くなる腐臭が漂っていて、その家の子も同じ臭いがするようだった。

畳屋の子、大工の子、鳶職の子、桶屋の子、豆腐屋の子、炭屋の子、薬屋（きぐすり屋と言った）の子、――つまりあらゆる商売の子がいた。そして質屋の子、米屋の子、石屋の子などが裕福な感じを身につけていた。特に石屋の子は、その頃は珍しい洋服を着ていて、その血色のいい顔がその頃流行したビリケンに似ている所から「ビリケン」という渾名をつけられたが、それはいくらか洋服への反感もあってのことのようであった。この石屋というのは説明を要する。古川の川ぶちにあったその店は、庭石を扱っている所謂石屋ではなく、建築用の石材を売っていた。幼稚なものながら機械仕掛で石材を切っていて、あの固い石が切れるとはと、私は特殊鋼の食い入った石から白い水が流れ出てくるのを興味深く眺めたものだった。しかし切るといっても遅々たる切れ方であった。その店の裏手の、石材を置き並べてあるところで、私はあるとき、その石屋の子と遊んでいて、足首にかなりの裂傷を負ったことがある。空に蝙蝠の飛んでいる夕暮であった。いつ怪我をしたとも分らず、気がつくと血が流れていたところから、

「カマイタチだ！」

と私は叫んだ。石屋の子もそう言った。私の母親もそう言った。多く夕暮どきに当って人間に危害を加える姿の見えない魔物の仕業と信じて疑わなかったが、鋭利な断面を持った石の間を歩いていたのだから怪我は当り前のことだったのだ。少年の私の心は、こうした迷信で取り巻かれていた。

私は何を語ろうとしたのか。そうだ、同級生の子供の家の職業のことだが、私が小学校に入ったばかりのときは、かようにいろいろの商売の子がいたけれど、山の手の小学校のせいか、所謂職工の子というのはいなかったように記憶する。いたのは、魚屋の子であり、小間物屋の子であり、また弁護士の子であり、地主の子であったが、それが間もなく、それまでは稀だった町工場がこの山の手の町にもあちらこちらと出来てくるにつれて、職工の子、工場労働者の子というのが小学校に現われ出した。（地主の子——と例として書いたが、そういう金持の子、「お屋敷の坊ちゃん」たちはおおむね、古川をへだてた向うの慶応義塾の幼稚舎に入っていた。）

第一次世界大戦は大正三年から大正七年までつづいた。大正七年といえば私も六年生で、丁度私の小学校時代に当っているその期間に、日本の資本主義は遠い欧洲の戦争を巧みに利用して急速に発展した。その発展の姿は少年の私の周囲にも見られた。小学校の生徒の家の変化にも見られた。

小作では食えないので都会へ流れてきた農民が、その都会で働こうと思ってもちゃんとした働き口がなく、そこで「かりん屋」に成ったり納豆売りに成ったり車曳きに成ったりせねばならなかった。つまりそういう貧しい日本だったのだが、資本主義の発展とともにその人たちは工場へと吸収された。こうして労働者階級というものがつくられて行った。例の、はかない商売をやっていた「かりん屋」もやがて芝浦の方の工場の守衛か何かに成ったようだった。

岡下家の令息もやがて小学校に入る齢に成った。私は、忠之助さんは当然慶応義塾の幼稚舎に入ることとのみ思っていた。ところが、忠雄という名の私と同じ「忠」の字がつけられた忠之助さんは、私と同じ東町小学校へ入学した。それは、それ迄、ひとりで外に出たこともない、いわば温室育ちの忠之助さんだったから多年の「友だち」の私のいる小学校へ入れた方が、そういう友だちのいない幼稚舎へ入れるよりは好都合だろうという親心からではなかったかと思うが、そして又そういうことをその時彼の両親から聞かされたようにも記憶するが、それははっきりしない。或は——同じ小学校に忠之助さんを迎えた私は、丁度私が彼の家や広い邸内で彼と楽しく遊んだように、小学校の校庭でも当然彼と仲良く遊ぶのが自分の義務と考えたことの為の思いちがいかもしれない。

私は、しかし、小学校の校庭に彼を迎えて、彼と遊ぶことをしなかった。遊んでやらなかった。彼を常に守っていた親の手から離されて、下駄屋の子、肉屋の子といった悪童のひしめいた校庭へと突き出された哀れな彼を、私は彼と遊ぶことによって守り庇うという義務を果さなかった。それまで彼が彼の家で私を「お相手」扱いしたことに対するまるで復讐でもするかのように全く彼を相手にしなかった。

それは、しかし、復讐ではなかった。私は自分が校庭で彼を守り庇う唯一の頼みとして彼や彼の両親から考えられているにちがいないのにと、どんなに気が咎めたことか。その信頼を裏切るのに、如何に良心の呵責を感じたことか。しかし私の虚栄心は私にここでは、きっぱりと彼を無視する態度を取らせた。ああ、わが虚栄心の冷酷非道さよ。

上級生が下級生と校庭で遊ぶことは稀な現象とせねばならないが、絶無という訳ではない。稀な現象というので単に私は心弱く回避したのではなかった。もし私が彼と同じ「お屋敷の坊ちゃん」であったなら、たとえ稀なことにせよ、私は年下の彼と校庭で遊ぶことができたであろう。しかし私の場合は、彼と校庭で遊ぶことは、彼の「お相手」として彼の家で遊んでいたその関係を、校庭にまで持ち出すことになる。すなわち私は全生徒の眼前で私が彼の「お相手」であることを自ら暴露することは出来なかった。私の虚栄心は到底そうしたことを私に許さなかった。

かくて虚栄心の故に多年の恩義を破った私は、自然、岡下家からも足が遠のく次第と成ったが、一方には、中学校の受験のための勉強に忙殺されているという口実も用意されていた。その頃の小学校は、東京の有名な中学校への合格数の多いのを競い合っていたので、上級生の受持の先生は、中学校へ行く生徒だけを選んで授業後に特別の補習を行っていた。私もそのなかに加わったのである。

「志望の中学は?」

　ある日、補習の教室で受持の先生が私に言った。

「府立一中です」

　勿論――と私は口の中で言っていた。

「一中。ふむ」

「次、野本は？」

「府立一中……」と彼は答えた。

「一中……」

　詰襟の洋服を着た先生は首を傾け、そして真すぐに直して「麻中や芝中あたりがよくはないか。が、まあ、いいだろう。次……」

　私は子供心にも先生のこのおおっぴらの質問が無神経で残酷だと思った。

　その帰りであった。下駄箱へ上草履を入れ、下駄を出して穿こうとすると、

「角間――」

　と私は野本から呼ばれた。

「なアに」気軽に振り向くと、私には煙《けむ》ったい花村が、背の高い野本の横に立っていた。

「一中をうけるのか」

　と野本は冷笑的に言った。私は伏し目の顔をうんと頷かせて、固い鼻緒の下駄の先を三和土《たたき》でトントンと叩くと、

「私立の方がいいぞ」

険しい声だった。

「そりゃ一中は難しいけど」

「角間は出来るから入学試験は通るだろうよ。それは、どうせ通るだろうさ。でも、通ってもさ。……」

「通っても？」

それまで変に黙っていた花村が、ここで急に、

「おい、帰ろうよ」と野本に言った。私の方で煙ったいのに、妙に花村の方で私を煙ったく思っているかのようなその顔だった。

仙台坂の中腹で、これは本式の仕立屋をやっている野本の家と本村町の花村の家とは正反対の方向だったから、すぐ校門の前で別れる筈の二人なのに、花村は無理に引っ張るようにして野本を連れて行った。

試験はたとえ通っても、お前ンちは貧乏だから、中学なんか行ける訳はない。野本の言葉はそういう意味なのだろうか。私は、男の職人や女の弟子などが目白押しに並んで景気良く働いている野本の家を脳裡に描きながら、そう思った。いつか何かのことでそこへ行ったら、野本によく似た、大きなひらべったい、そして蛙の腹のような蒼白い顔を裁ち板に向けていたその父親が、額に青筋をはっきり見せながら、ギョロリとこっちを見た、そ

のおっかない印象も蘇った。職人の癇癖を、子供の野本も受けついでいるようだった。

その野本に皮肉を言われるまでもなく私は自分から夙に、中学校へ果して通えるかどうかと不安なのだった。父親の方で、学資位はなんとかしてくれるだろうとは思っていたが、

「——青山ではお前を商業学校へ入れろというんだよ。その方が早く間に合う、早く世間に出られて早くわたしも楽ができると言うんだけどね。お母さんはやはり中、一高、帝大と行ってほしい。いいかね。しっかりやるんだよ。わたしもしっかり働くからね。兄さんに負けちゃいけないよ。——一中、一高、帝大なんて、そんな面倒はとても見られない、飛んでもないと言うんで、お母さんは、そんなら、ようございます、わたしの手でなんとしてでもやって見せますと、青山へもきっぱりと言ってきたが……」

母親はそう言い、とにかく一中へ入れ、入ってしまったらああは言っても学資は出してくれるだろうと言った。私には入学試験の難しい一中へ入れるかどうかという不安の上に、たとえ入れても通えるかどうかという不安が重なっていた。

金の不安といえば、少年の頃の私の夢のうちで、それに関聯した、今でもはっきり覚えている奇妙な夢がひとつある。赤土のやわらかい土手のようなところを手で掘ってみると、なかから銅貨や銀貨がざくざくと出てくるので、狂喜してそれを掻き集めるという浅間しく哀しい夢である。或は貧乏のための夢というよりは私の醜い貪欲のあらわれだろう

か。往来で金を拾う場合もあり、ひとつ拾うと必らずつぎつぎに発見できるというのがそうした夢の常道で、ひとつだけということのないのは面白い。そういう情けないといえば情けない、しかし楽しいといえば楽しい夢を私は実によくみたものだった。だから、覚えているのだが、金の乏しいこと、金の欲しいことは今だって変りはないのに、あの胸のわくわくした、無茶といえば無茶な、だからロマンチックといえばロマンチックな、しかし打算的といえば打算的な夢を、もう決してみないのは、みられないのは、いささか私として寂しく思われる。燃料不足に迫られて私はこの頃、まるで桃太郎の爺さんのように家のうしろのよそさまの山へ、ちょくちょく薪拾いに行くのだけれど、拾うというのは、全く薪でも心楽しく、母に連れられて少年の私が大森海岸などへ行って潮干狩りをやった、あの貝拾いの楽しさをこの間もふと思い出させられたが、蛤や浅蜊とまるで同じように土の中から金を拾うということをもはや夢想しなくなった自分が、私は、うら若い女性への恋をもう夢想できない自分とともに、何か大変に寂しいものに顧られる。……

――校門を出ると、まくなしの舞っている溝端で野本が待ちかまえていた。花村は気まずそうな顔をそらせた。

「府立は、な、――角間」

野本の声はさきほどの挑戦的な響きをなくして、私に同情するような調子に成っていた。

「一中をうけるはいいが、駄目なんだよ。知らないかもしれないが――」野本は石ころを溝の中に蹴っていた。「府立は、私生子は入れないんだよ」

私は息を呑んだ。

「角間は私生子だろ。諦めたがいいよ」

急にまた嚙みつくように言った。

私は薄馬鹿のように口を半開きにした。しかしすぐキッと閉じて、唇の震え出すのを抑えた。

(野本、お前は、お前は――)

声にならなかった。

(僕は、お前の言う通りだ。でも、お前はなんでそんなことを言うんだ。何の恨みがあって、そんな、そんな……)

心は熱く燃え、声は凍った。

気がつくと、私は鞄を抱えて狂人のように駈け出していた。口の中がカラカラに乾いていた。家へつくと、鞄を玄関から放り込んだ。こんな乱暴な振舞は嘗つて無いことだった。涙がわッと堰を切ったように迸り出た。駈けながら自分ではわあわあ泣いていると思ったのだが、涙はそれまで出ていなかった。

「一中なんか行かない。学校なんか行かない」

私は喘いだ。上框の雑巾をつかんで土間に投げた。学校から帰るとそれで必らず足を拭いて座敷へあがらなくてはいけないのだったが、そんな吩咐まで、そんな習慣まで、腹が立った。下駄のまま座敷へ踏みこみたい位だった。

「私生子なんか一中へ入れないんだ。もう、どうなったっていいんだ」私はまるで毒でものまされたかのように畳の上をのたうち廻った。

私生子の私は、小学校六年生の幼さでもいつか私生子という忌わしい言葉を知っていたが、単なる小学校六年生の野本がどうしてそんな言葉を知っていたのか。花村から教えられたのに違いないが、花村はまた弁護士のその父親から教えられたのに違いない。すなわち私は、何の咎も罪もない子供の私をそんな七顛八倒の苦しみに突きおとすような言葉を、私と同級生の子供に教えこんだ元代議士のその弁護士のむごさを何よりも恨まなくてはならない訳だった。それから、そんな、私にとって殆んど致命的とでもいうべき侮蔑の言葉を野本に教えた花村を恨まなくてはならない訳だった。更に、こっちにそんなことをされねばならぬ何んのいわれもないのにそんな言葉を私の顔の上に痰のようにひっかけた野本を恨まなくてはならない訳だった。だが、そのときの私は彼等を恨むことを忘れていた。私はひとえに母親を恨んだ。母親を憎んだ。母親を呪った。この辱しめ、この悲しみ、この苦しみは、こんな母親のせいだ。お母さんが悪いんだ。……

嘗っては「お屋敷の父」をひそかに誇りにしたこともある私だったが、今はそういう父のあることが、猛毒を持ったような恥として私を苦しめさいなんだ。毒は青い焔を発して燃えた。その焔は、幼時から私のうちにいわば丹念に溜められていたおびただしい恥にも一斉に火をつけた。私の心のなかは、炎々と燃えあがった。はげしい屈辱の火に焼かれながら私は事の次第を母に告げた。

「そんな、――府立に入れないなんて、そんな訳はない」と母は言った。

「訳はないッたって、そうなんだ」と私は言った。「入れたって、僕、いやだ」とも言った。

「入れたって、入れなくたって、そんなこと、もうどうだっていい。――僕、いやなんだ。私生子なんて、いやなんだ。お母さんはどうして僕なんか生んだの。私生子なんかどうして生んだのさ。馬鹿、馬鹿！」

「まあ――」

母親は袖で顔を蔽って裁ち板にうつぶした。それは、私をきびしく折檻したあの恐い母親ではなかった。私はそんな母親を見ると、一層激しく泣いた。一層兇暴なものが私の内部に荒れ狂った。

「そりゃ、お母さんだって」

母親は嗚咽のなかから、嘗つて私の聞いたことのない声で、言った。

「お母さんだって人並にお嫁に行きたかったんだよ。ええ、ええ、どんなに行きたかったか。お母さんだって女だもの……」

「じゃ、お嫁に行けばいいじゃないか。僕がいて邪魔なら、僕、死んでやるからいい」

私は自分で自分のひねくれを充分に意識していた。

「生きてたか、ありゃしない。私生子なんて友だちから言われて、僕、生きてたかありゃしない」

母親は私のところへ飛んできて、犇《ひし》と抱き寄せようとした。私はその手を乱暴に払った。

「僕、死んじゃうんだほっといて！」

「許しておくれ。忠雄ちゃん。お母さんをいじめないでおくれ。ほれ、お母さんが、こうしてあやまる。どうかお願いだから気を静めておくれ。忠雄ちゃんが死んだら、お母さんも生きてる甲斐はない」

「お嫁に行きゃいいじゃないか」

「忠雄ちゃん。よくお聞き」

母親は私の両腕をつかんだ。そして涙でとぎれ勝ちの声で、こんなことを言い出した。

「――まだ忠雄ちゃんがちっちゃい時分だから、覚えてはいないだろうけど、青山で忠雄ちゃんを引き取るって、人をここへ寄越したことがあるんだよ。そしてお母さんに世間並に嫁入りをしなさいと言うんです。そりゃお母さんにとっちゃ、その方がいいかもしれないさ。お母さんの為を思って向うじゃそう言ったのさ。でも、それじゃ、忠雄ちゃんが可哀そうだから、いいえ、お母さんだって忠雄ちゃんと離ればなれになるのはいやだから、そんなこと出来ませんとことわったんだよ。でも青山じゃ聞かないで、忠雄ちゃんをお母さんの手からこっそり攫って行こうとしたことがあるんだよ。忠雄ちゃんが外で遊んでいるのを騙して連れて行こうとしたんだが、忠雄ちゃんがわーッと泣いて、駄目に成った。覚えてないだろうね」

私は知らないような顔をしていたが、実はよく覚えていた。父親の方で引き取りに来たということは知らなかったが、それは今初めて聞いて分ったことだったが、そのとき、わーッと泣いたというのは、あッ、これがよく母親が言う恐ろしい人攫いだと、そう思って恐怖に襲われたのだ。「人攫い」の手に嚙みついて、私は家に泣いて帰った。

「それで青山でも諦めて、母子でそう強情を張るんなら、もう知らない、勝手にしなさいと言うんで、お母さんも、ええ、よござんす、石に嚙りついてもこの子はわたしの手で立派に育ててあげてみせます、お父さんの方の子供に負けない立派な者にして御覧に入れますと、こう言ったんだよ。その時、忠雄ちゃんを素直に向うに渡していたら、その方が忠雄ちゃんはどっかいい家へ貰われて行って仕合わせに成れたかもしれない。お母さんもこんなに苦労をしないでよかったかもしれない。でも、お母さんは忠雄ちゃんと別れては仕合わせに成れッこない。忠雄ちゃんだって、実の親と別れて知らない家に貰い子に出されたんでは、仕合わせにはなれなかったと思うんだよ。——ねえ、よく聞きわけておくれ。忠雄ちゃんを私生子なんかにしたのは、お母さんが悪いんです。それはお母さんがあやまります。お母さんは騙されて——いいえお母さんが悪いんです。でも——いたずらなんかで出来た子供じゃないんですよ。忠雄ちゃんには、れっきとしたお父さんがいるんですよ。忠雄ちゃんのお父さんは、偉い人なんですよ。だから私生子だからッて恥ずかしがることはないんだよ」

私はその母親の言葉に承服できなかったが、今は黙って聞いていた。

「でも忠雄ちゃんがこんなに悲しがるんなら、早速青山に頼んで庶子の認知をして貰いましょう。私生子ッてのがそんなに忠雄ちゃんを苦しめるのだったら、すぐ庶子にして貰いますからね。さあ気を静めて、死ぬのなんのッて、そんなこと言ってお母さんをいじめないで……」

母親は子供の私をつかまえて子供には分らないようなことを言ったが、子供の私には、その意味ははっきり分らないまでも、その言葉は深く頭に刻まれた。

「忠雄ちゃんが死んだりしたら、お母さんも死にます。お母さんは忠雄ちゃんをたよりにこうして生きているんだからね。こんなに苦労をしているのも、忠雄ちゃんに立派に成って貰いたいばっかりなんだから……」

新しい涙にかきくれたとき、台所でそれまでこっそり泣いていた祖母が私たちの前に来て、畳に手をついて、

「この婆にあやまらせておくれ。お前さんにも、忠雄ちゃんにも……。あたしがだじゃかいんので、あたしに甲斐性が無いばかりに、お前さんたちをこんなにして――」

――三人は抱き合ってまた泣いた。

新派悲劇と人は笑うであろうか。笑うことはかまわないから、笑う男たちよ、どうか、この私のような子を「いたずら」でこの世に生みつけないでくれ！　この私の母のような女をつくらないでくれ！

＊

私の出生の秘密に就いては、私は実はこれを審かにしない。詳しいことをついぞ母親に尋ねたことがないからであり、母親も自分の方から息子の私に詳しく語ったことがないからである。いや、語ろうとしても私は耳を藉《か》そうとしなかったというべきであろう。そのことに触れるのが辛く苦しく、なんともいえない不快さに襲われるからであった。そんな私にとっては、普通の人なら誰でも知っている自分の家のこと、自分の両親のこと、自分を生んだときの母や父のことなどを、この私は何も殆んど知らないということの方が、なまじ知っているということより、この私にふさわしいことのように考えられるのである。

言いかえると、自分の悲劇的な出生に関して何も知らないということは、出生の悲劇にふさわしいことのように考えられ、又そういうことは出生の悲劇そのものよりも一層悲劇的であって、悲劇的な私にはふさわしいことと考えられるのである。すなわち、私は、私の家に関してもとんと知らない。知ろうと欲しないのである。知っていることといったら、単に次のようなことだ。

私の母親はひとり娘であった。そしてその母親を生んだ私の祖母も亦ひとり娘であった。祖母は養子を取って母を生んだのだが、ひどい道楽者だったというその養子は、代々「覚前屋の六兵衛」の名で通っていた、庄屋もつとめたことのある養家の身上を、放蕩で潰した上で逐電した。その養子への怒りからか、祖母はその養子の残して行ったひとり娘である私の母親に、母親が子供の時分よくこんなことを言ったと、母親は私に語った。

「お前は木の股につらさがっていた子なんだよ。可哀そうだから家に連れてきて育ててやったんだ。……」

母の子としては、私がまた一人息子である。そして私はまた三十代にひとり娘を持ったが、二つで失って、今のところ子が無いから、今のままで行けば、この私で間もなくわが家の血筋は絶えるのである。雪の深い北陸の路傍に生えた一本の草のようなわが家――かろうじてひとり子で続いてきた、いわば息絶え絶えの、そして不幸な濁りのつきまとった忌わしい血は、ここで絶え果てるのである。

私は以上書いたほかは、わが祖先について何も知らない。遂に知ろうとしなかったのである。だが、こうしてわが過去を書き続けることに成ってみると、私も機を見て雪の国に訪れて雪の下に埋れたわが祖先のことを、村の古老に尋ねて見ようかという気持も起きてきたが、何か誇りになるようなことを探り出そうという心は無い。路傍の雑草、――これがこの私にはふさわしい。誇りといえば、雑草を私は誇りとする。

父親の方は雑草ではない。しかしそう言えるほど、これも詳しく知ってない。私の父親のS―はN―家からS―家へ入った養子なのだが、私の母親と会う少し前に家附の娘であるその妻を失っていた。母親が北陸の港町で会ったときの父親はその県の知事であった。私は今から十年前にある小説のなかで次のようなことを書いたが、その「夜伽」云々は私のいまいましい推量に過ぎなかった。そしてこの小説を私が書いたときは父は枢密顧問官として在世中であった。「△△氏が初めて私の母親を見たのは、彼が福井県知事として県下巡察の砌《みぎり》、M―町に来た時で、日露戦争当時の風習として食事の給仕に選ばれた素人娘が夜伽のつとめもせねばならなかったものかどうか、私はこれを詳かにせぬが、母親は不幸にもその時、私という因果な子を胎んだのである。やがて私は、恐らく△△氏の呪いを受けつつ、なんにも知らない呱呱《ここ》の声を挙げた。そして私が二歳の時、狭い港町のうわさに堪えられないで母親は私と祖母を抱え、その時は既に△△氏が知事をやめて芝に住んでいた、その同じ東京へ追われる如くにして来たのである。その汽車中、私は降りようとしてきかず、手のつけられないむずかり様であった由、東京で私等を待っているものが決して幸福でない事を幼児の私は知っていたのかもしれない。——△△氏は腹心の者を間にたて月十円(!)の生活補助を約し、金輪際、私等の前に姿を現わさなかった。……」

父親は飯倉に住んでいたが、その義母に当るひとは私の異母兄を連れて青山の別宅に住んでいた。私の母親が「青山」というのはすなわちこの義母のことで、このひとが、やがて後妻を貰った父親に対して、私の方の同情者であった。幼時の私は母親に連れられて時折、青山の屋敷に伺候した。行くとお小遣を呉れ、そのお小遣を包んだ紙のおもてに墨でいつも「いも」と書いてあるのが、どうにも解せなかった疑問として私の心に残っている。「も」の字が糸瓜《へちま》のように長くのびているのだが、今から思うと「のし」と書いてあったのではないかとも察せられるけれど、ではどうして「し」の腹に点を二つ打ったのだろう。青山にいた私の異母兄は私より十齢上で、一中、一高、帝大という学校の順序であった。私の母親が馬鹿のひとつ覚えのように一中を固執し、一中、一高、帝大ということを理想としたのもそのせいであった。

*

私のようなものは府立に入れないという野本の言葉が根も葉もない出鱈目であることは、母親が受持の先生のところへ問いただしに行った結果すぐ判明したのであったが、そうなるとまた私は是が非でも府立一中に入らねばならないということに成った。そうして憎らしい野本や花村を見かえしてやらなくてはなりませぬと母親はいきり立ったのだったが、かくて私は屈辱の苦しみから救われるとともに報復の苦しみに新しく摑まれた訳であった。私は東町小学校では優等賞を取りつづけた出来のいい生徒ではあったけれど、東京中の小学校からよりすぐった受験者の詰めかけている一中の入学試験のことだったから果して合格できるかどうか――こればかりは、どうしても合格しろと言われて「はい、合格します」と答えられるものではなかった。とにかく勉強だ。それこそ死に物狂いの勉強をするほかに手は無いのである。

十一月にドイツが屈伏して世界大戦は終りを告げたが、受験勉強に夢中の私は戦争が終ろうとはじまろうと問題ではなかった。ヴェルサイユの媾和会議に西園寺公が全権として派遣されるということなどが年末の新聞紙上を賑わしていた。米国大統領ウィルソン、仏国首相クレマンソー、英国首相ロイド・ジョージ、それに伊太利代表等と並んで西園寺公も晴れの国際会議で活躍するのだという新聞記事は、世界の田舎者だった日本人を狂喜させ、日本も遂に世界五大強国のひとつとして認められたと誰も彼ももう有頂天であったが、幼い受験生は一中の入学試験をもし落ちたらどうしようと、ひとりで胸を痛めて、有頂天の仲間入りはできなかった。哀れな私の眼中には入学試験しかなかった。

ある大雪の朝、私はひとりで三の橋から、あのガタンガタンという小さな電車に乗って桜田門へ行った。そこから歩いて、その頃日比谷公園と並んで濠に面して建っていた府立一中の門をくぐって、願書を出した。何故そんな大雪の日にわざわざ出掛けて行ったのか、今はその訳を覚えていないが、或は受験料の工面か何かで遅れてそれがぎりぎりの期日だったのではないか。願書を出すと私はすっかり昂奮して、今は裁判所のある、——その頃、そこには小学校と、古い武家屋敷の門をそのまま校門に使った海城中学が並んでいた、その前の日比谷公園の入口から、雪のつもった公園のなかにとことこと入って行った。雪のつもった公園へなど、誰も入って行く物好きはなかった。私は物好きの気持ではなく、ぐッぐッと胸を衝きあげてくるえたいのしれない激しい感情にその身も衝かれて、まだ足跡をひとつもとどめていない、かなり深い雪をざくざくと早足で踏んで行った。雪の野を訳もなく駈けまわる犬に似ていた。

この公園は私にとって馴染の深いものであった。母に連れられてよく躑躅《つつじ》を見に来たものだ。年柄年中、家の中に坐り込んで根《こん》仕事をつづけていた母親はそういう春秋の行楽に慰めをもとめていた。幼い友だちと外で遊ぶことのすくない孤独の私をそうして楽しませようという気持もあったかもしれない。躑躅は大久保とその昔は言われていたものだが、日比谷ケ原が公園と成ると、そこの大半の株が移されて日比谷が呼物と成ったのだった。その躑躅は四月から五月にかけてのことで、それから夏の初めにかけては藤である。芝公園の弁天池の藤は、竹谷町の私の家からは近かったが、ながい房の見事さ美しさにかけてはやはり亀戸天神の太鼓橋の藤にはかなわなかった。帰りに名物の葛餅屋の「船橋」に寄るのも楽しみだった。本所四つ目の牡丹、堀切の菖蒲も私の記憶に朧気ながら残っている。墨堤、飛鳥山、小金井の桜も忘れ難い。いずれも懐しい思い出ではあるが、そうしてひとりぐらしの女の寂しさを紛らせていたのであろう。その時の、幼い私の手をひいた母の姿や心事をおもうと、また心が暗くしめってくる思い出でもある。母親は桜や菖蒲や牡丹や藤や躑躅で果して心が慰められただろうか。

左様、躑躅の日比谷公園はお馴染だったが、白雪皚々《がいがい》として人ひとり通ってない公園には馴染はなかった。私はそれでも、否、それだから、何か挑むような気持で滅茶苦茶に雪を踏んで、公園の奥へ奥へと入りこんで行ったが、ふと我に返ると、人跡未到の地に迷い込んだような恐怖に襲われた。さあ、また夢中で駈けもどった。思えば滑稽な話だが、願書を出したあとのその可笑しな私の昂奮はまた哀れふかく回想されるのである。

小学校の卒業式が来た。私は学校からの賞状のほかに、保護者会からの賞品として縮刷版の「言海」を貰った。紙も悪ければ印刷もごく悪いそれを私はしかし今だに持っており、今でもときどき使っているのだが、警察のマークに似たその学校の徽章が朱肉で押してあった固い表紙は勿論ちぎれて、「文明者何。自単之複　自粗之精　之謂也。」というのではじまり「明治十八年四月文部省編輯局長正五位勲三等西村茂樹識」で終っている序の頁が、むき出しに成っている。私はこの「言海」が好きである。たとえば「鼠」をひくと「寐盗ノ約カト云」とあり、「猫」を見ると「人家ニ畜ウ小キ獣、人ノ知ル所ナリ、温柔ニシテ馴レ易ク、又能ク鼠ヲ捕ウレバ畜ウ、然レドモ窃盗ノ性アリ、形虎ニ似テ、二尺ニ足ラズ、性睡リヲ好ミ、寒ヲ畏ル」等々とひどく詳しいが、「写生」はただ「イキウツシ」としかなく、また「川」をひくと「陸上ノ長ク凹ミタル処ニ、水ノ大ニ流ルルモノ」とあり、「鼻」をひくと「顔ノ中央ニ高クナレル所、二孔ニ成リテ嗅グコト及ビ呼吸ヲ司ル」とある。すべてこの調子のこの字引が私には離し難いのである。

私は一中の試験を受けた。合格者の発表まで何日あったか、はっきりしないが、その間、私は白金《しろがね》の所謂「清正公さま」の先にある小さな「天神さま」に日参をした。

「どうぞ試験がうかっておりますように……」

私はほんとうに真剣であった。必死の祈りであった。大概はうかりそうであったが、絶対にうかってほしいのである。うからないと困るのであった。

「どうぞ一中へ入れますように……」

母親の神詣でには必らず一緒に連れられていた私は夙に敬神の念を培われていたから、苦しい時の神頼みはお手のものだった。

家は竹谷町から新堀町に移っていた。三軒長屋の真中で、裏庭は竹谷町よりやや広く成っていたが、陽当りの悪いのは余り変りないのであった。その片隅に、竹谷町の庭から移し植えた梅の幼木があった。その梅に就いて私は前記の小説のなかでこう書いている。

「それは私が子供の時分、根にまだ梅の実をつけたままの苗木の状態のときに、有馬ケ原というところから取ってきて庭に移し植えたもので、梅は『お天神さま』の樹であるというのが殊の外、母親を悦ばせた。母親は尚、これは梅干の実であるに相違ないとし、私は子供ながらに大いに疑問におもったが、母親は梅干から芽が出るなんてよくよくのことだともうきめていて、艱難辛苦の幾星霜を経て芽が出るということに随喜的な共鳴を感じたらしかった。由来、それは『家木』というようなものになって、引越ごとに頗る鄭重な移植をうけた。……」

白金の「天神さま」から帰ると、私はその梅の木に水をやった。

「――早く大きくなれ」

陽の当らない石ころだらけの庭に植えられたこの梅の木は、そっくりそのまま私であった。この不幸な梅の木は不幸ななかでなんとかして、なんとしてでも生きねばならなかったように、私も亦生きなくてはならなかった。生き通さねばならなかった。

その三——私に於ける羞恥と虚栄について

私は何を企てようとしているのか。

私は何を書こうとしているのか——と言ってもよいのであろうが、私は敢えて、何を企てようとしているのかと私に問うのである。今までわが身とわが心を鞭打つようにして書いてきたところを、ここでふと読み返して、私はそう私に改めて問いただささねばならぬ疑いを感じた。

わが胸の底のここには
言ひがたき秘密《ひめごと》住めり

この藤村の詩の一節を、いわば無責任にその一節だけ取って、そしてそれをややともするとひるもうとしたがる自分を励まし叱咤するところの言葉として秘かに口ずさみながら、私は出来たらそっと隠しておきたい、——他人《ひと》にというより寧ろ自分に対して(!)

隠しておきたいわが秘密を、自分の気持としては容赦なく、苛酷に、発《あば》いてきた。宛かもわが手で開腹手術を施すような悲痛な決心で、(私は自分でそう考えた。)わが身を剔抉《てっけつ》した。今の私には、——嘗ての私の持っていたごとき、世間をあッといわせるようなものを書いてみたいという文学的功名心や成功欲が、朽葉のように落ちつくした今の私には(＊)剔抉それ自体が苦痛であるというほかに、剔抉の筆を原稿用紙の上にすすめるということも、心のすすまぬ労働として苦痛なのであったが、だから、私はさきに、わが身とわが心を鞭打つようにしてと書いたわけだが……。

(＊こう明快に言い切っては、うそになるかもしれぬ。少くとも明快の持っている軽率から免れない。——ちなみに、私は文学的功名心をそう恥ずべきことと考えていない。)

さて、その剔抉は何のために為されなくてはならないものだったか。何のために、そういうことを企てようとしたのか。

わが身の恥をただ発くのが目的ではなかった。言い難き秘密を己れの手で暴露することが、「企て」の目的ではなく、手段であった筈だ。

そうだ、私はそうして私の上に迫りつつある衰滅から救われたいと願ったのである。自己憎悪の焰を燃やして生の情熱をも燃やしたいと思ったのである。そのための、苦痛を忍んでの剔抉であったのだが、わが剔抉の筆は剔抉そのものに酔うた傾きがありはしなかったか。すなわち苦痛を忍んで書き綴っているうちに、漸くその苦痛に陶酔して行ったところがありはせぬか。悲痛な決意と考えたものが、いつしか卑しい露悪癖にすりかえられてはいなかったか。

筆を置いて私は今まで書きつづけてきたところを読みかえし、左様な疑いの生じるのを認めない訳には行かなかった。私にとっては、何を書こうとしているのかが問題ではなく、何を企てようとしているのかが問題なのである。もとより「企て」は「書く」ことによって果されねばならないのであるが、「書く」だけのことのうちに目的があるのではない。それが「書く」だけのことに堕しているところがありはせぬか。

その逸脱を私はどう考えたらいいか。これもまた私の老衰の故か。それとも、書くという所行とともに自ずと私のうちに動き出したいわば悪しき作家的習慣の故の滑りか。

たしかに、老衰を私はそこに見ねばならぬだろう。そして老衰故の滑りを。——この二つは、このせいか、あのせいかといった二つの事柄ではなく、所詮同一の事柄なのである。

ややともすると日本の作家が、円熟期と考えられる年齢に達すると、もう書けなくなってしまう現象を、人は作家的老衰と言う。だが、老衰は書けないことのうちに現われるだけでなく、すらすらと書けることのうちにも現われるのである。彼の精神の成長がとまって、小説技術のみが残り、——ある場合は、技術というよりは、習慣だ。——そうして、彼が書くのではなく、習慣が彼を書かせる。そこに顕著な老衰現象がある！

私のも亦、この一種の老衰現象ではなかったか。羞恥に敏感だったという私の姿を書きながら、私はかかる現象に対しての羞恥を喪失していた。

（――胸の中のもやもやは更に片附いていない。私は、私の内部でしきりと表現を求めているもの、表現によって解決されることを求めているものをまだ一向につかめていない。他の口から、もう一度探って見よう。）

土台、私は、自分の不幸をべらべらと口にする人間を好まない。寧ろ左様な人柄の軽さと甘さとを憎む者である。今の私は……（と断る必要があるが）。

いつだったか、私は、かなり美しい、そしてかなり若いひとりの女性から、あたしは男に騙されました、あたしはこんなに不幸なのですと、別に聞きたくもない身の上話を聞かされて、なんともいえない腹立たしさを覚えさせられたことがある。

（あなたは何の為にそんな話をするのですか。私に同情して貰いたいのですか。同情の押売？）

私はいらいらして心の中で言っていた。

（私の同情によって、あなたは慰められたいのですか。救われたいのですか。しかし同情というのは、同情をする方がそれによって心を高められるということはあっても、同情される方が心を高められる、救われるということは、まあ、無いのが普通でしょう。たかだか、一時の慰めが得られるだけだ。そしてそんな慰めなら、あなたがそうしてわが身の不幸を涙ながら口にすることで、すでにもう得られたのではないですか。だからもう同情の必要は無いと言える。いや必要があっても、今の私は同情の言葉を口にするのはいやです。何故なら私はあなたの話で、或はあなたの話し振りで、つまりその哀れっぽく持ちかけられたことで、あなたの期待とは反対にひどく不機嫌にされたからだ。同情の押売のせいかしら。それだけじゃない。とにかく話し手のあなたは慰めを得たかもしれないが、聞き手の私は、すっかりいらいらさせられた。)

突然、私は嗜虐的な怒りに捉えられた。心の中で私は言った。

(今度は俺が騙してやろうか！)

私は眼をつぶり、ややあって眼を開くと、こう言った。

「あなたは男に騙されたと言うが、なるほどその男も悪いけれど、騙されたりした自分も至らなかったのだ、悪かったのだと考えたことはないのですか」

私自身男だからというので男を擁護する気持ではなかった。私はその女性を騙した男を、その女性とともに、同時に男性の立場から、言いかえると妙な嫉妬から大いに憎んだ。しかし一方で、眼前のその哀れな女性を哀れと思いながらまたそのとき殆んど憎んでいる自分を見出していたのだ。その不思議な憎悪は再び私を逆上させた。

（もう一度、この俺が騙してやろうか。もっと不幸な目に会わしてやろうか。この馬鹿女！）

ところでその女性は、私に何かいきいきとした眼を向けて、こう言った。

「ええ、それは、あたしが至らないせいですわ。あたしが馬鹿だったんです。これはあたし、知ってますけど……」

素直に、いや軽々しく、すらすらと淀みなく、幾分浮きうきとして、そう言った。ここだと私は思った。えたいの知れない腹立たしさ、殆んど憎悪に近いものを私のうちに搔き立てたのは、この女のここだ、この軽々しさだと思った。素直と紙一重のこの軽々しさ。

（それはあたし、知ってますけど？　うそつけ！　知ってるもんか。知っていたら、知ってるナンテそうすらすら言えるものか。）

私はいよいよ怒りながら、しかしその女性がその「うそ」の言葉によって初めて、それ迄の真実の告白によっては得られなかった真の慰め、――救いと言ってもいいものを、期せずして摑んだらしいと見たのであった。すなわち私は怒りながら一方で、泣きたいような想いに駆られた。

（あなたはそのあなたの軽々しさの故に、男から騙され、またその軽々しさの故に騙されたのなんのと、こっちが恥ずかしくなるようなことを恥ずかしがらずに他人に向って喋り立てる。――ああ情けない。）

やや沈黙があって、その女性はやおら膝を崩すと、私に言った。(そのぶかぶかした大きな足袋の裏は、真黒に汚れていた!)

「でも、あたし、もう騙されたりはしませんわ」

その瞬間、その女性は急に醜くまた急に老けたように見えた。

それにハッとしながら私は、

(まだ、うそをつく!)

危く口に出して叫ぶところだった。

(ほんとうは、まだまだ騙されたいくせに!)

ああ私はここで、今こそ、わが胸の底に住む言い難い秘密の、見たところは小さいながら実に根柢的なものを、ずばりと言ってのけた気がする。ほんとうに言い得た喜びを感ずる。……

(今度は俺が騙してやろうか!)

舌なめずりしながら、こう考えた私は、ところで、——思えば「騙された女」の哀れな子供ではなかったか。「騙された女」の子として、つい、さっき、こんなことを書いた私ではなかったか。

「——新派悲劇と人は笑うであろうか。笑うことはかまわないから、笑う男たちよ、どうか、この私のような子を『いたずら』でこの世に生みつけないでくれ！　この私の母のような女をつくらないでくれ！」

誰よりも「いたずら」をいましめねばならぬこの私が、いわば誰よりも強くまた軽率に、この「いたずら」を欲する者であった。

どういうことになるのだ。

「血だ——」

などと言ってすましてはいられない。それは卑劣だ。もっとも私の憎みたい卑劣だ。

——いま、私は知ったのである。知らされたのである。私は、新派悲劇云々の言葉を、ほかでもない、この私自身に言っていたのだ。それを、ああ、この私は、「人よ」などと書いている。「人よ」などと書いては、許し難い「うそ」に成る。——ここに確実に滑りが見られる。

私は、自ら悲痛がっているだけで、少しも自分を剔抉してはいないではないか。

——が、話を戻して……。

今度は俺が騙してやろうかと、その女性を見据えながら心の中で言ったときは、実際に私は、むらむらと燃えあがる情慾の焔を感じたのだったが、その女性が帰ってひとりに成ると、もうその時の私は、その女性と同じ「うそ」の言葉を、軽々しくそして多分に浮きうきとして言ったような形に成っている自分を、そこに発見した。私は、それまで、そして今まで、幾度か女を騙したが（！）、私の騙した幾人かの女は、（私の——男の勝手な言い分でなく、こう言えると思うのだが）私の方で騙したつもりで案外私の方が騙されていたのかも分らない、そんなたちの、つまりいずれも男を騙したり、男に騙されたりした過去のある女ばかりで、——男に騙されたと泣き言を私に述べて行ったその女性は、その、男に騙されたという点では、その女たちと同じだったけれど、又その女たちのその女性と違うところは、私に決して自分から過去を語ったりはしなかったということだ。その違いが、私の忌わしい感情を忽ち消し去ったのであろうか。つまり、こうべらべらと男に騙されたと喋り散らす女は、うっかり関係すると、また私のことを他人にべらべら喋り散らしそうで危険だと用心したのか。それもあろうが、一体この私という男は、決して自分から過去を語ろうとはせぬ、聞いてもニヤニヤ笑って言わない、そんないわばしたたかな女のそのしたたかなところにしか惹かれなかったのだ！

しかし、そのときは、そんな点も勿論あったではあろうが、何よりも強い原因と考えられるものは、ひとりに成ったときの私の言いようのない暗澹とした感情だった。そのなかには、その女性への哀しい同情も含まれていたが、その女性を眼の前にしていたときは、その女性の切に求めていた同情を惜しんでいて、その立ち去ったあとでしみじみと同情するとは、なんということか。しかも、この私が騙した女をさしおいて、何のかかわりもないその女性に衷心から同情を寄せるとは、これ亦なんということか。――私の心の暗さはそういうところから生じたものだったか。

（そうだ。他人事《ひとごと》ではない！）

私はやがて思い当った。暗澹たる想いは、その同情すべき、そして事実同情している女性を、私が何故あんなに残忍に憎んだか、その訳が分らないところから生じたものであり、また自分ではそれが分らなかったけれど、その憎悪の刃が実は自分の弱点をもひそかに刺しているところから生じたものだった。それが突然明らかに成った。私がその女性の軽々しさをあんなにも激しく憎んだのは、他でもない、私自身の軽々しさを、そうして憎んでいたのだ！

この軽々しさ、そして甘さ、――それは今なお私のうちに残されている。

悲痛な決意などと言うのがそもそもそれではないか。

己れの不幸を語ることは難しい。易しいから、難しい。

（まだ釈然としない。私はまだ考えなくてはならない。）

こっちが恥ずかしくなるようなことを恥ずかしがらずに喋り立てる、――その軽々しさ。そう私はその女性に心の中で言ったと書いたが――。

そうだ。羞恥とは何か。

私は嘗つて「羞恥なき文学」という題で、文芸時評を書いたことを思い出す。昭和十五年の夏であった。

ある作家の作品を評して私はこう書いた。「――読後の妙な感じは、作者の無反省からくるものではない。反省が無いのでは無いのだが、文学者的羞恥が無いのだ」

羞恥なき文学、――唾は己れの顔に落ちてきた。

私はつづけてこう書いた。「では、羞恥とは、一般にどういうことだろうか。中村氏の例の評論に、寺田寅彦氏の随筆の一部分が引用されている。日本人が西洋人の前で、殆んど無意識に、卑屈な態度を取っているのを見て、いやな気がしたが、自分にもそういう風な弱点があるのを、平素は押しかくしている、それを暴露されたような気がして憂鬱になったのかもしれないというのである。『こうした情景に僕等が感ずる不快は、妙な譬えだが、往来で犬の番うのを見た時に酷似している』と中村氏は言う。動物には羞恥が無い。人間には羞恥があるので、動物のような『弱点』を押しかくしているが、しかし『弱点』がない訳ではない。それを押しかくす羞恥とは、どういうことだろう。動物の低さに人間が落ちることを嫌うからにちがいない。その抵抗が羞恥なのであろう。――羞恥は、そのような動物的な『弱点』に対してばかりでなく、精神的な事柄についても現われる。精神的な低さに人間が落ちることを嫌うところに羞恥が生ずる。それは、即ち人間が高い精神的価値を自らに求めることの現われであろう。そうなると、人間に羞恥というものがあるというのは、ひとりの人間のうちには、高い価値を要求し、又自覚する人間（人格的存在としての人間）と同時に、それと矛盾する低い価値の人間（動物的存在としての人間）とが二元的に存在するところから生ずるものであることが分る。……」

羞恥というものに対するこの解釈は、その頃私が傾倒していた（気持としては傾倒だが、実際は読み齧った程度を出ないかもしれない。）マックス・シェーラーの所謂「心情の論理」から教えられたものの、そのままの引用に過ぎないのであるが、今も私はその解釈に捉えられたままである。羞恥とはそういうものに違いないと考えている。そして私が「羞恥」の記憶によってたぐり寄せてきたと考えた今までの私の回顧を、ここでもう一度読み返して見ると、私が自ら羞恥と考えたところのものは、実は羞恥というより一種の虚栄心ではなかったか。私は羞恥に敏感だったというより、さまざまな現われを持った虚栄心が病的なほど強烈だったということではなかったか。そんなことが考えられるのである。私の「企て」が、私のせっぱつまった、しかし間違ってはいない良き意図にも拘らず、ただ「書く」という皮相に滑っている傾きが感じられるのは、羞恥のつもりで実は虚栄心を傷つけられた思い出を手がかりにして、私というものを探ったためであったかもしれぬ。――しかし、これもはっきりしない。

要するに、私は書けなくなった。ここまでひとおもいに駈けて来て、ここで転んだのである。

だが私は断じて、回顧の歩みを（剔抉の筆を）進ませねばならぬ。どうあっても進ませねばならぬということを、再び感じ出した。

今のままではまだ前と同じ方法を続けなくてはならないのだが、自然の打開にまかせて、とにかく重い足を踏み出すことにしよう。

＊

大正八年四月、東京府立第一中学校に私は入学した。入学できたと言うのが至当かもしれぬ。私は十三歳であった。

私は神田の古本屋街の店を次々にのぞいて行った。

「簡野道明、新編漢文読本の巻一、ありませんか」

私と同じような中学生の客の殺到にそなえて、多くの古本屋はその店の前に臨時の台を出し、それにあらゆる種類の古本の教科書を堆高く積んで、番頭や小僧たちが立ち並び、

「はい、いらっしゃい。簡野さんの漢文？　へい」

と年に一度の活況に、浮きうきとうかれたような応待振りであった。

私はこのように教科書に古本のあることを知らず、はじめは普通に、三省堂で新しい教科書を購入しようと神田へ行ったのだが、行って見て、そういう古本屋の存在を知り、新本を買い揃えられる金は母親から貰って持っていたけれど、少しでも安い古本を買って母親の負担を軽くしようと思い立ったのだった。まことにいじらしい心根というべきだが、それは古本屋の存在を知らされたためというより実際は、古本屋の前に群を成して詰めかけている中学生の存在が私にそういう勇気を与えたのである。そういう群が私を刺戟し私を支えるということがなかったら、私はそういう「親孝行」を行うことはできなかったに違いない。そういう群のなかには、府立の生徒は、殆んどといっていい位見かけなかった。府立はその頃、五中までしかなかった。

「はい、簡野漢文――」

私の前に、かなりいたんだ黒い表紙の和綴の本が差し出されたとき、私の隣りで、何かの教科書を手にした、どこかの私立の徽章をつけた、三年か四年と覚しい年頃の生徒が、

「もっと新しい版の無いかい。修正と上についた奴……」

と言ったのが、私の耳に入った。こういう古本買いに慣れた、即ち私には無いところの落ちつきを彼は見せていた。

私は彼のその言葉に、ハッとして、学校から渡された教科書一覧表と、古本屋の小僧さんから渡された古本とを照らし合わせると、前者には「新編漢文読本」の上に「校訂」と横書の小さな活字が置いてあるのに、古本の方は「訂正」と成っている。

私は唾を呑んで言った。

「訂正でなく、校訂を下さい」

隣りの見知らぬ生徒の、彼自身は意図しない私への忠告が無かったら、私は同じ「新編漢文読本」でも中身は違う本を危く買うところだった。

「校訂は只今のところ無いんですが」

古本の山を探してくれたのち、小僧さんがそう返事した。

「ではK―館の国文教科書、吉田弥平先生の、――巻一」

「はい」

草色の表紙に、修正十版とある、これまた和綴の本が渡された。一覧表を見たが、何版ともそれには明記してなかった。そこで古本の奥附を見ると、初版は明治三十九年で、「大正四年一月五日修正十版発行」とあり、その年は大正八年であったから、数年前の古本である。修正十二版あたりが出ているのではないか。

「もっと新しい版のありませんか」

「それは、――それが一番新しい版です」

小僧のうしろに立った番頭が、冷やかにそして断乎として言った。

「じゃ、これ、下さい」

怯えたように言って、

「それから、三浦周行先生の日本史の上巻」

――これはそこに無かった。

こうして私は古本を買い集めて行ったのだが、古本と言っても全く新本とかわりない新しさのもあって、そういうのの奥附には、検印のところに「御選定用見本」という紫色の判が捺してあった。「禁売買」という判の捺してあるのもあったが、選定用に出版屋から寄贈されたこういう教科書を、そんな判にかまわずに教師なり学校なりが大量に古本屋にさげて、そうして古本買いの私や私たちに、ほんとうの古本でないこういう新本そっくりの古本を買い得る喜びを与えていたのである。

私は古本を買ったことによって何か大変いいことをしたような喜びを味わったものであったが、いざ授業となると、前後左右、いずれも真新しい、丁度仕立おろしの着物のようなぱりッとした本を開いているなかで、私のだけが丁度よれよれの着物のような汚ならしい、持つとぐにゃりとなる本なのに、――さあ、何んともいえない屈辱の想いに襲われた。ちょっとの金の違いで、やっぱり軽率だったと後悔され、自分のしみったれた貧乏人根性がいまいましかった。

「兄貴のお古なんだよ。いやになっちゃう。……」

そういうつわりの弁解を逸早く狡猾にも用意したが、心は穏かでなかった。裏表紙に、どこの誰とも分らない前の持主の名前が書いてあるのを、墨で丹念に黒々と消したけれど、その黒い跡はまるで犯罪の痕跡のように私をおびやかしてやまなかった。

まことに、羞恥というより虚栄心であった。ひとたび、古本を買おうという勇気を持ち、買ったことによって、吝嗇の喜びでない一種美しい喜びを持った以上、何故その勇気と喜びとを貫き通そうとしなかったのか。貫き通すことができなかったのか。——この弱さ、この種の怯懦は、思えば、私のいままでの生涯に常に色々な場合と色々な現われに於て、つきまとっていた。

「角間。教科書に書き入れをしてはいかん」

ある日、私たちの机の間を見廻っていた教師が、私の漢文教科書にふと目をとめて、言葉鋭く私を咎めた。

それは、私のでなく、古本の前の持ち主の書き入れであったが、前の持ち主はよほど熱心な劣等生と見え、下らない書き入れがびっしりとしてあるのは、汚ならしいとともに腹立たしく、私自身「いかんじゃないか」と私の知らない前の持ち主に毎度、怒っていたところだった。

桃李不レ言下自成レ蹊——この桃李に「トウリ」とインキで仮名が振ってある。いかにも私が劣等生で桃李が読めないかのようで情けなかった。責レ善朋友之道也、——責ムルに「ススムル」と仮名がつけてあり、それで、その仮名が眼に入って、「責」をそう読ますのだと覚えるのに邪魔であった。

「これ、僕じゃないんです」

私は顔から火の出る想いだった。

「お前が書いたんじゃない？」

「ええ」

「なんだと」

教師は荒々しく本を取り上げ、ぱらぱらと頁を繰り、そして古本とさとると、険しい表情を変な困惑のそれに変えて、

「ふん。消さんといかんな。消さんと……」

インキで書いたのをどう消したらいいか。勿論私は聞きはしなかったが、教師もその点、何も言わず、そそくさと去って行った。叱責を悔いているようなその後姿は、叱責よりも強く私を悲しませた。

更に古本の私に与えた悲しみのうちには、こんなこともあった。今はそれが国語の本であったか漢文の本であったか、覚えがないが、——たとえば国語の本を例にすると、「修

正十版」の目次は、一、大日本帝国。二、桜花（口語文——芳賀矢一）。三、四、千里の春、その一、その二（大和田建樹）。五、入学の後両親に（書牘文《しょとくぶん》）。六、学の海（新体詩）。七、佐久間艇長。八、乃木大将の少年時代（横山健堂）。九、一灯銭（書牘文、久坂玄瑞）。一〇、蜃気楼（口語文——杉村楚人冠）……とあって二十五まである。（現在私の手許にその教科書が、——幾度かの引越にも拘らず、そして幾度かの家宅捜索《ガサ》で私には貴重な、是非残しておきたいとおもった本がいずれも無くなったなかで、こんな要りもしない、いやな思い出の種ともいうべき教科書が、今だにちゃんと残されているのである。）その、たとえば、「六、学の海」が、皆の持っている修正何版かの新しい教科書では他の新体詩にかわっているのだった。これは中学一年生の私の小さな心を、今の私からすると滑稽とも奇怪とも思えるほど苦しめ悲しませた。僅かな違いとはいえ、読み流すところの小説本などとは違って教科書の場合は問題であった。そしてその違いというのが、また、年々新たな修正何版というのを出すことによって、古本の利用を阻止しようとする出版屋の魂胆ではないかと、そんなひがんだ疑いを少年の私に抱かせるほどの、いわば小細工風のもので、改良改善といえるほどのものではなかった。そんなひがみは私の受けねばならぬ侮辱を一層強くし、それは私の悲しみを一層強くした。

なんのために、私はこうしたことを書いているのか。こうした私の姿を書くのは、何んの為か。

これもただ「書く」浅さに流れているか。いや、只今のところは漠然としか言えないのだが、こういう私であったことは、卑屈というだけではまだはみ出るもののある、微妙なにがにがしさを感じさせるいわば言い難いなにものかを形成過程の私の精神に加えて行ったのである。そのために、私は書いたのだが、どういうものが私に加えられたかは、後日の私に対する自己剔抉によって私自身に次第に明らかにされて行くであろうと私は考える。

その四　――私に於ける加害の例について

――この一月の間、この稿のつづきを私は一行も書けなかった。書こうと予定したことのメモは既に取ってあること故、今までの私の売文の場合のように興が乗ろうが乗るまいが、ソレ〆切だ、ソレ飲み代稼ぎだとヤケ糞の執筆を自らに強いれば敢えて書けぬでもなかったのだが、今度は年来のその習慣を珍しく破って、何かどうも書けないとする渋り、どうも書きたくないという低迷に自らをゆだねた。特に慎重を心掛けた訳ではなく、無理やり書きまくることの悲壮感と陶酔感の空しさを感じながらも、やはり水が涸れたような寂しさを覚えないではいられなかった。怠けることは、思ったほど快くない。貧乏性の故か。それもあろうが、何故書けないのかという悶えが胸につかえて私を苦しめていたのである。

何故、書けなかったのか。この何故かを考えて私はこの一月をいらいらしながら送ったようなものだが、ついせんだって、家へ遊びに来た友人を駅へ送る夜道で、

「ふむ、これだ」

真暗な道へ向けた懐中電灯を私はぐッと握りしめた。

「いや、失礼、——書けない訳が分った。仕事の続きがどういうのか出来なくなった訳が。——さっきは君にいろいろとその訳を言ったが、つまり言いながら考えていたのだが、さっき考えた理由などはどれもこれも自分で腑に落ちないものばかりだった。が、いまそれが分った。これだ、この懐中電灯……」

私は自分が異常に昂奮して行くのを隠せなかった。

「僕はつまりこの懐中電灯を持って僕の過去を照らしていた。この懐中電灯の照らし出す部分しか僕は書けなかったのだ。それがいけなかったのだ。僕はこれを捨てなくてはならん。え——こんなもの！」

私は危く懐中電灯を地べたに叩きつけるところだった。

まだしかし抽象的で、具体的には分っていなかった。それが、——それから二三日して、私はひどい下痢をして、おまけに風邪も混ったのか熱を出して寝込んだ。その癒りかけのとき、ひょいと、——遂に、

「私は自分が苛められている話ばかり書いた。そして私が他人を苛めた話を少しも書かない。……」

これだ。前節で私があれこれと探してどうしても摑めなかった胸の中のもやもやの正体は、正にこれに違いなかった。一生懸命求めているときは摑めず、そんな気の無いとき

に、しかも熱でぼやけた頭にひょっこりと、それは天の啓示のごとくに与えられた。

私のメモ帳には、書こうと予定して書きあぐんでいたものとしてこんなことがしるされている。

○あげのあるズボン

○義経のこと

○女親の欠席届

……………

いずれも恥の思い出である。言いかえると私の傷つけられた思い出で、私が他人を傷つけた思い出ではない。——「被害」の懐中電灯を捨てよ。

私は他人を無法に傷つけ辱しめ苛めた思い出を書かねばならぬ！

そうだ、それを書こうと思い立つと、それまで炎天の草みたいに萎れていた私の心が忽ち水を得たような生気を取り戻したのだが、さて、そういう思い出となると、これがさっぱり思い浮ばない。そういうことが私には無かったとは言わせない。そんな筈は絶対に無いのだが、そういう不都合なことは都合よく、否実に不都合にもケロリと忘れ去っていて、執念深く覚えているのは「被害」の方ばかりである。

とにかくしかし、折角気持がひらけて来たのだからと、筆を取ってここまで書いて来た。書いているうちに「加害」を思い出すかもしれぬと考えたが……。

——つまらぬ「加害」の思い出でもいいから、書いて行こう。

＊

東町小学校から府立一中の入学試験に応じたのは、私のほかに何人かいたのだが、幸い合格できたのは私ひとりで、野本も花村も可哀そうに落ちたのであった。

「ざまア見ろ！」

私は快哉を叫んだ——と朧ろに記憶する。そしてはっきり記憶しているのは、私の恥ずべき素姓を一中の新しい同級生たちに暴露する恐れのある小学校の友人が誰も入ってこないでよかったという安堵感である。今の私としては、そんないじけたにやにや笑いより、いっそ図太く——野本の奴、いい気味だと、快い報復感と勝利感に充ちた笑いを一種堂々と打ち笑うという方を取りたいのだが、その頃の、宛かも一度鼠落しにかかってやっと逃げ出した鼠か何かのようにおどおどといつも怯えていた少年の私には、やはりそうした、しっかりした、しっかりとものの充実した感じの笑いは似つかわしくなく、記憶が朧ろと書いたのはその為である。

かような事柄では、まだ、積極的な意味での「加害」ということにはならぬであろうが、この種類の或はこの程度のことであったなら、なお他にもあったと思い出される。

古本の教科書にまつわる恥の思い出を前節に私は書いたが、古本に恥を感じたのは、この私の場合はとりもなおさず、それによって級全体に暴露される自分の貧乏に恥を感じたのである。隠さねばならぬ恥を古本によってむしろ自ら広告せねばならぬのは苦痛であった。

貧乏は恥であろうか。恥ではない――と言えるのは今の私で、その当時の私は己れの素姓の次にひた隠しに隠したい恥なのであった。ところが、同じ教室の中に、私同様貧乏な生徒を私はやがて発見することが出来たのであったが、左様、その頃の中学生用語で言えばその「同類項」に対して、私はどういう感情を持ったか。

それは英習字の時間だった。私の左隣りの列の、二つほど前の机に、見廻りの先生が、ふとキュッキュッと鳴る靴をとめると、

「そりゃ、君、逆さだ」

呆れたような声に私は、待ってましたとばかりに早くも浮腰の姿勢で声の方に頸をのばした。

「いつも、前から、そうやって書いていたのかね」

洋行帰りらしいと私たちの間で噂されていたこの英習字の先生は、いかにもあちら出来と見られるりゅうとした背広を着ていて、胸のポケットにハンカチをのぞかせ、そしてそのハンカチにつけてあるのか香水の匂いを常に身辺に漂わしているのも、ほかの先生たち

と趣を異にしていたが、又ほかの先生たちがみな「お前」と言うなかで「君」と私たちに呼びかけ、その語調も中学教諭のあの野暮なもしくは野蛮ないかめしさの無いのは、いかにも何かあちら仕込の感を私たちに与えていた。しかし、級の生徒のなかには「洋行帰りが一年生の英習字なんか受持つ訳ないよ」と子供の癖に小ざかしい冷笑を浴びせる者もいて、概してこのひらけた先生は、私たちを正当に「小紳士」扱いしたために不当に軽視されていた。私は、あの福沢諭吉が、道を尋ねるべく農民にやさしく言葉をかけたところ、知らん顔されたので余儀なく「おい、こら、百姓ども！」と怒鳴ると、急にその百姓どもが敬意を表したという話を思い出す。大正中期の中学生どもは、その封建的な心理に於て明治初年の百姓どもとさまでまだ開きはなかったようで、中学生を一箇の人格として扱ってくれた先生を、正にそれ故になめてかかり、そのきちんとした身なりをも気障としてしりぞけた。いや、気障という点はいくらかあったようだったが……。

　その先生が、顔を真赤にした生徒の手からペン軸を取りあげると、

「ペンは、君、こうして使うもんです。こうしては逆だ」

　静かな口調でそう言った。私は、――これははっきり記憶しているが、たしかにこの時、心の中で一種残虐な快哉の叫びを挙げていた。叱責に成っていない先生のやさしい言葉つきが私にはあきたらなかったが。

　その私は、先生が気付くより先きに、もうずっと前から、その生徒がGペンの背を下に

して字を書く不思議さに気付いていた。そして気付いた当座は、その先生と同じように、これはと驚いただけだったが、そのうちまたペンの背をちゃんと背にして書いている時もあるのを見出して、更に驚いた。そしてその驚きは直ぐ軽侮へと変った。なるほど、――ペンが新しいうちは普通にして書き古くなって先が割れて使えなくなると逆さにして書くのだな、と、私はひとりで頷き、その合点の間に、他人の秘事を突きとめたときの卑しい北叟笑《ほくそえ》みを混えるのであった。

「ケチな奴!」

一本いくらでもない安いGペンをそんなにまで倹約しなくたってと、私は軽蔑したが、私の軽蔑はそのみみっちい倹約振りよりも、かかる哀れな倹約を彼に強いている彼の貧乏ということに、遮二無二食い込むようにして向けられていたのだった。貧乏な私は貧乏な彼に同病相憐れむていの同情を、或は親愛の情さえ寄せて然るべきところなのに、自分が貧乏である故に、貧乏を堪らなく恥としているが故に、彼の貧乏を軽蔑するという奇怪な心理を生んでいた。そして彼の貧乏を軽蔑することは彼そのものを軽蔑するというところまで走って行った。かくて更に憎しみに近い感情さえいつしか彼に対して抱いていた証拠には、先生がその「不思議さ」を発見し指摘したときはまことに溜飲のさがる想いだった。実は、私は私自身の手によってそれを発き立て嘲笑したかったのに相違ないのだ。私にはしかしその勇気が無く、一方貧乏な私の持っているような陋劣な勘の無い先生が「不思議」をただ「不思議」として扱っているのが不満であったが、勇気の無い私はそれでも満足せねばならなかった。

「妙な癖があるものだな」

と先生は言った。「――が、この癖は直したがいいね」

そうだ、ほんとに癖かもしれないのだった。ケチな振舞としたのはケチな私の邪推だったのかもしれない。

先生の言葉に対して、彼は終始無言であった。彼も亦その先生をなめていたのか。それともその先生が彼のケチをちゃんと見抜いていながらそれを単なる癖ということにして注意を与えたのかもしれない、そのいたわりに対して逆にふくむところがあっての無言であったか。いずれにしろその無言は、その事件と直接何んの関係もないこの私を、どういうのか、逆上に似た感情へと追い立てて行った。私は、彼がもしたとえば蚌か何かだったら、横合いから出て行っていきなり踏んづけてやりたいといった兇暴な訳の分らない怒りを煽られた。これは誇張でも何でもないたしかな記憶なのだが、野本の不合格に図太く快哉を叫び得なかったらしい私というものと、これは矛盾する浅間しさであろうか。しかしその矛盾は私の内部に於いては仲良く存在していた。

貧乏を恥じた私は、路地の長屋の自分の家のみすぼらしさをも恥じた。みすぼらしいわが家は、三の橋の電車の停留場から二の橋に向けて行って最初の横町を入ったそのすぐの左側にあった。横町の角の左側は、古めかしい油屋で、右側は、——さてこれは何屋と言ったらいいものか、銅や鉄の丸棒や延板を広い土間に積みあげた、仮に名をつければ、銅鉄商で、その大きな店の前には絶えず荷馬車がとまっていて、ひっそりとした薄暗い油屋の店先とは全然異ったいわば近代的な活気に溢れていた。電灯の無かった頃は、米屋、呉服屋などと肩を並べて栄えていたであろうところの油屋も、その頃は神灯の油や食用油をほそぼそと商っているさびれ方だったが、片方の銅鉄商が、欧洲戦争このかた、山の手のそのあたりにも雨後の筍のごとくに簇生した小工場を相手に、頗る派手な、左様何しろ重い大きな商品だから動かすにもかなりの人手が要り、人の声とともに物音も激しく、文字通り騒々しい商売振りでめきめきと大きく成って行くのを、隣家を買い潰しての店の拡張にはっきりと現わしているのは、少年の私の眼にも急速度の時代の移り変りを如実に示すのであった。

電灯と言えば、私のいた頃は、もう勿論、電灯、瓦斯は家にあったけれど、自家用水道はまだ無くて、家の裏手に当ってもう一列、二軒長屋と一軒家が並んだその裏手に設けられた共同水道まで、バケツと、それからその水道の口の、竜の顔を型取った、丁度その耳のあたりの（竜にもし耳があるとすれば——）栓へはめこむ鋳物の栓廻しとを持って、はるばる、——少年の私には全くはるばると、水を取りに行かなくてはならなかった。しかも、家のすぐ裏の道は両手にバケツをさげて先ずゆっくり通れる広さだったが、二軒長屋と一軒家の間は両手のバケツを身体の前後に廻さぬと通れない狭さで、おまけにそこは人の通る道というより下水の通る道、すなわち溝に成っていたのだから、溝板を渡って行くという足許のあぶなさ、それへなお一軒家の方の便所の汲取口が丸出しと来ていて、臭いのも閉口ながら、大事な飲み水が何か汚されるようで、いやだった。

共同水道の横には、飲用には使えない濁った浅い井戸があって、そのかなりの広さの井戸端は、いつも洗い物の女たちで賑わっていた。なにしろその水道の使用者は、丁度それを中心とした四囲の二三十軒という多さだったから、井戸端は、――いや水道端は、いや、そこは普通、井戸端と呼ばれていて、いつもそこに人のいないということはなかった。図々しい女に成ると、水道口のすぐ下に大盥を据えて、いっぱい詰めた洗濯物の仕上げの済むまで独占の位置を譲らず、そんなときは、

「ちょっとごめんなさい」

と、まるでその女の家の水道から水を分けてでも貰うみたいに、そう言って、その大盥の縁の上にバケツを遠慮勝ちに置かなくてはならぬ。ところがそんな女にかぎってまた、こっちが大事な飲用水を取りに行っているのに一向そんなことはおかまいなしに、極めて無神経にバシャバシャと洗い物を揉んだり高くつまみ上げたりして盥の水を飛ばし、バケツにそんな水が入りはしないかとこっちをひやひやさせるのだった。

冬は、水が凍って出なくなるのを防ぐため、水道栓は俵の着物を着せて貰った。吹雪に叩かれての水汲みは全く辛かったが、今では、その水道栓の藁に綺麗なつららのさがっていたさまなどが懐しく思い出される。

こうした水汲みを、私はいやいやながらだったが、――その労働がいやだっただけでなく、ひどく人見知りをする性分として私は、べちゃべちゃとお喋りをしている長屋のおかみさん連の群がっているなかへ入って行くのがいやだったのだ。――しかし出来るだけ自分の手でやるように努めた。稼ぎ手の母親はいわばわが家の父親の役に廻っていたから、台所仕事は老いた祖母の役目だった。私は、母親への孝行の気持というより、祖母が病身の老軀を鞭打って立ち働いている姿がいたましく、水汲みのみならず、米とぎ、皿洗いなどの台所仕事も出来るだけ手伝うようにしていた。飯をたく釜の水加減など、あの米の上に手をぴたりと当てがっての水の計り方など、私は早くから心得ていたものだった。ひとつは前述のごとく人中に出るのが嫌いなたちだったので、たとえば塩鮭の切り身、昆布の佃煮といったおかずを買いに行くとか、乾物屋に何か買いに行くとか、そういう、普通の家では子供がやるところのおつかいがいやで、普通の男の子なら嫌うところの皿洗いとか雑巾がけとか、そういう家の中での手伝いに廻ることを好んだせいもある。

あの神田の古本買いなど、――人見知りをするというより寧ろ意気地がなくてひとりでなかなか買い物のできない私としては、やや誇張すれば正に破天荒のことに属すると言ってもいい。その意気地のなさはただに少年時代の特徴だっただけでなく、長じても私のうちに消えない火傷の痕か何かのように残っていて、今はもうそんなことはないが、三十歳頃はまだ、どういうものか、ひとりでたとえばネクタイやワイシャツを買いに洋品店へ入って行くということなどがなんだか堪らなく気恥ずかしく、心が臆して出来難いのであった。それこそ馬鹿馬鹿しくて人には言えないような大変な決心を固めるということなしには店に入れず、ところがそうして入っても、店員相手にあれこれと品物を選ぶという普通の人にはなんでもないあの沈着な態度が私には許されず、頭にカーッと血ののぼった殆んど朦朧とした状態で、

「これ、貰いましょう」

と、まるで出来るだけ早く店からのがれようとしているかのようにいい加減に品物をつかみ、そして外へ出ると忽ち、まずい買い物に舌打ちをし、人一倍激しい後悔に嚙まれねばならないのだった。……

皿洗いと言えば、うっかり茶碗を欠いたりすると、貧しさの故もあろうが母親からきつい叱りを受けたことが今でも想い出される。その叱責は、その場かぎりのものではなくて、のちのちまでつづき、何かというと言い出されるので、しまいには私の方が怒り出すこともあった。その執拗な叱責には子供心にも何か病的なものが感じられた。しかしその叱責によって、ものを大切に扱う精神が、――態度でなく精神が私のうちに養われた。

米とぎや釜洗いの場合、米粒を流し場にこぼすとこれまた叱られ、一粒といえども容赦はなかった。

「御飯を粗末にしてはバチが当ります」

夏場はどこの家でも御飯を腐らせるものだが、わが家では腐った御飯といえども捨てることは許されなかった。

「御飯を捨てたりしたらバチが当ります」

水で洗って食べるのだ。病気にでもなったら損じゃないか、けちんぼ！——私は呪わしい気持だったが、今から考えると、その母親の心は、ケチというだけではないことが頷ける。

隣家では、よく芥溜《ごみため》に腐った御飯がごっそりと捨ててあった。なんということをするのだろうと母親は眉をひそめ、

「かてが無くなる」

そう言った。「かて」というのは母親の常に口にしていた言葉で、たとえばああ贅沢をしては「かて」を食い潰すと言うような場合にも使われる。人間には、一生の間に、食ったり消費したりするところの物の量、すなわち定められた「かて」というものがあって、あまりひどい贅沢をするとその「かて」を急速に使って了い、自分で自分の寿命を縮めることに成る、そういう意味だった。

米の一粒をもおろそかにしてはならないというのは、その「かて」の観念から来たものだったが、さりとてケチ一方ではなく、貧しい家の割には（母親の言葉で言えば）口の方はおごっていた。その食事の贅沢は（これまた母親の言葉で言えば）子供のうちにしっかり食べこんでおかないといけない、——大きく成ってから身体が弱いという人は、きまって子供のうちに食べこんでおかなかったせいだ、という訳であった。

身を養う為の贅沢はいいが、ものを粗末にしてはならない。ものを大切にすることとケチとは違う。そういう教訓を私は母親から授けられた。

中学も大分進んだ頃だったと思うが、隣家の寡婦がふとした病いから急逝した。長男はもう三十過ぎの、三人兄弟の母だったから、私の母親より齢は大分上だったが、

「ほら御覧、バチが当って早死した。……」

と母親は言った。母親の所謂旧弊に軽蔑と反感とを抱きはじめた生意気盛りの私は、なにを言ってんだいと思い、隣家の不幸に対してそんな言い草はないだろうといった意味のことを言い、その語調に反抗の気持を露骨に出した。

その隣家の長男は、もう子供もいていい齢なのにまだ嫁を貰ってないので、口さがない近所の人々から何かと噂され、既に頭の真中が禿げかかっているのも、何かよくない病気のせいではないかと、例の井戸端で別に声をひそめないで言う者がいた。

「新聞記者だっていうんだけど……」

「それにしちゃ、家でノラクラしているねえ」

「気儘勤めなんだろうねえ。……」

そうした噂の主が、表の路地に面した窓の上で、時々せっせと何か原稿を書いている姿は、夙に私の眼を惹いていた。

のちに、私たちの一家がもうそこを引越したあとのことだが、その人の名を私は偶然、とある雑誌のなかに見出し、その人と同じように窓に向けて据えた机で、ヂス・イズ・ア・ドッグというような英語を勉強していた頃は齢の違いもあろうが別に口をききあったということもない、つまりその頃はなんの親しみをも持たなかったその人に対して、さも親しい人に会ったかのようなこみあげる懐しさを覚えたものだった。そのひとは映画批評を書いていた。映画批評というものが雑誌にやっと現われ始めた頃であった。

映画批評家の草分けと言ってもいいその人の住んでいたその家の裏には、子沢山の若い巡査が住んでいた。子供が多いせいか、いつも家のなかは、家全体がまるで押入のような、まるでそこの細君は掃除とか整理とかを知らないような物凄い散らかり方で、そしてそんななかで、いつのぞいてもきまって（——きまってという訳はない筈だが、そういう印象に成っている。）細君が年柄年中出しっ放しの卓袱台の横にだらしなく寝そべって赤ん坊に乳をふくませていた。

二軒長屋のその隣りは、——これは、いつもという印象ではないがしかし一番強い印象として、猛烈な夫婦喧嘩が私の記憶に刻まれている。窓に面した部屋いっぱいに、大きな、脚の高い机を置いて、立派な口髭を蓄えたその家の主人は製図をやっていた。体格の立派な、それこそこの人の方を巡査にしたら頼もしいと思われる（——そして隣家の巡査は、撫で肩の、物腰も何か女性的な人だった。）その家の主人は家で図面をひくのが商売で、だからいつも家に居て、——学校から帰ると大概すぐ水汲みに出た私に、「お、今日は学校早いね」とか「お、えらい、えらい」とか窓の上から声を掛けた。

「お、しっかり、——両手じゃ重いぞ」

そうだ、脾弱で力の無かった私が、両手にバケツをさげることができるように成ったのは、いくつ位からだったか。

いや、待て。思い出の、こうして果しなく群りおこる、——たとえば一度水道の栓を廻すと、とめる迄はどんどんと水が出てくるみたいに次から次へと思い出がまた思い出を呼んで、きりのない、——この懐しい家については、後にまた書く折もあろう。

今はここらで栓をとめて……。

さて、この家へ、——私が一中に入った当座は、朝がた、よく一中の上級生が一緒に登校しようと誘いに来てくれた。それはその前の年の九月に総理大臣の印綬を帯びた、当時

「平民宰相」として謳われたH氏の令弟に当る人の子息で（総理大臣H氏の子息もまた一中の生徒だった。）その家は、私が幼年時代を過した竹谷町の家とこの新堀町の家との丁度中間のあたりにあった。そしてそれは私の母親の所謂「おとくいさま」に成っていた家なのだが、恐らく母親が、いつまでも私を幼い者と考えるその愛情から、その家へ行って、私を一緒に学校へ連れて行ってやって下さらないかと頼み込んだのではないか（その辺の記憶が曖昧だが）と思われる。というのも、それまで私はその子息とそうして一緒に学校へ行くというような親しい交りを結んだ覚えはないからであった。

「角間君、──早くしないと遅刻するよ」

「これは、Hさんの坊ちゃん。どうも恐れいります」

私の代りに母が家のなかからそう返事をした。そして私を叱った。

「みなさい、愚図愚図しているから、また坊ちゃんの方から来て下さった。……」

私は、わざと愚図愚図していたのだ。私の方から勿論そのH家へ一緒に連れて行って下さいと出向かなくてはならないのだった。それがいやで、わざと愚図ついていた。愚図ついていれば、H家の子息がしびれを切らして、先きにひとりで行ってしまうだろうと考えたのだが、彼の方から親切に誘いに来てくれた。

「お早うございます」

今を時めく総理大臣の甥が汚い長屋の玄関の前に立っているのに、私は顔を赧らめながらそう挨拶して、大急ぎで靴を穿く。靴はその当時、黒の編上靴と校則によって定められ、穿くのに手間のかからない短靴は禁じられていた。

ノートや本（あの古本！）でふくらんで重い鞄、――その色もセピアと定められていたのをかけて、

「行ってきまーす」

路地を出ると、油屋の前は箒の眼も正しく、綺麗に掃いてあった。どこか大さな油屋での永い丁稚奉公の末にやっと暖簾を分けて貰ってここへ店を持つことができたという感じを、そのいかにも謹直そうな物腰にありありと出した油屋の主人は、毎朝、その並びのどこの家よりも早く、まるでその早さを競うかのごとくにして店の前を掃き清め、更に店内も毎朝拭き清めていた。まだ独身のその主人は見るからに貧乏たらしい盲縞の筒っぽを着て、齢の見当のつかないくすんだ顔色をしていたが、そのつましい暮し振りについては近隣でもいろいろと陰口をきかれていた。私は、決して大きな声を出したこともなければ笑い顔もついぞ見せたことのないこの主人に対して、――少年の私も、この人は何を楽しみに生きているのだろう、一体人間が生きて行くというのはどういうことなのだろうといった疑問を抱かせられるのであった。――

「学校、どう？」

と総理大臣の甥は私に言った。返事のしにくい問いであった。

「ええ、まあ」

新入生にふさわしくない佗しそうな声に成っていた。

「相当詰めるんで大変だろう」

「ええ」

「はじめ、しっかりやっておかんと……」

「ええ」

「英語、どう?」

「ええ、まあ」

「面白い?」

「ええ」

「分らないところがあったら聞きに来るといいや」

「ええ――はい」

「単語はカードで覚えるといいぜ」

「はい」

電車に乗ると、

「おい、H――」

一中の生徒がいた。私は何かドキンとした。私はH―と偶然この停留場で落ち合ったようなつまり知り合いではないような風を装おうとするのであった。

私にはこの親切なH―が煙ったいのであった。

野本や花村が折角（？）一中を落ちたのに、まるでその代りのようにこの上級生がいたのではなんにもならぬ。そう感じたのである。被害妄想的な神経であった。私のこと、私の家のことをよく知っているこのH―と私は離れていたかった。

朝、H家へ出向くのがいやだったのは、思えば、そうした、他人にはちょっと合点の行かないような変な感情のせいであったが、更に、これは他人にも分る筈の、そして分って貰いたいと考える、まともな理由があった。それは何かというと、小学校の頃から母親の縫い上げた仕立物を持って台所口からその家へ出入していた私は、今ではそこの子息と同じ中学校へ入った身として、その子息を呼び出すにも、肉屋の御用ききやさては屑屋などと等しく台所口に立たねばならぬのが、なんともはや、いやだったのだ。私には自尊心が生じていた。一中へ入れたという誇り乃至は自惚れからであろうか。一中の生徒としては、上級と下級の別はあっても、その子息と私は同格だという気持からか。とにかく私には、虚栄心や羞恥心と違うところの自尊心が生じていたのだが、この私の自尊心も変な感情であろうか。

自分の家を恥じたりしたのは今から考えると、それこそ恥ずかしい変な感情だが、他人の家の台所口に立つことを恥としたこの自尊心は、これは少しも恥じるに当らないと考える。私は、中学生に成ってからも、母親の代りによく仕立物を届けに台所口に立ったけれど、そういう場合はそういうことを我慢できた。しかし、中学生として台所口に立つことは堪え難いのであった。

――時の宰相の甥と肩を並べて通学するというようなことは私をすこしも喜ばせなかったばかりか、私は彼の親切をむしろ迷惑なものとしてしりぞけ、かくていつの間にか一緒の登校ということは断絶された。それには、後に記すような「あげのあるズボン」の不体裁などから向うでもやがてこっちを敬遠した点があったかもしれないが、ともかく私の方は、やれやれと解放された喜びを感じ、他人の好意を踏み躪ったことについて、しかもこっちから頼み込んだことなのに、私はさほど良心の呵責を覚えなかった。

これも「加害」のなかに入るだろうか。

(小学校の校庭で岡下家の令息と遊んでやろうとしなかった私とこの時の私とは、既に確実に違っていた。)

*

――ここまで書いてきて私は、ふと気付いた。「加害」の例を求めて、あれこれと遠くを探すことはなかった。一番手近なところに、いつも私から苛められていたひとがあった。それも今迄のような「加害」の程度ではない。

それは誰か。

私の「加害」のもっとも気の毒な相手、絶えず被害を受けていたひとは、——他ならぬ私の母親なのだった。

今の今までそのことに気付かなかったというのは、その余りの近さの故か、即ち「加害」がいわば日常的に成っていたせいか。更にまたそれは今日までずっと続いている、その永続的なことの故か。そう言えば今まで私は、この私がいつも母親から苛められていたような書き振りをしてきたが、それこそ実に今もって執拗に残酷に母親が私から苛められている何よりの証拠ではないか。母親から苛められたと考えることにもまして手ひどく、子たる者が母親を苛めている事実は無い。


ひとを苛めた覚えがないなどとは、なんという大それた言い草であろう。いや、大それたという糾弾の言葉は、事実この私にその覚えが無かったというその恐ろしい精神的麻痺に対して与えねばならぬ。

私にとって都合の悪いこと、忌避したいこと、不利なこと、隠したいこと、真に恥ずべきこと、そういうことは、自ら努めなくても忘れ去る、——私というのは、そういう人間なのだろうか。

親子の愛情ということを今更ながら私は考えさせられる。母親の私に対する愛情は、これは微塵の疑いも入る余地のない純粋で深刻なものであった。ああ、私の母親はどんなに子供の私を愛していたことか。たとえその愛情の現われが私にはしばしば困ったものである場合があったにしても……。

ところで子としての私の方はどうか。

少年の私は従順な子という評判であった。そして事実、従順だったが、それは母親への、母親の私に抱いていたような寧ろ悲しいほどの愛情から発したものだったか。更に、私の場合のような母親に対する崇敬の念のない従順は果して従順と言えるかどうか。気の弱い、寧ろ臆病な服従なのではなかったか。肚には反撥を隠した——。

が、その辺のことは、おいおいと思い出を書きしるしながら考えることにしよう。母親を苛めた具体的なもろもろの思い出も亦、後に譲って（というのは流石に気が進まないからだが——）今は先きに挙げたメモの話に移ることにしよう。

とにかく胸の中のもやもやは、ここで一応片が附いて、私はやっと、ああでもないこうでもないの迷いから救われたのである。すなわち、母親を苛めたといういわば犯罪を自覚し自供することによって漸く精神の禁錮から釈放されたのである。

今と成ってみると、私をして何か書き渋らせていた内面のもやもやについては、それをあれこれと探ったことなど、何もこう表面にさらけ出して書くことはなかった。そうも思われる。それを人は、一種の言訳と見たかもしれぬ。そして私は言訳を憎む者である。

この人生に言訳は通用しない。強盗殺人の兇賊にだってそれぞれ言訳はある。言い分を述べさせたらいろいろと言うことであろうが、彼の犯した罪はそれによって免れ得るものではない。芸術も亦同様で、芸術に関する言訳は芸術と無縁のものであると、私は――私も考えている。今迄ずっと小説の中で言訳ばかりしてきたような私が、そういう私であるが故に余計強くそう考えているのである。

だが、――あらゆる私の弱点、厭うべき私の欠点、自分でも分る私のいやなところ、慎んだらと自分でも気付く私の悪い癖、そういうものを一切含んでのこの私という人間は、今日では、もはや、どうにもしようがない。どう努めたところで如何にあがいたところで、この私は私以外の人間には成り得ない、どう装ったところで如何に慎んだところで、私は私という人間以外の者では有り得ない、もう駄目だということを私は、――この私というのはどういう人間か、それはまだ分らないのだが、そのことだけは、はっきりと分って了った。

私らしくなく振舞ったところで、もうはじまらない。体裁をつくろったり、他人の様子を真似たって、なんにもならぬ。今と成っては私はいわば私の弱点を私の特徴として生きて行くよりほかは無い。そして、生きるということは私にとっては書くということに他ならない……。

*

中学生というものは、どこの中学校のでも、その教師たちに必らず渾名をつけないではおかないが、その渾名のなかには、渾名をつけられた当の教師の舌をも巻かせないではおかないていの機智に富んだものを屢々《しばしば》見出すのである。当時の一中の校長は「ギャボ」という渾名をつけられていたが、それは「逆蛍」の略で、蛍は尻が光っているのに校長は頭が光っているという所から来たものであった。図書の出歯の先生は鼻（花）より先に歯（葉）が出ているという訳で、「山桜」という渾名だったが、実にどうもうまいものだ。人のいい中老の体操の先生は「豚《トン》ちゃん」という、むしろ愛称に近い渾名をつけられていたが、小柄で肥ったその肉体から来たもので、これはまた平凡だった。

この豚ちゃんは剣道の師範をも兼任していたのだが、その技の進んだ上級生を相手にすると、お面！ 胴！ を盛んに食って、師範の面目は台なしだった。そんなときは、ホイ、一休みと言って、面をぬいで、薄い半白の髪をぺたりと撫でつけた頭から濛々と湯気を立ちのぼらせて、

「ふむ。なかなかの上達だ。ふむ」

負け惜しみの口調でなくそう言って、ニコニコしていた。なんとも言えない好々爺振りであった。教師というより、おじさんといった感じで、

「おじさん、――はい、手拭」

と、その豚ちゃんが赤い頸を撫でくり廻している汚い煮しめたような手拭の代りに、出来れば氷で冷した真白なタオルでも持って行ってあげたいような気がするのだった。

その豚ちゃんは、どっちの足だったか、足の指が無かった。いや、無いのを誰も見たという者は無いのだが、足指の無い人に特有のその歩き振りから、そして夏でも白足袋を穿いて道場に立っていることから、つまり無いのを隠していることからして却って見たよりも確実に、そう信ぜられていた。

ある日、道場で、

「よし、俺がたしかめてみる」

と言い出す者があった。豚ちゃんに体当りでぶつかって行って綿が詰めてあるらしい足袋の先を踏んづけて見ようというのだ。その「冒険」は中学生たちの心を湧かせた。

「やれ、やれ」

「やって見ろよ」

声援の弥次馬の中には私も加わっていた。

「よせよ、そんなこと」

とめる者もいて、それはいよいよ悪戯心を煽るのだった。

「よせよ。悪いよ」

とめた生徒は、この臆病者！　といった視線を浴びなくてはならなかった。

「悪い？」

「やれ、やれ、悪いもんか」

すると又ひとりが言った。

「教師を侮蔑したという廉《かど》で停学でも食ったらどうする」

「かまうもんか！」

と言い出し手は決然として言った。こう成るといよいよ中学生の「勇気」は煽られる。

彼はもはや選ばれた栄あるチャムピオンであった。

彼は豚ちゃんの前に進み出た。その背には得意の表情をたたえ正面は狡猾な慇懃さで、お願い致します、――その意味のお辞儀をした。私には彼のその「勇気」が無かったが、彼のオッチョコチョイのなかに私は自分のオッチョコチョイを託すことによって彼の内に自分を見ていた。

「さあ、来い」

豚ちゃんは無邪気な声を出して竹刀を振った。齢のためか幾分前こごみの姿勢だった。

「さあ、元気出して、打ってこい」

齢の割には若い、むしろ子供のような甲高い声だった。

固唾を呑んで私たちは見守った。

「お面！」

「まだまだ。――それ、籠手が空いている。それ、お面。――元気が無いぞ、元気が」

はい、元気出してやります、そう言わんばかりに、遮二無二打ってかかった。

「よしよし、その意気。さあ、こい」

謀られるとは知らず、豚ちゃんは相手の元気を、――乱暴を募らせた。

「お面！」

そのまま、悪辣なチャムピオンは肥った豚ちゃんの身体にぶつかって行った。

やった！

流石に彼は竹刀をおさめた。ドギマギした風の豚ちゃんに、彼はお辞儀をして、ひきさがった。

――息を切らしながらの報告はこうだった。

「まるで、君、手ごたえ、おッと足ごたえが無くて、こうグニャリと、いやフワリとして、――気味が悪かったぞ」

陰険な好奇心を燃やしていた私だったが、彼のその言葉を耳にすると、罪のない蛙でもこの自分が踏んづけたような何か生理的な不快を覚えた。

豚ちゃんは何事もなかったかのように他の生徒とまた竹刀をまじえていた。

「指が、みんな無いのか？」誰かが尋ねた。

「うん、無いな」

「どの辺から無いんだ」

「うん。指のところから無いな」

　私はなんだか気持が悪くなってきて、その場を離れようとすると、私のうしろに立った背の高い生徒が、入れちがえに進み出て、

「おい！」

籠手をつけた手で、そのあくどい悪戯者の胸を荒く突いた。

「おい！　一丁やろう」

竹刀で床を威嚇的にトンと叩いた。

「僕、もう、いやだ」

悪戯者は、ひるんだ。「豚ちゃんとやって、もう、くたびれちゃった」

級でも有数の強い相手なので、そう言って避けたのだが、

「逃げるな。さあ、立て。正々堂々と勝負しろ」

挑まれて余儀なく立ち向った。挑戦者の竹刀にはそれこそ殺気に近い怒気が漲ってい
て、はじめから悪戯者の方はたじたじの恰好だった。

「お面！」

ピシリという音が小気味良く、――だが叩かれた方の身になればさぞ痛かったろうと思

われる、そしてあの焦げくさいような臭いがはたで見ている者の鼻にさえツンと感じられる、徹底的な音が道場中に響いた。

くらくらとした風で、よろめくと、つづけて、

「お籠手！　お面！」

そしてどんと猛烈な体当り。

ついさっき豚ちゃんに悪戯の体当りをしかけた悪戯者は、すでに道場の壁近くに追いつめられていたが、この時、どすんと壁に背をぶっつけて、へたへたとその場に崩折れた。

挑戦者はそれに対してなおも許さず、滅多矢鱈と叩きまくった。

「参った。……」

「駄目だ。立て！」

「もう御免、御免」

「何を言うか、こいつ」

豚ちゃんが例の白足袋を穿いた足を不器用に走らせて、こらこらと抑えた。

「こら、道場で喧嘩をしちゃ、いかん！」

豚ちゃんは顔を真赤にして怒った。

「参ったという奴をそう叩いたりしちゃならん。卑怯というもんじゃ、それは！」

「だって、先生」

先生の為に膺懲《ようちょう》しているのです、——叱られた生徒は言外にその意をふくめて、

「先生。こいつは……」

あとは流石に口ごもって、

「先生。先生。……」

泣き声に成っていた。

——中学三四年の頃だった。

この豚ちゃんには「豚児」が沢山いるという生徒間の噂であった。子沢山のための家計のやりくりからであったろうか、その家には「生み立て卵あり」という貼札が出してあるということだった。

「生み立て卵!」

そう言ってからかう生徒がいた。この時は、教師の貧乏をあざわらう生徒の言葉に、私は激しい義憤を覚えさせられた。同級生の貧乏にはあの嗜虐的な感情を持ったその私が——。

豚ちゃんは生徒からその渾名を言われても、悪戯小僧めがといった笑顔で、別に怒りはしなかったが、校長は、うっかり「ギャボ」と言うのをその耳に入れたりしたら大変だと

生徒間で恐れられていた。

　その校長は、わが府立一中は日本に於けるかのイートン、ハーロウであるというのが得意の口癖であった。英国のその代表的なミドル・スクールの紳士教育を以って理想としたのか、それともその古い英国の中学のように、国家を双肩に背負う人物を輩出することを以って誇りとしたのか。校長の意はそのいずれにあったか、その説明を今は忘れたが、当時の一中の教育法は私の記憶するところでは紳士教育というより軍隊式教育というのに近いようであった。軍隊式の規律が重んぜられ、たとえば、朝の全員集合の合図はもとより授業始めの合図、終りの合図等、いずれもあのプップカプップップーの軍隊喇叭でもって行われた。専任の喇叭卒がいたのだった。喇叭卒、――いや、喇叭係とか喇叭手とか言うべきなのだろうが、喇叭を吹くだけが唯一の役目の、軍隊の喇叭卒上りのその老人の姿は、少年の私の眼にもひどくうら悲しいものとして映り、今もってその姿は真鍮喇叭についたリボンの赤さとともに鮮かに私の脳裡に刻まれていて離れない。それはいかにも喇叭卒の感じだった。その軍隊喇叭は巷を行く廃兵のジンタじみてなんだかちっとも勇ましくなく、勇ましいことを願ったであろう軍隊式教育の意図を裏切っているようであった。用の無い時は、彼は小使室にいたが、小使がいずれも用があってもなくても何か忙しそうにし、忙しそうに喋り立てているなかで、彼の手持無沙汰な風の恰好は寂しい敗残の翳を色濃く漂わせていた。小使というものが、どこの中学校でもそうだろうが、先生とは違った睨みをきかして妙に生徒から怖がられているとき、小使でもなければ先生でもないその喇叭手は、その人の特におとなしい無口の性質からでもあったろうが、ひとりだけポツンと離れた感じで、誰からも、軽蔑とまでは行かなくても無視されていた。……

朝は校庭で軍隊式の服装検査が行われ、新入生には特別それが厳重であった。一中の制服はボタンでなくホックであったが、ホックをうっかり外していると、色褪せた将校服を着た老少尉からきびしい叱責を受けねばならないのであった。(軍事教練の配属将校というのは、まだそれから数年後でないと現われなかった。)

体操の時間は先ずこの服装検査からはじまるのであった。入学した当座、私はまだ制服が出来ないで、和服に袴の小学校時分と同じ恰好でしばらく通学していたと記憶するが、やっと制服が出来た頃、体操の時間のあとで、

「角間、ちょっと一緒に来い」

と、これは老少尉でない、若い体操の教師にそう言われて、雨天体操場の片方にある体操の教官室に連れて行かれた。この教師は柔道の師範を兼任していた。そして柔道と剣道とはその頃は正科に成っていた。

教官室は日向くさくまた革くさかった。何事かと私の胸は早鐘を打っていた。

「お前、その洋服、どこで作ったんだ?」

「は、――学校の洋服屋です」

校庭の一隅に、丁度駅前の売店のような小屋があって、墨汁、インキ、雑記帳等の学用品を売っていたが、そこに洋服屋も出張していた。

「S—が作ったのか」

と教師は洋服屋の名を言って、

「S—の奴、しようがねえな、そんなみっともない……」

顔から火の出る想いでその顔を伏せた私に、

「S—を呼んでこい」

「はい」

そこへ豚ちゃんがいつもながらの笑顔で入ってきて、私を見ると、おや？　といった表情をした。実はこの豚ちゃんが私たち一年生を受け持っている先生なのだった。若い教師は上級が受け持ちで、時々私たちのところへも来た。たまにしか現われないその教師に、言うならば私はつかまったのだ。

「S—の奴、しようがねえ奴だ」

血気壮んな風の彼は豚ちゃんの手落ちをも咎めているような声だった。

「早く呼んでこい！」

「はい」

豚ちゃんは何も言わず見のがしていたのだが。——私は皆が楽しそうに遊んでいる校庭に出た。私ひとりが悲劇の主人公のような気がした。私の為に叱られるのかと思うとその私がその洋服屋を呼びに行くのは辛かった。

いないでくれるといいと思った洋服屋が生憎くちゃんといて、すっかり短く成ったズボンを穿いた上級生の脚の寸法を計っていた。

「ちょっと、一緒に来て下さい」

私は教師に向って言うような鄭重な口をきいた。

「どちらへ？　今、ちょっと」

眉間に傷痕のある洋服屋はちらと険のある眼を私に投げたきりすぐ巻尺に顔を向けた。

「体操のK―先生がすぐ来いッて……」

私の声は小さかった。

「K―先生が？　なんだろう」

私は唾を呑み、言葉も一緒に呑んでいた。その私を上級生がジロジロと見、私のズボンにその眼を落して行った。

「K―の野郎、なんだかんだとうるせえ奴だ」

色の浅黒い、ちょっと色男めいたそして不良じみた若い洋服屋は鉛筆を耳にはさみながら、そう言った。

「すみません」

「どう致しまして」

と洋服屋は笑った。気のせいか凄味のある笑いだった。

私はその洋服屋のうしろに隠れるようにして教官室に入った。

「駄目じゃねえか、お前。こんなみっともない洋服を作っちゃ……」

洋服屋の顔を見るなりK—先生が怒鳴った。先生というより夜店の香具師のような口調だった。

「一中の生徒が、こんな洋服を着て歩かれちゃ一中の体面にかかわるぞ」

「へえ……」

洋服屋は瞬間度胆を抜かれた形だったが、やがて背後の私に、汚いものでも振返って見るようなながし目をくれて、

「これは、先生、——こちらの家の方の註文でこうしたんでして……」

「いくら註文だって、お前」

「そうなんです、先生。あたしも、いくら註文だって、こんな、——でもいくら言っても、この生徒さんの親御さんが聞かないんですから仕方ありません。いや、どうも……」

無礼なこの洋服屋の言うことは事実であった。私はこの洋服屋と私の母親との押し問答を、にがいげっぷのように反芻せねばならなかった。

「育つ盛りなんですから」

母親の主張は、こうだった。洋服の寸法を今の身体にぴったり合わせて作ったら、それこそ一年もたたぬうちに着れなくなる。だから恰好などかまわない。縫い込みは勿論のこと、上衣の丈も充分長くし、特にズボンは思い切り長く作ってほしい。

「作れと仰有りゃ作りますけれど」

「ですから作って下さい」

「しかしやっぱり恰好というものが……」

「ですから恰好などかまいません。中学生に恰好など……」

学校で寸法を取って仮縫も学校ですませるのが普通なのを、母親の吩咐で、わざわざ家までまるで大家の坊ちゃんみたいに洋服屋を呼びつけた私は、長屋のわが家を恥じる気持も手伝って、部屋の隅で小さく成っていた。一言も口をきかなかった。母親の言うことも、また洋服屋の言うことも、私にはもっともと分るのだった。――小学校の時のように着物で通せるものだったら着物で通したかった。私はもう洋服など着たくない気持だった。

（勝手にしろ……）

洋服屋もまた勝手にしろといった顔で、ひきあげて行った。こうして出来上ったのが、「一中の体面にかかわる」ような、ダブダブのみっともない私の制服であった。一番可笑しいのはズボンであった。上衣の長い袖は内側に折り込ませてあったから目立たなかったが、ズボンはそのようにしたら折った筋が靴で擦り切れるという母親の配慮から、下はそのままにして外側に二重に折り畳んであったから、なんだかズボンの下が鉢巻でもしているみたいにふくらんだぶざまさだった。私が先にメモ帳に書いたと記した「あげのあるズボン」とはこのことであった。

「永年、商売をしていますが、あたしも、こんなのは初めてです」

嘲るような洋服屋の声に、豚ちゃんが慌てたように眼をパチパチやりながら、

「K―君、まあまあ」

洋服屋でなく同僚の教師に言った。

「損して作らせられて、先生におこられちゃ、あやしない」

「よし！」

とK―先生は眉間に縦皺を寄せて洋服屋に言った。「もうよし！　帰ってよし」

――この挿話を書きしるすことは又しても母親を苛めていることに成るだろうか。

その五　――私に於ける立身出世欲について

小学校にいた頃は、学校きっての秀才を以って自任していた私も、秀才揃いの一中では、忽ちその自惚の打ちくだかれるのを見なくてはならなかった。友達の間に立ち混って他になんの誇りうる事柄のない、それどころか、ひけ目を感じねばならぬことだらけの私にとって、殆んどこの唯一の誇りの材料、いわば私を支えている唯一の精神的な柱ともいうべき自惚を、ものも見事にくだかれるのは、実に辛いことであった。それは通常の家庭に育った人々の想像できないほどの、私にとっては手ひどい打撃なのであった。だがその打撃は、成程その当座は私を甚だ惨めな気持に陥れたけれど、私の成長にとって必らずしも不幸なことだったとも言えないようであった。人が生きるのには、精神的なパンのようなものとしてどうしても自惚がなくてはならないということは無いのであり、摘去した方がいい心の腫物のようなものとしての自惚を失うことによって遂に何もかも失った私は、却ってある意味で健全な状態に己れを置き得たとも考えられるのである。

私の自惚とは、どんなものだったか。小学生の私の、秀才気取りの自惚は、私の自惚れさせるだけの事実があってのことではあったが、——たとえば大正八年の日記（博文館発行の小型の当用日記）に、受験準備にいそしんでいる私が、こう書いている。稚劣の文句をそのままにしてここに写してみるならば——

一月二十九日。晴。暖し。

昨晩おそかったので今日は朝から目がはっきりしない。この頁にはなにも書かないで今日の出来事をくわしく記そう。「練習をします」先生はこうおっしゃって第三中学校の試験問題を黒板へお書きになった。「5番は気をつけて」と言われたが「ああなんだ」と皆は口をあけて見て、油断している。しかしいよいよ出す時になったら、誰も出す者がない。（答案の意。）「何につかいているのだ」先生は僕等にお聞きになった。「5番でーす」異口同音に小さな哀れな声で返事をした。「見ろ」先生の目がピカリ。僕は答を一と二の割とした。

一月三十日。雪。

昨日のつづき。「ああ、うらめしい五番」僕の目から涙がぽろりぽろり。（註。先生は私の答を間違えとしたのだ。）

「そうだ、そうそう」朝ぱらから算術教本を出して答を見たら？　嬉しい。答曰く「一と二の割合」ええ、足のふむ所がわからないほど、嬉しい。早速学校へ行き、其の事を話したら「ああ、そうそう、違いとしたのはわるかった、そう角間は百点、お前一人きりできたのだね、えらいえらい」先生赤面の次第「えへん、ぷいぷい」今日は朝から雪が降ったので往復(学校)するのに困りきった。「足に雪がかかってつべたいな」などと二三年の生徒が手足に雪をのせてうらめしそうに空をながめている。

一月三十一日。晴。寒し。

朝起きてそうそう庭へ出れば昨夜も雪がふったと見え、(雪を)かきあつめてあった道が真白になっている。

学校へ行き、帰りに先生が「もう今度で三度まであなたに違った処をさとして貰い、自分の違った考を柵(棚の間違い)へあげて違ったと言って悪口言ったのは先生がおわびします。又私の信用、つまりいい先生だと思っていたのがあんな事があると、あんな先生におそわってては入学できないなどと思わないで先生之から一心にやるから前いった信用を失わないでね――」先生は涙声で――

私の自惚は、このように私を自惚れさせる事実があったからだとはいえ、私の自惚というもののその性質はどんなものだったか。秀才気取りのその本質を明らかにする例とし

て、——これは何年生の時だったろうか、初学年の頃と思うが、ある時、先生が、

「九九を言ってごらん」

と私に言った。いんいが一、いんにが二……ににンが四、にさンが六……の九九である。そうと承知していながら私は、

「九九、八十一」

と答えた。まだ九九、八十一まではおそわってない時だった。まだ四九、三十六というようなところまでしか習ってない時だったが、だから私はわざと鼻を蠢かすようにして、そう言った。ああ、このいやらしい知ったか振り、浅間しい見栄坊！　斯様な秀才意識をくだかれたことは、私にとっていいことだったかもしれないのである。

ところでいまひとつ、秀才意識と関聯のあることかどうか、自分では分らないが、思い出すたびに今もって恥ずかしいいやな思い出があるから、ことのついでに書いて置こう。

ある時、小学校の校庭で相撲の競技があって、相撲のできるものも、できないものも、一律に、級全体が土俵に立たねばならない時があった。女親育ちの意気地のない私は、勿論相撲など嘗つて取ったことが無い。街路でうっかり取っ組み合いなどして着物を泥でよごしたり、又は破いたりしたら、母親からそれこそ大目玉を食うので、その叱責の恐怖は私をして、決して相撲のような乱暴なことはしないところのおとなしい、即ち女々しく意気地のない子供にしていた。そんな私が、土俵に出ねばならぬのだ。みんなが一斉に注視し

ているなかで、負けねばならぬ。私は初めから負けるものときめていた。そんな意気地なさに対して私は当然自ら感じなくてはならぬ恥を少しも感じてなかった。その癖、みんなが見ているなかで負けることは恥ずかしいとした。虚栄心の感じる恥であった。刻々と順番が迫ってくる、その時間の移りを、ああ、私はどんなに切ない想いで見送っていたことか。厭世的なとも言いたいその時の気持を私ははっきりと記憶している。土俵の下に胡坐を掻いた私は、土俵の上の勝負に眼が向けられないで、地面を瞠めていた。

「そら、今度は角間」

無情な先生の声が私の耳を打った。耳はそのように声を受けつけたが、私の眼は殆んどもう何も受けつけなかった。

私はふらふらと立ち上った。

たった今、土俵の上に立ったのにと思ったが、気がつくと、その土俵の上に四ン這いに成っている私を見出した。わーッという哄笑に取り巻かれて、すごすごと私は土俵から降りた。――

「やーい、出ると負け!」

学校からの帰途、私は級の者から弥次られた。私は正に、出ると負けだった。それに違いなかった。だが私はそう言われると口惜しかった。

あとで口惜しがる位なら、何故私は死力を尽して立ち向わなかったのだろう。負けるものときめていた私は、そのため初めからもう手足がすくんでいた。勝てそうもないと思っても全力を尽したならば、出ると忽ち四ン這いといった醜態からは逃れ得たかもしれない。

「やーい、やーい、出ると負け！」

三の橋の傍の川沿いの小さな炭屋の子だった。学校のひどくできない劣等生のその子から、──私がかねて心の中で、この劣等生！　と軽蔑していたその子から、そう面と向って軽蔑されることは我慢がならなかった。いかにも裏店の子といった汚ならしいその恰好も、恰好だけはお屋敷の坊ちゃんのような身綺麗ななりをしていた（その実、私だって裏店の子だったが）その私の癇にさわった。そんな汚ならしい奴から侮辱されて、黙ってはいられない。

「なにを！」

私は歯軋りをした。なにを！　と男らしく辱しめに向って立つべき時であり、そういう時であることを感じながら、私は、──弱虫の私は、言葉での応酬を考えた。

「やーい、出ると負け、やーい」

「相撲なんかで負けたって平気だい！」私は叫んだ。「勉強じゃ負けないぞ！　やーい」

口舌の徒──私は早くもその時から口舌の徒であった。相撲の勝ち負けと学校の成績での勝ち負けとは明らかに別問題であったが、秀才気取りの私は、学校の成績でかかってこいとお門違いの返答を誇らかに投げるのだった。口惜し紛れの言い草ではなく私はそれでもって、もうすっかり溜飲を下げることが出来たのだった。
(なんだ。この落第坊主!)
私は満足して一散に駈け出した。相手の挑みを恐れて逃げ出しておきながら、私は既に相手を存分にやっつけたのだと自分に言いきかして駈けていた。

口舌の徒と言えば、今日私は自らを所詮口舌の徒でしかないと考えているが、卑下でなく一種の誇りを以って、——というより、たとえば私は私以外の何者でもありえないと考えるのと同じような、もうどうにも動かぬ確信を以ってそう考えるのである。私たち小説家は結局口舌の徒なのである。私たちの行動は文学のなかにしかない。紙の上でしか有り得ない。今の私は、少年の私が(少年の口舌の徒が)口舌を以ってお門違いの腕力などと頡頏し得るかの如くに考えた可笑しな迷妄からは脱することが出来たから、わが口舌を以って現実と勝負を争おうなどとは考えない。

勉強にかけては誰にもひけをとらない俺は秀才だ。——そう自負していた私だったが、市内の小学校の粒選りの秀才の集った一中では、級の半ば以下という惨めな成績に落ちてしまった。一学期の臨時試験の結果が発表された日、私はひとりで悄然として帰途についた。旧議事堂の前を真すぐ行って愛宕を抜け、幼時の私が山内《さんない》と呼んでいた芝公園に入り、いつもなら赤羽橋の手前で中の橋の方へ向けて曲るのだが、その日は赤羽橋に出た。その橋際で臭い肥桶を舟に積んでいるのを左に見ながら、私は三田通りに出、二田警察署の横から有馬ケ原へと昇って行った。府立第六高女、保険局などのまだ建っていない頃で、そこは一面の草原だった。草原は二段に分れていて、下の低地には大きな池があり、子供たちが釣をしていた。菱の実を取っている大人もいた。私はぼんやりと池の岸に佇んでいたが、上の高地から「ゲッ・ツー」とか「ファウル、ファウル」とかいう如何にも楽しげな声が聞えてくるのに惹かれて、赤土のぬるぬるした小道を昇って行った。私よりよほど年上の中学生たちが野球をしていた。その場所だけ草が擦り切れたような感じで乏しいのは、そこで絶えず野球の行われていることを見た眼に告げるのである。一塁側に立って私はしばらく見物していたが、その楽しそうな空気は私の心を少しも晴れさせてくれないで却って私の内部の暗鬱を際立たせるのに役立つだけであったから、私は肩にずしりとこたえる重い鞄をかかえて静かに歩み去った。ライト側の方へ出て草を踏んで、その草原を横切るのだったが、むッとくる草いきれのなかで、ふと私は数日前私の家へ来た「例の男」のことを思い出した。

父親からの毎月の金を私の家へ届けに来てくれる、わが家にとっては大切な使者を私は「例の男」とひそかに呼んでいたが、その呼び方は、いかにも病身らしく瘦せこけて言葉付きからしてせっかちなその男を、どういうものか私は虫がすかないで、ひどく嫌っていたことを示していた。見たところいかにも狡るそうな三百代言といった風貌だったが、実は商業学校の実直な教師なのだった。彼に対する私の母親の、鄭重を通りこした卑屈な応対振りも、私には辛くまた悲しく、それが私の嫌悪に少なからず作用した点もあったようだ。彼は母親の応対を顰め面で聞き流して、絶対に座敷にあがろうとせず、玄関に立った儘せかせかと金を出して、受取を摑むとまるで一刻も早くいまいましい家から退散したいとしている風で「や、や」と言って立ち去るのだった。今から思うと、実直な故に小心で神経質な彼は、私たち母子を哀れ深く感じ、何か堪らない気持でそそくさと自分の役目を果していたのかもしれないのだが、子供の私には、嫌な奴という印象が濃かった。

家に入ろうとすると、その嫌な奴が玄関に立っていたのだった。そのまま通りすぎようとすると、玄関の二畳に坐った母親に見つかって、

「忠雄ちゃん！」

と呼びとめられた。母親の横には祖母がきちんと畏っていた。

今は詮方なく私はその男に挨拶をした。骨の上に皮を張ったような（額が特にその感じが強く、蟀谷《こめかみ》に青い血管を癇性らしく浮き出させていた）いかにも「嫌な奴」らしい顔をしたその男は、私の挨拶をいい加減にあしらって（と私には見えた）、

「さア、受取を……」

と母親に言った。

私は玄関の外で靴の紐を緩め、男の側をすり抜けるようにして上にあがると、次の部屋の窓に向けて置いた机の横に鞄をおろして、

「さア、水汲み……」

と台所へ走ると、

「忠雄ちゃん！」

と母親に再び呼びとめられた。

「忠雄ちゃんからも、お願いをなさい」

母親の言葉はきびしかった。衿を摑んでひったてられるようにして、私は祖母の横に坐らせられた。

「青山のお兄さま」と同じ中学にこうして立派に入学できたにつけては、どうか戸籍面の私生子を庶子に直してやって頂けないかというのが「お願い」の内容であった。庶子の認知は前から再三再四頼んであったが、まだ聞きとどけられないのだった。

「話して見ましょう」

男は窪んだ眼をパチパチさせながら、ぶっきら棒に言った。

「お願いで御座います。この子が可哀そうですから……」

必死というのに近い声で、母親は敷居に額を擦りつけんばかりだった。

を拭っていた。

「話して見ましょう」

鞄を下げた手に帽子を挟んだ男は（彼は鞄も帽子も手から離さず、畳の上に決して置こうとはしなかった。）汗にはまだ早い季節だったが、片方の手のハンカチでしきりと頸筋を拭っていた。

「こうやってわたしが夜の目も寝ずに働いて一生懸命にやっておりますのも、この子をどうか立派にしたいばっかりで……。で、この子も一生懸命勉強してくれますが、戸籍が今のままではこの子の出世の……」

「邪魔になるッてことはありませんがね」

うるさそうな声だった。

「そうかもしれませんが、母親と致しまして……」

「話して見ましょう」

早く受取を寄越せと言わんばかりに手をのばして、

「飯倉も、しかし何せ忙しい身体ですからねえ。ゆっくり会って話をするということが仲々出来ないんですよ」

飯倉とは父親のことだった。

「あなた様もまたお忙しい身体で、ほんとうに申訳ございませんが、――もう大分前からお願いしてございますことですので」

「今度は話して見ましょう」

また手をのばした。母親は、まだまだと言わんばかりに、

「さあ、忠雄ちゃんからも、よオくお願いをなさい」

幼児の時分と変らない忠雄ちゃん呼ばわりに顔を赧らめながら私は、

「お願いします」

と畳に両手を突いてお辞儀をした。見世物小屋の「可哀そうなはこの子でござい。ハルちゃんやア」「あーいー」の、あの見物衆にしおらしく挨拶する因果な片輪の姿を、私は自分のうちにまざまざと感じるのであった。私は腹の中で、鬼の如くに怒っていた。

――その憤りが私のうちに、かッかという熱を伴って蘇った。父親に向ってお願いしますと頭を下げるのなら分っているが、父親の使者は、父親の眼下のものであり、従って父親の子である私にとっては（たとえ正当の子でないとはいえ子に違いはないのだから）やはり眼下のものじゃないか。その眼下のものに何故手を突いて哀訴歎願をしなくてはならないのだ。

ひどい成績を母が知った時の嘆き、怒りを想うと、それは私の憤りを妙な工合に募らせた。「こんなことでは顔向けならないじゃないか」――怒りで蒼褪めた母親の顔が浮んでくる。

私はズボンのベルトを握り締めていた。そのベルトは青山の異母兄のお下《さが》りであった。

一中の入学試験に合格した時、私は母親に連れられて、青山の屋敷に挨拶に行き、例の「いも」と一緒にこのベルトを貰って帰ったのだった。商業学校を希望していた「青山」も、私が一中に入って了うと流石に、やめろとは言わず、心配だった学資もどうやら父親が出してくれることに成った。

青山からの帰り、私たちは練兵場に出て、その土堤で摘草をした。さんさんと降り濺《そそ》ぐ春の光の下で私たち母子は放たれた鳥のように幸福であった。

「土筆が、ほら、お母さん、ここにこんなに沢山、――お母さんたらッ」

「はい、はい」

その日母親はやさしかった。そして若かった。

「故郷《くに》にいた時は、このよもぎでおいしい草餅を作ったものだけど――」

「作りましょうよ、家でも」

「作りたくても臼がなくてはね、――みんな故郷を出るときに置いてきて了って惜しいことをした。……そうそう、お留守居のお祖母さんに好物の豆餅をお土産に買って帰ってあげましょう」

練習をしているらしい下手な喇叭の音が聞えてきた。

「頂いたお金で早速、ご本をお買いなさい。やっぱり学校の近くの文房具屋で売っているのかしらね」

「学校の近くには、何んにも無い。神田へ行かなくちゃ……」

「神田、――大変だねえ。一緒に行ってあげなくちゃいけないねえ」

「大丈夫ですよ、ひとりで」

「大丈夫かい」

「僕、もう中学生ですよ」

「生意気言って……」

母親は嬉しそうに笑った。――

わーッという歓声に、我に返って振り向くと、素晴らしい飛球だった。スポンジ・ボールが青空にぐいぐい昇って行く。

「おッ！」

既にボールは下降線を描いていたが、それはいかにも私をめがけて落ちてくる感じだった。

(これはいかん。)

私は駈け出した。ボールを避けて駈けていた筈だったが、中途で見上げると、いよいよ確実に私の頭上へ落ちてくるものとしか見えなかった。

(これはいけない！)

私はまた駈け戻った。その私を眼がけて外野手が一散に飛んでくる。

もういいだろうと私は立ちどまって空を見上げた。すると、どうだろう、ボールは又しても私を狙って、——しかももうすぐ私の頭上に来る。

ボールを見上げながら、よろめくようにして、私は駈けた。

「あ、いけない！」

背を向けた次の瞬間、その私の背に、正に狙い誤たずの感じでボールががんと当った。

その時の不気味さは今に鮮かである。避けよう避けようとして実は反対に私はボールに近づいていたのだった。ボールにひきよせられていたと言った方がいいか。当りそうだと感じたことは、私をして、どうしてもボールに当らねばならない羽目に陥らせていたのだった。

その後の私の人生に、こういうことは屢々起った。……

母親の嘆きよりもその怒りを想うことが、家へ向う私の足を渋らせていたが、いざと成ると予想していたほどの叱責を蒙らないで済んだのは、ボールの場合と正に反対であった。

「岡下さんへ、もうあんまり行かないようにする」

と私は言った。しばらく遠のいていた岡下家へ私は再び遊びに行くように成っていたのだが、それは大体半々の割合で私自身の意志と母の命令とに依るものだった。母親としては、大切なおとくいさまの坊ちゃんのお相手を私に勤めさせて、その愛顧を願ったのである。一方、私は依然として友達のない寂しさから岡下家へ行くことに再び喜びを見出したのだが、母親に向っては、それを一に母親の強制によるいやいやのお勤めということにし、そのため勉強の時間が取られて成績が悪く成ったという工合にしたのであった。この卑劣な遁辞は母親の怒りを軽減させるのにいくらか役立ったと考えられたが、そう考えられたことは私のうちの卑劣さを増長させるのに少なからず役立った。

丁度その時分のことであるが、岡下家の主人があるとき、外へ散歩に行こうと言ってその一人息子と私とを麻布の十番通りに連れて出た。そしてぶらぶら歩きの末、とある玩具屋に寄ったのだが、岡下家の令息ももはや玩具を欲しがる齢ではなかったから、岡下氏自身の発意だったのである。その店には、これは玩具とも言えればまた玩具とも言えない提灯を売っていた。既に盆提灯の売り出されている時ではあったが、これはそういうちゃんとした提灯ではなく、提灯行列などに使われる種類のあの粗末な提灯を三つ、岡下氏が買った。まるで子供が玩具を買うようなそのにこにこ顔を、私は怪訝の眼で見ていた。

「さあ、お家へ帰ろう」いそいそとした声であった。

途中で私は、その時分はもう登校を共にしなくなったH家の子息に会った。一中の制服をつけ制帽をかぶった彼に、着流しで無帽の私は、顔を赧らめながらお辞儀をした。

「あれ、Hさんです」

問われもせぬのに私は岡下氏に言った。

「総理大臣のHさんの甥です」

何か自慢気に言う私であった。あんなに煙ったい存在としていたそのHをまるで岡下親子に誇るような私の口調であった。

「あ、そう」岡下氏はHが出入りの魚屋か八百屋の子とでも紹介されたような興味のない顔つきだった。

屋敷に戻ると、

「蠟燭、蠟燭、——マッチだ」

と岡下氏は怒鳴った。提灯に火がともされた。昼の提灯は異様であった。だが、それは異様の序の口であった。

「さア、提灯行列をしよう」

岡下氏の顔からは先刻この提灯を買った時のような微笑はもう消えていた。何か恐い顔だった。

「忠之助も提灯を持って。おうちゃんも提灯を持って……」

私たちの提灯にも火がともされた。

「出発。——おお、暗い、暗い」

先頭に立った岡下氏が宛かも街を流して歩く物売りのような節をつけてそう言った。私

たちもそれを真似て、

「おお、くらい、くらーい」

　すこしも暗くはない白昼の邸内をそうして提灯を下げて練り歩いたのであったが、中学一年生の私は、大人も時には子供らしいふざけ方をしたくなるのだなと、したり気に考えるだけで、ギリシアの哲人に左様な先例のあることは固より知らなかった。更に岡下氏がその時どういう心からそういう所行に出たのか、その辺のことは、その時も今も私には分らない。彼は一時は俳壇の鬼才と謳われた人だったが、どういうことからか、ふっつりと句の発表をやめて了って、その時はわれとわが身を自己湮滅とも名付けない人間嫌い《ミザントロピスト》的な韜晦の生活に沈めていた。私がいま尚その時のことを覚えているのは、——おお暗い暗いという岡下氏の声さえ覚えているのは、彼の所行が何か突飛な印象を私に与えただけでなく、心の深いところへ響いてくる異様な、一種鬼気に似たものを放っていたからに違いないと思われるのである。

　私たちは広い邸内の隅々まで歩き廻った。草の生い繁った奥には古い池があり、大小の蛙が驚いて池の中に飛び込んだ。飛び石にはびっしりと苔が生えていて、ぬるぬると気味悪く下駄がすべった。

「おお、暗い、暗い」

＊

二学期に入ってどの位してからであったか。ある日、肋木の横で同級生のひとりが、

「どうして休んだんだい」

と前日学校を休んだ生徒に尋ねると、

「サボタージュだよ」

鉄棒のうまい、いくらか不良染みた（というより不良を気取った）その生徒は白い歯を見せて快さそうに言った。サボタージュ――耳慣れない言葉であった。

「なアに、サボなんとかッて」とW子爵の令息の同級生が側から声の響きまでが上品な感じの言葉を挟んだ。

――子爵家は仙台坂の上にあった。その屋敷のなかには蟇ケ池と呼ばれている大きな池があり、それは幼時の私たちにあの溝での魚取りの楽しみを与えてくれた池のひとつだったかもしれないのだが、陋巷ずまいをひた隠しに隠したいとしていた私は、同級生のWに向っては、そんなことは毛筋ほども洩らしはしなかった。あげのあるズボンをはきながら、それでも、ちゃんとした家の子ではあるのだといったような顔をWの横に並べていると、

「病気の名前？」

また誰かが言った。

「サボタージュ病か」

ずる休みをした生徒はワッハッハと哄笑した。

サボタージュを日本語化した「サボる」というような言葉は固よりまだ無かった。今でこそそれは小学生も使う日常語に成っているが、その頃、サボタージュというのは耳新しい言葉であった。それは、その年におこった川崎造船所の大争議で、サボタージュが新戦術として用いられ、センセイションを捲きおこしたことから一般に流布されるに至ったものだった。

　川崎造船所の争議は参加人員一万五千を数え、サボタージュ戦術に依って八時間労働制を獲得した。その大争議は大正六年頃から頓《とみ》に増加した労働争議の波のいわばひとつの頂上ともいうべきものだった。後年、左翼運動に、臆病な形ではありながらそれでも私なりの献身を示した、そういう私としては、この労働運動の擡頭期に関して、ここで簡単ながらその輪郭を書き記して置きたいと考える。但しその頃の私が、擡頭する労働運動の波に対して全く無関心であったという事実は、これも書き足しておかねばならないだろう。言い換えると、私に直接的に関係のない流れとして、その労働運動の擡頭、労働者の階級的擡頭という流れは、流れていたのである。私を無縁のものとして無視して流れていたのである。つまり私の無関心というのは、私が社会の事象を受け入れ理解するにはまだ余りに年少であったからというだけのことではないのだ。私は、貧窮のなかに生い育った身ではあったが、即ちその貧しさに於いては農村から都会へ流れ込んだ労働者のそれと変りないのであったが、だからと言って擡頭する新興階級に属する者ではなかった。ここに無関心の原因がある。先きに私は「お屋敷の父親」をひそかに誇る己れの恥ずべき虚栄心に就いて述べたが、かかる虚栄心というものは、その現実的な貧しさに於いてはプロレタリアのそれであるにも拘らず、その心理に於いてはプチ・ブルジョア的という中間的な環境に育ったところから生じたものなのであった。そして虚栄の眼は常にプロレタリア的貧窮からの脱出に向けられていた。私が貧乏を恥としたのは、かかる心理からのものなのだった。

——

第一次世界大戦が勃発したのは大正三年のことであったが、欧洲諸国が戦火を浴びて生産停頓の苦境に陥ったとき、殆んど名ばかりの参戦によって東洋の一隅から世界の舞台にのし上った日本は、輸出軍需品の膨大な生産によって思わぬ経済的利益を占めた。こうして日本の資本主義は飛躍的な発展を遂げたのだが、それは国民大衆の生活をある点向上せしめると共にまた逆におびやかし苦しめる結果と成った。異常な通貨の膨脹は物価の昂騰を来たし、たとえば大正七年の東京の物価平均指数は大正三年当時と比べると九割六分の騰貴を示したが、これに対して労働賃銀はどうかというと、物価の騰貴率の約三・六倍に対して二・二倍であったから、生活難は当然であった。この生活の逼迫は、資本主義の発展とともに形成されて行った労働階級の階級的自覚を促し、労働争議の増加と成り、労働組合運動の擡頭と成った。さきに大正六年、デモクラシー擁護のための米国参戦が行われると、その聯合国であった日本に於いてもデモクラシーの声が高まり、思想的に強く揺り動かされるところがあったが、そこへまたロシア革命の報が伝わって、労働階級に思想的な自覚が与えられた。

労働争議の激発はこの大正八年に於いて二千三百八十八件の多数に達した。この年は実にわが国労働運動史上に於いて特記さるべき年なのであった。それまでは争議の多くは未組織労働者によって行われ、労働組合の数も少なく、年々一二の創立を見るに過ぎなかったが、この年は一挙に十六組合の結成が行われ、労働組合勃興の気運が最高潮に達した。友愛会が日本労働総同盟と改称するとともに、協調主義から闘争主義へ方向転換を行ったのも、この年であった。

これらの波に対して私は全く無関心だったと書いたが、無関心ながらも、その時代に生きた少年の心に、世相としての影はやはり投ぜられていた。そのひとつの例として思い出されることがあるが、或はこれは翌年、つまり大正九年のことだったかもしれない。級の中で回覧雑誌が作られたのだが、それに私も投書をした。ある号で私は漫画を描いた。その頃、新聞や雑誌に流行っていた政治漫画の幼い模倣で、今はどういう漫画だったか忘れたが、なんでも時の政治家に対して低劣な弥次を飛ばしたもので、「そうは問屋も卸すまい。若し卸すようだったら、そんな問屋は焼打だ」と書いた。その文句をはっきりと覚えているのは、自分では気のきいた啖呵ぐらいに思っていたその文句が忽ち問題に成ったからだった。担任の教師に放課後居残りを命ぜられ、

「お前は危険思想の持ち主だな」

いきなりそう言われて、私は縮み上った。滅相もない。しかし教師はきびしい声で、

――問屋を焼打しろなどと大それた煽動的言辞を弄しているが、そもそも位階勲等を授ける「問屋」を、お前は何んと心得ておる。

「不敬罪だぞ。いやはや、大変な生徒が出たもんだ」

事の重大に私は戦慄した。事の重大を初めて知らされた。

事実は、――つい、筆がすべったのだ。そうは問屋も卸すまいで止めておけばよかった。しかもこの問屋というのも、教師が言うような深い意味があるのではなく、そうは行くまいぞといった軽い意味を、つい、そう表現しただけのことであった。

「先生、許して下さい。僕、そんな……」

放校処分にでも成ったらどうしよう。前途は真暗だ。

「危険思想の持ち主」の不逞な生徒である筈の私は、もうわなわなと震えていた。この私こそ、全く漫画だ。

焼打云々の筆のすべりは、大正七年の米騒動と焼打の騒ぎが少年の私の頭に滲み込んで

いたからであった。焼打という事柄は、考えれば大変なことなのだが、その記事が新聞紙上をさんざん賑わした結果は、人々の日常会話の間にも、さして大変なことではないような感じで現われ、そうしていつか事柄とは分離した単なる言葉として少年の頭に残されるに至った頃は、犯罪的な翳がすっかり無くなっていたと言っていい。つまり反抗というこ との、いわば劇的な表現といった程度に成っていたから、反抗と平凡に書くかわりに焼打と軽率に書いたのだ。そして時の世相の投じた影として、反抗ということがなかなか魅力あるものとして少年の心を捉えていた。——

「軽はずみなんです、これから気をつけます。先生、許して下さい」

私は必死の陳弁をした。今から考えれば中学一二年生のいたずら書きを教師もそう重大に取った訳ではなかったろうと察せられるが、その時の私は必死だった。

結局、度の過ぎた悪ふざけということで、将来を戒められて、事無きを得たのだったが、世相の影を軽々しく表出することの危険が深く肝に銘ぜられた。それというのも私は、いわば「出世」の確実なコースとしての学校の課程を、なんとしてでも完了したいと考えたからであった。反抗は魅力あるものだったが、この私には、「出世」を賭してまで反抗することは出来なかったのであった。

「出世」——古色蒼然たるこの文字を私はこれまでも屢々筆にしたが、今日の若い読者の眼からすると滑稽感なしには見られないであろうところのこの「出世」ということへの並々ならぬ欲望は特別な環境に置かれた少年の私にのみ特有の異常なものだったろうか。そうとばかりは言えないのであった。成程、私の場合は、目前に「お屋敷の父親」や異母兄という存在があって、その生活を憧憬の対象として思い描くことが、今こそ陋巷に沈淪してはいるけれどいつかは浮び上りたいという出世欲を異常に刺戟していたから、そういうことは私だけの特殊事情とも言えるであろうが、しかし一般に「立身出世」ということは明治以来の青少年に共通の伝統的な理想として、大正のその頃はまだ強く私たちの胸に燃えていたのである。その証拠には当時の青少年向きの雑誌は、何れもこの「立身出世」に関する記事を主要なものとしていて、例えば後には探偵小説専門の娯楽雑誌ということに成った「新青年」も大正九年に創刊された頃は文字通り新青年向きの、詳しく言うと「立身出世」の理想に燃えた新青年向きの雑誌で、雑誌に掲げられた広告も亦、そうした種類のものばかりだった。その一例。——

大正九年の

立身出世の首途は此の学校

人より早く立身出世する秘訣は世間に是非必要な人間となり何処に行っても喜んで採用される資格を備えるにある。非常な発展をせる銀行会社其他の所で要求しているのは『中学卒業の資格』ある青年である。此資格さえあればドコへ行っても大歓迎される。この中学の資格を得る事が本年の立身成功である。所で官立中学の代りに出来た通信中学校（日本に唯一つより無い）に入学せよ。同校の教授法は彼の中学会講義録の数百倍進歩したもので現に費用も三倍以上を要して居る。タッター ヶ年にて卒業が出来、官立中学卒業生と同様の学力と信用を得らる故に世間でも非常に評判が高い。今入学すれば来年の本月には立派な卒業証書が諸君の手元に送附される。この新式の教授法の見本はハガキにて申込次第進呈する。

東京本郷大学正門前　通信中学校

この「立身出世」の理想は、それが明治から大正初年にかけては努力と機会次第で現実化しうるものであったから、そこで青少年の理想とせられたのだが、やがて「非常な発展をせる銀行会社其他」、即ち日本資本主義が、その発展のために「是非必要な人間」をその手許に揃えて了うと、もはやその時は、昔日のような、笈《きゅう》を負うて郷関を出でた一介の書生がその刻苦勉励によって夢のような青雲の志も実現し得た、かの華やかな「立身出世」の現実化の可能性は頓に稀薄なものと成った。そうして間もなく「立身出世」というその言葉とともにその理想も、今は有り得ない昔の話ということに成って夢の如く幻の如く消えうせたのである。宛かも刻々にそれが消えうせようとしていた時に当って、私はその胸に人一倍激しい「立身出世」の野望を燃やしていたのであった。

＊

サボタージュ病でなく、扁桃腺を腫らして、数日私は学校を休んだ。昼食の時に私は担任の教師に欠席届を出した。担任の教師は私たち生徒と昼飯を一緒にするのだ。席に戻ると、

「サボタージュ病かい」

うしろの生徒が、からかった。ううんと私は否定の首を振ったが、その眼にMの薄笑いが映り、頭にかーッと血の昇るのを覚えた。まだ熱があるようだった。

Mの薄笑いは、その時は別に悪意のない無意味のものだったかもしれないのだが、私には胸を抉る冷笑として迫った。Mは大きな銀行の、左様「非常な発展をせる」銀行の、頭取の息子で、坊ちゃん育ちの我儘さを学校にまで持ち込んでいた。金の威光からか求めずして同級生の取り巻きが出来ていて、その集団に守られて我儘を通していたが、取り巻き以外の者には絶えずシニカルな眼を向けていた。向けられても平気な者は平気だったが、私は平気でいられなかった。何も人に危害を加えるその眼ではなかったのだから、平気でいていい訳だったが、そこに被害妄想的なものをどうしても感じないではいられないところに、私という人間の弱点的特徴があった。私はそんな彼の取り巻きに成りたいとは思わなかったが、シニカルな眼を向けられるのは、出来たら避けたいと考えた。

十日ほど前の昼食のときだった。

「へーえ、M君は沢庵を食ったことがない？」

彼の隣席の者のそう言う声が私の耳に入った。

「そうかねえ。ふーん。よかったらあげようか」

「うん」消化が悪いというのでMの家では禁じられているというのだった。彼の弁当のおかずは成程消化のよさそうないり卵に、ひと眼であの柔いロースと分るうまそうな牛肉の煮付だった。

「どうだい。うまい？」

「からいねえ」

「そりゃ、からいさ。——初めてだと臭かないかい」

「うーん」曖昧な声だった。

その翌日、昼食で教室に入る時、私はMの側に行って、その御機嫌をうかがうような声で言った。

「M君、僕、沢庵を持ってきたんだけど、あげようか」

Mはじろりと横目で見て、

「いらないよ。汚い……」吐き出すように言った。

それから数日後のことである。雨天体操場の前で、取り巻きに囲まれているMから、

「——角間君」

と呼ばれ、何か親愛の情を籠めたようなその声に、私は先日の辱しめも忘れ、側へ行った。先日にべもなく私の申し出を拒んだことを悔いているのだな、そう思ったところ、

「やい！」

いかにも楽しそうな笑いを浮べながらMは言った。

「やい、私生子！」

低い声だったが、私には拳固で力いっぱい耳を殴られたような感じだった。

うッと息を呑むと、私は、——これはなんとしたことか、宛かも御愛想でも言われたようなニヤニヤ笑いを浮べていた。

どうしてばれたのだろう。どこからMは聞き出したのだろう。こうした外攻的な疑問よりも、やはり遂に露見した、——この内攻的な想いが私の心を殴りつづけていた。

(どうしたって、ばれなくてはならないのだ！)

その晩、私は熱を出した。扁桃腺が腫れたのだが、熱におかされた頭で私はしきりとMへの復讐を考えた。野本に辱しめられた時とは大分違っていた。非力の私は暴力による復讐を企てることは出来ないのだったから、考えは自ずと陰険な方へ陥って行き、いろいろと考えられるその復讐手段を、頭の中で実行してみることによって、私は満足とも疲労ともつかない気分を味わった。

——Mの薄笑いに、はっとしたのは、こういうことがあったからだが、その薄笑いは私にこう言っているようだった。

「痛いところを衝かれたもので、参って、学校を休んだな。……」

怒りの炎がめらめらと私のうちに燃え上った。そしてその炎は相手のMを焼くことはしないで、即ちその咽喉を締めあげてやりたい位のMを苦しめはしないで、この私自身を焼いて私を苦しめた。

（——復讐してやる。）

私の考えたMへの復讐手段のひとつに、こっそりと教室に忍び込んで彼の弁当の中に砂を入れるという卑怯なのがあった。

（——きっと、やってやる。）

すると、この時、

「角間加代さんか。——いい名前だね」

前頭部の禿げ上った肥った教師が、私の欠席届を見ながら、そんなことを言った。それは欠席届に書いてある、——私が自分で書いたところの母親の名である。そしてそれが男名前でないことを心中ひそかに恥じていた私は、こうして公然と教室の中で女名前を読みあげられたことによって、致命的ともいうべき打撃を受けた。と言うと誇張的表現のように見えるかもしれないが、女名前だということだけで欠席届を出すのにどんなに屈辱の想いのこもったためらいを感じなければならない私だったか。そんな私だったのだから、誇張でもなんでも無いのだった。

私は顔があげられなかった。私はMに到底復讐など出来はしない自分をそこに見出していた。そんな自信といおうか、そんな資格といおうか、とにかくそんな力の、失われて今は無いことを明瞭に感じていた。

(明日はほんとうにサボタージュ病で休むかもしれない)

私は自分に言った。それが私の復讐であると私は感じた。

その六 ――私に於ける被害妄想癖について

小学校時分、「ビリケン」という渾名のついていた石屋の子に、私はその日、学校の帰りに久し振りで会った。彼は慶応義塾の普通部に入ったのだが、私のと違ってぴったりと身体に合ったそのしゃれた制服が、私には何かまぶしいもののように感じられた。独得の型の帽子も、頰をつやつや光らせた、西洋人形を思わせる彼の顔に、いかにもよく合っていた。その頃まだいくらか命脈を保っていた往時の流行語で言えば、――まことにハイカラに見えた。彼は懐しそうに私に話しかけ、家へ寄らないかと言ったが、心の中に重い鉛を吞みこんだような私は、曖昧な声でその親切な誘いを断った。すると彼は、今日は三田の縁日だから、一緒に遊びに行かないかと言った。私は一層曖昧な声で、行くとも行かぬともつかぬことをぼそぼそと言っていたが、それは夜遊びを果して母親が許してくれるかどうか、その見当のつかぬ為の曖昧さだった。

突然、私は、うん、行こうと自分でも吃驚するような声で言った。

「行く？」

「行こう!」

憤然として、——いや、実際、口吻の形容というだけでなく、私は心の中でも憤然としていた。たとえ母親から断乎として禁じられても自分は断乎として夜遊びに出てやる! 母親に対して私は憤然としていた。母親から寧ろ禁じられることを私は願い、それに反抗して夜遊びに出るということの方を私は願い、Mに対して果たされぬ怒りを母親に向けてぶっつけていた私なのであった。

懐しい縁日。四の日が三田の地蔵様の縁日であった。四日、十四日、二十四日に賑やかな夜店が立つ。ああ、或る東京育ちの詩人も感傷的にうたっていたように、——ああ、懐しいアセチリン灯の臭い。私にとって更に、九の日の麻布十番の七面天の夜店も忘れられない。末広稲荷の縁日は何日だったか。ああ、失われた東京の夜の顔よ。

その頃の東京市内には、毎晩、どこかしらに必らず縁日の夜店が立っていた。たとえば一日は、——蠣殻町水天宮。神田明神。深川八幡。虎の門金比羅。愛宕下毘沙門。材木町出雲大社。深川、板橋の両不動。赤坂豊川稲荷。京橋鉄砲洲稲荷。飯田町世継稲荷。四谷新宿太宗寺不動。浅草田中町一ッ谷稲荷。芝三光町大久保毘沙門。日本橋銀町妙見。二日の縁日は、——麴町三番町二七不動。芝日影町日比谷神社。伊皿子大円寺潮見地蔵。外神田松富町三社稲荷。本所四ツ目薬師。本所石原徳の山稲荷。浅草田町一丁目袖摺稲荷。日本橋久松町紋三郎稲荷。回向院一言観音。浅草駒形町出世観音。……

艶歌師がヴァイオリンを弾いて歌っている。

　学校の先生は豪いもんじゃそうな
　豪いからなんでも教えるそうな
　教えりゃ生徒は無邪気なもので
　それもそうかと思うげな
　　　　　　　　　　　ア　ノンキだね

暗い人だかりのうしろで「無邪気な生徒」の私たちはゲラゲラ笑いながら、添田唖蟬坊のこのノンキ節を聞いていた。白秋の作った有名な「生ける屍」の唄、——「行こか、戻ろか、極光《オーロラ》の下を」や「にくいあん畜生はおしゃれな女子」や「今度生れたら驢馬に乗っておいで」——それから「ダンスしましょうか、カルタ切りましょうか」や「捕えて見ればその手から、小鳥は空へ飛んで行く」や「くるしき恋よ、花うばら」や「このまま、別れて、それでよけりゃ」の「カルメン」の唄は、その頃はもうはやりつくした感じだった。

　この艶歌師の出る場所は、いつもきまっていた。地蔵様の有る通りからは離れた、夜店の殆んど切れかかった外れ、——しかし、三の橋から行く私たちにとっては、逆に夜店のはじまる末端とも言うべきところに出ていた。私たちは灯を慕う虫のように明るい本通りに早く出ようと心があせり、明りのとぼしいそこを、間もなく離れ去った。私たちというのは「ビリケン」君に私に、それからもう一人誰かいたのだが、今は誰だったか覚えが無い。「ビリケン」君は小声で「煙草のめのめ」の唄を歌い出した。

煙草のめのめ、空まで煙せ、
どうせ、この世は癪のたね。

煙よ、煙よ、ただ煙、
一切合切、みな煙。

この歌が舞台で歌われた芸術座の「カルメン」を彼はその母親と一緒に見に行ったと私たちに言った。カルメンに扮した松井須磨子はその年の正月五日に島村抱月の跡を追って自殺していた。写真で知っているだけで実際の麗姿を私などは遂に見ることができなかった。その松井須磨子の舞台姿を彼は知っているのであった。彼はませた口調でもう一人の友だちとその松井須磨子について話し出した。

「あとの文句を教えてくんない。なんというの?」

と私は言った。どうせこの世は癪のたねという言葉が、私にはひどく身にしみた。聞きなれた唄なのに、その時は初めて聞いたようなしみ方であった。「ビリケン」君は、待ってましたとばかりに歌い出した。

煙草のめのめ、照る日も曇れ、

どうせ、一度は涙雨。
　煙よ、煙よ、ただ煙、
　一切合切、みな煙。
夜のそぞろ歩きにはもってこいの季節であったから、人がいっぱい出ていた。「ビリケン」君も流石に声を低め、早口で歌った。
　煙草のめのめ、忘れて暮せ、
どうせ、昔はかえりゃせぬ。
　煙よ、煙よ、ただ煙、
　一切合切、みな煙。
　当時の世相人心を反映していたその歌が、乾いた土に音を立てて滲みこむように、私の胸に嘗つてない不思議な経験として小気味よく吸い込まれて行った。すると、私は自分というものがその歌の発散する麻薬的なものを今まで一度も嗅いだことのない、そしてその歌の醸し出す心理的雰囲気とは全く無縁の存在であったということをはっきりと知らされたのだが、そう知らされた驚きは知ってはならぬものを知ろうとしており、近附いてはならぬものに近附こうとしているといった一種の恐怖を私に覚えさせ、恐怖は漠然ながら悪というものの迫りを感じさせた。だが同時にそれが齎《もた》らす甘い酔い心地へと私はぐいぐいと惹き込まれて行ったのだった。

私は「ビリケン」君とひきくらべての自分の幼さが思われた。その幼さを私はきびしい母親のせいであると考え、華やいだ縁日の雑沓のなかに、母親とでなく、「ビリケン」君たちと自由に遊びに出ている自分に、母親のきびしい眼の外へいつか跳り出ている自分を見た。跳り出ているのは、跳り出ることができたのだということに他ならぬと知ると、私は自分を幼さのなかへ閉じこめていた母親の監視からの解放を感じ、自分を解放しうることを知ると、これが初めてではないもう馴染の縁日なのに、その夜店の世界は、常に母親と一緒だったときには見せなかった豊富な面白さをいろいろと私に示しはじめ、今まで味わったことのない華やかさが私の心を躍らせた。今や自分の意志で遊んでおり、遊べるのだという自覚は、厳格な母親への反逆の快感を私のうちに湧きおこし、それによって、いつでも自由に遊べる「ビリケン」君たちの知らない深い喜びをも与えられていた。

「愉快だね、愉快だね」私は、はしゃいでいた。ああ、なんという可憐な解放感。

――母親からたとえ禁じられても私は出るつもりでいたが、その夜は、三田のお地蔵様へお参りに行くことを母親は快く許してくれたのだった。そうだ、私は母親に、夜店へ友人と遊びに行くとは言わず、お参りに行きたいと許可を求めたのだ。

「ああ、今日三田の御縁日……。あたしは急ぎ仕事があって行かれないから、ひとりでお参りに行っておいで」

母親の許可は、お参りに対して与えられたものであった。

「早く帰っておいで」

「はい」

母親がたとえ禁じても私は断乎として出るつもりではいたが、しかしほんとうに禁じられたら私はやはり家を断乎として出るということはできなかったであろう。私の可憐な解放感は、やはり母親の許可の下で成立していたのである。

どんなことをして私はその解放感を享楽したか、――こまかいことは覚えてない。どんなことをしたところで縁日での少年の遊びなど、たかが知れたものであるが、私たちの場合は特に、たとえば木箸のさきに綿のように成った所謂電気飴を巻いたのを買って、歩きながら食べたり、竹箸にさした三角形の薄いこんにゃくのうでたのに甘い味噌をつけて食べたりといった程度のことを出なかったであろう。私はその買い食いだけは覚えている。そして私には、――外でものを買って食べたりすることの固く戒められていた私には、そんなつまらないことでもこの上なく楽しく感じられたのだった。

さてその縁日からの帰り、私たちの間に取りかわされた会話のうちに今でもはっきり私の覚えていることが、ひとつある。ただしその後、これが機縁と成って幾たびか「ビリケン」君たちとこうした夜遊びをするように成ったから、或はその夜のことではなかったかもしれぬ。しかし三田の縁日からの帰りであることは、はっきり覚えている。三の橋に近い暗い通りで言われた次の言葉であることは、確実に記憶されている。

「みみずみたいなものが出てくるんだって……」これは私の言葉ではない。そしてそれを、「ビリケン」君が言ったのか、連れのもう一人の友人が言ったのか、それは記憶に無い。

「あすこから？　うそだい」これも私が言ったのではない。

「うそじゃないよ」

「みみずが赤ん坊になるの？　変だなア」

私の確実に覚えていることは、私のそのときのなんとも言えぬ羞恥感である。好奇心を甚だしく燃え立たせられながら、一方でただならぬ羞恥感を掻き立たせられた。むしろ、燃え立つ好奇心に、私は羞恥感を持ったという方が事実かもしれない。ああ私の得意の羞恥感！

だが私にとって親愛なとも言いたい位の日常的な羞恥感とはまた趣を異にする異常なそれでもあった。そう言えば、宛かもその頃、東京帝国大学で哲学を講じていたケーベル博士は、日本と日本人とに寄せるその温い愛情から「——欧洲人の間に極めて広く行われて居るところの所謂 ami cochon なる嫌悪すべき一種の『友情関係』は、日本には知られていないらしい」と「私の観た日本」のなかで書いているが、私のそのときの羞恥感はそうした日本人に（明治時代の日本人に——と残念乍らことわらねばならぬが）共通の感情から来たものだったか。ケーベル博士は大学の講堂で或るときラテン語の繋辞的用法を説明するに際して、黒板にAlochos（同衾者）と書き、concumbo（同衾する）concubina（情婦）という語を持ち出すと「学生等が羞かしげに伏目になった、あの実に感動せしむると同時に可笑しい姿をいつまでも忘れないであろう！」と書いているが、私の羞恥感もまたその昔日の日本の学生等と同じ種類のものであったろうか。

私はその学生生活を通じて、遂にアミ・コションすなわち淫らなことを露骨に喋り合う交友関係というものを持たなかった。もしかすると、私のいま書いている幼い会話が、アミ・コションの会話に近づいた唯一つのものであるかもしれぬ。そのため約二十年後の今もって忘れない、忘れ得ない会話と成っているのかもしれぬ。私はいまそうした往時の私に、そしてそうした私をそのうちの一人としていた昔の日本人というものに、（ケーベル博士の言葉によれば）「下層社会の者といえども、極めて貴族的――善き意味において――で」あった日本人に、胸のつまるような懐しさを覚える。

だが、しかし私のそのときの嫌悪を伴った羞恥感は、私と私の母親と祖母だけという私の家庭の特殊な空気が私に与えていた特殊な感情でもあったろう。そしてその羞恥感は私から、それまでいわば私の心の上に翼を休めていたあの解放感を、ちょっとした物音にも驚く臆病な鳥のように忽ち飛び立たせてしまった。いつまでもとどまっていてほしいと私の願っていた解放感だのにあっけなく去ってしまい、自身、臆病な鳥であった私は、夜遊びでこう遅く成っては当然、母親の叱責を覚悟せねばならないと暗い不安のおもいにおののいた。私を喜ばせたあの解放感などはまことに儚い一時的のものであった。そんな私の喜びは、そのあとの不安と悲しみという罰を伴うことなくしては得られないものであった。

(——私がほんとうに、母親からの解放を、暗い家からの解放を、汚く貧しい家の私の心に投じていた暗さからの解放を、一時的なものでなく、味わえた、否摑み得たのは、母親の許から離れて高等学校の寄宿寮に私が入った時にはじまる。ほんとうの解放感を私が味わえる為には、その時まで待たなくてはならなかった。)

私は油屋の路地を悄然とうなだれて入った。一刻も早く帰らねばと思いながら、どうしても渋りがちになる足を、叱責が待ちうけているわが家へと進めたのであるが、家の近くまで来ると、ぎょっとして私は足をとめた。

私の家の前にはその持ち主の家があったが、庭の木の繁りが蔽いかぶさっているその暗い塀にぴたりと守宮《やもり》のように身体をつけた異様な女の姿が私の眼をおびやかしたのだ。私の驚きとともに、向うもこっちに、きっと顔を振り向かせ、暗くてよく分らぬながらその白い顔は私の恐れたような化け物じみた老婆のそれでなく、二十歳前後の若さと知れたが、同時に塀の向うから大家《おおや》の女主人とそのひとり息子との声高に罵り合っている声が聞えて来た。女だてらに晩酌をかかさないその女主人と親譲りのこれまた大酒飲みの息子との、庭に面した座敷での口喧嘩は、さして珍しいものではなく、狭い路地のこと故、言い合いとなると私の家に筒抜けだったから、私も聞き慣れていたのだが、塀の女のこともあってか今夜の怒声には、いつもと違ったものが感じられ、塀に耳をつけた女の姿も、単なる物好きから自分に何のかかわりもない他家の親子喧嘩の声を盗み聞きしているというのとは違った真剣なものが感じられた。

私はあたふたと家に駈けこみ、

「ただいま。遅く成ってごめんなさい」

そう言うとすぐ、――「大家さんの塀に、変な女がいる！」

実は私は、遅く成ったのをごまかすのにもってこいのいい材料があったと、それこそ大喜びで家に飛び込んだのだ。

蠅の糞の点々とついた電灯の笠に額をつけんばかりにして、まだ一心に夜なべ仕事をつづけていた母親は、うんうんと頷いて「――おかえり」と言った。その顔色をうかがいつつ、

「塀に、ぴたッとくっついて、なんだか変なんだけど……」

母親の方はどうやら案じたほどのことはないと観察しつつ、しかしまだ安心ならぬとして、

「あの女、なにかしら？　変な女のいること、お母さん、知ってんの？　なら、いいけ

ど、——あれ、なアに?」

近所で見かけたことのない女であった。私はその女にそう興味を持った訳ではなかったが、そうして母親の叱責が私に向けられるのをそらそうという魂胆であった。

母親は針の運びを休めず、

「子供がそんな、——女のことなんかに気をかけるものじゃありません」

「はい!」従順なこの声の奥の狡猾さ。

「さア、おばあちゃんにお床敷いて貰って、早くおやすみ」

祖母は母親の横で屑糸をつないでいた。

「はい!」しめしめと言う代りに、はい! と言っていた。

しめしめ、叱られないで済んだと私はよごれた足を拭きに台所へ行った。寝る前には、たとえ家にいた時でも必らず脂足(——と母親は、足の裏に脂の浮く私の足をそう言っていた。)を足拭きと特にきめられた雑巾で拭き清めるならわしであり、外から帰った時も、必らず足を拭くのが、幼い時からの躾で今はもう習慣のように成っていた。

流し場にこおろぎがチロチロと鳴いていた。

翌日、私は学校へ行った。私は学校をサボることによって私への復讐をしようと実に深刻に考えたのだが、翌朝に成ってみると、そんな気持は跡形もなく失せていた。学校をサボロうなどとは夢にも思ってみたこともないといったケロリとした顔であった。これはどういうのか。夜遊びの結果か。それとも小心な私には、学校をずる休みするということなど結局はできないのであったか。

それから何日かして私は、いうならば夜遊びの私を母親の叱責から防いでくれたあの塀の女が、首を縊って死んだということを聞いた。大家に出入りの人力車夫のひとり娘で、どこかの料理屋に働きに出ていたとのことだが、大家のひとり息子と恋仲に成り、息子の母から結婚を許されなかったところから自殺した。そういう話を聞いて私は、あの夜のどうもただごとでないと感じられた親子の怒声が、さてはその結婚についての、許せ許せないの口論だったのかと思い出され、そう言えば、あの時あの娘は、まことに尋常でない何か必死の風情だったと思い当るのだった。車夫なんかの娘と一緒に成ろうなどとは飛んでもない了簡だと、あの男勝りの女主人なら、きっと頭からどなりつけたことであろうが、そんな罵りを塀の外であの娘はじッと聞いていて、あの時すでに死のうと思いつめたに違いない。そう想像すると、死を決意した女のほの白い顔が思い出され、あの夜現実の姿にぎょっとしたのよりもっと深い恐怖をその回想の姿に感ずるのだった。車夫の娘というにしては、ほっそりとした身体つきで、なよなよとしていきな感じだったと思い出されるその娘は、失恋の悲しみからというより結婚を許さぬ男の母親への面当てに死んだという近所の噂であった。抗議の遺書を持って父親の車夫が大家のところへあばれこんだという話であった。べろべろに酔払った車夫は、ひとり娘を返せ返せと、しまいには玄関先の地べたに芋虫のように転がりながら泣き叫んだという話であった。

あの夜、私の遅い帰りを珍しく母が叱らなかったのは、可哀そうなその娘のことが気に成っていたからに相違なかった。

「可哀そうに、――若い身空で」

と娘の死を心からいたんだ。可哀そうに、――ひとり娘だから余計思いつめたところもあったのだろうと、そうも言った。母をかかえたひとり娘として、普通の娘のように嫁入りのできなかった私の母親は、死んだその娘の年の頃の自分の境遇を思い出していたようであった。ぐうたらな婿に懲りた祖母は、婿選びがやかましく、――「つらかった。……」と母親は後年、私にふとそんな言葉を洩らしたことがある。短い言葉ながら、否それだけに私は、胸を抉られるようなおもいだった。

――そうして薄倖の娘に深い同情を寄せた私の母親だったが、私に向って聞かすように言うときはまたおよそ反対のことも口にした。

「車挽きの娘が、大それた……」

女のことなんか気にかけるものではないと私に言った母親だのに、同じ口からこうも言った。――あの若旦那は、あれで気はいい方だから、きっと女にだまされたんだ。……

「女は気をつけないと、恐ろしい」

母親は自分が女でないようなことを言った。ひとり息子の私が女にだまされるようなことがあってはならぬと、まだ私は中学一年生だったが、夙に注意しておくことの必要を感じたのであろうか。

＊

私は――学校をサボった。

「サボタージュ」病で学校を遂に休む日が来たのである。「サボタージュ」病の原因と成ったものは、その日の漢文の時間に読まれる筈の日本外史の一節にあった、義経は妾の子なりというたった四字の一句が私をしてその日の漢文の時間をなんともはや恐ろしいものに考えさせ、結局その日の登校を不可能にさせたのである。

まことに取るに足らぬその一句が中学一年生の私のうちに惹きおこした激烈な苦悶については、この私自身、今は一種の怪事として回想されるくらいであるからして、他人にはもとより想像も理解もつかないことにちがいない。勿論私の母親は妾というものではなく、私も自分を妾の子とは思っていなかった。けれど、私は教室でこの一句が誰か先生から指名された者によって声高く読まれるとき、宛かも自分が妾の子であるかのように顔を真赤にしてしまうにちがいないことは、実に確実なこととして予想されるのであった。妾の子というのでなくとも妾の子に等しい境遇にあるところの私は、自分を妾の子ではないと思うことによって、教室での赤面をおさえるのに成功し得ようとは信じられなかった。妾の子ではないのだから赤面する必要はないのだと論理的にきめたところで、いざとなるというと、生理的な即ち非論理的な赤面から決してのがれられはしないだろうことを、私は幾多の経験から知っていたのである。

そう言えば私はこの告白のなかで今までたびたび「顔を赧らめながら……」ということを書いてきたが、全くこの私は何かというとすぐ赤面するたちであった。それはどうにも阻止しがたい生理現象であった。自分の力で制することのできない心理作用であった。如何とも為しがたいものなのであった。困ったことだと悩みながら自分ではどうにもならぬこの赤面癖からどうやらのがれ得るに至ったのはごく近年のことに属する。しかし今でも、さあここで顔を赧らめてはいけないぞ、赤面すると恥を掻くぞと自分に特に言いきかせたりする、そんな場合というと却って、宛かも自分のなかにひそむ何かが意地悪くのさばり出て自分をあざ笑う、そんな感じで、逆にみるみる顔が赤く成って行くということはしばしばあるのであって、ただ昔のように無闇と赤面することはなくなったというだけのことである。

近年は見かけなくなったが、昔はよく新聞の片隅に出ていた「赤面症にお困りの方へ」云々という広告に私はどんなに眼と心とを惹かれたことだったか。私はその新聞広告によって私の赤面癖が赤面症という病気の一種なのかと思わせられるとともに、自分以外にも赤面症に悩む患者が世に数多《あまた》存在していることを知らされた。「三日つけたら鏡をごらん。キット色白くなる」という、これも昔の新聞広告にしょっちゅう出ていた怪しげな薬の「効果テキメン」に劣らぬききめでもって、赤面症なるものをたちどころに癒してくれるらしいその広告主のところへ、私はしばしば、慢性にして悪性の赤面症から私を救って下さいという申込みを送りたい誘惑に駆られたが、それがとうとう一度も実行せられなかったのは、恥ずかしくて到底そんな挙に出られない私の赤面症そのものの故であったか。

とにかく、なんでもないことでもすぐ顔を赤くしてしまう私は、ましてこのなんでもないこととはいえない一句にかかっては、それこそ火の出るような真赤な顔に成ることは確実だと思うと、そうして自分を妾の子として教室に自分から広告し宣伝する羽目に陥ることを、必らず起りうる起らねばならぬこととして想像すると、その日の教室が世にも恐ろしく呪わしいものに考えられた。

家は、いかにも常とかわらぬ登校を装って出たのであるが、そしてその日は電車に乗らず徒歩通学の道を習慣的に歩いて行ったが、芝公園の弁天池のほとりに至ると、私は足をとどめてそこに佇んだ。

ずる休みをするということも亦気の小さな私には大変な苦痛であった。学校へ出ることも苦痛なら、出ないことも苦痛で、さて私はどうしたらいいのか。今ならまだ急ぎ足で行けば遅刻にならぬ。やはり行こうか。いや、行けない。早く、もう行けないという時間にならぬか。——池の中を暢気そうに泳いでいる鯉。岩の上で甲羅を乾して、うつらうつらしている亀。ここは私にとって幼い時から馴染み深いところであった。名物の藤の花は既に固い実にかわっており、藤棚は寒むざむとしていた。私は鞄を胸に抱きながら、岩の上で横着なずる休みをしている亀のなかには、何匹か、私の家で可愛がった亀が居る筈だが、あれかこれかと物色し、そんなことで、横着にずる休みできない自分の内心の苦しみを紛らそうとつとめた。この池の亀に就いては、左様、前にもその一部を引用したことのある或る小説のなかで私は次のように書いている。

「こうした母親の昆虫愛といえば、——左様、私に忘れることの出来ない幼時の思い出がある。今度は亀であるが、これはただ可愛がる他に、いわば一種功利的な目的も母親は抱いていた。学問が出来るようにと、私は必らず、毎月二十五日、亀戸の『お天神さま』へ参詣に連れて行かれたが、有名な藤棚の下で、愛玩用の亀を売っていた。そこで母親は一銭、二銭を争ってのながい交渉のち、兎に角幾何かまけさせて、乏しい財布から亀を買うのだが、買い取った亀を私の手に渡す前に、きっとその長い指さきで甲羅を二三度撫でさすり、まあ可哀そうにねえと呟くのが常であった。本来ならば塵界遠き煙汀のほとりにでも悠々自適している可き筈の身が、何とした因果か、こんな人臭い修羅の巷に連れ出されてき、高いの安いのとこづき廻される不運を、母親はひとごとならず哀れにおもったのだろうが、そういう哀憐を受けるにこれまた適当した、無害な身のこなしで、亀は魯鈍な眼をうっすらと開けてうなだれていた。扨て、それから家に持ち込まれた、この悲劇的な爬虫類は、かれには迷惑にちがいない、おいでおいでと猫のように呼ばれたり、果ては、ほれ、どうして食べないかといやがる口に飯粒を塗りつけられたり、いやはやさんざんの愛撫を一箇月というもの、口答えもならず忍ばねばならなかった。一箇月というのは、次の月の二十五日に、その亀は即ち解放され、新しい一匹をまた買うからである、一箇月うちで可愛がられた恩を、きっと忘れるじゃないよと懇々と言い含められ、亀戸の池に放された。亀戸でない時は、芝公園の弁天池であるのを常としたが、例の説得に耳を藉す間、生温い女の掌のなかにはさまれて不安定な空気中に手足をブランブランさせている心許なさに、つい母親の手に爪を掛け、おもわぬ搔き傷を残して行く類いのものは、これは性悪の亀とされた。しかし性悪であればあるだけに、池の古参から新入りものといじめられる心配があるので、それだけに多量に麩を振舞わねばならぬとした。古参の鯉などにこうした親睦の御馳走を分け与えるのと、亀を池に放つのとは、幼い私の役目であったが、私は太鼓橋の上からバシャンと水中に墜落させるのは、痛くて可哀そうなんではないかとおもった。そしてその痛撃の瞬間、私等の恩もなにも一遍に亀の頭から飛び散ってしまう恐れがありはせぬかとも考え、又口にもしたが、母は岸辺からそっと放ったのでは、私らへの別れの未練に亀と雖《いえど》も悲しむであろうから、やっぱり、そのような思いきった態度に出た方がよいというような意味を私に言いきかせた。そういう問答が私らの間にあった時分はよかったが、軈て私はいつ迄もそんな子供ではなくなり小学二三年の頃となると、母親が亀を抱いてお祈りをしているような恰好に、それを訝る他人の目の有る無しに拘らず、顔に血ののぼる感じを持つに至って来た。その頃から漸く母親の無智を嘲り、母親の愛情を軽蔑し足蹴にする私の習慣が養われて行った訳だが、さあ、麩をみなさんに分けておやりなさいといわれると、私は不貞腐れた風に、麩を括った糸ごとひとまとめにして池の中に放りなげた。チェッ、人が見てらと言い、鯉と遊ぶ赤んぼと人に思われるのを恥ずかしいとした。こういうことが二三度重なって、いつしか亀を放つ奇風は廃されて行った。——そして、その前述の功利的な目的というのは——。亀は万年の長寿を保つと言われている。その亀を自由の身にして私等母子の寿命を、亀にあやからせつつその無恙《つつがなし》を祈ろうというのだ。それをまじめに考えていた私の母親を、その必死のまじめさの故に、私は諸君の失笑からまもらねばならない。一人息子の私の成長にそのすべてをかけていた哀れな心根をおもうなら、諸君も亦宜《うべ》なしとしないであろう。……」

　遂に私はずる休みをした。嘗て犯したことのないずる休みであった。いつもは短い一日が、その日はなんという長さであったか。

　人の目にとまって咎められることを恐れた私は、人気《ひとけ》のない芝公園のなかに身を隠して、英語の復習をしたり（おお、この勤勉な中学生！）自ら設けた休みの時間には予じめ用意した雑誌を取り出して読んだり、又はふさぎこむ自分の気をひきたたせようと自分で自分に何かおどけたことを言いかけ、でもちっとも笑いを誘い出すことができないで却って惨めな情けない気持に陥ったり……まあ、そんなようなことをして、苦しいずる休みの一日をすごしたのであった。その一日で私はげっそりと痩せたような気がした。

どんな友人に聞いてもその中学生時分のずる休みは大概自分で覚えのないほどしばしばだったと言うのだが、この私にとってはそのずる休みが私の覚えているたった一回だけのそれであり、しかも大概のずる休みの中学生のように、それッと羽根をのばして盛り場へ遊びに行ったり、入りなれた映画館に入って、かねてねらっていた映画、いや活動写真を見たり、帽子をポケットに隠してこの機とばかりに禁断のミルク・ホールに入ったりという、大人に成っては絶対に味わえない、(ある友人の言葉でいえば)「全くこたえられないスリル的妙味」のあるずる休みの楽しみを、この私は、楽しむということをしなかった。この私にはできなかった。

——その芝公園からすぐのところに、私の父親の家があった。私がその日、芝公園に籠っていたのは、人目につくことを恐れた臆病さからでもあったが、父親の家の近くにいるという何か嬉しいような寂しいような、何か恥ずかしいような口惜しいような、何か悲しいような懐しいような、そんな気持が私をそこにとどまらせていた点もあったに違いない。この「ような」の不器用に連続した長ったらしい文句を人は言葉の遊戯と見るであろうか。だが、――私は、生れてからこの方、父親というものに会ったことがなかった。父親の顔を見たこともなく、その声を聞いたこともなかった。私は父親に会いたいと思った。会いたい、しかし……。この「しかし」のなかに、――なになにのようなと長ったらしく書いた、一見文字を弄しているかのような、またお互いに矛盾しているような、しかもまだあれだけでは言い尽してないと思われる、あの気持が含まれていたのである。……一中に入れた御褒美に、是非父親に会わせてやってはくれぬかと、母親は「例の男」に頼んだのだが、

「何分、飯倉も忙しくて」

これが男の返事であった。

「お忙しいことは分っておりますが」

「分ってたら……」

「はい――でも」

「それに……」

と男はそっぽを向いて、

「忠雄さんだけという訳には行かない。やはりあんたも一緒ということになるんでしょうが、そうなるとどうもややこしいことになるから……」

「忠雄だけで結構でございます」

「そうは行きますまい」

「いいえ、その方がわたくしと致しましても……」

「とにかくまた話しときましょう」

「よろしくお願い致します」

「大概駄目と思っておいて頂いて……」

「は――」

男の帰ったあと、

「すまないねえ。許しておくれ」と母親は言った。

「いいんですよ」

私は背中を向けていた。

「何もお父さんに会わなくたって……。何もそう急に会わなくたって……」

自分に言いきかすようにそう言っているうちに私は泣けそうに成って、

「何もお母さんがあやまることなんか無いじゃないの」

怒声に近い大声で言った。

「会わないと言うんなら、何も会わなくたっていいじゃないの」

――さきに私は、このときの私の心事が今では自ら一種の怪事として回想されると書いていると、そう書き、そう回想することは、今の私がそういう怪事的な心理からもはや免れ得たが、ていうことを意味するものだろうか。なるほど、ああした、自分の生れに関する異常な羞恥というものは無くなったようではあるが、しかし、その怪事が正しく暗示するところの、事実より予感におびえるという私のたちは今日に於いてもなお歴然として残されている。事実にも勿論おびえるのであるが、事実におびえるより予感におびえる方が強い、私の一種の被害妄想癖は今もってこの私には強く、いわば四十年間の私の心の歩みを一筋見事に(?)貫いている私の特長のひとつともいうべきものであることを、私はいま、幸い読者の眼には見えない猛烈な赤面をもって、ここに書きしるさねばならぬ。

有るところの事実よりも、有り得るかもしれないところの事実の予感に、私は絶えずおびえつづけて来た。日常生活に於いても、又私が小説を書き出してからその仕事の面に於いても、有り得ないかもしれないことを、必らず有ると予感し、有らねばならぬとむしろ確信して、いつも私は影におびえていたのである。

私がひそかに自ら誇っていた反省の強さとは、それがそうあるべき、事実への身じろがぬ対決、強い誠実な凝視からのそれではなくて、ただただ影におびえていた卑怯な心の戦きでしかなかったのではないか。しかもこうした私の特長、この弱点を自分の身上とし、その恥を唯一のとりえとして、私は生きて来、それを、自分が仕事をして行くための土台とさえしていたのである。

さき頃、私は自分の書きものの参考に、昭和初年の谷崎潤一郎と芥川龍之介との文学的論争を読みかえしたのであったが「僕が僕自身を鞭うつと共に谷崎潤一郎氏をも鞭うちたいのは……」云々と芥川が言ったのに対して、潤一郎が論争の終りに当って「――右顧左眄《うこさべん》している君が、果して己れを鞭うっているのかどうかを疑う。少くとも私が鞭うたれることは矢張り御免蒙りたい。畢竟するに、論じ詰めればおのおのの体質の相違と云うことになりはしまいか」と言った、その言葉に会って、私は自分もまた常に何事にかけても右顧左眄ばかりしている「体質」だと「反省」せざるを得なかった。右顧左眄的体質の芥川は、都会人的な神経にかけて特に著しかったというだけでなく、彼にもまた出生にまつわる秘事があったようであるが、彼はその胸の底に住む言いがたき秘事を、その都会人的な神経から遂に自ら口外することなく、その論争の年に自殺してしまった。彼の自殺の齢からすると既に数年を生きている私は、そしてまだ生きたいと願っている私は、――そうだ、私は既に言った。今と成っては私はいわば私の弱点を私の特長として生きて行くよりほかはないと。

私は常に終始一貫、右顧左眄して、人が自分をどう考えているかに気を配りつつ生きて来た。そうして被害妄想的な感情から生み出した危害の、わが身に及ばぬようにと、絶えず用心に用心を重ねていたが、そのおびえと警戒は、時に周囲に向っていつもひそかに爪を立てている形にも成っていた。愛撫の手に対してさえ爪を立てるあの野良猫のようなものだったが、そんな私から見ると、そんな必要の更に無い、そんな育ちとは訳のちがう、そんなたちに成る筈の無いMが、Mに追従的な態度で近づいて行った私に、いきなり鋭い爪を立てたのは、その頃の私にはなんとしても解き難い謎であった。

今にして思えば、――すべて、私のせいなのである。私の方にはなんの罪もないのに、突然Mが野良猫と成って鋭い爪を私の心に突き立てたというのでなく、この私が、野良猫ならぬMにそんな野良猫めいた振舞いをさせるようにしたのである。Mには何の罪もない。所詮、私の罪である。言いかえると、この私が自ら危害をおびき出していたのだということが、今はまるで他人事《ひとごと》のようによく分る。それは、身に及ぶ危害を常にびくびくと恐れながら、だから却って、そうでなかったら蒙らなくてすんだ危害を自分の方から招き呼んでいた、幾多の例のひとつに過ぎなかったのだ。

そんな私は、いかにもちょっと苛めてやりたいと思いたくなるような子供であり、何か可愛げのない少年であったろうと顧られる。私は私の家へ毎月金を届けてくれる「例の男」を「嫌な奴」と感じていたが、その私こそ実は「嫌な奴」だったにちがいない。

子供のくせに変にお行儀がよく、大人の顔色ばかりうかがっている、おとなしいというより陰気な私。たとえば人の家へあがる時は下駄でも靴でも、ちゃんと前向きに揃え、今日はの挨拶は畳に必らず手をついてする。妙にこましゃくれた感じで遠慮深い子供。折角のずる休みに墓場に近い植込みのかげで、こそこそ勉強している少年。洋服がよごれないように、あげのあるおかしなズボンの尻の下にちゃんと紙を敷いている少年。うじうじしているくせに、秀才振った冷たい眼をした子供。……なんて「嫌な奴」だ！

　そんな私に親しい友人ができなかったのは当然のこととせねばならぬ。その頃、帰りが同じ方向なので、いつも一緒に歩いて帰る二人の同級生の友人ができたのだが、それを親友とすることができるかどうか。

　しかしそのうちの一人は、ある土曜日の午後、

「うちへ遊びに来ない？」と親友のような口調で私を誘った。

「うん、行こう」私はその誘いに感謝していたのである。

　だが、もっと感謝したことは、――感動といった方がいいかもしれない、忘れ難い感情を与えられたことは、そうして誘われて行った友人の家が、省線（いや、その頃はたしか院線と言っていた。）の線路に近い、いかにも貧民窟めいた一劃の中にある汚ならしい家だったことである。それは私がつとめて同級生に隠そうとしていた、そしてその頃はまだ隠し得ていた、貧しい私の家と、その汚なさ小ささにかけて余り変りのないものであったから、そうした家へ自分から私を導いて、そうした家を少しも恥ずかしがっていない友人の心が私には全く驚異であった。思いがけない宏壮な邸宅へ案内されてもこんな驚異は感

じなかったであろう。

私は感動した。私は自らの虚栄心を痛いほど突かれた。そのくせ自分がいやらしい虚栄で心を歪められていることには思い及ばず、そうした友人が聖者か何かのように偉く尊く見えたものだった。その友人は英語が飛び抜けてよく出来た。（――ちなみに、帰りが同じ方向ということから交友関係が成立するのなら、仙台坂の上に住んでいたW子爵の令息の同級生は二の橋の停留場で電車を降り、私はその次の三の橋で降りるのだから、Wと私とは一番さきに友人にならなくてはならぬ理であった。しかし、わが家の所在をひた隠しに隠していた私が、露見を恐れて一番避けていた同級生はこのWであった。帰りが同じ方向の二人の友人というのは、方向が同じだけで、家はそれぞれ離れていたのである。）

英語の単語を私たちは、校庭の片隅の文房具店から買いもとめた小さなカードに書いて、暗記につとめた。片方に英語を書き裏にその訳を書いたのを束にして手に持って、たとえばBoyとあると「少年」と自ら答え、裏を見て正誤をただす。それが終ると今度は「少年」と書いてある面を見てBoyと答えるようにする。昔は電車の中などでこういうカードで勉強している中学生の姿をよく見かけたものである。

私たちは学校からの帰り、歩きながら、お互にこういう問答をしあった。いわば私たちがカードに成った。

「雨……」

「――Rain」

「雪は？」

「――Snow」

「風は？」

「――Wind」

私のその友人は私の問いに対して殆んど答えに窮するということはなかった。私のあの秀才意識は微塵にくだかれていた。

私は母親の望むような「偉い人」に成れるだろうか？　私は不安であった。……

その七　――私に於ける憧れと冒険について

「なんだろう」

学校の高い塀の外を、何か不穏な空気を孕んだ人波がざわざわと通って行く。

三学期の中頃で、まだ寒い最中であった。寒い校庭を避けて私たちは、日だまりの校舎の横にかたまっていた。

「議院へ行く人たちじゃないかしら」

「傍聴人にしては変だ」

そこへ、同級生の兄に当る五年生が、寒気で赤くした頰に、悪事を楽しんでいるときのあの笑いを浮べてやってきて、

「おい、お前にもやる」と手にした紙袋を差し出した。白いその袋からは、うまそうな食パンがのぞいており、たとえのぞいていなくても、その紙袋は小使部屋のうしろにある昼食用のパンを売っている店の、一目でそれと分る見慣れた袋であったから、その中身は誰にも分っていた。

「おい、食えよ」

と上級生は脅迫するみたいに言った。

「食うんなら早く食えよ」

上級生の弟はおずおずと、しかし唾を呑みこみながら、手を出した。あと一時間で昼食だったが、何分家での朝食が早いので、みなペコペコに腹が空いていた。

弁当代りに売っているパンであったが、上級生の「不良」のなかには、ちゃんと家から弁当を持ってきておきながら、更に売店からパンを買いもとめ、昼食前に教師の眼をかすめて教室の裏あたりで食っている者のあることは、私も知っていた。それは生徒間の公然の秘密に成っていた。規律のきびしい学校では、そういうだらしない行為を防ぐために、昼食前には、そして個人的には、パンを売らせぬことにしてあった。あらかじめ一人一箇宛と限って申込んでおかせ、昼食直前、各組にかためて渡すという方法が定められてあった。それを組の当番が各生徒の机の上に配るという制度に成っていたのだが、上級生の「不良」はパン屋をおどかして盗み取るようにして入手するのだ。

「先生にみつかると営業停止を食いますから……」

パン屋の主人がそう言って断っているのに私も居合わせたことがあった。

「おい、角間にもやろう」

パンはその場の者に一様に分け与えられた。そしてあッという間に三切れのパンは生徒たちの腹の中に姿を隠して、赤いジャムのくっついた紙袋がくるくると上級生の手のなかで丸められた。

塀の外の足音はますます大きく成っていた。日比谷公園と学校との間の道路である。

「——議会へ押し掛けて行くのさ」何事だろうと下級生が言ったのに、その上級生は自分もその塀の外の人波（——今だったらデモというところだが、その頃はまだそんな言葉は無かった。）に加わっているかのような昂奮した口調でそう言った。

「押し掛けてどうするんです？」

無邪気な下級生のひとりの言葉に、

「どうするッて——今日は普選案が議会に上程されるんだ」

上程という語がものものしく響いた。

「普選案を通過させろと言って押し掛けるんですね」

一年生のひとりが、したり顔で言った。その道の先きに議院があった。府立一中は宮城の濠に面して日比谷公園の隣りに位置し、正門は濠に向っていたが、生徒の通用門は公園と学校との間の道に向けて設けてあり、その道を正門と反対の方向に行くと、それと直角の内幸町の広い通路を越した向うに、丁度一中と並んだ同じ側に、昔の議院があった。

「普選案は、通るかしら？」

一年生のまたひとりが、急に上級生に成ったような顔で言った。

「通らんさ」と上級生はあっさり言った。

「通らないのに議会へ押し掛けてどうするんだろう」

「だから、通せと言いに行くんだろう」これは同級生だった。

「通らないものを通せと言ったたって仕方ないじゃないか、ねえ」

横合からそう言ったのは、——試験の時いつも答案をさっさと書いて、出来上るとまだ時間があるのに教室を出て行く生徒だった。

「しかし、どうして通らないんでしょう?」

他の生徒が上級生に尋ねると、隣りから同じ一年生が、

「総理大臣が反対なんだもの。通らないさ」

「どうしてH総理大臣は反対なんだろう。通せばいいのにね。通せ通せッて、人騒ぎしているのに……」

「反対党が通せ通せッて騒ぐから意地でも反対したくなるんだね」

「でも、通せ通せッていうの、何も政府の反対党ばっかりでもないんだろう」

黙って聞いていた上級生が、

「ないけど、反対党がそれを利用するからさ。Hさんがそれにお辞儀しちゃったら、自分の顔が潰れちゃうもの」

始業の喇叭で、佳境に入った会話も中断された。

私たちは寒い校庭へ向けて駈け出した。教室に入るには校庭で先ず身長順に整列せねばならぬ。級長が人員検査をする。

「気をつけ。右へならえ。直れ。番号！」

そして「右向け右。前へおい」のその号令の下に一列縦隊で教室へ入って行くのである。途中おしゃべりをすると、鵜の目鷹の目の体操教師に、

「静粛！」

と、どやされる。おしゃべりを禁じられているのだが、教師の姿が遠くだと、私たちは小声でやはりべちゃくちゃと話をする。普選の問題に心を捉えられた私たちは、口を閉じていることができなかった。

「Hさんに聞いてみようか。四年の……」と前の列の者がうしろへ顔を振り向けながら言った。

四年生にH首相の令息がいた。それに首相の普選反対の理由を尋ねてみようというのである。

「もう一人のHさんを、僕、よく知っている」

と私は言った。自慢そうに言ったが、その頃は勿論もう登校を共にしていなかった。

「もう一人のHさん？」

「うん、H総理大臣の弟の息子……」

次の瞬間。

「こら！」

校舎の横から老少尉の怒声が飛んで来た。ひえッ！　と私は首を縮めたが、老少尉がその手に紙屑をつまんでいるのを眼にすると、更にひえッ！　と首を縮めた。それは丸めたパン袋にちがいなかった。

昼休みは普選の話に花が咲いた。

「この間の紀元節は凄かったぜ。日比谷公園で大変な騒ぎ……」

その同級生の家は有楽町で骨董屋を営んでいた。

「あっちでもこっちでもお巡りと取っ組み合いの騒ぎさ」

「普選即行国民大会」が上野公園をはじめ市内の各所で開かれ、その参会者が日比谷公園に集まったのだ。学校の式が終るとすぐ帰ってしまった私は、

「残念だったなア」

火事でも見そこなったような弥次馬気分であった。

「うちの兄さんは一日の国技館の会に出て、あとでお父さんにとても叱られていた」

そう言う同級生もいた。

「兄さんは政治に入ってんの？」

「さあ……。早稲田へ行ってんだよ」

「早稲田ッて早稲田大学?」

「うん。まだ学生なんだよ」

「学生で普選運動をやってんの?」

「やってる訳でもないだろうけど、——国民党では、ほら、学生にも選挙権を与えろと言ってるだろう? だから……」

二月一日の国技館には「普選促進全国青年大会」があったのだ。普通選挙青年改造聯盟というのが開いたその会には、労働団体も参加した。所謂普選運動は、いままでのような職業政治家の運動ではなくなって、労働者や青年も加わっての民衆運動に成っていた。普選獲得の叫びは夙に明治三十六年の第十八議会であげられ、四十三年第二十七議会では普選案が一度衆議院を通過したにも拘らず、旧勢力の牙城である貴族院で否決され、以来政党も鳴りをしずめていたが、大正期に入るとまた再燃して、今では普選獲得運動が単なる政党の政策というのでなく、広汎な民衆運動として展開されるように成ったのである。

中学一年生の私の心にはそうした運動も遠い潮騒のようにしか響かなかったが、或はその故か、国民がそんなに熱心に普通選挙を希望しているのなら実行したらいいではないかといった気持であった。

「どうして、いかんと言うのかしら?」

「日本ではまだ早過ぎるというんだろう」

同級生は水洟をすすって、つづけた。

「どうしてもいかんというんじゃないのさ。そのうちにはどうしたって普選に成る。でも今はまだ早い」

「どうして早いんだろう？」

「どうしてッて……」

するとの、鼻の両脇にそばかすの目立つ同級生が言った。

「いや、H総理大臣が反対しているのは、いまの普選運動は不純だというんだよ」

私には不純の意味が分らなかった。

「なんかてえと会を開いてワイワイ騒いで、いつもお巡りさんと乱闘騒ぎだろう。危険思想を持った連中が煽動しているのさ」

自分の意見に成って行った。

「だから、警察がやかましく取り締っているんだよ」

「でも、あの乱闘は会に集る人たちばかりが悪いんじゃなくて、お巡りさんが出てくるから喧嘩に成るんじゃないのかい？」と他の同級生が言った。

「そうじゃないよ。放っといたらそれこそ何をしでかすか分りゃしない。あぶないから、お巡りさんが出て警戒しているのさ」

「そうかねえ」

「そうさ。そうにきまっている」

「あぶない連中が、普選普選と言ってるから、いかんと言う訳なの。でも、あぶなくない連中だって、普選普選ッて言ってるんだろう」と私は言った。

「そりゃ言ってるさ」

「だったら、いいじゃないか。あぶない連中は取り締って、普選はやったらいいじゃないか」

「そうは行かんよ」

分らん奴だといった顰め面で、

「普選にして見ろ、あぶない連中がしめたとばかりに、のさばり出て来る。そう成ったら国が危くなっちゃうよ」

「ふーん」

「Hさんは普選運動は危険思想だからいかんというんだよ」

「政府の反対党が普選普選と言ってるから、反対してる訳じゃないの？」

「ないさ。——普選普選ッて、労働者が騒いでるじゃないか。労働者なんかに選挙権を持たせてみろ、大変なことに成っちゃう」

「大変かねえ」

「大変じゃないと思うのかい」

詰め寄られて、

「う……うん。大変だネ」

「大変だよ」

しかし私にはまだ納得が行かなかった。

「Hさんは、でも、平民なんだろう」

「うん平民だ。――平民宰相だ」

「労働者も平民だろう」詰め寄ると、

「う……うん。平民だネ」

「平民だよ。その平民の言うことを、どうして平民のHさんが聞かないんだろう」

「そりゃ、聞いていいことと聞いて悪いこととあるもの」

「普選は悪い方なの？」

「悪い方さ」

「どうして？」

「いやだな。さっきから言ってるじゃないか」

「……………」

「よし、いい例が思いついた。いいかい。僕等は一中の生徒だね。僕等はこの一中に入るのに、とても苦心したろう。よその私立中学なんかに行った奴が、面白おかしく遊んでた時だって、僕等は一生懸命に受験勉強をした。その労が酬いられて、入学試験が通れたというもんだ。それに、そうだ、勉強だけしたッて駄目だ。頭がよくなくっちゃね、頭が、……」

人差指で帽子のひさしを叩くのに、私は賛成の頷きをした。

「頭がもともと悪かったら、いくら勉強したって入れない。いいかい。その一中にだね、いま、どんなに頭の悪い奴でも、どんなに勉強しない奴でも、無試験で入れろッて言うのがいたら、どうする？　折角、苦心して一中の生徒に成れた僕等は、どうする？　もしそういうことに成ったら、この一中はどうなる？　立派な一中が、そんなことをしたら、メチャメチャに成って了う。――いやだろう？　反対だろう？　勿論、反対にきまっている。普選はそれとおんなじなのさ。分ったろう。君だって一中に入ったんだから、頭はいい筈だ。こんな理窟ぐらい分らない訳はない」

これ以上追及すると、頭が悪いとされてしまうので、私は黙った。

しかし私は、一中を例にするなら、こう言いたいと思った。今の一中の生徒は、頭がよくてそして勉強した者から選抜された粒よりの生徒だというだけでなく、中学校の学資の出せる家の子だということも忘れてはならない。つまり、家が貧乏なため学資がなくて中学に入れない子たちの中にも、当然一中に入れる秀才がうんと居る筈である。だから、もし選抜試験をするなら、それを通った者は学資など無くても一中で学べるという制度にしたらどうか。

だがこれは、——これも「危険思想」だろうか？　私がそれを口にしなかったのは、そう言われそうな予感（！）から慎んだ点もあったが、更に——。それはその場の思いつきでなく、私を中学校へ通わせるため夜なべ仕事をして苦労している母親のことを思うと、いつもそういうことが頭に浮ぶからだったが、そういう切実な気持からの思いつきであるだけに、それを口外すると、その言葉の裏の、他人には知らせたくない自分の貧乏がばれそうなので、ひとつはその予感（！）から私は口をつぐんでいたのである。

二十六日に議会は解散された。そして次の議会で普選案は闇に葬り去られた。

こうしてH内閣も、人民の権利を圧迫しつづけてきた従来の官僚内閣と何ら変らない反動性を示すに至って、それまで「平民宰相」として人気を呼んでいたH氏も、漸く「平民」の反感を買うように成った。

H首相弾劾の声が高く成って行った。その声に浮かされた一青年が、翌十年、東京駅でH首相を襲った。

前述の如くそのH氏の弟の家が私の母親の「おとくいさま」に当っていたから、その暗殺事件は私の一家に特別の衝撃を与えた。

首相の弟の家へおくやみに行った母親は、帰ると私に言った。

「ああ恐ろしい」

「忠雄も政治家にだけは成るんじゃありませんよ」

「……？」母親が私にかけていた「出世」の夢は、私が政治家に成るということではなかったのかと私は首を傾《かし》げた。

政治家になると殺される。──政治家になるなというのはそういう意味だった。

「政治家でなくたって殺される」と私は笑った。私は母親の言葉に、子への愛情を汲まず、女心の浅墓さといったものを見た。二月前に「銀行王」のYが大磯の別荘で暗殺された。私はそれを言ったのだ。

「殺される位の偉い人になれば、大したものだ」

「いえいえ、どんなに偉くなろうと、殺されたりしたら、なんにもなりゃしない」

「大丈夫ですよ。どうせ、そんな偉い人になれやしないから……」

「忠雄は一体何に成るつもりだね」

「──政治家」

「政治家はおよしと言うのに」

「大丈夫ですよ」

「牢屋に入れられたり、刑事につきまとわれたり……おお、いや、いや。そしてHさんのように成ると、殺されるし、――ほんとに政治家だけはおよし」

牢屋云々は、郷里で有名な明治の自由党の党員が藩閥政府から手をかえ品をかえて迫害された事実を母親は見ていたからである。

「政治家はいけません。お母さんが頼むから政治家に成るのはよしておくれ」

――私はただ漠然と一高、帝大へ行って、高文を受け官吏に成るというコースを考えていただけだった。それが「立身出世」の道だと思っていた。官吏と政治家の区別は私の頭にはなかった。私は中学三年生であった。


さて、政治家はいけないとなると、なんに成ったものか。

郷里から母親が持ってきた、長屋住いに似合わぬ紫檀の茶箪笥に、母親の座右の書ともいうべき小冊子の載っているのが、私の眼に映った。「人生一代開運術」と大きく表紙に出ていて、その右に「高島易断所本部神宮館編纂」とあり、ものものしい大形の判がその上に赤く印刷してある。私はそれを手に取って、日のよしあし、家相のよしあしなどの書いてある頁をばらばらとめくっていたが、「各人生れ年によって運勢はどう差《ちが》う歟《か》」という見出しが目にとまると、その目を輝かせて「未《ひつじ》年生れの人は」というところを探した。出ている。こう書いてあった。

●未年生れの人は如何《どう》すれば開運するか

●未年生れの人は慈悲深くしてよく人の世話を為し、又神仏を信仰する念も篤く、物事手堅き方なれば割合いに失敗や甚しき困難は少ない、然し取越苦労多く何事も念を入れ過ぎて大事を取る故発展の好機会を失うことが多い、少年の頃既に大人の様な考えを為して利益することもあるが、又大いに中年の進運を妨ぐることがある、三十一二歳の頃良運が来る故其機を外さず老年の計《はかりごと》を立つるがよい

取越し苦労が多いというのは図星の気がした。私は未の三碧であった。三碧生れはどうかと見ると、

●未年三碧生れの人は考え深い故失策は少ないが、敏活を欠く為充分な発展が出来ぬ

私はがっかりした。母親の心配するような、人に殺されるほどの「発展」は出来そうもないのである。人に殺されるのは母親に劣らずいやであったが、「発展」は大いにしたかった。「発展」の大志は抱きたいのに「充分な発展が出来ぬ」と早くも生涯の運命がきめられているというのは情けなかった。「人生一代開運術」なる本には、つづいてこう出ていた。

●相性　子、午、卯、酉の一白、四緑は大吉である、其他はあまり宜しくない
●職業　建築家、美術家、油屋、薬屋、書画骨董商、機械師、材木商、薪《まき》炭石炭商、
雑穀《こめや》商、農業等成功す

結婚のことなどもとよりまだ念頭にない私には、相性というのがよく分らなかったが、分ろうとする必要も覚えなかった。私は職業の具体的な例示をゆっくり見て行った。建築家、――大工に毛の生えたものか。美術家、――これは好きだが、駄目だ。油屋、――路地の入口のあの油屋が私などには一番適しているのか。溜息が出た。薬屋、書画骨董商……溜息の連続であった。

他に眼をうつすと、他もそういいことが書いてないので、私はいくらか安堵した。たとえば、酉の一白は「――余り目先が利き過ぎて物事見切りが早く反って損失することが多い」とあり、午の四緑は「――至って気軽に愛嬌ある故衆人《おおぜい》の愛顧を受けるが移り気故失敗が多い」とあり、亥の五黄は「――才智あって弁舌よく何にも役立つが剛情で我意が強い為に失敗する」とあり、同じく亥の八白は「――青竹を割った様な淡泊《さっぱり》した気象であるが兎角早まり過ぎて失敗する」とある。しかしまた寅の五黄は「――至って驕慢なれども亦寛大の気象ある故人の頭《かしら》となる徳分がある」とあり、辰の六白は「――気位が高く負け

嫌いにて剛情なれど正直故人の信用を受ける」とあり、卯年生れの人は「——世辞愛嬌ありて交際に巧みなる故、他人の愛顧信用を得て意外なる立身成功することあり……」云々とあって、また私の心を騒がせた。私は何かいい材料はないかと、他の頁を更に繰ってみたところ、「生れ月による運勢はどう差《ちが》う歟《か》」というのがあり、私は二月生れなので、直ちに「二月生れはどういう運勢か」の項を見た。

●二月は建卯にして雷天大壮の卦を配する月である、されば此月に生れた人は心至って従順に淡泊《さっぱり》して居るが気移り多く物事等閑《なおざり》に為す癖がある、然し世辞愛嬌あって交際は巧み故官吏となれば外交官などは適当である、又弁護士、医師などもよい、新聞記者、文士、演芸家又は人気稼業の客商売などは最も適業であるがすべて陰気なことは此生れの人には適せない

これは頗る私の気に入り、忽ちにこにこしたのであったが、ふと気がつくと、「これは旧暦で見るのである」と書いてあった。慌てて正月生れのところを見ると、

●正月は建寅にして地天泰の卦を配する月である、それ故此月に生れた人は活潑にして考え深く記憶力強き故、官吏会社員又は医師弁護士となって出世する、又商人とな

っては掛引が上手故随分成功もするが、兎角強情にして親切な人の言も用いず、又斑《むら》気《き》にして自分の気に向かぬ時は利害に係らず何事も中途にて廃することなどありて、多くは困難に陥るのである、それ故何事も長く堪忍する様心掛けるがよい、農業も吉である

　商人に成る気はなかったから、「商人となっては」以下は私にとって不必要である。その前だけをもう一度読み直したが、これもそう悪くない。そこで、未の三碧は「発展が出来ぬ」などとあったのを私は歯牙にかけぬことにして、どうにか心持ちの安定を得た。

「ふむ。官吏会社員又は医師弁護士となって出世する。ふむ」

　私はもはや悪材料の出てきそうな他の部分は読まず、「吉凶《よしあし》独占《ひとりうらない》――夢判断《ゆめみ》」というところへ眼を移した。木に縁ある夢の判断、火に縁ある夢の判断、土に縁ある夢の判断、水に縁ある夢の判断、それに雑の部と、数頁にわたって占いが出ていて、ぼんやり読んでいるとまことに奇想天外の感じで面白かった。

　天より銭落つると見れば
　　意外の損失あり
裸に立つと見れば

吉事来るべし
髪を洗うと見れば
立身出世の兆なり
薔薇を夢に見れば
損失を招く
靴の泥に汚れしと見れば
他人の辱しめを受く
蝶の飛び舞うを見れば
近き内に変事あり

「下層社会の者といえども、極めて貴族的」であった日本人も、その日常生活では、こうした「迷信」に支配されていたのである。なるほどこれでは普通選挙は早や過ぎる訳だったか。

H首相の弟の家へおくやみに行った母親は、そこで、次のような話が取りかわされていたと語った。——H首相の家は頗る手狭だったので、一年ほど前から、夫人が家を探していた。今の家では主人がなくなっても棺を置く場所さえ無い。……

「そう言っておられたそうだが、言い当てるということがやはりあるのですな。不吉なことは滅多に口にするもんじゃありませんな」

新しく家を建てようかという話も出、その設計が試みられたところ、四百坪の敷地で、いかにもまた葬式に便利なようにと設計されていた。

「四《よん》百坪は、シ（死）百坪で縁起が悪いからと諫めた人があったそうだが、どういうのか、シに固執しておられたとか……」

＊

私は、一中、一高、帝大を経て、漠然と官吏に成ることを考えていた。それが私にとって「立身出世」というものと漠然と考えていたからであった。

しかし当時の一中の生徒は殆んど、一中、一高、帝大と進むことを（そして官吏に成る、成らないは別として、――そういう学歴を）最も順調な、最も望ましい、そしてそう容易というのでもないがさして困難でもないコースと考えていたのであったから、周囲の大概の生徒が抱いている極く月並の考えをこの私も極く月並に持ったに過ぎないと言うこともできる。だがまたそれは私の異母兄の取ったコースでもあったから、私もまた是非とも取らねばならないコースであるという個人的な事情もあった。すなわち私は、私自身の心の欲するところに従って、或は抑えることのできぬ自主的な望みとして、そういう考えを持ったというのではなかった。官吏に成るということは何もこの私が心から熱望したものではなかった。

内心の望みはほかにあった。私は、ほんとうは芸術家に成りたいのだと、これも漠然としたものだが、そう考えていた。これが私のほんとうの願いであった。

一方で「立身出世」をおもい、一方で芸術に憧れるというその奇怪な矛盾を少年の私はすこしも意識しなかった。極めて俗な気持を一方に抱きながら、一方では反俗的な気持を持ち、当然あるべき心中の相剋をまだ私は感じていなかった。

私は芸術に憧れ、芸術家を憧れた。だが恒産も何もない、学校を出るとすぐ職に就いて働かねばならぬ、私のような境遇のものには、芸術家を志すというようなそんな贅沢なことは言えた義理でない、そんな生意気な大それた望みを持てるものではないとそんな風に考えていた。食う心配のない、経済的に余裕のある者しか、芸術家を志すことはできないと私はそう考えていたのである。だから芸術への憧れは、憧れとして、私は一応私の周囲の多くの生徒たちと同じ通俗的な道を歩こうとおもっていた。それは、私の芸術への憧れが、まことにたあいない憧れの程度を出ないもので、切実な内心の欲求ではなかったというこことに成るかもしれない。そしてまた私の憧れは、芸術そのものへの純粋な憧れというより、何となく楽しそうに見える芸術家へのいわばそう純粋でない憧れといったものに近いのであったかもしれない。

しかし、とにかく、そんな憧れがいつ頃、私の心のうちに芽生えたものであったか。

——それは、さだかでない。おそらく岡下家で過した私の幼時に既に、自分では気づかず、そういうものが植えつけられたのではないかと思うが、中学三年生の頃の私に、そういう熱っぽい憧れを感じさせるようにした、その直接の機縁と成ったものは、——あの「白樺」であった。そして武者小路実篤氏であった。或は、「白樺」や「白樺」派が放っていたあの芸術的雰囲気であった、という方が正しいかもしれぬが……。

私の手許には今なお大正九年に新潮社から発行された武者小路氏の「一本の枝」という本が残されている。今はもうぼろぼろに成っているが、一本の枝を持った「麗子像」の描かれているその表紙を見ると、昔日の私がこの本に抱いた、それこそ親や兄弟への愛情にも比すべき熱烈な想い（——初恋にも比すべき、と私は一度書いたが、それを消して上記のごとく書き直した。）が、まざまざと思いおこされる。見返しにも同じような岸田劉生氏の絵が木版で印刷されているが、吸われるように眼を注ぐと、油然《ゆうぜん》と胸に湧いてくるこの感情は、陽を慕い水をもとめてみずみずしく伸び育とうとしていた若木のようなあの頃の自分、己れの過去へのいいしれぬ懐しさであろうか。または過ぎてかえらぬ日に寄せる、今はもう老い枯れて行くばかりの身の悲しみであろうか。

私は、しなびた醜い皺の寄った、枯れ枝のような指で、若い日の愛読書の頁を繰る。すると、英語、国漢などの参考書にでも引いてあるような傍線が、頁のところどころに見出されるのであるが、それは、私が実に学習参考書に劣らぬ熱心さで熟読したことを示すのであり、少年の私にとってその本がまことに人生の参考書に他ならなかったことを語るのである。皺なんかの寄ってない、肉と血のたっぷりつまった、ぷりんとした指で、力強くペンを動かした跡の歴然としている、その傍線のところを、いま拾い読みして見ると、それがその頃の私の精神にどんなに力強い鼓舞を与えてくれたかが知られると共に、書かれたその本の文字のなかに私は私自身の書かれない心の祈りや書くすべを弁えぬ心の叫びを見出していたことに思い当るのである。「一本の枝」には「Ａと運命」「Ａと幻影」「勇士と聖人」「子供とその父」「Ａ夫婦」「へんな原稿」の諸篇が入っているが、その「Ａと運命」のなかの「何とでも云うがいいよ。僕は悪口云われている間は生長して見せる」というところに、また「子供とその父」のなかの「自分の値《ねうち》はただ他人に悪口云われて淋しくなる時に下り、他人に何と思われても自分さえ正しくしていればいいと思う時に上るものだ」というところや「他人の陰口をきいたり、意地悪をするのは恥だ。中傷するのはなお恥だ。だが陰口をきかれたり、意地悪をされたり、中傷されたり、誤解されたりすることは恥ではない。それを恐れるのは男として恥だ。それに耐え、それに動かされないのは実に男の誇りだ」というところに、インキで黒々と傍線がひいてある。私はこれらの言葉によって強く力づけられ慰められ教えられ励まされたのだ。そこで思わず傍線をひいたのであろうが、またそこに私は自分の精神のいわば生理をも見ることができる。そんなにも私は他人の悪口や陰口にこだわっていたのである。そんなに私は他人から悪口や陰口を言われていたのか。いや、私がこだわっていたのは、悪口の事実についてではなかったのだ。他人から悪口や陰口を言われていやしないかという被害妄想的な感想からのこだわりなのだ。だが、それはそれとして、もっと大事なことを語らねばならぬ。

私はここに引用した言葉の横に黒々と線をひくことによって、私にとっては一番重要なことである、自分のうちに巣食う被害妄想癖に気づかせられるというところまでは行き得なかったのであるが、しかしどんな悪口や陰口を言われても平気だという一種の自信を自分につけることが出来たのである。そしてそれは私自身の心の祈りでもあったのだ。自分というものに漸く目覚めかけた私の、言葉に成らずまだ混沌として心に湧き渦巻いていたものを、私はそれらのはっきりと書かれた言葉のうちに発見したのである。

私はまた次のような武者小路氏の言葉に私の傍線がひかれているのを見る。「俺は俺であらしめよ。俺は俺の行為の責任者、俺の行為の主人、俺の思想の泉、俺の言葉の源。俺から出るものには俺の神経と息と血が通っている。それらをいくら無視されても、俺は俺だ、お前ではない」――これは「へんな原稿」の中の言葉である。

いつも人の顔色をうかがい、卑下しつづけていた私にとって、また人の陰口におびえつつおどおどと生きて来た私にとって、また絶えず劣弱意識《インフェリオリティ・コンプレックス》につきまとわれて心の安らかさの無かった私にとって、「俺は俺だ」という確信と勇気と責任と自負にみちた声は、ああなんという大きな力と喜びと光を私に与えてくれたことか。

人間が人間を殺す戦争の罪悪に対して人類愛の立場からの激しい抗議を書きしるした「へんな原稿」に私はそういうことよりも、人間と自我の尊厳の凛乎たる主張を読みとった。この私の、人間としての尊厳を教えられた。私は感動で震えた。私の血は奔流した。私だって人間だと、私だって叫びたいとおもっていた、その内奥の声を、私はそこに見出した。胸に秘めた私の声は遂に言葉を得た。

こうして私は、私だって人間のひとりとして、太陽に向けて顔をあげ胸を張ってこの人生を歩き得るのだという、生きる自信と歓喜とを持つことができた。しかし、——と嗚呼やはり、この私は思うのだった。そうは言っても、この私から私につきまとう宿命的な汚辱は消えないのだと。すなわちたとえ汚辱感を自分自身は気にしないようにしても、身についた汚辱そのものは存在しつづけるのだと思うと、人間との接触から離れた、自分ひとりの孤独の生活にと、自ずと私の心は惹かれて行った。汚辱は、人の間に立ちまじり、人と接触することによって、浮き出てくる。私は、あの岡下氏の、書斎にこもって静かに読書をしている嫌人的な姿を脳裡に描きながら、人を相手にせず芸術をのみ相手にする孤独の生活に憧れた。人を相手にしつつ自分を生かすのでなく、自分ひとりの世界で自分を生かすことのできる芸術家の生活に私は切ない憧れを抱いた。「白樺」はそういう芸術の世界の喜びとそういう芸術家の溢れるような喜びを私に教えてくれたのである。しかしまた、野卑な言葉で言えば（私の言葉で言えば）食う心配の更に無さそうな「白樺」派は、

──そういう喜びを目指して直ちに突進しうるにはこの私が、あまりにも食う心配に悩まされすぎている貧乏人だということをも教えてくれたのである。

学校を出たら私は職業を持たねばならないのであった。人が職業を選び職業を持つというのは、多くは人が職業をつかむというより職業が人をつかむというものではあろうが、私もまたその例に洩れず、私を選ぶ職業に対してわが身を有利に売りうる条件をそなえねばならないのであった。

芸術への憧れは、そういう職業への心構えと、別のものとして考えた。勿論、芸術家といえばぐうたらの穀潰しと思っている母親に対しても、私は芸術家に成りたいなどと言えたものではなかった。私は芸術を職業と切りはなして考えていた。それだけ、芸術を純粋な気持で考えていたのでもあった。

そんな純粋な気持とともに、私のうちには異常なまでに俗悪を極めた「出世」欲が同居していたことは前述の通りだが、その「出世」欲は実は「出世」によって何かに復讐したいという陰険にして低劣な気持でもあった。その何かとは、何か。私を汚辱の子としてこの世に生みつけた父親を指すのか。私を汚辱の子として苛める友人やそういう友人をそのうちにふくむ世間一般を意味するものか。そうだ、いっそ人生そのものに対する復讐のおもいと言ってもいいだろう。いや、自分の汚辱感そのものに対する復讐感ではなかったのか。……

「――この枝は特別なものである。へんなものであるかもしれない。だが内から生きている。すべて生きているものは美しくなければならない。その美のわかる人にこの枝を捧げる」と武者小路氏は「一本の枝」の序文の中で書いている。私はこういうやさしい文章ならこの私にだって書けると思った。こういう工合に自分の思っていることをすらすらと書いていいのなら、この自分にも書けると私は思った。浅墓な自信だったが、それはその浅墓さにも拘らず、私にとって非常に重大な結果をもたらすに至った。「へんなもの」でも「内から生きている」ものであったら、それは美と価値を持つと知らされたことは、正に私にとって革命的な意味を持った。

　思えば、私たちの小学校の頃の「作文」は、自分の思ったこと、自分の見たことを、自分の文章で書くということではなく、与えられた漢文口調の模範文にならって美文を綴る稽古でしかなかった。それは自分に対する正当な誇りすら持たぬ私のようなたちのものには自分自身の考えというものに対する人一倍の不当な蔑視と成って現われた。

　私はいま中学二年の時の夏休みの宿題として私の書いた（?）「生理衛生日記」なるものを思い出す。幸い保存されていたので、再見できるのだが、原稿紙一二四頁にわたる一見まことに努力の作であり、その目次は次のように書かれている。

八月一日
(1)今日一般に行わるる衛生法は病人や虚弱な人間に対する消極的衛生にて健康無病の人の当てはむべき積極的衛生法にあらず……………(一頁)
八月三日
(2)洋食を排す……………(一三頁)
A　国民ノ食物ハ気候産物ニ関係深シ〔支那ノ古書「五雑俎」ノ引例〕
B　粗末ナリシ元亀天正ノ戦国時代ヨリ徳川時代ノ初期〔我国ノ古書「夜談随筆」「駿河土産」及ビ南欧ノ宣教師クラッセノ「日本西教史」ノ引例〕
C　保健食料上ヨリ見タル日本食
D　個人ノ嗜好性ノ如何ニヨリテ普通ノ人々ノ消化シ得ザル食物ナリトて容易ニ消化スルコトヲ得
E　洋食ハ和食ヨリモ衛生ニ適セズ〔欧米人ノ肉食ニ偏スル弊害ト吾国民ノ好ミテ野菜ヲ副食物トスル良習〕
F　肉食ヲ盛ニセザレバ立派ナル体格ニナルコト能ワズト説クハ笑ウ可キ愚説ナリ
八月五日
(3)蚊と蠅の予防駆除法……………(三七頁)
八月十一日

(4)体育論者の各人の個人的素質を無視せる短見……………………(五七頁)

A　体育熱ノ盛ナルハ喜ブ可キコトナレドモ又多クノ弊害アリ

B　体育論者ハ何人モ運動競技ニヨリテ筋肉ヲ強壮ナラシメ体格ヲ偉大ナラシムルコトヲ得ベシト思惟スルハ誤解ナリ〔病理学者ハンゼマンノ論〕

C　希臘古代ノ国民ノ一般ニ筋肉強壮ニシテ体格偉大ナリシハ運動競技ノ盛ニ行ワレシニアラズ〔スパルタノ人為淘汰及ビ大哲プラトンノ説〕

八月十二日

(5)体育論者の唯一の真理金則たる「健康なる精神は健康なる身体に宿る」の誤解（以下小見出し省略）……………………………………………………(七一頁)

八月十六日

(6)運動家の多くは肺に倒る……………………………………………(八三頁)

八月二十日

(7)玄米及び米糠の効能……………………………………………(九二頁)

今から見ると噴飯ものだが、しかし中学二年生の書いたものとしては……。なかを覗くと、こんなことが書いてある。

「――それ故理窟や杓子定規の上から栄養の価値を論ずる当世の半可通流の説は吾人の実

際的生活の上に当てはまらぬことが多い。食物の消化が精神作用と密接の関係あることは夙に露国の生理学者パフロフの実験的に説明せし所で……」云々。また「健康なる精神は健康なる身体に宿る」という言葉に関して「元来この語は羅馬古代の詩人ヂュヴェナリスの『健康なる身体に健康なる精神のあらんことを祈れ』(Oran-dum est, ut sit mens sana in corpora sano)といった詩句から出たもので其本来の意味は決して健康なる身体に健康なる精神が宿ると断言せしが如き格言では無いのである。唯身体も健康であり精神も健全でありたいと望んだ語に過ぎなかった。然るにいつの間にやら上句が取り除かれて唯下句だけが残り……(中略)此の如き誤謬のいつ頃より起ったかは明かで無いが恐らくは唯物論の極盛時代なる十八世紀乃至前世紀時代には此の語が唯物論の真理なることを立証するに都合のよい一種の格言の如くになり今に至るも一般世人の信ずる処となって居る……」

中学二年生にしては博学すぎる！　早熟すぎる！　左様、何を隠そう、ことごとくこれは剽窃なのである。流石に自分でも気が咎めたと見え、冒頭で一応断り書はしてある。「今日から生理衛生日記と題して種々なる書物から好い所を抄写し又は見たり聞いたりした事を書こうと思う。で特にその文章は大概つぎ合せのものであることを断って置かなければならない……」云々。図書館へ行って、読んだ本から書き抜いて、でっちあげたこの「日記」に対して、担当の教師が親切にも欄外のところどころに赤インキで読後の批評を書いておられるが、最後の頁には「全篇ヲ通読シテ興味津々、文章又可ナリ、此種ノ努力ハ大イニ修養ニナルモノ。暇アラバ歴史、地理、旅行記、何ニテアレ纏メラレタルモノヲ制作セラレヨ」とある。寛大な先生の心に恥じ入るほかはない。

　この恐るべき厚顔無恥の剽窃は、私の性質のなかの厚顔無恥を語るものでもあろうが、それはまた自分自身の「内から生きて」くるものへの恐るべき蔑視から生れたことでもあったろう。そしてそれをもし、やや極端に言えば、剽窃奨励の作文教育のせいにだけすることは、それこそ私の厚顔無恥というものだろうが、しかし私の性質のなかの厚顔無恥を特に助長するその頃の作文教育であったことも否めない。私は小学校六年生の頃、「鎌倉に遊ぶの記」という作文を、蘆花の「自然と人生」「青山白雲」あたりから恰好の美辞麗句を拾い集め、つぎ合わせて作ったことが思い出される。海の描写は「春の海溶々として漾々たり。或所は大なる蝸牛の這いたる跡の様に滑《なめ》りて白く光り、或所は億万の鱗族ざわめく様に青く顫えり。磯近き水は透明にして明礬《みょうばん》色を帯び、円《まる》き石個々紫の蔭を持して水中に横たわり、茶褐色の藻は梳《くしげず》りたる髪の如く磯岩《いわ》を纏《まと》う」（湘南雑筆）というあたりを借用し、夕方の景色は「斯る凪の夕に、落日を見る身は、恰も大聖の臨終に侍するの感あり。荘厳の極、平和の至、凡夫も霊光に包まれて、肉融け、霊独り端然として、永遠《イターニチー》の浜に彳むを覚ゆ。物あり。融然として心に浸む。喜と云わむは過ぎ、哀と云わむは未だ及ばず」（自然に対する五分時）というあたりを盗用した。「作文」の苦心とは、こうして美辞麗句を探し出す努力に他ならなかった。その努力に対してのみ「優等賞」が与えられた。その努力の習慣が、中学二年生と成っては「生理衛生日記」の剽窃に成長したのである。空巣ねらいがやがて強盗に成長するように……。

かかる精神にとって、「へんなもの」でも「内から生きている」ものは「美しい」と知らされたのは大変なことであった。それは同時に、「内から生きている」ものでないものは、たとえ、「へんなもの」でなくとも、美しくなく価値はないということを知らされたのである。

――たしか大正七年に創刊された「赤い鳥」に私はどうしてか全く無縁のままだった。自分はもう「赤い鳥」を読むような子供ではないと思ったのか。子供の創意を尊重した「赤い鳥」に早く接していたならば、私も泥棒根性からもっと早くに救われていたことだったろうが、その時期の到来は私が自分自身の気持としても丁度自分の考えを自分の文章で書きたいと思い出す頃に成るまで待たなくてはならなかった。

中学生らしい幼稚さながら、芸術に就いて語り合う友だちが二人、私に出来た。その一人が、芸術と私との最初の媒介者ともいうべきあの岡下氏と同じ姓なのも私には何か因縁めいたものが感じられた。もう一人は坂部と言ったが、二人とも成績のいい、おとなしい秀才であった。

岡下は度の強い眼鏡をかけていたが、明るい五月の光線にその眼鏡を光らせながら、

「昨日、シューマンハインクを聴きに行った」

そう言った日のことを私は覚えている。

「面白かった？」

私ではなく誰かが言った。校庭のポプラの葉が爽やかな風に鳴っていた。岡下はうつむいて、小刻みに頷くと、

「歌よりヴァイオリンの方が、僕、好きなんだ。エルマンは丁度三学期の試験最中で行かれなくて口惜しかった。……」

羨望が私の胸をじりじりと焼いていた。劣弱意識がその焔の中から頭をもたげる。私は学校から程近い帝国劇場の、私などには近寄り難い貴族的な表情を持ったその建物は知っていたが、その内部には嘗つて足を踏み入れたことがなかった。

「ヴァイオリンの方がいいね」と誰かが言った。

「ヴァイオリンの方が分りやすい」とまた誰かが言った。

分りやすい？——私は心の中で、驚歎の叫びとともに、そう呟いていた。私は帝劇での音楽会に限らず、どんな音楽会にも嘗つて行ったことがなかった。

こんな私が芸術に憧れている！　ヴァイオリンの方がヴォーカルよりも分りやすいと言った同級生は、別に芸術への憧れなどを口にしたりはしない、ごく普通の平凡な生徒だっ

た。私は何んだか恥ずかしくて顔があげられないような気持でポプラの根もとを靴の先で蹴っていた。気がつくと木肌が剝げているので、ああ悪かったと慌てて靴でそこに泥を塗ってさすったりした。

私はそれ以来、芸術について自分の方から何か言い出すのをひかえた。言い出せなくなったのである。

私はしかし自信を失った訳ではなかった。「俺には金が無いだけだ。金が無いことで負けているだけだ。しかし、ほかのことでは負けないぞ。又負けてはならないと思う。音楽が聴けないのはさびしい。音楽の美を吸収できないのはさびしい。けれど、そのさびしさにも負けてはならない。金で買えないものから、俺はもっと豊富に吸収する。俺は内から育って行くのだ。俺は内から成長して行くのだ」

私は武者小路張りの言葉でこう自分に言っていた。……

私は一方で、おとなしくない、成績もあまりよくない生徒をも友人に持っていた。その友人から言わせれば、友人とのつきあいに常に何か警戒的な距離を置いていた私などは友人ではないとするかもしれぬが、――ときたま、その友人に誘われて、私は「ノコ焼」へ行った。「ノコ焼」とは亀の子焼の異称で、鯛焼（――この方はもう説明を要しないだろう。）の鯛の型の代りに小さな亀の子の型を用いた亀の子焼屋が桜田本郷町にあったのだが、学校が固く出入を禁じていたため逆に生徒たちの悪戯心乃至は反抗心を刺戟して、却って彼等の足をそこへ向かせていた。私も、見つかったら大変だとびくびくしながら、その友人と、甘い餡のいっぱい入ったそして安い「ノコ焼」を食いに行ったが、私の場合は学校への反抗というより小心な自分への反抗を意味していたようだった。Jというその友人とのつきあいは、岡下や坂部とのつきあいによって与えられる静かな楽しみとは全く異った一種の冒険に似た荒々しい快感を私に味わせてくれた。それにしても、縁日へ遊びに行っただけで痺れるような解放の喜びを感じていた私が――思えば、大した「成長」であった。

反抗といえば、――騒々しい世相の影響もあってか、万事軍隊式の、規律のきびしい一中でも、生徒の反抗的な行為が目立つように成っていた。必要以上に生徒の自由を束縛するそのきびしさの為の反抗でもあると思われた。しかしある時、道場の前に新しく作ったテニス・コートの、ネットを張る柱が、朝に成ってみると、根もとから鋸で見事に切り落されていた時は、私もこれは余りひどすぎるとひそかに憤慨した。ところがJは、痛快だ痛快だと小躍りして、

「前の晩に忍んできて、やったんだね。えらいもんだなア」

そう言うJの父親は神田の古い有名な私立中学校の校長だった。そこは不良中学生が多いことでも有名な学校であったから、こんなような事件はしょっちゅうあるのだろうが、自分の父親の学校でのこうした事件のときもJは手を打って痛快がるのだろうか。そんな

疑問を、私は、しかし口にはしなかった。

それは学校で大問題に成った。梅雨にそなえて新しくした樋の、地面に向けて立てたブリキの先きが、いつの間にか生徒の靴で蹴られて、ぺしゃんと押し潰されたのなどは、――そんな程度の反抗は、このセンセイショナルな事件に会っては、昼間の提灯も同然だった。道場の裏で上級生が、好きというより反抗の気分で吸っていた煙草の吸殻が柔道の教師に発見され、次の休み時間にそこに集ったところを一網打尽にやられたというニュースなども、もはや物の数ではなかった。――そんな一大事件の犯人が、実は一庭球部員への個人的な反感からの犯行と自白したと伝えられたときは、左様、そのあくどさに憤慨していた私までが、どんなにがっかりさせられたことだったか。

気の小さな私が、たとえ首謀者のあとにくっついて行ったにせよ、よくまあ「ノコ焼」行きの冒険が出来たと、そのことだけ書けば自他ともに訝しく思われるのが当然だが、こういう事件を書いておけば、いかにちっぽけな冒険であったかが明らかにせられるのである。

このJにやはり誘われて、二学期に入って早々、舟遊びに行ったことがある。これは主観的にも客観的にもかなりの冒険であった。日曜の朝、お茶の水の貸舟屋でボートを借り、神田川を下って隅田川に出、月島を経て浜松町の恩賜公園（私たちは浜離宮と呼んでいた。）のあたり迄行った。Jと私と二人だけだった。朝の九時頃出発して、貸舟屋に戻ったときは、日のながいその頃なのに既に暗く成っていた。こんな長いしかも危いコースに成ると予じめ知っていたら、私は誘いに応じなかったであろう。ただお茶の水の辺で舟遊びをするのだとばかり思っていたから、うんと頷いたのだが、いざと成って、

「隅田川まで出てみようか」

Jにそう言われ、まあ、隅田川辺ならいいだろうと、

「――うん」

しょっちゅう来ていると見え、Jは貸舟屋と顔馴染だった。オールの使い方も慣れたものだった。

「今度の煙草の事件なア」

前を向いたままJはうしろの私に言った。前の事件のほとぼりがさめたこの頃、また同じ事件がおこったのだ。

「小学校の先生の密告だってな」

「ふーん」

道場の裏はすぐ小学校の校舎に成っていた。

「電話掛けてきたんだって。火事に成るとあぶないッって」

「なーるほど」

「その場で言えばいいじゃないかねえ。そんな密告なんてしないで」

「そうだねえ。うん、そうだ」

早生れの私より年上のJの、いかにも頼もしそうな身体つきと、頼もしそうなその漕ぎ方に眼をやりながら、

「ねえ、J君」

「なんだい」

「君ンとこの学校に、僕、行ったことがあるんだ」

「へえ、なんで？」

「模擬試験ッて今でもやってる？　中学校の入学試験の……」

「あああれはうちでやってんじゃないんだ。教室をただ貸してんだ」

「小学校のときあの模擬試験を受けに君ンとこの学校へ行ったことがあるんだ」

「ふーん、そうかい」懐しそうにJは言った。

「不思議な縁だねえ」と私も懐しそうに言った。

隅田川に出た。するとJが、

「東京湾へ出てみようか」

「東京湾？　駄目だよ、駄目だよ」

鷗が既に舞っていて、海の感じだった。

「勿論、沖へなんか出られないけどさ。もうちっと下流の方へ行ってみよう」

「よそうよ」

泳ぎを知らぬ私は恐かったのだが、

「どうして？」

「どうしてッて、帰りが大変だよ」

「大変でもないよ」

「大変だよ。だって今は下りだからいいけど、帰りは上りに成るだろう。くたびれてから流れをさかのぼるのは大変だよ」

「上潮に成るから大丈夫だよ」

「ほんとかい」

「ほんとだよ。——あまりくたびれないところまで、とにかく行ってみよう」

そして結局、岸沿いに行ったのではあるが、佃の渡しまで行ってしまった。蒸汽船が通ると、ボートの腹は大きな横波を食って、今にも顚覆しそうに揺れた。

「——凄えなア」

スリルを楽しむような私の声だったが、そうして恐怖を隠していたのだ。私はもうやけ糞だった。ただJに対して弱味を見せまいとそれだけしか考えなかった。——危険だからと小学生の私を水遊びに母親が出してくれなかったため、そして私も亦臆病な上、人見知りをして泳ぎを習いに行こうとしなかったため、私は所謂金槌だった。横波を食ってボートがひっくりかえったら、私は一遍でお陀仏だった。

「どこか、景色のいいところにボートをつけて、弁当を食おうか」とＪが左手を、腕ごと顔にこすりつけて汗を拭った。

「お浜離宮の方へ行ってみようか」言ってから自分の無鉄砲さに私は自分で驚いていた。今はこの私も何かに挑んで行く気持だった。やけ糞を越えたところに出ていた。

　そして景色のいいところをもとめてやはり浜離宮まで行ってしまったのだが、ボートを近づけると、その船着場の石段の、貝殻がいっぱい附着している上へ、波がしゃぶっと寄せては返しているところに、きたない猫の死骸を見出して、

「——いけねえ」

　ボートをかえした。水は、濁った黄色い河の色とちがって、ここは「透明にして明礬色を帯び」、ボートが顛覆したらとあたりを見廻しても救い手の見当らぬ、しーんとした、凄味のあるさびしさであった。私の心は恐怖を越えたところに出ていた。「物あり。融然として心に浸む」のを覚えた。私はもはや口をきかなかった。

　やがて私たちは波の立たない運河のようなところへ舟を入れ、涼しい岸辺の木陰で弁当をひらいた。裸の腕が太陽の直射で赤く焼け、鼻の先がこわばった感じで、Ｊのそこの赤さから自分の鼻も同じと察せられた。

休息をすると、帰りの長さと恐さが心に迫った。しかし私は恐い予感にばかりおびえている訳に行かなかった。おびえて逃げるということのできない状態に既に陥っている自分を瞠めると、運命に挑戦する心とでもいうか、嘗てない心の緊張を自分のうちに認めた。おびえて退いていた今迄の私と違った私がそこに感じられた。すると勇気が湧いてきた。弁当を食いおわると、Jはどてんと舟のなかにひっくり返った。そんな彼の上に手を差しのべているような恰好の芒の葉に、彼は寝たまま手をやって、えいとちぎると口に入れた。そしてあぐあぐとやって、ペッとほき出すと、

おれは河原の枯れ芒
同じお前も枯れ芒
どうせ二人は此の世では
花の咲かない枯れ芒

歌うというより怒鳴ったが、これがつまり親不孝声という奴だなと私は思った。一世を風靡したこの流行歌もまだ耳新しい頃であった。その流行歌とJは、いかにも似つかわしいものに感じられた。ところがそのJが、むっくりと起きあがると、

「来週の日曜は『カルメン』を見に行くんだ」

私は何かどきんとして、

「どこへ？　帝劇へ？」

このJがまさかといった気持だったところ、

「うん。――角間は？」

胃が悪いのか、Jの口の端は白くただれていた。

「僕？――僕、行かない」

詫びるような低声であった。その頃、ロシア歌劇団の来演が大変な評判を呼んでいたのであった。


――帰途に就いた。行きに劣らぬ冒険であった。行きはよいよい、帰りは恐い、――あの文句が頭に来た。

神田川に入って初めて私はほッとした。殆んどひとりで漕ぎつづけといっていいJはもうくたくたであった。私もくたくただったが、急に生気を取り戻したような顔を両岸にきょろきょろと向けた。なんでもない物の姿が妙に楽しく鮮やかに眼にしみた。なんでもない人声までが妙に懐しくいきいきと耳にしみた。

「――いいなア」と私は言った。行きに、東京湾に出たとき、「ああ素敵だ！」とJが言ったのに上の空で「いいねえ」と答えていた私が、今やっと心から、そう言った。漸く暮色の迫ったなかから、絃歌が聞えてきた。

「――いいなア」

危険をくぐり抜けた私は、私にまた新たな勇気の加えられたことを感じた。それは私に冒険の必要を教えていた！

川面から仰ぎ見る家々や街の姿は、山の手育ちの私の知らない下町情緒を私の胸に伝え、私をして「——いいなア」を繰返させずにはおかなかった。お茶の水に行きつくまで私はそうして墨絵めいた両岸の風景を楽しんでいたが、古い面影のまだ保たれていたその景色も丁度それから二年後の関東大震災であッという間に失われて了ったのである。

もう少しで舟宿というところで、

「ああくたびれた。角間も漕げよ。狡いぞ」

Jにそう言われて、重いオールを受け取り、クラッチにはめようとしたとき、気の緩みからか手の疲れからか、水につけたオールがするすると流れにさらわれて、川へ落ちた。しまったと慌てて手をのばしたが、もう遅く、オールはみるみる川下へ流れて行った。

「おい、J君。オールを流しちゃった」

Jは、え？と振り返って、

「しようがねえな」

既に黒い色に変りかけた川の上を、私を嘲笑するごとき早さでオールがどんどん逃げて行くのを、私は立って唇を噛んで、まるで眼でもって摑もうとするかのように睨んでいたが、ふと見ると、向うから川を上ってくる伝馬船の、まるで舳を目掛けて、そのオールが

逃げて行く形なのに気づき、

「おーい、おーい、船頭さん。頼むウ」

撓《しな》った棹の先を肩に当て、こっちに尻を突き出しながら、まるで倒れるようにして舟べりを歩いている船頭に向って、私は必死の大声を挙げた。

「オールを取ってくれ。頼むウ、取ってくださーい」

船頭は艫まで歩きつくし、棹を川底から抜いたと見るや、くるりと身体をかえして、こっちへとことことやってくる。それに対して私は絶叫した。

「船頭さん。頼みます。お願い。オールを拾ってくださーい。川ン中のオール……」

船頭が、お？　という顔をするのに、

「ほらほら、そこへオールが……。頼みます。取ってくださーい」オールはもう舳に近づいていた。

船頭は怒っているみたいな顔で、その顔からしても、又こっちが絶叫しつづけているのに、うんともすんとも言わない態度からしても、これは絶望かと思った瞬間、すッと棹をのばしてオールに当てた。そして舟べりにしゃがむと、水中のオールを造作なく、まるでステッキでも拾うみたいに軽々とあげた。

「すみません」

「有難う！」とJも怒鳴った。

が、――こうしてオールに夢中に成っているうちに、ボートはくいくいと頭を川の中央に曲げながら流れに流されていて、

「これはいかん」

このままだと丁度ボートの中央の横っ腹を、伝馬船の舳に直角にぶっつけそうな形勢に成っていた。

「これは危い」

一難去ってまた一難というところだが、オール一本の流失より、ボートをこわす方が、おおごとだ。Jは残ったオールでボートの方角を変えようとあせったが、もう手遅れで、もうそこに舳があった。

すると、棹がスッとボートの上にのびた。ボートの艫を、ちょいと（実にその感じだった。）棹が突いた。と見ると、舳を先にして、伝馬船の腹にすいすいとボートは吸われるように寄りそった。

「ほい、きた。オール」

突き出されたオールを胸に抱いて、私はボートの中に尻餅ちをついた。

「あ、ありがとう」

「た、たすかりました」

――もう、あたりは夜の暗さだった。一遍に暗くなったような気がした。

その日のボート遊びのことは母親に何も言わなかった。到底母親には言えない冒険だった。が、それだけに、私の精神はそれから豊富なものを吸収していた。

その八　――私に於ける精神の飛躍について

自分ではそれと気付かぬ精神の飛躍が行われていた。当時私の熱心に学んでいた幾何を例に取ってそれまでの私を「点」とするならば、私は「点」を中心とするところの「円」を描こうとしはじめたのである。それは、たとえば、体力や体力による運動競技などにすこしも自信のなかった、だからそれから離れ遠ざかっていた私に、バスケット・ボールやフット・ボールなどの遊びへ自らを加わらせるという嘗つてない現象を齎らした。ボート遊びのJにこれも誘われてという、勿論きっかけがなくては行われなかったこととは思われるけれど、嘗つての私だったら、誘われても尻込みをして、決して遊びに加わる訳はなかったろう。幼い頃、脾弱な身体を病魔の襲撃から護ろうという母親の迷信的な計らいによって女の子のような恰好をさせられていた私は、その恰好のため男の子との遊びに加われなかったせいもあろうが、凧あげ、竹馬などという男の子なら誰でもやり、誰でもできる遊びがとうとうできずじまいであり、又自ら進んでやろうともせず、そして正月は女の子のやる羽子板をついてかろうじて自らの遊戯欲を慰めていた。そんな、精神も肉体も懦弱を極めた私だったから、小学校に入ると、相撲は「出ると負け」、体操の時間の木馬飛びは、いつでも木馬の上にちゃんと尻を乗せ、ずるずると尻をずらせてトへとばんと降りる情けなさで、たまに今度こそはうまく飛び越えられたとおもうと、どっこい、木馬の端にいやというほど尾骶骨をぶっつけ、生徒の笑いの種にはもってこいの悲鳴とともにマットの上にひっくり返る始末であった。だから又、中学校に入っても、鉄棒はまるで首つりのようにぶらさがるだけで、そら、あげた、あげた！　と教師にいくら尻を叩かれても、全く死人のようにだらりと成ったきりだった。力瘤など出てこない腕の弱さなのだったが、はじめから運動は駄目なのだと諦めていたせいもあり、それでまた筋肉や運動神経が、いや意志が、精神が、一向鍛えられないのであった。それが、なんとしたことか、その頃突如として柄にもない運動競技をはじめたのだから、——奇怪であった。身長がだんだんと伸びはじめてきたという肉体の変化も原因していたろうが、根本は精神であった。心の置き方であった。力業を別して必要とせぬバスケット・ボールやフット・ボールは、左様、私の精神の飛躍を、肉体の上にそのままあらわそうとするのにまたまことに適当したものであった。

　あげをした私のズボンは、今は足がのびて、あの可笑しなあげも外されていた。今や私は人並のズボンをはいていた。今はじめて私は人並に成ろうとしていた。

　その時に当って、——宛かも私につきまとう或る邪悪な神の意志が私の漸く人並に成ろうとするのを挫折せしめようと企てたかのような、いや全くそうとしか思えない、恐ろしい、忘れることのできないひとつの事件が、私の上におこった。

冬に近いある日、私は学習参考書を買いにひとりで神田へ行った。財布の金は僅か故、古本の少しでも安いのを探すつもりであったが、電車通りの古本屋街へ出る前に、私は駿河台下のとある出版社の売店に寄ってみた。古本で買うのの目星をつけようという気持で、そこの、学習参考書のびっしりと詰った、そしてその前に中学生のいっぱい犇めいている書棚に私は、はじめから買うつもりはないいわばひやかし客であるというひけ目に自ら苦しめられながら近付いて行ったが、ここで思わぬ事件がおこったのである。

私にとってごく親しい感情と言っていいそのひけ目に私はその時、私にとっては珍しい感情と言っていい不満を覚えたのだった。ひけ目を抱いた私自身に私は怒ったのである。そこで、何やら臆しがちな自分の身体を、書棚の前に群った学生たちの背中に敢えてぐいぐいと押しつけて行った。今迄だったら、たとえば校庭の一隅の文房具店で、これはひやかしでなくほんとうにノートを買おうとした場合でも、明らかにひやかしで店先にたかっている生徒たちの、まるで私の買いものを邪魔しようとするかのように重なっている背中に対して、私はただ困惑の眼を注いで愚図愚図と何かためらい、ノート買いたいんだがなあと呟きながら隙間をもとめてうろうろするといったことなしには済まされなかったものであるが、今はどうしたことか、買う意志も無いのに、それ故かえって乱暴に、他方は買う意志を持って書棚に群っているその学生たちを押しのけ押し分けて、我武者維に本の前に自らを突き進めて行った。すると、そういう勇敢な行動（――と私は考えた。）が今度は私に、よし俺だって新本を何か買おうと、それ迄思いもよらなかったことを心の中で呟かせた。

私は酔ったような気持で、本棚からあれこれと本を引っぱり出した。そして何を買おうかと考え出すと、心はまた冷静を取り戻して、どうせ同じものだから少々汚くても安い古本を買った方がよくはないかとふたたび迷い出した。そうした私らしい迷いとともに、もし新本を買うなら、古本にまだ出ていないような、つまり新本でしか買えない本でどうしても欲しいというのが見付かった場合にのみ買うことにして、そうでなかったらやはり古本にしようと思った。すると、その選択にぴたりと合った或る幾何の参考書が、実はそういうのが無いことをひそかに願っていた私の心を、ぐいと、痛いような強さでとらえた。この時である。

「買うんなら早く買って、――いつまでもそう……」

荒々しい店員の声が私の耳を打った。

「この頃は、中学生の柄が悪くなって、――万引が多くてしようがないんだ！」

つづいてそういう声が、耳というより私の心を刺した。てっきり、自分が言われているのだと私は思ったが、忽ち血の昇った赤い顔を挙げると、二三人先きの、なるほどいかにも柄の悪そうな私立中学の生徒に向って言っているのだと判明した。――やれやれと息をつくと、私の心に妙な変化がおこった。

万引云々という言葉を実際に耳にしなくても、万引を見張っている店員の無言の存在によって既に私は、私のたちとして、私が万引の嫌疑者として見られていはしまいかという被害妄想的なものを充分に掻き立てられていたのである。その感じに苦しめられていたのである。それはこの場合のみのことではなく、いつでもどんな店に入っても、ひりひりと心に火傷でも負ったような生々しさで感じさせられるのであり、そのため私にはひとりでそうした店へ入るということが人の信じられないほどの勇気の要ることだったのだが、この場合は、――店員の口からはっきりと、万引云々のまるで殴打のような言葉を聞かされると、この場合だけの実に珍しい現象として私は思わず心の中でこう叫んでいた。

「俺は万引などする人間ではない。だのに、万引扱いするとは何事だ！　侮辱だ！　我慢がならぬ！」

怒りのため私は赤い顔を忽ち蒼くして、本棚から離れた。気がつくと、私は幾何の参考書をしっかりと手に持っていた。

私は中学三年生の私に自分ではそれと気付かぬ精神の飛躍が行われていたと先きに書いた。私はこの時の自分がもし中学二年生の私だったら、或はJとのボート遊びの冒険を経ない前の私だったら、この場合の私の行動は宛かも自分が万引の疑いをはっきりと受けた者のように手にした本をそそくさと棚に戻すと、いたたまれぬおもいで本屋から逃げんばかりに去って行くという、至って単純な、すべて自明ともいうべき経過を取ったであろうと思う。ところで、その時の私はどうしたか。

本を棚に戻さずに手に持っていた。そうしてゆっくりとレジスターの方へ足を進めた。ゆっくりと、――私はわざと、私の歩みを遅くしていた。わざと、――私は店員の神経を刺戟するような挙に出たのである。客を頭から万引扱いするなら、客も亦万引めいた振舞をしてやる。からかってやる。そういう気持だった。私はこっそり財布から金を出した。もしもしと言われたら、ほいと本に金をつけて出してやる。そう言わせようとして私は、――万引云々を口にした店員に、すぐ手渡すことをしないで、わざわざ離れたレジスターの方へ歩いて行ったのだが、いつまでも、もしもしの声のかからぬじれったさに、どうした事かと振り向くと、肝腎の店員は書棚に群った生徒から次々に本を取りあげるのに忙しく、そうして彼も私から離れて行く。

私にはこうした私のたくらみとこうした私の行動とがまことに珍しいものとせねばならなかったのだが、その珍しさはまた次の新たな珍しさを招きよせていた。私はここでこの自分を試そうというある種の邪悪な想いにつかまれたのである。その想いは、危険なボート遊びによってこの私の心の生れて初めて味わったあの運命に挑むといった気持と共通した、そしてあれの延長としてあれから導き出されたものであったろうから、何も唐突のものではなかったとせねばならぬ。しかも同時に、唐突であり珍しいとせねばならぬのは、性来の臆病者の、それ故の善良な少年の私が、ふと、犯罪を思い立ったということである。臆病な故に思い立った犯罪であり、自分の臆病に対する挑戦としての犯罪であった。

「そうだ、万引をしてやろう！　自分は万引さえもできない臆病者だろうか？　よし！自分には勇気があるか無いか……」

私は生命を賭けた冒険をすらしたのだ、——と私はボート遊びをそう考えた。今度は犯罪によって自分を試すのだ。そして自分に勇気をつけるのだ。自分の成長には冒険が必要だ！

これらはもとより一瞬の間に私の頭を駆けめぐったことどもである。そしてまた固よりこういうはっきりした形を持った想いではなかったが、勇気にあこがれる気持ははっきりしていた。何よりも、勇気ある者として私を見たかったのである。

私は手にした本を小脇にかかえた。そして私は屈《かが》みこんで、靴に手をやった。しっかりと結ばれた靴紐を私は解いた。解いた紐をまた結ぶ私の手は震えていた。恐怖の故の震えであったが、その震えが逆に私に恐怖を与えた。

「意気地なし！　やっぱりお前は意気地なしだ……」

私は自分に言って小脇にはさんだ参考書を洋服の下にねじこもうとしたが、それはどうしてもできなかった。

——ああ、思い出すだに忌わしいこの時間！

私は本を依然小脇にしたまま立ち上った。店員も客も誰も私に怪訝の眼を注いでいるものは無い。そうと知ると、私は心に新たなものを加えて、その力を借りて、出口へ向け足を進めたが、ゆっくりゆっくりと自分を叱りながら私の足はどうしても早くなり、何か足許の縺《もつ》れるような危なさだった。思わず力を入れて結んだらしい靴の紐がきつく足を締めつけ、それが実感以上の痛さに感じられた。

おい！　こら！　今にも背後からそう怒鳴られそうであった。頸筋をつかむ手が今か今かと待たれる感じだった。私は恐怖で息が絶えそうだった。その私の前後左右には人が犇めいていて、いざという時の私の逃走を阻む混み方であったが、その混雑はまた、それに紛れて、私の不審の挙動を店員に気付かせないという点で私に有利でもあった。

遂に私は店の外に出ていた。口笛を吹くような口附をして、口附をするだけで口笛は吹けないで、私は電車通りへ夢遊病者のような足を運んだ。

万引に成功したのである。成功が確認されると、大きな安堵の溜息をついた。安堵であって、勇気ある行為の果された喜びでは決してなかった。ボート遊びの危険ののちに味わったあの楽しさすら無かった。私はただ、いやな疲れを覚えねばならなかった。頭痛さえして来てもう古本屋を廻る気などしなくなった。それどころか、一刻も早く犯罪の場所から遠ざかりたくなった。私は直ちに電車に乗った。幸い電車は刻々に私を犯罪の場所から遠ざけさせてくれたが、そんなに私が犯罪の場所から遠ざかりたいとするのは、その私が犯罪の意識から遠ざかりたいとしているのに他ならぬのだと知らされると、私は犯罪者なのだという意識が、犯罪の場所から遠ざかるにつれて寧ろ刻々に強まって行くのであった。それは正確に強まって行った。それは抵抗できない強まり方であった。それは私がどんなに勇気を呼びもとめてもそれで否定できるものではなかった。今はじめて私は何をしでかしたかが私に分ってきたのだ!

「切符をお切りにならない方、ありませんか……」

車掌の声に私は、びくりとした。その怯えは正しく犯罪者の怯えであった。

「乗車券の無い方……」

私は不正を咎められたかのように慌てて金を出した。一時は本を買おうと思って手にしていたあの金を。

——自分の勇気を試し自分に勇気をつけようとして行った犯罪は、忽ち逆に私からもともと多くはない勇気をはぎとり私をもとより一層臆病者にするのに役立っただけだった。

私は盗みを働いた。私は盗人である。——盗みを働くというようなそんな恐ろしいけがらわしいことをこの私がしたのは、生れてはじめての経験であった。自分は盗人だという羞恥は私にとって生れてはじめての羞恥であった。羞恥には慣れっこの私も、こんな恐ろしい羞恥は知らなかった。自分が恥ずかしくけがらわしい生れだという羞恥には無い恐ろしさが、――宛かも毒虫に嚙まれた時の痛みには普通の痛みとちがって、どきどきと脈を打ち、今にも毒が全身に廻って生命を脅かすのではないかといった恐ろしい不気味さが伴うが、それと同じものが、この恥ずかしくけがらわしい行為を初めてしでかしたという羞恥の中にどきどきと脈打っていた。自分のせいでなく自分がけがらわしいという羞恥の、いわば他に責任転嫁を為しうるのと異り、自分からしでかした、自分のせいに他ならぬ、責任を他になすりつけられない、この恐ろしい羞恥のどうにもしようのない苦しみはまた格別であった。そして普通の人のこういう場合苦しめられる良心の苛責が、そういう羞恥という形で私を苦しめるのは、いかにもこの私らしいことであった。

精神の飛躍は、この私にあっては、こうした犯罪者に成ることだったのか。

*

私は所謂暗記ものが不得手であった。歴史、地理はその不得手で苦手の暗記ものに属していた。人間がそのなかで生きてきた歴史、人間がそのなかで生きている地理。――人間の存在と生活が今の私の心の前には解きがたい謎のように立ちはだかっている、そんな私の心にとって、尽きない興味を絶えず提供しているところのそれらが、当時の私には、そして私たちには、たとえば、仏教の伝来は一二一二《イチニイチニ》というような年号の無意味な暗記や、「福井市は商業の盛なること北陸に冠たり」というような無味乾燥な記述の棒呑みの対象としてしか考えられなかった。自分の精神をアクチヴに働かすことなしにただ機械的に暗記せねばならぬことは、或はむしろアクチヴに働こうとする精神を圧殺することなしには暗記できない、そういう「勉強」は少なからぬ苦痛であった。だから……

　歴史中の生きた人物というべき大隈重信が死んだのは三年の三学期のはじめで、つづいて山県有朋が二月一日に同じ八十五歳で薨去したが、黎明期の日本の歴史に大きな足跡をのこしているこの偉人たちの死も、私にとっては、当然そのことから与えられるべきなにものか、いや当然受けなければならない何等かの印象といったものすら、全く無かった。暗記ものとしての歴史の嫌いな私の精神には、生きた歴史の人物も全然無縁の存在であって、その死は私の精神の上に何も齎らすことがなかった。

「山県さんはきっと国葬だろうな」

　ただそんなことを私は言った。国葬だと学校が休みに成って有難いという期待であった。

　そしてその期待は報いられて、私は勿論すべての中学生を喜ばせたが、国葬に成った山県公より、日本の人民の歴史にとってはより重要な存在であったかもしれない大隈侯の方は、国葬には成らなかった。しかし人民自身の発意によって日比谷公園で盛大な「国民葬」が営まれ、私は弥次馬気分で友だちと一緒に見物に行った。その頃、流行性感冒が蔓延していて、友だちの一人の坂部はコホンコホンと咳をしていた。

「学校でも、もっとはやるといいのに……」

弥次馬気分でうきうきした私は、軽薄な口調で言った。小学校では感冒のため休校をしているところもあった。

「先ず隗《かい》よりはじめよ」と友だちの一人の岡下が言った。

「――いやだ！」

と私は大袈裟に坂部から飛びのいて見せた。おとなしい坂部は黙ってにこにこしていた。

日比谷公園の前には顎紐の巡査が、まるで普選の大会のときのようなものものしさで警備をしていた。道は人で埋まり、運転台の下のベルをチンチンと鳴らしつづけの電車は、停留場にとまると、殆んどすべての乗客をおろしてがらがらに成った。――翌朝の新聞の報道によると参会者十万人という、凄い人出に、

「こりゃ大変だ。よそうや」

と岡下が言った。彼の父親の弁護士は、胸に党員章をつけて祭壇の近くに立っている筈だった。

「三越の展覧会に行かない？」

そう言う坂部は、その頃、川端龍子のところへ絵を習いに行っていた。日本橋の三越で、今は誰だったか忘れたが三宅克巳か誰かの水彩画の展覧会があった。

私はすぐ賛成した。今の中学生だったら銀ブラをして日本橋へ行くというところだろうが、――（そうだ、今時の中学生が銀ブラなどという古風な言葉は使うまい。それはもともと銀座をぶらつく遊民乃至ごろつきの意味だったのが、いつか銀座を散歩するというのに転用され、丁度その頃一般に一種の流行語として使われるように成っていた。）銀ブラは勿論のこと、どこでもぶらついたりすることは、放課後は一路帰宅すべしという学校の命令に違反することに成ったから、私たちは一路帰宅のような足どりを装って宮城の濠端を行った。

私のまだ入ったことのない、だから入りたいという想いのいよいよ募っている帝国劇場が、そこにあった。それから、これは金輪際、その敷居すら跨ぎたくない、見るからに薄気味のわるい警視庁がやはり（その頃はと、ことわる必要があろう。）濠に面して建っていた。

「人が死ぬと土に帰るって言うね……」

と私は突然言った。

「言うねでなくて、事実さ」と岡下は言った。

「事実だね。大隈さんも土に帰った」

「なんだい、それは」

「人間はみんな土に帰る。人間は土からうまれたもんだ。土の産物だ。土から生えている植物なんかと同じものだ」

「角間がまた変なことを言い出した」

「まあ、聞いてくれよ。僕、この頃、妙な気がして仕方ないんだ。僕たち人間はだね、万物の霊長というけどねえ、よく考えてみると……」

「植物とおんなしか……」

「うん、それだけじゃなくて、——僕たち人間をだね、人間に中心を置いて見るんでなくて、自然の中の一部として人間を見ると、なんだか妙な気がするんだよ。つまり、僕たち人間はいろんなものを食べるけれど、いろんなものの方から見ると、それが人間の中へ入って行って、そして人間を通過して、出て行く訳だろう。だから、僕たち人間の身体は、外からいろんなものが入ってきて、また外へ出て行く、その中間の点のような気がするんだよ。直線の上のひとつの点……」

　暗記ものの嫌いな私も数学は好きであった。特に幾何が好きであった。それは推理による精神の自由な働きを許してくれるからであった。

「点かねえ、人間は……」冷笑するように岡下は言ったが、その口調は彼の癖だった。冷笑するときでも冷笑しないときでも、彼は一様に冷笑するようにしか言わないのであった。

「そんな気しない？」

人間が点だというより、この私が点だということなのかもしれなかった。万引事件以来、私は再び点であった。円を描かざる点であった。

「どうも、僕、そんな気がして変で仕方ないんだよ」

「神経衰弱だな」

「そうかしら」

その頃、私はよくそんな「変なこと」を口にした。口に出さなくても、「変なこと」をよく考えて、それにこだわるのであった。神経衰弱だろうか？

神経衰弱といえば、私はひとたび自分に関係したこととなると、どんなつまらぬことでもこだわって、気を揉み、くよくよする神経衰弱的な私のたちについて、やはり丁度その頃こんなことを考えていた。これも「変なこと」のひとつに違いなかった。生理の時間に私たちは白血球や食細胞が人間の身体のなかに入ってきた細菌や異物を食って、それらが人体に及ぼす害毒を防ぐということを学んだが、その働きは私なら私の意志と関係なく私の知らないうちに、黙ってせっせと行われているのだと思うと、私は実に変な気がした。つまり、私が私のなかで行われているその働きを自分でも知ることができるとすると、あれは是非退治して貰いたかったが、これは別に危険でない故放って置いてもかまわないから英気を養っていなさいと言いたいような場合でも、私のなかの、私の知らない食細胞は、これもあれも等しく退治する、つまりなんでもかんでも食細胞の方で、これはいかんと思うものは、私がそう思うと思わないとに関係なく、独自の退治作用をやっているのだと考えると、私はなんとも言えぬ変な気がしてきた。そして私は、この自分が他人とくらべると、他の人だったら平気でおり平気でいられることでも決して平気でいられず、くよくよとこだわる、いかにも神経衰弱的な、もしくは被害妄想的なたちであるのは、私の神経のうちにも、丁度私の血管のなかの白血球のような、私の意志と関係のない食細胞的なものが存在していて、私の意志ではどうにもならぬ独自の作用をしているからではないかと、こんなことをつづいて考え出したのである。何もくよくよすることはないと自分でそう思っても、そう思うことによってくよくよするのを自分で阻止できないのは、私のなかに私の意志と関係なく勝手にせっせと活動している食細胞的な神経があるからにちがいない。そう考え、私のようにくよくよしない他の人にはそれが無いと考えることは何か自分が常人と異った、単なる神経衰弱以上の狂人めいた方に近い者のように思えて恐かったから、よその人にも、誰にだってあるのだけれど、それは少量で、私には他の人より余計にそれがありすぎるのだろうと考えた。更に、一体、食細胞が私に関係なく働いているのは、そうして四六時中休みなく私の身体を守るためである訳だが、私の食細胞的な神経も等しく私というものを守ろうとして努力しているのであり、そして特にこの私にそうした食細胞的神経がよその人よりも多いというのは、この私がよその人よりも特に周囲に対して身を守る必要が多いからであり、その必要から自然によその人よりも多く食細胞的神経が私のうちに殖えたのにちがいないと、私の考えはそう発展して行くのであった。そう考えて行くと、私の妄想した食細胞的神経というのが私の妄想ではなく、事実、有るもののように次第に私に考えられて来、生理学の教師にその存在をただしてみようかとも思われ出し、くよくよと考えた末、結局質問する勇気が出なかったのも亦、私の食細胞的神経のせいにちがいなかった。

こうした変な類推は、私の好きな幾何が私に教えた推理作用の力を借りて行ったもののようだ。私は幾何が好きだった。——ところで、幾何の問題に熱中していると不意に「点トハ大キサナキモノデアル」ということが、宛かも夢魔のように襲ってくることがあり、するとそれにこだわって、我ながら始末に困る混乱へと落ち込むのであった。「直線トハ長サノミアリテ幅ナキモノデアル」という定義も、点の定義に劣らず私を悩ませた。時々思わぬときに、それに捉えられて苦しめられるのであった。それは「言海」に、「川」とは「陸上ノ長ク凹ミタル処ニ水ノ大ニ流ルルモノ」とあるのを私に思いおこさせるのだった。「言海」のその「定義」は分るけれど、直線は長さだけあって幅がないものであるという定義は、どうしても分らなかった。「言海」を当ってみると「直線」とは「真直ナル線《スジ》」とあり、「点」とは「墨朱ナドニテ記ス小ク円キ標《シルシ》」とあって、幾何の定義の理解の役には立たなかった。

「どんなに小さく打っても点は、小さいなりにきっと大きさを持つ訳だろう。だから、大きさなきものとは、つまり無いということに成るね。無いものだというと……僕、分らないなア」

ある時、岡下にそう言うと、

「だから、先生が言ったろう。ほんとうは書けないものだって。でも、書かないでは不便だろう。だから、便利のために図形を書くんだ」

「う、うそを書いているのかい？」

「うそじゃないさ。いいかい。ここにこういう線を書くだろう……」

と彼は空間に人差指で直線を描いて、

「これがほんとうの幾何の直線なんだよ。目に見えないだけで、う、うそではない」

「僕、分らないなア」

私には目に見えない抽象的なものが理解されないのであった。岡下は近視の眼を瞬いて言った。

「この間、ある本を読んだら、こんなことが書いてあった。地球のまわりを廻っているあの丸い月は、いつも同じ面を地球に向けて廻っているんだそうだ。だから、地球上の人間が見る月は、いつも同じ側の半分の月なんだね。丸い月の半分しか人間には見られないんだよ。そのうしろの半分はどう成っているか、人間には分らない。月は丸いと言うけど、人間の眼には見えない。うしろ側の方は丸いかどうか、人間には分らない。分らないけど、人間の見られる半分から想像して、同じような丸さだと分る訳だ。――目に見えないと言っても、分ることは分る。点や線も、ほんとうは目に見えないものだと言っても、分ることは分るのさ」

ふふんと私は感歎の声を挙げた。純粋に抽象的なものである点や直線の説明に、この月の例は当て嵌らぬのであったが、勿論そんなことは私には分らず、月に関する初めて聞く知識に私は感歎したのである。点や直線の分らなさは依然として私の頭のなかで解決されてはいなかったが、分っているらしい岡下の頭の良さと、私には及びがたい彼の広い知識に、私はただもう感歎して、自分の愚かしい疑問をひっこめて了ったのであった。

私には抽象ということが分らなかったのだ。しかも私の頭は、それとは知らずに抽象作用をはじめていた。私がしばしば「変なこと」にこだわったのは、その変な現われではなかったかと今の私は考えるのである。……

私たちは大手町から右にそれた。

「――点は有って無いものだろう。人間がやっぱり有って無いものだという気がするんだよ」

「空《くう》だという訳かい。――無常の風が吹いてくる。寒い」

ガードの方から吹いてくる寒風に、岡下はオーバーの襟を立てた。

「僕は反対だ。僕は人間をそう考えたくない」

ずっと口をきかないでいた、いつも無口の坂部が、急に昂奮した口調で言った。「僕は人間が生きている間は生きていることをうんと充実させるのがほんとうだと思う」

私は、うんうんと自説を忽ち翻えすような頷きをした。「白樺」で芸術の喜びを教えられた私は、生きる喜びをも教えられていたからである。坂部も亦、その頃の私たちの言葉で言えば、熱烈な「白樺」派であった。

生きる喜び！　私はこれを、点や直線と違って、私にはもう分っているものとしていた。分っており、持っているものとしていた。外部から教えられたというだけでなく、自己の内部に存在していると考えていたが、さて果してそうだったろうか。

坂部は私とおなじような脾弱な身体つきをした、しかし私と違って学校の成績のいい模範的な秀才であった。おとなしく真面目で、勉強もよくするし、無遅刻無欠席であった。先ず一中の典型的な生徒と見られ、彼も亦一般の生徒のように一高、帝大というコースを取るものとばかり私は思っていたところ、

「僕は美術学校へ行くつもりだ」

そう聞かされたときの私の驚き！　優秀な頭脳を持った上なお孜々として彼は勉強して

いたが、それはそういう秀才の進むコースとして中学入学とともに早くも暗黙のうちに定められた一高へ行くためのものなのではなかったのか。学校の勉強をそう俗悪に功利的にしか考えなかった私は、何よりもその点に驚いた。自身芸術にあこがれながら一方では醜悪な「立身出世」欲に駆られていた私は、彼のような秀才なら当然楽々と通れる筈の「立身出世」への学歴を自ら擲って顧みないというのが、何か貴重な珠玉がむざむざと溝のなかに捨てられるのを傍観せねばならぬような残念さに感じられたが、それとともに、内心は「立身出世」欲にとらわれていて口では芸術がどうのこうのと坂部に言っていた私というものが、私には堪らなく恥ずかしく思われた。私の得意の羞恥にわが身を嚙まれながら、私は、それまで一点の疑惑も持たなかった自分の「立身出世」欲にここではじめて強い動揺を与えられたのを覚えた。

この秀才が美術学校へ行く。この秀才が「立身出世」を考えない。これは私にとって非常な衝撃であった。

四年に成るとともに教師から各自の志望の上級学校が問われた。今までは中学を卒業しなければ上級学校の入学資格が無かったのが、四年修了で受験できるように変っていた。岡下は商科大学の志望だった。前の年までそれは東京高商と言われていた。学校の帰りに小さな自分の家へ私を連れて行った、あの英語のよくできた同級生も商科大学志望だった。

美術学校志望は坂部ひとりだった。そのことが一層坂部に寄せる敬意と驚歎を深めたのであった。私には彼が芸術に殉ずる使徒のように気高く見えた。するといよいよ芸術が貴く思われ、それだけ、二兎を追おうとしている自分が軽蔑されたが、そんな私はたとえ私も亦自分が美術学校に行きたいと思ったらそれを許して貰えるような自由な家庭に恵まれていたとしても、誰も行かない美術学校へ自分だけ一人で行くという勇気ある決断は到底取れなかったであろう。

一高志望の私は、――受験までまだ二年あるつもりだったところ一年ということに成ったから、うんと勉強をしなくてはならないのであった。勉強の嫌いなたちではなかった。また、一年早く学校を出られるということはそれだけ母親の負担を軽くしうるということだったから、私は是非とも四年修了で一高に入らねばならぬと思い、人一倍強い虚栄心からもこの及第は人生の大問題という風に考えられ、四年で駄目だったら五年でまた受けるさといった悠々たる構えを取れる私ではなかった。

しかし、困ったことには、受験の勉強だけに没頭しうるには、私の、受験に直接役立たない知識欲があまりに旺盛であった。私には読みたい本がいっぱいあって、その為に割く時間と勉強の時間との配分に苦しめられた。読みたい本を（それは主として文学書であった。）読みたいと思うままに買う余裕は無論なかったから、岡下やその他の同級生から借りる訳であったが、それは必らずしも私の希望に合致しなかったから、私の読書欲は主として図書館の本によって充たされたのであった。

学校の傍の日比谷図書館へも行ったが、私の行きつけは、三田の聖坂の中途の小学校のなかにあった小さな図書館であった。放課後の教室が閲覧室に当てられ、土曜日曜は午後からあったが、いつでも小学生用のあの小さな机で読まなくてはならなかった。自宅へ借りて行くのを「帯出」と言い、それも利用したが、家へ持って行くと、つい勉強の時間の方へ食いこむし、小説本などを読んでと母親から叱られるので、なるべく避けるようにした。多く土曜の午後を選んで、私はいつもひとりで図書館へ行った。必らずひとりだった。静かな読書の楽しみ、静かな心の楽しみを楽しむには、ひとりでなくてはならなかった。静かな?……

ナイフでいろいろと気を散らすような悪戯のしてある汚い小学校の机、机の向うで遊び半分の閲覧者がべちゃべちゃ喋っているうるささ、校庭での野球遊びの無慈悲なといいたい騒々しさ、ひと眼で読書欲を冷却させるような手垢だらけの本、佳境に入ると無慙に頁が引きちぎられている腹立しさ、さては足の裏に他人の足垢のべとべとと来る竹の皮の上草履、そして忽ち迫る退館時間等々、——全くもって読書の感興を妨げるものだらけであったが、そこ以外に読書の場所の得られない私にとっては、そこがやはり最上の読書の場所であった。小さなわが家での読書は、学校の勉強をしないで余計な本など読んではいけないという母親の眼をかすめてのことだったから、そのことに神経が——あの食細胞的神経が動いて到底静かな読書の心が得られなかった。びくびくする必要のないこの場所は、したがって、外部がどんなに騒々しかろうと、私の心にとってはやはり静かな場所であった。読書する者の心に潤いを与えようというような何の心遣りもない、それどころか成るべく閲覧者をその殺風景さで追い払おうとしているみたいなそこが、しかし私には楽しく魅力的な、唯一の精神の憩いの場所であった。

そこの利用者がいつも少ないのは、私にむしろもっけの幸いではあったけれど、また不思議におもわれる位、そこは私にとって楽しい読書三昧にひたれる、有難い場所であった。いま思えば悲しい、しかしその頃は楽しい読書室であった。ああ、私が生きてきたこの四十年間、あの小さな窮屈な机での読書の喜びに勝るそれを、私はまだ知らない。

――思えばその頃私の夢想していた静かな孤独の書斎が漸く得られた今、読みたいともう本をとにかく自分の本として買うことができ、しかも時間のやりくりなど気にせずにいつでも、いつまででも読んでいられる今、――今こそ私は、衰滅の予感におびやかされているとはいえ、心静かな読書の喜びを喜びうる状態に恵まれたのではあるが、その喜びを、あの頃のような、いわば魂から直接湧いてくる喜びとして喜ぶ事ができないのはどうしたことか。わが魂の、わが身の衰滅を前にして初めて得られた――というより初めて許された喜びだからか。私には、だからこそ、この現世を離れるに当って私の摑もうとする、この現世の喜びの貴重なひとつのものとして、最も深い、嘗つてない喜びが汲みとられる筈と思うのだが、あの佗しく悲しい読書から私の汲みとった喜びは、私の今までの生涯を通して最も深い、かけがえのない読書の喜びとして今日に至っている。私はあのような悲しい喜びを、私がこの生涯の中で得られた唯一の読書の喜びとして、この世を去らねばならぬのであろうか。――私は生きたい。読書の喜びをあんな佗しい思い出とともにでなく、それが楽しく豊かに自由に汲まれる筈の、楽しく豊かで自由なわが身の状態のなかでもう一度喜びうるためにも、そうしてその喜びをもって現世を去り得る為にも、私は生きたい。

小学生の小さな机は中学四年生の十六歳の私には窮屈であった。その窮屈な机は、それが窮屈でなく大きく見えた頃の私の小学生時分を私に回想させ、回想は更に幼時にまで溯った。佗しいそんな机に肘をついてひとりで読書を楽しんでいる私の孤独の姿は、幼時の私の孤独を佗しく思い出させるのに、またもってこいでもあった。私は孤独にひそかに惹かれてはいたが、私の好むと好まざるとにかかわらず、私の身には幼時からずっと孤独が附き纏っているようであった。幼い私が、――幼い心が、どうして孤独などを好もうか。しかも私は孤独であった。

中学四年生の孤独な魂は、幼い私が楽しそうな他の子供たちのメンコ遊びに加われないで、――そうだ、この図書館の上の空あたりに眼をやって、ひとりでしょぼんと家の前に立っていたその自分の姿を、宛かも昨日のことのように思い浮べるのであった。すると、十六歳の私の心から突然、殆んど叫ぶような、切迫した、それだけに声にならない声が挙げられた。

「私も、ここまで来た！　私も、ここまで生きてきた！……」

私の回想は、いや空想といわねばなるまいが、私の誕生にまで溯ったのである。――世間普通の子供なら誰でもその誕生に際して父親から受けるにきまっているあの祝福を、私は受けないでこの世に現われた者であった。私の出現は恐らく私の父親に、祝福どころか呪いの言葉を口走らせたのではなかったか。呪いと言っては、――そういう推察は、相手が他人の父親ではない、正しく自分の父親に向って、あまり乱暴に過ぎるなら、不快とか狼狽とか悔悟とか、そう言い直してもいいが、ただ、喜びでなかったことだけは確実である。これは推察ではない。

喜びを以ってその誕生を迎えられなかった子供の運命――私は今に至るも、生れて四十年経った現在でも、それも紆余曲折を経たのちの今に於いてなお、私のうちにその暗い運命の影を、いや、黒い運命の、わが身にしみついたしみといったものを感じない訳に行かない。私は、子供の誕生に際して父親の受ける喜び、子供が父親に与える喜びによって、その子供も亦、その子供が生きて行く上に無くてはならぬ、生きる喜びを、父親から受け与えられるのだということを考えるのだが、これも今につづく私の「変なこと」のひとつであろうか。一般に親と言わず私は「父親」と書いたが、これも私の今につづく「こだわり」であろうか。……

「私も、ここまで育ってきた！　私も、ここまで成長してきた！……」と十六歳の私が心の叫びを挙げたとき、それは、曲りなりにもそれまで生きてこられた喜びの表白でなければならなかった。私自身、そう思った。喜びの叫びと思った。また、それに違いなかった。断じてそうあるべきであった。

しかも私はその喜びを、その喜びそのものとして感ずることができなかった。或はこう言おう。しかるに私はその喜びを、喜びそのものとして受けとることができなかった。ああ、これが黒い運命のしみのせいか。

実にこの私は、まだ観念的にしか生きる喜びというものを持つことができなかったのだ。「白樺」が教えてくれた生きる喜びというのは、そういうものなのであった。

——恐らく私の今までの生涯は、生きる喜びをほんとうに自分のものにしようという苦しい闘いに過ぎなかったのではないかと顧られるが、今もってこの私がその闘いに勝ち得て、ほんとうの生きる喜びをほんとうにわが身に持ちえたかどうか、この私には分らない。

「私も、ここまで来た！　私も、ここまで生きてきた！……」

私は、えたいのしれない昂奮にとらわれた。渦巻く昂奮のうちに、私としては認めたくないある激しい感情を認めなくてはならなかった。その感情をどう名付けたらいいか、

――憤怒といおうか、復讐といおうか、怨恨といおうか、挑戦といおうか、呪咀といおうか、反抗といおうか。――誰に対するというのではない、漠として対象の明らかでない感情であったが、その対象のぼやかされていることによって、その感情の激しさがぼやかされるということはなかった。私は私のうちの黒い運命に対する憤怒を、復讐を、怨恨を、挑戦を、呪咀を、反抗を誓ったのだろうか。

「私も、ここまで育ってきた！　私も、ここまで成長してきた！……畜生！　生きるぞ！　生き抜くぞ！　のさばるぞ！　あばれるぞ！」

私は喜びを喜びとして喜ぶことができなかった。

私はここで、生きる喜びの大切さについて、生きる喜びを人為的な努力を経ないでも自然に身につけていることの大切さについて、直接、人に訴えたいとする衝動を抑えることができなくなった。生きる喜びを生れながらにして喜べる人が、その生きる喜びを、或はそれ故だろうが軽蔑したり、人為的に拒否したりする所行を見ることほど、私を悲しますものは無い。私にとっては、それを身につけることが、私の生涯の努力なのであった。その努力のうちに空しく、私の今までの生涯は費されたと言っても過言ではないのである。

――読書欲とともに表現欲に私は駆られた。読書欲によってひきおこされた表現欲でもあったろう。「へんな原稿」の中で武者小路実篤が、

「こんなことを書いて何になるか」

「書かないで何になる」

「書いても始まらない」

「書かないでも始まらない」

と、書いているのが、私の心に刻まれていた。私は何か書かずにいられなくなり、それを坂部や岡下に示さずにいられなくなった。シューマンハインクのことで私が芸術について自分から何か言うのを控えようと考えたのは丁度一年前のことで、今はもうそんな抑制はきかなかった。どんどん際限なく書ける自分が一種の天才のごとくにさえ思えるのであった。「Aと運命」の中の「天才は我々の生に火を燃やす人間です。我々の生に力を与えるものです。我々の生に価値を与えるものです。我々に深い自覚を与えるものです。また我々にまのあたり美を見せる人間です……」云々に、私が力強い傍線をひいているところからすると、たしかに自分が一種の天才のような妄想を抱いた如くであるが、私はまた、酔ったように書くことによって、自分自身の生に火を燃やし、自分自身の生に力を与え、自分自身の生に価値を与えようとしていたのだとも察せられるのである。

「僕も、坂部君、芸術家に成る。きっと、芸術家に成ってみせる」

私は泣きたいような気持で言うのだった。

「一緒に芸術の道を歩もう。来年の三月で、学校は別々になって、離れ離れになるけれど、同じ芸術の道を進もう」

私は生涯にわたる友情という甘美な空想にひたり、空想の美しさにうっとりとするのであった。

点としての私が、点を中心として再び円を描こうとしはじめていたのである。だが私は再びそこで、――再び飛躍しはじめた精神がまたもや罪の陥穽へと転落するのを見なくてはならなかった。この私はまたぞろ盗みを働いたのである。

その年、初めてあの「コンサイス英和辞典」が――あの小型で便利な、そして内容も従来の辞書よりずっと勝れたのが発行された。颯爽とした何か人気者の出現にも似た新辞典の出現に、学生たちは忽ちその心を奪われ、我を争ってそれを買いもとめた。一種の流行のような勢いであった。

私も買いたくて堪らなかったが、母親から貰いうる金の小額なのに対して買わねばならぬものがあまりに多過ぎた。受験勉強用の参考書として必要なものはどうしても買わねばならぬとき、既に一年生の時に買って持っている英和辞典のほかに、それがいくら旧式で不便な、いわば流行遅れのものとはいえ、更に、同じ英和辞典である「コンサイス」を買うということは、貧しい私の身にとっては、許せない贅沢としなければならなかった。しかしそれでもってそれを欲しいという気持を抑えることは難しかった。岡下の買ったのを見せて貰うと、私の辞書にはない発音記号も入っており、単語、用例の豊富さなども私の古臭い辞書などの比ではなく、いやが上にも欲しい気持を唆られるのであった。

咽喉から手の出るくらい欲しいその「コンサイス」をある日、私は雨天体操場の棚の上に発見したのである。誰かが置き忘れたものであることは明らかだ。

私はどきんとした。つづいて心臓が早鐘を打ちはじめた。棚の上の「コンサイス」が、まるで発光体のように光っていて、私の眼にはまたそれしか見えず、それ以外は、周囲はもう真暗であった。気がついたときは棚に手をのばしていた。

それが忘れ物であるのは明らかなごとく、忘れ物を発見したときはそれをそこから近い体操教官室に届けねばならぬのも明らかであった。その明らかなことを果そうとして、――いや、果そうとしているのだと自分に言いきかせて、私はその辞書を掌に乗せた。ああ、これが欲しくて欲しくて堪らない辞典なのだと思うと、滑かな表紙のその手触りのよさ、軽快なと名付けたいその形にまことにふさわしいその軽快な、そして可憐な、いとしい重量感、痩せても肥ってもいない、実にそんな感じの、すっきりとして親しみ深い、しかし又自ずと威厳のそなわった、その大きさ、その頁の幅、ああ、何から何まで堪らなく魅力的なものとして迫ってくる。掌がむずむずして、丁度可愛いものを思わずぎゅっと握りしめたくなるあの切ないおもいに駆られるのであった。みるみる掌のむずむずは、手の方に伝わり、忽ち全身に伝わった。私は躓いて、――躓くものは何もない平らなコンクリートの上で躓くと、私は立ちどまって表紙を開けてみた。すると、そこに学年と名前が書いてあって、その名は私の知らない名だったが、一学年とあるのが、ぐッと私の胸に来た。生意気な！――一年生には、まだこんな辞書は早すぎる。勿体ない！　一年生の間でもこの辞典が流行っているのだろうか。一年生のくせに――と、羨望と嫉妬の入りまじった焔が胸を焼いた。

再び気がつくと、私は教官室と反対の方へ歩いていた。私がそれを教官室へ届けないで盗もうとしていることは、もはや明らかであった。またもや私は盗みを働いたのである。

家へ帰ると私はナイフで、持ち主の名前をゴリゴリと削り取った。母親に気付かれぬようにして、そうしている後暗い振舞が、それまで一生懸命抑えていた罪の意識を、たとえば下手に抑えつけようとして余計相手をいきり立たせる場合とおなじく、もう手のつけようのない暴れ方にした。私は、今度のは万引のような大それた犯罪ではなく、拾ったものをただ届けないというだけのことだと考えていたが、いや、そう考えようとしていたのだが、罪の意識はそんなことで抑え得られる筈はなかった。

私は盗人だ。私はまた盗みを働いた。私はこうして遂にはほんとうの盗賊に成って行くのではないか。――恐怖が心を嚙んだ。手錠。ひやりとくるその恐しい感触。警察。心を凍らせるサーベルの音。留置場。そして、監獄。……

私は眼をつぶって頭を振った。私はまだゴリゴリと辞典の持ち主の名前を削りつづけていた。そうして罪の意識をも削りとろうとするかのように……。だが、辞典から名前を削りとることはできても、私の心から罪の意識を削りとることはできなかった。

万引のときの恐怖が再び蘇ってくるのであった。万引最中の恐怖でなく、万引にまんまと成功したあとで私の苦しめられた恐怖、――それは万引最中のそれより、もっともっと強い恐怖であった。

あのとき、もし万引の現場を発見されたとしたら、どういうことに成ったか。学校へ通告されて、私は勿論放校処分だ。「立身出世」欲も、芸術へのあこがれも、――未来にかけるすべての望み、今までの私のすべての努力も、何もかもおしまいだ。私の前途は真暗だ。そう成ったとき、私の成長に唯一の生きる望みをつないでいる母親はどういうことに成るか。悲嘆、絶望、狂乱。母親を裏切り私自身をも裏切った私は自分も気違いになるかもしれぬ。――なんという恐ろしいことをしたのだ。見付からなくてよかったでは済まない恐ろしさだ。

あの恐ろしさに懲りた筈ではなかったか。もう決してあんな真似をしてはならぬと自分に固く誓ったではなかったか。だのに、――なんということだ。

何故私は再び罪を犯したのか。犯し得たのか。

これは万引でない、だから、罪でないとして、罪を犯した。今度の犯罪は、犯罪を自覚してのものではなかった。だから余計悪質ではないか。良心の苛責はなかったのか。あっても、遮二無二欲しいという気持に負けたのか。――そうだ、そのとき私には分らなかったが、この再度の犯罪は、幼い時から卑屈に慣らされていた為の、そこから来ている私の精神の一種の麻痺のせいにちがいなかった。他人の忘れ物を盗むという卑屈さを自分に許すということは、それほどの卑屈な自分に成りさがることを自分に許すということであり、それはひとえに、平気で卑屈に成りうる、そして又私の卑屈が私に与えた心の麻痺からおこったことに相違なかった。欲しい気持に負けたというのは、その欲望が祟りにも、何にもまして強かったということではなくて、その欲望を抑える良心も、罪の意識も、その意識からの恐怖も、すべてその瞬間は無になってしまう恐るべき麻痺、――卑屈からおきる自家中毒ともいうべき心の麻痺、それに根本の原因があったのだ。

私は幼時の思い出のなかで、当然人間としての私が戦わねばならなかった卑屈と戦いえないで、逆に卑屈に負けることに慣らされた恥ずべき心の歴史を語ったが、今こそ私は私の精神に根強く巣食っていた卑屈が私を再度の悪へと陥れたのであるという事を知らねばならぬ。そうとそのときは気付かぬながら、私はなんともいえない暗澹たる想いに沈んで行った。そして真暗ななかに限りなく沈んで行きながら、私は自分がそれまで何か天才のような気でいろいろと書いていたあの陶酔も、私が辞典を盗んだのと同じような汚い卑劣な心からのものであることを、いやいやながら、しかしはっきりと自覚しなくてはならなかった。あの溢れるような表現欲、あの昂然たる自己表現欲も、実は私の醜悪な虚栄心の仕業であって、私の「天才」の仕業ではなかったのだ。「天才」のように書けるという事をただ友だちに誇りたかったのだ。虚栄心、——これも私の幼時から私には御馴染のものであったが、その私特有の浅間しい虚栄心が私に、酔ったように書かせていたのだということに、これもその時は、そうと自分では分らなかったけれど、われとわが身の腐って行くのを見ていなければならないような、なんとも堪らぬいやな感じだけははっきりと心に来た。

それから二三日して、私は偶然、岡下の父親に会ったのだが、その日のことを思い出すと、必らず二三日前の辞典の一件が一緒にまざまざと思い出され、辞典のことを思い出すと又必らず銀座の風月で岡下からその父親を紹介された時のことを等しく痛烈な羞恥の想いで思い出さずにはいられないのは、一体どういうことなのか。

それは土曜で、父親と風月で食事をともにすることに成っているから一緒に来ないかと岡下に誘われ、私と坂部とは、そこへ行ったのだが、食事半ばで、岡下とよく似た、顔は勿論何か冷たい感じもそっくりの、弁護士のその父親から、

「角間君は、お父うさんは？」

その声はやさしかった。私の知らない父親の慈愛といったものを感じさせるやさしさで、

「——お父うさんは何をしていらっしゃるの？」

子供の学校友達に親が尋ねる質問としては、「お家はどこ？」というのと同じごく普通

の平凡な問いだったが、この私にとっては、恐しい問いであった。青天の霹靂のようなものであった。何か無法な要求でもされたかのように、私はむッとして、――内心はしかし大変な狼狽で、そしてその狼狽を表面に現わすまいとまた大変に狼狽しつつ、

「あの、――なくなりました」

言ってから私は、自分の父親の死んだことを、なくなりましたと敬語を使って言う馬鹿がどこにあると気付き、同時にいかにもうそをついていることがそれで歴然としているように思われて、一層狼狽したのであった。

「ふーん、そう」

と岡下の父親は言って、ナプキンで口の端をぬぐい、それなり口を噤んだ。いつ死んだのか？　死ぬ前、何をしていたのか？　などと更に質問されたら、どうするつもりだったろう。私はほッとし、だがその弁護士が急に質問を打ち切ったのに、たとえばうそが明白な陳述をして自分を却って不利にさせ、しかもそれが自分にもはっきり分る罪人のような、殆んど絶望といっていい不安を覚え、思わず溜息をついて、――どうせ父親の居ない家の子なら、いっそ私はほんとうに父親の死んで、居ない家の子であってほしかったと思うのだった。私は明らかにまた点に戻っていた。精神の飛躍はこの私には、普通の少年のようにそうおいそれと行くものではなかった。

ところでその日、私はひとりに成ると、今度は父親が欲しくて欲しくて堪らなくなっ

た。私には父親がいたのだが、そんな父親でない父親、世の常の父親というものを私は欲したのである。岡下の父親と会っている時、父親の死んだ家の子だったらよかったのにと思った私が、今はやはり父親が欲しくて欲しくて堪らなかった。だがこれは辞典のように、他人の父親を盗んでくるという訳には行かなかった。

私は父親が欲しかった。父親の、私に話しかける言葉が、私に笑いかける笑いが、私の成長を喜んでくれるその眼が、私の卑屈を直してくれるその愛情が、盗みを働いたりする私への父親の激しい打擲の手が、私は欲しかった!

その九　――私に於ける悲惨な事件について

　私と同年輩の東京育ちの人であるならば、その少年時代の思い出のなかに、上野の博覧会というものがきっと明るい灯をともしているに違いない。私にはなんだかしょっちゅう上野の池の端の向うにお祭り騒ぎの博覧会が開かれていたようにさえ思われる。その頃の私には博覧会はただお祭り騒ぎとしか映らず、後進国日本の資本主義化にとって博覧会なるものがいかに大きな、いわばまじめな寄与をしたものであるかというようなことは私のよく理解し得るところではなかった。事実、大正十一年の平和博覧会あたりになってくると、お祭り気分もだいぶ加わっていたのであろうが、私にとって博覧会が面白かったのは、その華やかなお祭り気分のせいであり、博覧会としてはつけたりのその余興の設備のせいであって、機械などの展覧されている会場は逆につまらないつけたりとしか思えなかった。けれど、平和博覧会のときは私ももう中学四年生であったから、いくらか興味の惹かれる出品はあった。そしてその展覧場の前に、どなたもお持ち下さいと書いて積んであった綺麗なアート紙のカタログを一部、あるときその綺麗さに誘われてつい手にしたのがきっかけと成って、私は忽ち奇妙な蒐集欲を刺戟され、場内のすべてのカタログを残らず遮二無二集めようとかかった。何の目的とて無い、したがってどう解釈していいか自分でも分らない、この蒐集欲。

もともと私にはこうした、蒐集癖はあった。小学生の頃にはキャラメルの箱の中に一種の景品として添附されていたカードを集めるのに一時夢中になったことがある。集めてどうしようというのでもなければ、集めてどうなるというのでもなかったが、十枚ほど揃うと、もっともっと集めてみたいという貪欲な気持を煽られた。つまりはそのカードを餌にして子供の購買心をそそろうとかかった製菓会社の商略にまんまとひっかかった訳であるが、一箇十銭のキャラメルをそう簡単に買うことのできなかった私の場合は、巧みな商略も実効を奏さなかったとはいえ、買えないということから疼くような蒐集欲を抑えることができないままに、ある日、三田綱町のグランドで当時評判の慶応の運動会のあったとき、まるで現今の、煙草の吸殻を街頭から拾い集めている浮浪児のように私はキャラメルの空箱を血眼になって探すという惨めさを演ずるに至ったものだ。血眼になっていながら、しかし、ひと眼にかまわず地べたからひとの捨てた空箱を拾うということは、見栄坊の私には流石にできず、あたりに気を配ってこっそりと、人の気付かぬようにして拾うという難かしい芸当をやらねばならなかった。そしてそういう芸当は子供心にも浅間しいと思う苦痛を齎らして、拾いたいことは拾いたいがこんなにまでして拾うのはどうかという内心の格闘もそこにあった。とはいえ、キャラメルの空箱をスタンドの下などに見出して、そっと拾うというと、目指すカードが、まるで私が新しいキャラメルを買って新らしい封を切ったときと寸分違わぬ新しさで見出され、全くそういうときはたとえ岩のように盤踞《ばんきょ》した重い内心の苦痛も一遍に吹っ飛んでしまう嬉しさであった。その嬉しさには抗し得なかった。時には空箱だけでカードの無いのがあったりして落胆させられたが、そういう落胆が混ることによって、却ってカードを摑んだときの嬉しさが強められ、また嬉しさと落胆の予測しえないことによって、空箱を先ず見出した際は、さてこれに果してカードがあるかどうかと、賭でもするような、籤でもひくような、ぞくぞくするような気持であった。

一日そうして空箱拾いをして、その一日でカードは思いがけぬ量となった。恥を忍ぶことによって、私の蒐集欲は一挙にして満足させられたのであるが、さて満足させられたとなると分厚いカードの量を空しい想いで瞠めなくてはならなかった。よその子供たちは何の執着もなく捨て去っているカードだと思うことも索漠たる興ざめに私を陥れた。熱にうかされたような私の執着も間もなく私から去って行った。

この蒐集欲がいま博覧会のカタログに対してまたかッと燃え上ったのであった。訳の分らぬカタログはいくら集めたところで、私にとってなんになるという訳ではなかった。そこにはいささか未知のものへの一種の知識欲めいたものもあったかと顧られるが、所詮は奇妙で愚劣な貪欲さなのであったろう。愚劣な、――しかし、金を出して好きなものを買い集めるという道楽の許されない貧乏な私にとって、そんなことがいくらかでも心の慰めとなり、心を楽しませることに成っていたのだとしたら、愚劣とはいえ許されていい哀れな楽しみであったとも言える。

私にとって、けれども、ここで考えさせられることは、小学生から中学生にとにかく成長した私が、しんにはこうした変らぬ性癖を持っていたということである。奇妙な蒐集癖は、私の成長に関係なく、私の精神の飛躍に関係なく、私のうちに残っていた。しんは変らない――そう言っては軽率であろうか。

私というものはさっぱり変らないとすると、さて、中学生の頃の私と現在の私とはどうなのであろうか。私はいろいろのものを吸収した。私にはいろいろのものが加えられた。変ろうその面で見ると私は変ったが、変らないところは等しく変っていないようである。変ろうとどんなに努めたか分らないが、しかも一向に変ってないのだとすると、人間の成長とはいかなる事柄なのか。しかも私の場合は、私の一番変えたいと考えたところに於いて最も変ってないとしか思えない。変えたいと努めないで自然にまかせている部分は、一層、だから変ってないことは言うまでもない。私は自分の精神の成長の跡を辿ってみようという企てに、この文章を書く主目的を置いた筈であるのに、逆に変らない自分に眼を注ぐことになろうとは……。

――たとえば交友にしてからが、中学生の頃、一方ではただ単なる遊び友だちとしてJを持ち、一方では芸術の友、心の友と自分では考えていた坂部や岡下がいるという、いわば交友の二元性は、終始変らず私の生涯を貫いていたのである。但し現在は蓋を固くしめた貝のような心の状態であるものだから、いくらか特殊な事情を示していて、――誰と会って話をしようという気もなければ、話をしてもつまらなく誰ともまた話が合わず、交友の楽しみを少しも楽しめないのである。だから誰でも友人といえば友人で、誰とも話が合わないということは誰とも通り一遍の話ができるということであるが、そんな有様では誰ひとり友人が無いといえば無いということである。ことのよしあしは別として、私にはほんとうの意味での心の友というものはなくなった。実際厳密に言えば、昔もあったと言えるかどうか疑問だが、今の私にはこの私以外には友人が無いのである。私の衰えの、これが何よりの証拠であろうか。この文章も、だからして、私のうちにある私の友人に対して書いているようなものである。言い換えるとこの厭う可き私自身をおいて、私には目下自分の本心を語ろうとする友人も、まして自分の本心を分って貰おうとする相手も既にいないのである。

こんな状態に立ち至る前には、私にだって一通り友人はいた。その友人というのが、文学上の友人と、それから文学のことなど少しも分らない遊びの友人とに分れていたのである。遊びの友人はなまじ文学に関心など持っているようなのでは却っていけなかった。全く無関心で無関係の人を欲したのは、そうして私がともすると文学的な窓からだけ外を見、すべて文学的にしか現実が見られないという偏向に陥るのを防ぐ意図であったらしい——もとより意識的な企てなのではなく、本能的ともいうべき無意識の動きであったが——と今は思うけれど、中学校時分のJの場合も、私の飛躍をその交友によって自ずと助けてくれる友人としてつきあっていたということは、しんは最近までの私の交友の二元性と同じ事情だったのである。

博覧会へ私はJと一緒に行ったのである。Jは父親から借りてきたというパスを持っていた。ひとりしか通用しない筈のパスで、どうして私も入れたのか、とにかくカタログを一通り集めるには一回では無理であったから、Jと一緒に二三度私は行った。

賑やかな、人の心をうきうきとさせる楽隊の音、今は思うだけでもいやだがその時分はそれが魅力的だった人出の埃っぽさ、陽気な雑沓、一口に言うとあの華やかな博覧会気分に、私はすっかりはしゃいでいた。私はおしゃべりになっていた。都会育ちの少年にありがちのオッチョコチョイの面を私は遺憾なくさらけ出していた。そうして博覧会のうわついた気分と自分の気分とを調和させて、与えられた逸楽（私には正に逸楽であった。）を十二分に遺漏なく楽しもうと努めているのであった。いわば外部のオッチョコチョイ気分と内部のオッチョコチョイ気分とを合致させなければ、折角の面白さを享楽できないとしているかのようであった。私はそういう陽気な私の姿を、思えばこの文章のなかでそれが当然描かれねばならぬ割合に於いて正当に描き出すことを忘れていたのではないか。

その頃の私は、表面はかなり陽気な中学生だったのである。もとよりそれは家の外でのことであり、人中に出たときの、外部の陽気さに触発されての陽気さだったことは断らねばならないが、それも私の精神の飛躍に伴うひとつの現われだったかもしれぬ。同級生の眼にはどう映じたか知らないが、自分としてはかなり陽気な中学生だと考え、正確に言うならば、しんから陽気な中学生であるかのごとくに振舞っていたのである。暗い心を持った陽気な中学生。うちには孤独な魂を秘めながら外はせいぜい明るく社交的に振舞っている少年。心にしみついた暗さの故に人中では強いて陽気に振舞っていたのか。

とにかく自分で自分を陽気な中学生だったと思うのは、終始暗い印象の同級生に対して一種の軽侮を、更に一種の憎しみをすら抱いていたと思い出すことによっても、陽気な中学生としての私と暗い同級生との区別が証拠だてられ、一応主観的な事柄でないかのごとく思われるのである。しかし、この憎しみというのは微妙であった。暗い同級生を見ることは、私のつとめて意識したくない自分の内部の暗さをそれによってどうしても意識させられてしまうという意味に於いて、微妙な憎しみを掻き立てられないではすまされなかったのである。私の表面の陽気さは、内面に堪えがたい暗さを持った者の、いわば人並の明るさで生きて行こうとする為の保護色のようなものだったのかもしれぬ。しかもそれを私が、保護色ではなくほんものであるかのごとくに人の眼を欺きたいと考えているときに、私の前に立った暗い中学生の存在は、その暗さでもって無言のうちにしかし容赦なく私の欺瞞を衝いてくる、そう私には感じられてくる故の私の憎しみでなかったか。

あるとき、近くの海城中学の生徒と一中の生徒とが、何のことからか（私はその理由は知らなかった。遂に知ることはできなかった。）喧嘩をして、放課後、日比谷公園で改めて「果し合い」を行うということがあった。他校の生徒とそんな喧嘩をする連中は、いずれ道場の裏で煙草を飲んだり、樋を靴で踏み潰したりする「不良」に違いなく、そういう生徒たちとは個人的に何のつきあいもない私であったが、そういう噂が耳に入り、そうして普段はそういう「不良」たちとあまり関係のない者も半分弥次馬気分で助太刀に行くという話になると、喧嘩には誰よりも自信のない非力の私のくせに、

「よし、僕も……」

と気負い立った。「一緒に行こう」

「海城の奴等に負けたとあっては、一中の名折れだ」

「そうだとも、そうだとも」

と私は言うのだった。不良学生に成れる勇気は無い私だったが、不良学生というものに何かしら憧憬的な共感的なものを寄せていた。

「みんな、行こう行こう」

忽ちオッチョコチョイの面を出して私は煽動した。

「おい、一緒に行こう」

いつも皆から離れているおとなしい暗い同級生に、私は何か極めて狡猾な気持で誘いの言葉を投げた。勿論尻込みをするだろうと予め承知の上の誘いであった。

相手はやはり乗ってこなかった。ふんと冷笑して、背を向けた。すると私は拒絶されることを予期しての誘いであったにも拘らず、これは予期しなかったその冷笑によって心を鋭く傷つけられた。私は喧嘩の相手がその同級生であるかのような激しい怒りをそそられた。私の予期したのは私の心を突き刺すようなそんな冷笑ではなく、私に快感を与えるような相手の醜い狼狽といかにも卑怯者らしい尻込みだったのである。しかるに逆に私を醜体なオッチョコチョイと自他に明らかにさせるような意外な強い嘲りを投げられ、それは他ならぬこの私が誘い出したものではあったのだが、私はそんなことは棚に挙げてひたすらその同級生を憎んだ。

私の陽気さとは斯のごときものであった。日比谷公園の「果し合い」は、噂が噂を生んで、両校とも多数の生徒がこれに加わって兇器さえ用意しそうな騒ぎとなり、もし実現されたら大事になったに違いなかったが、それだけに学校にもばれて、事なきを得た。

私は早生れだったから、一中に入ったときは大半の同級生よりは年が一つ下で、そうして背も低かった。体格も羸弱《るいじゃく》で、体格検査のときはいつもきまって胸部扁平と注意書きをされた。貧血と書かれたときもあった。私は、人前で肌をあらわすことを女のように嫌う東京育ちの少年に通有の羞恥からだけでなく、貧弱な裸体を人に見せるのを殊のほか厭った。そんな私は身長の順に並ぶとき、級の中以下に立っていた。それがどうしたことか三年四年となると、めきめきと背丈が延びて、毎学期ごとに中から上に進んで行った。成績は依然として中どころにとどまっていたが、身長の方だけは抜群と成った。左様、この肉体上の変化も書き忘れてはならないことであった。胸部扁平は相変らずで、まるでもやしのようなのっぽであったけれど、人より背だけは高いということは、何かとひけめを感じがちの私の心に随分と明るさを与えたのである。

トレアドル、進め、
トレアドル、進め、
…………………………

そんな歌を私はJと声を合わせて明るく歌っていた。博覧会の雑沓が訳もなく私の心を躍らせていた。坂部や岡下と一緒の時の深刻そうな顔は、いわば坂部や岡下に預けて、私はJと同じ種類の快活な顔をしていた。

「Nはガッツキ屋だねえ」

とJが言った。博覧会見物に同級生のNもJは誘ったが、勉強があるからと断られたという。

「あいつは点取り虫だもの……」

媚びるような声になっていた。そういう私は、勉強したい気持は誰よりも弥かったけれど、Jから遊びを誘われるとまた断れないのであった。

「今日は、おやじも来ているんだ」

とJは言った。――これはJと博覧会へ行った最後のときであった。次にしるすような「事件」が、Jとの博覧会行きをこれで最後にさせたのであるが……。

Jの父親は博覧会事務局に何か関係を持っていたようだった。Jはその父親に昼食をおごらせようと言った。

「いいよ、悪いよ」と私は言った。

「いいよ、たかってやろうよ」とJは意気込んだ。そしてその父親のところへ、無理やりのように私を引張って行った。Jの父親は中学校長というより実業家のような感じの肥った紳士であった。

「お昼、おごって……」

Jはまるで友だちに言うような口をきいた。

「すしでも食べるか」

赧ら顔は愛情の笑みをたたえていた。

「そんなの、駄目だよ」

「うなぎか」

「洋食だよ。一番おいしい、いいところへ連れて行って！」

「うむ」

「角間君に御馳走するんだから、つまんない一品料理じゃいやだよ」

「よしよし」

そうして精養軒かどこかの一流どころの出張店に連れて行かれた。ひどくむずかしい顔をした、そのくせ窮屈な黒い服に蝶ネクタイというのが喜劇役者じみて見える中年のボーイに恭しく迎えられて、私たちはあまり客のいない、しーんとした部屋のなかに足を進めた。場所負けして私はすっかり固くなっていた。

「ここにするか」

Jの父親が立ちどまって、椅子の背に手を置くと、おしきせの和服に白いエプロンをつけた女給仕が、まるでその椅子を他人に触らせまいとしているかのように、すッと歩み寄って手早く椅子をひき、

「どうぞ……」

にこりともせずに言った。Jの父親も恐い顔をしたまま、すすめられた椅子に就いた。そしてJもすっかり大人に成った顔で、自分からは椅子に手を触れず女給仕に鷹揚に椅子をひかせて、父親の左側に腰かけた。

その腰かけ方は仲々難しいと私は睨んだ。正に腰をおろそうとするとき、すッと尻の下に女給仕が椅子を進める。その進め方は堂に入ったものだったが、その進め方にこっちの腰のおろし方を合わせるのは仲々難しいと見られた。女給仕の方で客の腰のおろし方に合わせるのであって、客の方で合わせる必要は少しも無いのだったが、そんな坐らせ方をさせられるのが初めての私は、どうしてもこっちで合わせようとする方に心が動いてしまうのを、私の性分としていかんともしがたいのであった。

女給仕はJをその父親の左側に坐らせると、その右側に廻った。そのすきをねらうようにして私は自分で椅子をひいてJの隣りに自分の席を取ろうとした。すると、

「こちらへいらっしゃい」

私をすっかり大人扱いした声でJの父親が、女給仕の立った右側に手を向けた。紅を塗ったような掌の赤さが私の眼を射った。

「――はい」

私は恐縮してその方へ廻った。女給仕は既に椅子をひいて待っていた。そのときの私はまるで電気椅子に就かせられる死刑囚のような表情だったのではないか。私はなんだか足がからまるみたいな感じで椅子の前に身体を運ぶのに努力を要した。椅子が尻の下に進められるということに私はすっかりこだわっていた。

尻に全神経が集った。一大難事を敢行するような緊張だった。私はこう緊張しては却っ

てへまをやりそうだという予感に早くも襲われた。そしてそういう予感が来てはそれが自己暗示と成って、もはやへまをやらないではすまされないのである。

果して私はへまをやってしまった。素直に柔軟に腰をおろせなかったからである。腰の筋肉が不随意筋に化したかのごとく、私は徒らにもじもじしていた。もとよりそれは二三秒という短かさに相違なかったが私にはどえらく長い時間に感じられた。そんな私は、矢庭に腰をおろしてしまったのである。うしろの女給仕に椅子を動かす余裕を意地悪く与えまいとしているかのような早さで。

私は椅子の端に腰かけてしまった。そして慌てて、自分の手で椅子をひいた。重い椅子はそれこそ意地悪くどすんどすんと音を立てた。音は静かな部屋に響き渡って（と私には思われた。）――私をして悲惨な位うろたえさせた。

実に詰らぬことである。何もうろたえるに値しない、なんでもないことである。しかし私はうろたえた。なんでもないことの方が私を強烈にうろたえさせるのである。

そしてこのうろたえは、このうろたえから続いてひき出されてくる何か悲惨な「事件」の前触れに違いなかった。言い換えると、自分のうろたえが自分から招き寄せてくる「事件」の前触れを、このうろたえは意味していた。

しみひとつ無い真白なテーブル掛けの上には、花のような恰好に畳んだナプキンを囲んで、左右にそれぞれ形の違う数本のフォークとナイフとがきちんと整列している。前には大型のスプーンと小さなスプーンと普通のナイフが置いてある。私はそれまで一度もこういう席に臨んだ経験が無かった。一品料理なら物おじしないで済むが、こういう Table d'hôte の作法には全く不案内の私は、弱ったことに成ったと、うろたえをいよいよ強めていると、左の皿にパンが置かれた。Jの父親はガラスの容器から丸めたバターを取って、さあと私に言った。私はそのまま見習ってバターをパン皿に取った。そうして自分のナプキンがまだテーブルに置いたままなのに気付いて、ナプキンなどかける必要のない汚い洋服の膝にかけた。

殆んど気が顚倒していると言っていい私の前に、前菜が運ばれた。それぞれの皿に予めつけ合わせたのが配られ、大皿を給仕が持って廻るのから自分で取るのでなくてまだしも幸いであったが、それにしても種々雑多のナイフとフォークからどれを選ぶべきなのか、皆目見当がつかない。横目でうかがってこれも真似をした。スープが運ばれた。前のスプーンを取るのは真似であったが、音を立てないように気をつけてのスープの飲み方は、中学校の友人の岡下ではない片方の岡下家の方で教えられていたから、既に心得ていた。ところがJの父親がずるずると不作法な音を立てて私をまごつかせた。ナイフとフォークの使い方もこれはまごまごしない程度に慣れていたから、選び方さえ真似ればよかったのだが、女給仕にうしろから監視されているみたいな形は私を落ちつかせなかった。

うまいもまずいも分らないうちに料理はどうやら終って、ほっと一息ついていると、椀型のぴかぴか光った銀の器に申し訳ほどの水をたたえてれいれいしく皿に載せたのが、すッと前に置かれた。何だろう、これは？　水を飲むには他にコップがちゃんとあるのに……。でも、ここで料理が終ったしるしとして、一応この素敵な銀器で水を飲ませようというのだろう。でなかったら、皿の上に載せてわざわざ持ってくる訳はない。横目でうかがうと、Jも父親も、まだそのままにして手をつけてない。私はナイフとフォークの手慣れた使い方を内心誇示するようにしていたその気持の延長で、さっと銀器をつかむと、お先に失礼……と言わんばかりにその銀器を唇に当てて、勿体振った少なさのその水を一気に飲んでしまった。この自信たっぷりの様な軽挙、この誇示的な気持の延長という奴がつまりはうろたえの延長に相違なかったが、口にした水のなんだか渋い味に眉をしかめると、

「あら、飲んじゃった！」

というJの声が私の耳を打った。

「のどが乾いたもので……」

と言って前を見ると、果実を盛った皿を運んで来た女給仕が笑いを一生懸命抑えている。その代りのようにJが笑った。手を洗う水を飲んでしまったのだと知らされる前に私はもう真赤になっていた。

知らないということは何も恥ではないのに、虚栄心の強い私はそれを恥とし、そうして

その根性から知ったか振りをして恥の上塗りをしたのである。なんとも言えぬ悲惨な気持だった。や、しまった！　と無邪気に私も笑ってのければ、事はなんでもなく済んだのに、まるで大変な致命的なことでもしでかしたような（――私にあっては、ようなではなく、私のしでかしたことは正に致命的な感じなのであった。）私の赤面によって、無邪気に笑い出したJをも途方にくれさせる破目に落した。私はこのときの私の悲惨な気持を、今では私というものの本質を探る上にまことに面白い事柄と思うのであるが、当時の私にとっては、その気持は（その出来事でなく、出来事による私の気持は）言語に絶する悲惨な「事件」だったのである。以来、Ｊと博覧会へはもう行かなかった。Ｊとの交遊からも漸次私は遠のいて行った。

その日、家へ帰ると、裁ち違いをした内弟子に母親はヒステリー気味の叱責を加えていた。狭い私の家なのに内弟子を置いていたのである。内弟子は泣いて謝っていたが、母親は許さなかった。いやだ、いやだと私は耳をおさえて、机にうつぶした。堪えがたい悲惨の想いに私は自分の頭を拳骨でゴツンゴツンと殴りつけた。

森鷗外が死んだのはその年の七月のことであった。これこそ正に「事件」に違いなかったのだが、鷗外を殆んど読んでいなかった私の心には何の感慨も浮ばなかった。ところが同じ月の下旬に有島武郎が北海道の農場を小作人に全部無償で提供したという新聞記事が出て、「白樺」崇拝の私にはこの方がセンセイショナルな「事件」なのであった。同じ「白樺」派の岡下や坂部も、このニュースには強く心を打たれたもののようであった。中学生の私たちに与えたそのショックは意外に大きかった。坂部がやがて大杉栄の「日本脱出記」を読んだと言って私たちにもすすめるように成ったのは、明らかにそのショックの作用を告げるものだった。

坂部はもともと秀才の上に、入学試験の楽な美術学校希望なので、他の生徒のように受験勉強に精を出す必要がなかった。下級生の頃はノートを丹念に取っていた真面目な模範的な生徒だった坂部が今ではまるで「不良」のように教室でこっそり他の本を読んでいるという姿が往々私の眼につくようになった。これは階段教室での物理の授業時間のことだったが、坂部が何かの本を読んでいると、突然、教師がチョークを置いて、

「おい、坂部、なにをしとる」

――他の生徒が一斉に黒板に顔を向けているときに、坂部ひとり下を向きつづけているのでは、たとえ階段教室の上の方に坂部の席があったにしても、教師の眼につかずにはいなかったろう。教師のなかで一番こわいと生徒の間に恐れられていた物理の教師だった。だからその授業中の読書はそれだけで既に私などを驚歎させる所業であったが、眉をピクピクさせての教師の怒声に、

「本を読んでいます」

と坂部が臆せず答えたときは、皆は思わず息をのんだようであった。おとなしい秀才の坂部からそんな大それた反抗的な言動を予期しえなかったのである。私はしかし、「――分る」とひとりで頷いていた。坂部は今や「白樺」的ヒューマニズムの礼讃から大杉栄の崇拝にはっきり移っていた。私が、分るとしたのは、その彼の推移であって、私も亦彼と共に移っていたという訳ではなく、移った先の思想が分るということでもないのだった。私の「立身出世」欲は私を破滅へと導きかねない「危険思想」に近寄ることを許さなかったのである。

今日ではその坂部と教師との間に取りかわされた言葉は全く忘却の彼方に消え去っているけれど、

「――教師をなんと心得とる」

小柄な、しなびたような先生が、身体に似合わぬ声でそう言った言葉は、はっきりと覚えている。それに対する坂部の極めて冷静な返事も忘れられない。

「教師は僕等にものを教えてくれる人です」

坂部がどう言うかと生徒一同、片唾《かたず》をのんで、しーんと不気味に静まりかえった教室を、その声は鋭い閃光のように貫いた。坂部は「先生」と言わず「教師」と言って、先生の要求する尊敬を拒否した。

瞬間、教室は舞台の名演技に酔わされた観客のあの感歎のざわめきに充たされた。というのも、その先生は、こわいと恐れられている一方、そのこわさに似合わぬ如才なさで受験用参考書をいろいろ書いていて、他の温和な先生とは違ったあぶく銭を儲けているということから生徒たちの妙な反感を買っていた為で、坂部の言葉に思わずみなは溜飲を下げたのであった。

こうした坂部の、私には到底為し得ない大胆不敵な言動に、私はことごとく舌を捲いた。おとなしい坂部を、そのおとなしさからいくらか嘗めてかかっていたところがなくはなかった私は、そのおとなしさの内部にひそむ驚くべき強さに、がんと一撃を食わされた。暗い弱さを隠した私の、表面のおとなしさから私は、おとなしい坂部の内部に、私のような暗さは別として同じような弱さを想像しており、自分と同じようなたちだと想像することは忽ち坂部を嘗めさせるようにさせていた。私という人間は、自分より弱い相手だけでなく、自分と同様に弱いと見た相手をもあなどる癖を持っていた。

あの弱そうな坂部のあの強さ、——これはどういうことなのか。大杉崇拝の影響だと私は教室でひとりで頷いていたが、自分がもし等しく影響されても、ああいう言動は為し得ないだろうと思うと、坂部自身の、今まで隠していた内部の強さということに想いをいたさねばならなかった。

私はその日、ひとりで芝公園を抜けて帰った。公園の樹々にはまだ秋の色は見られなかったが、葉の繁りの合い間から落ちてくる光の縞はもう秋らしい澄んだ落ちついたものだった。光は私の心にまで滲み通るような気がした。広場の方から、わーッわーッという、野球でもやっているらしい声が聞えてくる。ひとりぼっちの感が強く私に迫った。すると突然、その私の頭に、あの坂部のしんの強さは、父親と母親の完全に円満に揃っているその家庭のせいにちがいないのだということが、啓示のようにひらめいた。私の場合のような不具の家庭でないことから来る強さ。

「そうなんだ、そうなんだ」

と私はけしかけるように自分に言った。

「――当り前の強さなんだ」

坂部だけが持っている特別の強さなのではなく、それはちゃんとした家庭の了なら誰もが持っているものであり当然持っていなくてはならないものだと、つづいて私は考えた。強さというより、精神の均衡性、健康さ――そんな風に私は考え出した。そしてそういうものがこの私には無い。

わーッわーッと陽気な声が響いてくる。その陽気な声は私を悲しませた。私は人中にいるときの陽気さを失って、みるみるひとりのときの暗さに陥って行った。雲ひとつない秋空の明るい青さも私を悲しませた。私はよろよろと池のベンチに腰をおろした。私がまだ小さいとき母親とここへ来てこの池に放ったいくつかの亀のうちの一匹ではないかしらと思われるのが、池の石の上で甲羅を乾している。それを見ていると、――私の家に欠けている父親というものを欲するあの、悲しいというのか、兇暴なというか、怨めしいというか、或はいっそ甘美なというか、なんと言っていいか分らぬ想いにまたもや私は捉えられた。すべては、私の家に父親というものが欠けていることに原因を持っている、そう私には思えてきた。

あの博覧会での「事件」もそうなのだ、みんなそうなのだと私は何か勝ち誇ったような声で、半泣きの自分に言うのだった。あの「事件」は正しく、Jの父親のような、ああいう場合の作法を教えてくれる父親がこの私にはいないところからおきたものであり、そしてあの「事件」が、父親のいない為に私が作法を知らず恥を掻いたというだけではない悲惨さであったのも、所詮、父親を欠いている為の私の精神の不均衡性のせいに他ならぬと私は考えた。――

私は、無いものねだりをしていたのである。私の家には父親はいないけれど、母親はいた。私にとって苦痛な位の愛情を注いでくれている母親を私は持っている。そうして父親も、家にはいないけれど、いることはいるのである。

私は充分愛情に包まれていた。その愛情に眼もくれないで、私は無いものねだりをしていたのだった。これも私の精神の不具性の故か。そして私の精神の不具性はひとえに家庭の不具性からのみ来たものなのか。

私は自分ではそうなのだと考えていた。そう考えることによって、私にとにかく授けられている幸福に対して謙虚に感謝するということをしなかった。私の何よりの不幸は、私に無い幸福をねだって、私に授けられた幸福を正しく受けとろうとしなかったところにあった。感謝を知らぬ心、幸福を知らぬ心、満足を知らぬ心、不満ばかり見ている心——自分の精神のそういう不具性に私はまだ気付かぬのであった。

そしてそれは当時だけのことではなく、私の今までは、私の生涯は、外にキョロキョロと眼を走らせて外の幸福をばかり追いもとめている、まるであの飢えたけもののようなさもしさに貫かれている。そうしてその誤りにやっと気付いた今、私は、はや衰滅へと向いつつある。……

その十

書こうか、書くまいか。……

昔の私の家にあった精工舎製の安いがかなり正確な柱時計の、あのカチカチという音をいかにも古めかしい大きさで響かせていた不細工な振子——六角形の腹の硝子を通して、それが右に左に振れているのが四六時中見えているあの振子のように、私の気持はいま、書こうか書くまいかと右に左に不細工に動揺しつづけて一向にふんぎりがつかない。書くべきであるか。それとも書くべからざることであるか。私は私の「春の目ざめ」の回想について、かように迷っているのである。To be or not to be のハムレットのごとく深刻に迷いつつ、しかしかのハムレットのごとき高尚な悩みではない。至って恥しい悩みであるのは、悩みの種が恥ずべき性慾に関することであるからか。否、私は一般に性慾を、そして性慾の萌しをさほどに恥ずべきこととは思わないけれど、私のこの「春の目ざめ」の思い出だけは、——左様、それをひとつ書こうかと思いついたのは、平和博覧会の回顧にからんで私のそれに関する或る事柄が思い出されたからであるが、その事柄というのが、なんともはや恥しいのである。そうしてその事柄を抜きにしては私の「春の目ざめ」は語れない。――それは恥しいというより薄汚いのである。薄汚いなどと微温的に言うまい。ごまかしてはならぬ。それは全く汚いのである。

便所の話なのである。

恥しい話は今まで随分書いた。恥しい話をのみ書きつらねたと言っていいが、それはそうして私というものの正体を自ら知ろうとしてのことであって、恥ずべきことを暴露するのに目的があったのではない。「春の目ざめ」の思い出も亦、かかる私の自己剔抉のひとつとして書けばいい、書くべきであるとも考えられるが、しかしそうは言っても、それはたとえば人の往来のはげしいところで矢庭に自分の着物の前をはだけて見せるような不作法さ不謹慎さからも免れ難いであろう。衆人環視のなかで若い女性のスカートをのぞき見するようなおぞましい小説や読物の類いの横行している現在、それは特に気のひけることである。書くべからざること、非常識に属することと思われる。

――一体、私のこの手記は人に読ますために書いているのであるか。それとも自分のために書いているのであるか。自分のために書いていると思っていても、こう書いて印刷に附する以上は、読者を考えないというわけに行かぬ。読者を考えているのである。所詮は人に見せるために書いていることになっているのだ。よろしい。そうなると却って度胸が据った。読者諸君。これは或は一般には書くべからざる obscene な事柄に属するかもしれぬが、私は敢えて書いてみよう。そうして私は私というものをこの面に於いても探ってみようと考える。振舞としては極めて不作法で不謹慎で、礼節と常識をすら欠いた厭うべきものであることを予じめ読者にお断りしておかねばならぬ。不作法をいとう人、醜悪と汚なさを憎む人は、どうかこの一節は読まないで頂きたい。かく言う今の私は実は神経的に他人の不作法さは我慢のならないたちであり、汚ないことにはいくじのないほど堪えられないたちなのであるが……そうだ、そういうたちの人間にかぎって、えてして何かの拍子に、悪質ともいうべき不作法さと醜悪さとを示すものなのだ。

博覧会での中学四年生の私は、かの博覧会気分に浮かされてすっかりはしゃいで、都会育ちらしいオッチョコチョイに成っていたことは、前に述べた如くである。私がこれから書こうとすることは可憐にして軽蔑すべきその陽気さを一挙に粉砕したあの「事件」のおこらぬ前のことであって、全身に陽気な、というより浮薄な気分を張らしつつ、あるとき私は弁天池の傍の便所に入ったのである。博覧会用に臨時に設けられた板囲いの公衆便所であるが、むずかしい顔をして大小さまざまの男たちが、濡れたところと濡れないところのあるコンクリートの台の、濡れない部分を選んでその上に、立ちならび、壮んに用をたしているその先に、十ばかりの女便所があった。ひとり宛の為の密室の用意されたその設備へは男も立ったままではたせない方の用をたしに入って行く。そのとき私の用もその方だったので、ひとつの扉の、扉はまだ出来立てのような新しい板だが引き手だけが黒く垢じみているのに、つと手をやろうとした瞬間、コトリという音とともにその引き手が動いて、さっと扉が開かれ、なかから眼の眩むような色の女学生の袴が現われた。紫の袴だったか、臙脂の袴だったか、――その頃の女学生は学校によって一定の色のきめられた所謂あんどん袴を制服にしていたのである。その女学生は既に上級生の背丈であり顔であったが、慌てて身をひいた私にチラと眼をやると、羞らいの色とともに、きゅと眉を寄せて、その美しい顔を怒ったようにそむけて段を降り、逃げる足どりで去って行った。私は何か悪いことでもしたかのように気が咎め、その便所に入ることがちょっとためらわれたが、しかし、綺麗な女学生が出たばかりの場所にすぐこの自分が入るということには、いわば進んで悪事を犯す時のような胸のときめきをも覚えた。私の血を変に湧き立たせていたオッチョコチョイ気分が、そうしたことへの微妙な敏感さをも生んでいたのである。

人の目から遮断された、だからどんな悪事でも人の目を憚らずに、やろうと思えばやれるところの狭いその部屋に入ると、さて今度は、ペンキも何も塗ってない木地のままの壁にいっぱい書き散らしてある怪しげな画や文字が、既に怪しげな光を帯びた私の眼にがッと迫って来た。否、不意の襲撃ではなく、襲撃されることを私の方で前もって期待していたのである。その頃の公衆便所には必ずそういう楽しみが（私は敢えて楽しみと言おう。）私を待ち設けていたからである。私は、はっきり自分の胸の動悸を感じることができた。それは震えと言ってもよかったのではないか。わくわくと震えながら、四方の落書

（――扉の裏にまで書いてあるのだ。）を、一刻も早く楽しみを楽しみたいとする焦り方でぐるりと見廻す。そうしたのち、特に眼を惹かれたのから順々に見て行くのだが、念の入った模写的な画や男女のきわどい会話の描写的な落書がおおむね、立ったままでは見にくい下の方にあるのは、しゃがみこんでの書き手の仕業からと察せられる。立った姿勢で丁度よく見られるのは、ごく簡単な、なになにしたいといった類いのなぐり書きが多かった。私も度胸は据えたものの流石にその文句をそのままここに書き写すことはやはり憚られるのであるが、伏せた文字は丁度「なになに」と同じ字数であり、その四字だけをデカデカと書いたのもあった。そしてその字がいずれも恐ろしい位の拙劣さであるのは、そういうバカな言葉を便所の壁に書いたりする品性下劣な男どもは大抵無智無学の徒であることをまざまざと私に知らせる。だが、ああ、こういうバカなことを熱心に書き綴っているこの私も亦、落書の書き手と同じ種類の人間に属するのだろうか。

私はいつか、しゃがんでいた。それはこの狭い部屋へ私を導いた尾籠な目的の為であるか、それとも下の方の落書を見たい為であるか、それがいずれとも自分で分らぬ位、私はもうぼーッとなっていた。落書の字は既に私にその書き手の陋劣さとともに、落書そのものの陋劣さをまざまざと教えているのにも拘らず、陋劣な落書を見たり読んだりすることの陋劣さ、もしかすると落書よりももっと陋劣なその行為の陋劣さには自分では気付かず、私はすっかり夢中に成っている。

身体にもはやとどめておく必要のない、寧ろとどめておいてはいけない廃物を排泄することが齎らすところの一種の生理的な快感のほかに、落書の齎らす一種の快い昂奮が私に与えられている。そして前者が線香花火の最後のようにやがて消えかかろうとしたとき、後者も、——落書という落書に悉く眼を通してしまったことによって味気なく消えかかろうとする。あまりにも急いで、全く慌てふためいてといっていいほどの焦り方で、数に限りのある落書に忽ち眼を通してしまった自分の軽率さ（？）を私は心の中で悔みながら、逃げ去ろうとする昂奮を追いもとめる気持で、まだどこかに見てない落書が無いかとキョロキョロする。無いと分って、ではと、うしろの壁に首をねじむける。苦しい姿勢でしか見られないうしろの壁の落書は、さっと見ただけの為まだよく楽しんでないと思うからだったが、じっくりと眼を据えたところでそれは期待したほどのことはなかった。うしろの壁は書き手にとっても書きにくい為か、「傑作」が無い。あっても落書の刺戟にもう慣れてしまったせいか。そこで、一度見たのをもう一度見ることにした。既に読んだのを再び読んでみる。それは最初の時とは比較にならぬがやはりいくらかの刺戟をまだ与えるのであるが、そうして二度三度となると逆に落書のつまらなさを知らされる方に役立っている。

落書のつまらなさ、——それはしかし私にあっては、ただ空想をすることのつまらなさ、欲望を空想でなく充たすことのできぬつまらなさ、そういうつまらなさなのではなかった。その時分の私は、落書にあるようなことの実際については何も知らない、その点では全くの子供に過ぎなかった。中学四年生の齢頃では（——私は早生れで十六歳だったが）誰も知らないのが普通なのだろうか。そうとは思えぬ。思えぬというのは他人にたしかめたことがないからで、そういうことを話題にしうるami cochonというものがこの私には無かったことは前に述べたことであるが、coitusとは如何なる行為であるか、恐らく十七歳の中学同級生の中には早くも（？）知っている者があったことだろうと思うけれど、私にそれを告げ知らせてくれる同級生はなかった。私はその点全くの無智なのであったが、そんな私が、ではどうして落書から妖しい刺戟を受けることができたか。実際に関しては無智の私のうちにも齢相応の「春の目ざめ」はあったからである。それは私のうちに、女性の肉体そのものへの不思議な憧れといったものを燃え立たせていた。憧れ？いや、下劣な好奇心だ。その証拠は……。

私は、しゃがんだ姿勢から立ち上ろうとして、ふと下に顔を向けた。それまでは壁ばかり見ていて、ついぞ見なかった下に、眼をやって、

「これは……」

と私は驚いた。その狭い部屋はひとりひとりが用をたすように別々に分けてあるが、下は区切のない一面の池である。それが、普通なら密閉の暗さである筈だのに、どうした加減か、カッと明るい光線が温室のように差し込んでいて、恐るべき池を美しい琥珀色に染

め出している。こういうところでは固形の廃物より液体の方が多く始末される為か、一人の人間に於いても液体の始末の方が固形物のそれよりも頻繁である為か、固形物はおおむね沈んでいて、満々たる池なのである。もっとも、池とは言っても、ドーナツの半分のような形の、色はチョコレートを思わせるのが、外光を慕うかのように下まで沈みきらずにとどまっていたり、可愛いウィンナ・ソーセージ型のが夢見るようにぽっかりと浮いていたり、紅薔薇のような紙片がゆらゆらと漂っていたりしていて、思いのこすことなく沈下しているのは総じて憎たらしい奴にかぎられているようだったが、とにかくそこは、もしも足を踏み外して墜落したならば、泳ぎを知らない私は溺死の憂き目を見ること必定と思われるほどの大きな池、――と、矩形の穴からの視野は限られていたけれど、そう私には見られた。然し私の驚いたのは、その壮大にして怪奇な光景ではない。真下の水面に私の肉体の一部が思いもよらぬ鮮やかさで映し出されているのを見たことが私を驚愕させたのである。

何故そんなに驚いたか。何故って、その水面の映像は、私がどんなにしてもどんな恰好をしてもどんな努力をつくしても絶対に自力ではこの眼で見ることのできない自分の姿であり、従って生れてこの方嘗つて一度も見たことのない又見ることを欲しなかった、詳しく言うと、見ようという気持さえ恥しくておこせない、そうした私の肉体の一部だからである。そう言えば、自分の背中も自力では見られないが、腰部に近い私の背中にある痣などは、銭湯の脱衣所の鏡に映して私も見ており、小さな蝶の形でそれが存在していることを知っていた。腰部の前後も、だから、見ているのではあるが、自分のしゃがんだ姿を真下から覗くということになるそういう方角からの自分の姿は、強いてそれを見ようとすれば下に鏡を置かねばならず、そんな恥しいことはできたものでない。すなわち私の驚愕には激烈な羞恥が伴っていたのであるが、羞恥的驚愕が、そういう場合当然私に与えていい反射的な行動、つまりあッと驚いて立ち上るという行動を私に取らせなかったのは、その驚愕的羞恥が、ああなんとしたことか、奇怪な快感のごときものを湯のように私のうちに湧きたたせていたからであった。

一度は驚いてそらせた眼を私はじッと水面に注いでいた。私は生唾をコクリと呑む。水面の映像は眼前の壁画とその形に於いて似たところがあって、私の胸をときめかす。私は見るべからざるおのれの肉体の奇怪な映像を、息をひそめて凝視することにナルシサス的な快感を味わうとともに、そこに壁画の暗示する女性の肉体の一部を想い描くことによって一層の昂奮を掻き立てられる。私は私がここへ入ろうとした時、出て行った女学生が、この私と同じ姿勢を取ってここにこうしていたのだということを、水面の凝視によって更に教えられ、その女性と同じ姿勢を私が取っているのだと思うことは、私の昂奮に異様な具体性を帯びさせた。その女性に関して私の具体的に見たのは、ここから出て行く時の姿にすぎなかったのだが、その具体性はその女性のこの中での姿への一種具体的な想像へと私の昂奮を走らせて行ったのである。

その時であった。私のうちに忌わしいある想念が閃いたのは……。それまでの私の淫らな想像、下司な空想なども、忌わしくないとは言えないものではあるが、――私は私の空想的イメージを現実的な映像として、そこに、その下の水面に見ようとその時思いついたのだ。見ることができるのだ！　と気付いたのである。

私は徐々に後退りをした。水面の前方に眼をこらしつつ、そうして視野をひろめて行ったのである。前の小部屋の正に下に当る水面が、充分私の眼に見えると思われるところまで、私は後退りをした。靴音を立てまいと努めながら、しかし板と靴底とがすれてザラザラという音を立てる。そんな音でさえ私をおびやかすのは、犯罪者のあの忌わしい心理に既に私は陥っていたからか。

前の小部屋には人がいなかった。人の入ってくるのを私は出歯亀のように待っていた。いや、私はその出歯亀なのだ。私は前の小部屋に入ってくるのが若い女性のほかはないときめていた。若い女性のほかは入ってはならぬと思うことが、若い女性しか入ってこないのだという風に自分を信じこませたのである。窓から吹き込む風に乗ってジンタの音が聞えてくる。外は明るく楽しげだ。みんな明るい楽しみを楽しんでいる。そうして私だけが暗い欲望にさいなまれている。私には事実その小部屋が夜のように暗く感じられた。私が覗いている下だけが明るい。

突然、扉の開かれる音がした。期待がかくて実現されることの嬉しい前触れであるところの扉の音……。私の全身は耳になっていたのだ。その耳に早鐘を打つような心臓の音が煩わしく響いてくる。更に、この大事な時に、しゃがんだ足の痺れがひしひしと感じられ出した。この期に及んでなにも痺れてこなくてもいいのに……。それ、映った。だが何か茫漠とした……。微妙な衣ずれの音が聞えてくる。聞えてくるように感じたのである。あともう二三秒。するとこの時、背後の小部屋の方から——私はそれまで前の小部屋にのみ気をとられて、うしろの小部屋に人のいるのを忘れていたのである。——これまた微妙な音が聞えてきた。これはそう感じたのではなく、はっきり私の耳がとらえたのだが、ドボンというその音とともに、忽ち鏡のような水面に鮮やかな波紋が描かれた。音の箇所を中心として円形にひろがって行くその波紋は、水面に描かれた私の肉体の映像を、あっという間に破壊してしまい、やや……と私が狼狽した頃は既に前の小部屋の方へと破壊的なうねりを進ませている。そうして、私にとっては徒らに口惜しさを煽られるのみでどうしようもない、どう防ぎようもない、どう手の施しようもない確実さで、あれよあれよというちに前の小部屋の下の方までひろがって行き、行ったと思うと、今度はその波紋目掛けて、いわば幾何学的なその波紋の美しさにムチャクチャの攻撃を加えるような心なさで、池と同質の液体がすさまじく注がれて、——いやはや、水面はもうムチャクチャであった。落胆と言うには、はたまた幻滅と言うには、余りに強烈すぎるものが私の心を裂いた。……

その日、私は家に帰ってから、母親を正視することができなかった。母親が女であるという事実は私には堪え難いことであった。

左様、私の筆は、その小部屋の臭気については遂に一度も触れることが無かった。その小部屋を語るとなると、その小部屋に欠くべからざるものとしてそこに充満している臭気の激しさについて語ることがなかったら、小部屋の特長的な性格を全く伝えないという譏《そし》りを免れぬ。その臭気のことを私は忘れた訳ではない。弁解ではない。敢えて書かなかったのは、鼻を衝くその臭気さえその時の私には殆んど気にならなかったほど、――正確に言えば臭気に顔をしかめてはいたが、その臭気の邪悪な排他性といったものに負けないくらい、私の邪悪な好奇心がそれほど強かったからなのである。私は臭気の如きで心を乱されることはなかったと言ってもいい。そうした私の非常識な状態の描写を、臭気についての常識的な註釈でもって乱すことをしたくないと考えた為に、敢えて私は臭気のことに触れなかったのである。そうした私であったからこそ、臭気ふんぷんたるその小部屋に相当永くとどまっていることもできたのであった。その異常な好奇心の強さを、今の私はわれながら浅間しいと恥じるとともに懐しさをも抑えることができない！　美しい背景の回想を以てわが「春の目ざめ」を語ることのできぬのは遺憾の極みだが、またその思い出がよりによって公衆便所という汚い代物と結びついているということは、しかしその汚なさに負けない私の好奇心の強さ、否私の強さだったのだと私に知らせることによって、不思議な懐しさを私に与える。今の私には、その強さが無い。いかなる意味に於いてもその強さが無い。

思えばわが「春の目ざめ」の回想は、常にかかる汚なさの纏綿から免れ得なかったものという訳でもないのである。回想はとかく薄汚い感じとして私に回想されるが故に、前述の汚なさはわが「春の目ざめ」の回想の特長とも言えるかもしれないが、そう言えば、何人に於いても過去のかかる時期の回想は何か薄汚いという嫌悪なしにはなされえないものではなかろうか。丁度面皰《にきび》がどう考えても薄汚いように……。

人によってはしかし、薄汚い筈の春機発動期の思い出を何やら甘美なものとして回想する人もあるかもしれないが、それには背景の甘美さが与って力のある場合が多いのではないか。私にも甘美とまでは行かないが、そう汚くはない背景での回想もあることはあるのだ。

博覧会は七月いっぱいに終っていた。夏休みに入った。受験勉強に精励せねばならぬ時期である。幾何は好きな故得意だった私も代数は苦手であったので、夏休みは特にその勉強に当てようと自らに命じていた。たとえばこんな問題を私はやっていた。

○等差級数ノ十一項ノ和ハ第六項ノ平方ニ等シク第四項，第七項，第十一項ハ等比級数ヲナストイウ，此ノ級数ヲ見出セ．

○x，y，ノ等差中項ヲA，等比中項ヲGトシ，A：G＝13：5ナラバx：yノ値如何．

嫌いと言ってもいいこういう級数の問題に、特に私は自分を立ち向わせていた。

○a，b，ノ間ニ（2n－1）個ノ等差中項ヲ挿入シAヲ其ノ第r項トシ，又同数ノ調和中項ヲ挿入シHヲ其ノ第r項トスレバ$\frac{A}{a}+\frac{b}{H}$ハn，rノ値ニ関セザルコトヲ証明セヨ．

○二量ノ等差中項，等比中項，調和中項等ヲ夫々A，G，HトシX且ツXヲG，Hノ等差中項，YヲH，Aノ等比中項，ZヲA，G，ノ調和中項トスレバX，Y，Zハ等比級数ヲナス，之ヲ証セヨ．

——幾何を私が好んだのは、同じような抽象的推理でありながらやはり形象を伴うからであったか。幾何の形象は抽象的形象ではあるけれど、——私の精神は夙に形象によって考えるということを好むところの傾きを有していたのか。後年私が小説家と成ったということに、その傾きは何等かの関聯を持っている事柄なのであろうか。

私はしかし「国語」はあまり好きではなかった。棒暗記を要求される「歴史」「地理」などと比べればまだましの方ではあったが、「国語」も亦暗記ものに近い勉強法を要求されていたから、好きになれないのはそのせいであったかもしれぬ。夏休み中に「徒然草」はあげようと、慾深な予定の中にそれも組まれていた。

家居のつきづきしくあらまほしきこそ、かりのやどりとは思へど、興あるものなれ。よき人の、のどやかに住みなしたる所は、さし入りたる月の色も、一きはしみじみと見ゆるぞかし

こういう原文を前にして、——「家居」は「家、スマイ」のこと、「つきづきしく」は「人柄ニ似ツカワシイ」の意……と、口の中で呟きながら、その「語釈」を覚えるのである。等しく現代には生きてない言葉ながら「家居」を「家」と覚えるのは容易だが、「つ

きづきしく」なんていうのがどうして「似ツカワシイ」ということなのか、これは全く棒暗記をまたねばならないのだった。そういう箇所には赤インキで傍線を引きつつ、その一節が試験問題に出た場合の「解釈」を口の中で言ってみるのである。事実この一節は入学試験の問題に出たと、その解釈書の欄外に記してある。（四一――東女師文科）（大正二――海経）とあるのはその意であった。

「すまいの、人柄に似つかわしいのこそ、かりの宿とは思うけど……」

私はぶつぶつとひとりごとのように言っている。

「かりの宿も解釈しなくちゃいけない。――この世のすまいは、かりの宿。現世は、かりの世で、この世の家は、かりの宿とは思うけれど、人柄に似つかわしいすまいは、興あるものなれ。面白いものである。興趣のあるものである。いいものである。そうだ、なれとあるから、あるでなくありましょう。よき人の、身分のいい人の、上品な人の、品性の高い人の、のどやかに住んでいる所は、差しこんだ、差しこんでいる、差しこむ月の色も、一きは、一段としみじみと、心にしみじみと見えるものである。のどやかにも解釈しなくちゃ。心のどかに、心静かに……。さ、よし！　次だ」

今めかしくきららかならねど、木立ものふりてわざとならぬ庭の草も心あるさまに、簀子・透垣のたよりをかしく、うちある調度も昔おぼえて、安らかなるこそ心

にくしと見ゆれ

「今めかしく」——赤線。当世風、当今風。「きららか」——赤線。華美、派手、しゃれている。当世風にしゃれてはいないけれど、木立、樹木、植込が「ものふりて」——赤線。時代がたって。「わざとならぬ」——これは赤線不要。わざと故意に植えたのではない、自然のままに生えている庭の草も「心あるさまに」——赤線。意味のあるように、風流の心のあるような感じで……「簀子」——赤線。縁側。「透垣」——赤線。読み方「スイガイ」。荒く編んである垣。その「たより」——赤線。工合。こしらえ方もおかしく、面白く、「うちある調度」——難しいぞ。ふーん。家にある道具、何気なく置いてある家の道具も昔おぼえて、昔がおもわれて、安らかなるこそ……安心している、調和している、あたりと調和しているのこそ「心にくし」——赤線。ゆかし。ゆかしく見える。

赤線で真赤に成ってしまった。もう一度、読み直し。「今めかしく」……。

ああ疲れた。私は机に肘をつく。そうしていつか、——よき人ののどやかに住みなした家に月が差し込んでいるといった風雅な景色や、木立ものふりてわざとならぬ庭の草も風流であるそんなイメージとはおよそ何の関係もない、今めかしく淫らな妄想にとらわれている自分に気付いて、はっとするのであった。私の「国語」の勉強は字句の解釈の丸暗記に過ぎず、イメージを伴っての、更に思想を伴っての勉強ではなかったから、ともすると妄想に耽りがちの私を容易にその勉強から離してしまうのであった。

「さ、勉強だ！」

と自分を叱るが、頭はもう、この世のすまいを「かりのやどり」と考えるような「ものふりて」抹香臭い文章に、これは容易にとりつけない。

「心気一転に散歩でもしてこようか」

私は母親に、すぐ帰ってくると言って、家を出る。私はほんとうに外気に触れて妄想を払うつもりなのであったが、足は知らず知らず私の妄想の実現されそうな有馬ヶ原の方に運ばれている。いかにも私の妄想が実現されそうな場所と私にこれまた妄想される、その妄想が私をそこへ導いたのである。

有馬ケ原の池のまわりには、その池の水を飲みに来る蜻蛉（――と子供たちは信じていた。）をもち竿で捉えようとする子供や、池の浅いところで水泳ぎをしている子供の姿が見られる。私の眼はその子供たちのなかから女の子を選び出していた。しかし女の子に眼を惹かれるということを、そういう他人の眼のあるところでは私も恥じていたから、さりげない風を装って眼を注がなくてはならなかった。

私は、まだ小学校にも入らない幼い頃たった一度のことではあるが、お医者さまごっこをして遊んだ、あの秘密の喜びを思い浮べる。かわりばんこにお医者に成るのだが、私がお医者に成って「病人」のお臍のあたりを「診察」したその相手は異性ではなかった。私の家の隣りの同じ齢頃の男の子であった。その遊びを今、男の子とでなく、遊びたいと思うのである。

私はまた同級生の間の会話を思い浮べる。夏休みに入ろうとする直前であったが、

「壇の浦は誰のところへ廻っているんだい」

「たしかAのところだよ」

「Aに、もうよそへ貸すなと言ってくれ。夏休みになって分んなくなっちゃうと大変だ」

「うん。君に直かに返せと言っとこう」

私はそれが所謂ワイ本であることを察知していた。手垢でよごれたその表紙は学習用ノートなのであったが、なかに小説めいた文章が小さな字で書かれてあるのを同級生の肩越しにちらと覗いて見たことがある。私も借りて読みたいと思っていた。だが言い出せないでいたのだった。「壇の浦」のほかに尚二三種のものが流布されていたのだが、遂にその頃は読むことのできなかった私は（と特に、その頃はと断るのは、五年生に成って私も「現代もの」のひとつを読みうる機会に恵まれたからだが）その他の題名はどういうのだったか、——実は中味は読んでいなくてもその題名だけは、同級生たちの会話に屢々出てくるところから宛かもかの「徒然草」のように私も繰り返し読んだ者の如くに熟知していたにも拘らず、やはり今となると思い出せない。しかし同級生が何かの時に、

「道鏡、近う近う……」

と奇声を発して皆を笑わせた、その言葉は忘れない。他の二三種のうちの一冊に、そういう言葉が書かれてあるらしいのだった。こういう本を、人目を忍んで読み耽るということは、誰の思い出の中にも人に秘して置きたい汚点のように存在しているものではあろうけれど、さりとてこういうことを公然と書きしるすのはたしなみの無い仕業とせねばならぬ。それを承知の上書いたのは、かかる晦淫の書を耽読する経験をまだ持てないでいたその頃の私は、男女間の秘密については具体的には何も知るところの無い者だったということを明らかにしておきたかったからである。その無智に就いては既に、便所の落書に見入っていた私が実はその真相に関しては全く無智だったと述べたから、重複する訳ではあるが、そこをもっとはっきりさせて置こうと思う。

私はひとりで有馬ケ原をうろつきながら、幼時のあのお医者さまごっこをもう一度遊んでみたいと、まるで熱に浮かされたような気持だった。女の子を見る眼は、その子とお医者さまごっこをしたいという欲望に燃えており、私とお医者さまごっこをしてくれそうな相手を物色する眼なのであった。しかしそのお医者さまごっことは、落書の暗示するある種の行為、ワイ本などの語る男女の「遊び」を意味するものではなく、私の欲するお医者さまごっこは幼時のそれと殆んど変らぬたあいなさだった。たあいないことにせよ、お医者さまごっこはやはり人目につかぬところでないと行えない。私は池から去って、人目につかぬ草原へと足を進めたが、そうなるとまた肝腎の相手から遠ざかって行く。けれど、丈なす夏草を掻き分けて進んで行くうちに、私は宛かも私の隣りにお医者さまごっこの相手を連れているような妖しい錯覚に捉われていた。その錯覚はまた、そうして草を分けて行ったさきには、お医者さまごっこの相手がちゃんと待ってでもいるかのような妄想とも結びついていた。夏草の中によどんでいるむッと暑い空気は、その妄想とも錯覚ともつかぬものをいよいよ強めるのに役立った。滅茶苦茶にそうやって草を踏んで歩いているうちに私は、どこからもどうやら人目につかぬと思われる場所に来ていた。その発見、その確認は、まるで情慾に飢えた若者がやっと恋人と二人だけの時と所を得た瞬間のように、私を有頂天にした。それは息のつまるような苦しさに近かった。私はいきなり草の中に身を投げた。傷ついたけものの如く私はのたうち廻った。自分では訳の分らぬ昂奮に私はほんとうに苦しめられていたのである。

やがて私は静かに成った。今度は死人のように静かにしていた。息を殺して私は何事かを待ち設けていた。私とお医者さまごっこをして遊んでくれる相手の来るのを待っていたのである。可愛い女の子の通りかかるのを今や遅しと待っていたのである。そんなところへ、そんな女の子の来る訳はないが、来るように私には思えた。来たらなんと呼びかけようか。なんと言って、お医者さまごっこに誘ったらいいか。どう言ったらお医者さまごっこの承諾を相手から得られるだろうか。——私の眼は今や血に飢えた野獣のそれのようだったろう。だから、たとえそこへひょっこり女の子がやってきたとしても、そんな眼をした私をそれこそけものしかいないようなそんな叢のなかに見出した女の子はギャッと叫んで逃げたことだろう。

期待はいつか空想へと移って行った。相手の出現を諦めたのではなく、充分期待しつつ、期待がむくいられた時のことを空想したのである。その空想は楽しかった。甘美と言ってもいいだろう。空想することの自由を束縛するものは何もない。その自由を楽しむことは楽しかった。美しい空には雲が浮いている。雲は私の空想の如く自由である。私は手を挙げて草の茎を抜く。茎は中途の節からすッと素直に何の抵抗もなく抜けた。それは私の空想の女の子の如く素直であった。抜けた茎の末端は、外光に当らぬためにみずみずしい白さだった。外部から隠された女の子の肉体のようにそれは白かった。私はその草を口の中に入れた。しゃぶると青くさい臭いがした。その臭いさえ私には好ましかった。私の手は汗ばんでいた。その手を私は、そっと嗅いでみた。その日向くさい臭いも好ましかった。

どの位そこにいたろう。私は大変に疲れた。私は立ち上る。眩暈《めまい》がした。空想で疲れたのである。再び言うが、空想で……。

と言うのは、——私の同級生は急に背丈がのび出した私のことを、よく、「なんとかの、び」とからかった。「なんとか」とは onanism の隠語である。

「毒だぞオ」

「バカ！」私は笑っていた。

「神経衰弱になるぞ」

「僕、そんなことしないよ」

「うそをつけ！」

私は黙っていた。私はonanismを知らなかった。まだ知らなかった。それはどういう行為か、私には聞きただすことができなかった。羞恥心からというより虚栄心からであった。私は自分がそんな行為をする者と他人から見られることはいやだったが、どういう行為なのか皆目知らない私だと知られることは、もっといやだったのである。よく知っていて、しかも行わないでいるように思われることを欲したのである。

それはどういう行為か、Jあたりに聞けば教えてくれたかもしれないが、聞くことを虚栄心が許さなかった。そして虚栄心の妨げのそう作用しない友人の坂部や岡下に対しては、これはまた慎しみから聞くことができなかった。彼等は「壇の浦」などを回覧しているグループをはっきり軽蔑し嫌悪していた。……

――私は空想だけで疲れたのである。空想といえば、私は私の空想の行為を、さっきは、たあいないものと書いたけれども、万が一それを通りすがりの女の子に向って実行していたならば、それは、たあいないでは済まされなかったであろう。想えば慄然とする。――だが私には遂に実行し得る「勇気」はなかった。たとえ私の前に女の子が現われ、私を見て吃驚仰天して逃げ出さなかったとしても、私はお医者さまごっこをしようなどと言い出せはしなかったであろう。かくて私は私のたあいない空想を、たあいないでは済まされぬ実行にまで移す機会を幸いにして持つことなしに、私にとっては頗る危険だったと言っていい時期を過すことができたのであるが、それは私に「勇気」が無かったせいか、「勇気」を発揮し得る好都合な機会が無かったせいか、それとも、私のうちには無害な空想を逞しゅうとすることだけは許しても、やはり空想の実行は破廉恥なこととして自らに許さない自制作用があったせいか。私としてはその自制を認めたいのであるが、その自制力があの博覧会の密室での私の醜悪な変態的な行為は制御できなかったことを知ると、私の面は自ずと伏せられざるを得ない。終戦後、やれ少女誘拐の、やれ小平事件のと、性欲にもとづく邪悪な犯罪が目立ってきて私の眉をひそめさせているが、その私にだってかかる犯罪者的要素は多分にひそんでいたのである。それがどうにか犯罪者にならずにすんだのは、何のお蔭であろうか、私を性的犯罪者に堕さずにおいたものは、何か。それは理性であるか。それとも私の得意の虚栄心のせいであるか。空想の実行が他人に露顕した際の恥晒しを恐れるところの虚栄心。……

――甘美とまで行かないがそう汚くはない背景での「春の目ざめ」の回想をひとつ書こうというのが、有馬ケ原の思い出へと私の筆を移らせたのであったが、つづいて、思い出そのものが、甘美とまでは行かないがそう汚くはない、そう「犯罪」的でない、そうabnormalでない、そういうのを書きしるす順序かと思われる。しかしそれは、この手記が次の年の記述に入るまで待たねばならぬ。多少とも甘美な思い出は、対象の少女を身辺に恵まれるまでは私には恵まれなかったのである。対象の無い悶え、それ故の一種いやらしい逸脱を、やはり今のところは、書くほかは無い。

前章に書いた物理教室での坂部の話は、二学期に入ってからのことであったが、その頃、坂部や岡下の嫌悪していたグループの中で、虎の門女学校（女学院？）の女生徒の名前を口にするものがあって、

「――逃げちまいやがんのさ」

そういうのを聞いた時の私の驚嘆。私にはその同級生が私より三つも四つも齢上の者のように思えた。私が有馬ケ原の草の中で、お医者ごっこをしようと空想した相手というのは、私よりずっと齢下の小学生の女の子なのだった。池のほとりで私の物色した女の子もそうだった。お医者さまごっこというような幼い遊びを思い描いた為にそれにふさわしい小学生を選んだというのではない。始めから私の空想の女の子はそういうのだった。

今は無いが当時虎の門にあったその女学校は、私たちの一中に一番近い女学校なのであった。山の手の生徒の多い上品な女学校であった。桜田門で目黒へひき返しに成っていた小型の電車に、その女生徒たちは虎の門で乗る。そのひとりに話しかけようとしたら逃げ

てしまったというのである。美貌がかねてグループの中で評判に成っている女生徒だということも分った。

逃げられたが諦めないとその同級生は言った。その結果はどうなったか私は知らない。いずれはそれこそたあいないものではあったろうが、とにかく私はその「男気」に舌を捲いた。私には思いもよらぬ「不良」行為であった。――しかしこの方が私より健康な「春の目ざめ」と言わねばならぬ。

一体私には私と齢の等しい女性がどうしても私より齢上としか見られなかった。更に私は美しい女性を一種の畏怖なしには見られなかった。そして醜い女性には極度の嫌悪を感じた。胸の悪くなるようなその嫌悪は憎悪に近いものだった。

母親が女であるということに私の感じた嫌悪は、しかし、母親が醜いからではなく、母親が美しかったからであった。――

「徒然草」は、私と同年輩の人なら必らず中学校で学んでいなければならない。その中に次のような一段があるのを人は覚えているであろうか。

御室にいみじき児《ちご》のありけるを、いかでさそひ出してあそばむとたくむ法師どもありて、能あるあそび法師どもかたらひて、風流の破籠《わりご》やうのもの、ねんごろに営み出でて、箱風情のものにしたため入れて、双の岡の便よき所に埋みおきて、紅葉ちらしかけなど、思ひよらぬさまにして、御所へ参りて児をそそのかし出でにけり。うれしく思ひて、ここかしこ遊びめぐりて、ありつる苔の席に並みゐて、いたうこそこうじにたれ、あはれ紅葉を焼かむ人もがな、しるしある僧たち祈り試みられよなどいひしろひて、うづみつる木の下に向きて、数珠おしすり、印ことごとしくむすび出でなどして、いらなくふるまひて、木の葉をかきのけたれど、つやつやものも見えず。所の違ひたるにやとて、掘らぬ所もなく、山をあされどもなかりけり。うづみけるを人の見おきて、御所へ参りたるまに盗めるなりけり。法師どもことのはなくて、聞きにくいさかひ、腹だちてかへりにけり。あまりに興あらむとすることは必ずあいなきものなり。(第五十四段)

教科書に載っているのだ。私はこれを、私が中学校で使ったK館発行の「徒然草鈔本」からここに写したのである。――この一段だけは中学四年生の私にとって単なる「国文解釈」の為のテキスト、試験勉強の為の材料というのにとどまらなかった。と言って「あそび法師ども」の Sodomy は私の理解の外にあったのだけれど、「いみじきちご。美しい少年。……」と私は呟いて、それ迄も、ともすると心を惹かれがちだった下級生の中の美しい少年に、いわばはっきり愛情の眼を注ぎうる自信の如きものを、その教科書から（！）教えられたのである。教科書は abnormal な Sodomy を（やや誇張すれば）公然と認めていたのである。その位なら当然教えてしかるべき normal な恋愛は、宛かもこれを不倫なこととしているかのように、それに関するものは絶対に載せず、そうして中学生の眼からひた隠しに隠していたが――。

私はかくて私の「ちご」をひそかに作った。ひそかにと言うのは、皆には秘してこっそりとその下級生と abnormal なちご関係を結んだという意味ではなく、その下級生にただひそかな想いを寄せたにすぎない意味であり、その想いは Sodomy の欲望などそれこそ夢想だにしない純粋に精神的なものなのであった。ひそかな、しかし熱烈な、だからして苦しい想いを私は、わが胸に燃やしているうちに遂に自分だけの胸にそれを秘めておくことが、その苦しさの故にできなくなって、

「ね、坂部君。……」

と、ある日私は自分の切ない想いを温厚な親友にうちあけ訴えざるを得なかった。

「あの生徒が好きなんだ。なんという名かしら……」

校庭を伏し目がちに行くひとりの美少年を私は坂部に、あの子だと目で知らせた。頸筋が特に美しいその子は、附き纏うような私の目から私の心をもう察しているらしいと、その伏し目がちの姿からこれまた私は察するのであった。

「なんという名かしら……」

と坂部は穏やかに言って顔を赧らめた。まるで私の訴えが彼をちご扱いして言ったものであるかのような顔の赧らめ方だったが、その赧らめ方から私は、実は私の「ちご」への慕情をこの坂部に聞かせ訴えている形で、その私の心ではその私の「ちご」に訴えているのに他ならないということを知らされた。間接の訴えであり、坂部を相手にして訴えの練習をしているかのようであった。そうすると私は突然、自分のうちに、それまでは到底不可能と考えられていた当の本人に向っての訴えが、この坂部に大胆にうちあけたことによって、そのことの不思議な作用として、今は敢然とできるところの力を与えられたということに気付かせられた。

でも、その力の自覚にも拘らず、その少年に自分を近づかせることはなかなかの難事であった。やっとのおもいである日私はその少年の傍に行って、

「君、名前なんていうの？」

それが私の慕情の訴えなのであった。私の声は震えていた。私は既にその時はその少年の姓名を、——その少年の同級生から聞いて知っていたのである。

少年は顔を赧らめ、その美しい頸筋まで赤く染めた。私はいとしさに胸が張り裂けんばかりであった。

翌十二年の春、私は一高の入学試験を受けたが、不合格の悲しみを嘗めなくてはならなかった。以前のような一心不乱の勉強から、ややともするとぼんやりと空《くう》を瞠めての妄想へと私を逸らしがちだった私の「春の目ざめ」が、その入学試験の失敗のかなり大きな原因に成ってはいなかったかと思われる。

その失敗は私にとって大きな打撃であった。しかし私に失敗を与えた「春の目ざめ」は、一方に於いては、それまでの私に無かった新たなものが私の上に齎らされ加えられたのだという以上の意味を持っていたのであり、その意味は、誰の身にも来る「春の目ざめ」でありながらこの私にはそうした「春の目ざめ」という以上のものだったということである。たとえばこの私が、――この手記で今までそのいろいろな面について剔抉されてきたことによって自他ともにある点明らかにせられたこの私というものが、――それまでのいじけた私からは想像もされぬ大胆不敵さで、美少年に想いを寄せ、あまつさえ言葉までかけうるに至ったということは、実にこれは大変なことなのである。大変な飛躍であらねばならぬ。

美少年への abnormal な慕情、そして前述の如き少女への abnormal な好奇心、――なるほど変態的な形は取っていたにせよ、否そういう形を取らざるを得なかったにせよ、私の心はそうした「春の目ざめ」を通して、いわば性を通して生そのものの理解へと大胆に動きはじめたのである。「春の目ざめ」は私にとって新しい心の目ざめでもあった。新たなる精神の冒険へ私はつこうとしはじめたのである。

だがその冒険への真の歩み出しは、入学試験の失敗によってある点停滞を余儀なくせられたところもある。再び、だが、――ここで五年生の私に関する叙述へと筆を移す前に、大正十一年の十月と十二月に於ける二つの重大な「事件」を追記的にしかしながら特筆大書的に書きしるしておかねばなるまい。この「事件」は前章の洋食の「事件」のようなものではなく、また私の直接に関係している「事件」でもないが、それにも拘らず、後年の私に重大な関係を持っている「事件」であり、その後の私の運命を私個人ではどうにもならない力でもって支配したところの事件である。

その年の十月にはコレラの大流行を見たが、「事件」とはそんなことではない。第一の「事件」の日は十月三十日。イタリーに於けるムッソリーニのファッシスト独裁はこの日に始まったのである。その時の新聞には必らず「ファッシスト党首領ムッソリーニはミラノよりローマに入京、直ちに新内閣を組織し独裁政治を断行」といった記事が掲げられていたのであろうが、私はそれを見なかった。或は見ていても、そのことの私の将来に与える恐るべき意味を感じることができなかったせいか、記事を果して見たか見ないかさえ覚えてない。この手記を書くに当って大正時代の年表を何気なく繰ってみて初めてこの「事件」を私は知ったのである。知って愕然としたのである。次の十一月には相対性原理のアインシュタイン博士の来朝があり、これは私も覚えている。日本には相対性原理の分る人が一人しかいないそうだという噂を同級生の間でしたことも記憶にある。ところで、翌十二月三十日に、革命五周年を経て今日のソヴィエット・ロシア社会主義聯邦共和国の成立が世界に宣言せられた事実は、ムッソリーニの政権把握に示したような無関心を以ってその頃の私も見すごすことはできなかったが、外国のニュースのせいか、アインシュタイン博士の来朝の記憶ほど鮮やかでは無い。これが第二の「事件」である。かようにこの同じ年に、ファシズムとコムミュニズムとの現実的基礎が相次いで築かれたということは今にして思うと深い感慨無きを得ないのである。ファシズムの方は、つづいておこったドイツのナチズムとともに今は崩壊し去ったのであるが、日本に於けるその暴力的擡頭のひきおこした戦争が私にそして私たちに与えた傷は、ファシズムの泡の如き崩壊とともにこれも消え去ったという風には行かない。騒乱の十年間という年月も亦、短い私の人生に於いてもはや取り返しのつかぬものである。その十年間はファシズムの暴力によって私の精神生活が縛られていたとすれば、その前の青春の十年間は、コムミュニズムの支配に自らの精神生活を献げていたと言ってもいいだろう。私をこの二十年間交互に翻弄しつづけたこの二つの大きな怒濤は、思えば私の精神の黎明に於いて早くも現実の力を持って高まりつつあったのである。ファシズムとは何であるか、コムミュニズムとは何であるか、私の何も知らないうちに、それらは、それらを知ろうとする私を、或は襲いかかって捉えようとして、或はねじ伏せて縛ろうとして、虎視眈々として待ち構えていたのである。

コムミュニズムは日本に於いても大正十一年に急速に現実的な力を持ちはじめたのであった。所謂「アナ・ボルの争い」を経て、この年は日本の社会運動がアナルコ・サンヂカリズムからコムミュニズムに思想的に転換した画期的な年であり、それを理論づけたのは山川均の「無産階級運動の方向転換」という論文であるということなど、のちに一高に入ってコムミュニズムに近づいてから私は知った。コムミュニズムに近づくとともに私も所属した所謂「学聯」——学生聯合会はこの年のロシア革命五週年紀念日の十一月七日に生れたのであった。

中学四年生の私は然し国の内外のそうした波についてはあきれるほどの無関心さなのであった。一高の入学試験ということにひたすら心を奪われていたからだが、客観的にも昭和に入ってからの中学生などと違って、その頃の中学生の間にはまだコムミュニズムは滲透しておらなかったのである。

その十一

「早稲田はちゃんと、うかったんだけど……」

　制帽の固いひさしを真中からへし折って、ぺしゃんと二つに重ねたのを、右手にその帽子を握って片方の掌にぶっつけながらJが言う。

「おやじがさ、高等学校じゃないとどうしてもいけないって言うもんだからさ……」

　ちらっちらっと背後の下級生の列に、眼をやって、

「いやになっちゃうなア」

　Jは、Jでさえ、照れていた。Jでさえというのは学校の成績の意味ではない。そのJなどとは比較に成らぬほど羞恥には極めて弱い私が、――その始業式の朝、はんの半月ほど前の私たちと比べるとその三分の一の数にごそっと減ってしまっているその中に、この私も加わっているということに、どんなに恥しい想いをしたかは、ここで改めて言うまでもないだろう。一年から四年までずっと一緒だった私たち同級生の内の三分の二は、もはやそこにはいない。坂部も岡下もいない。Wも今は一高生である。MもいなければNもい

ない。

この始業式にのこのこと五年生として登校して来た私たちは、いずれも上級学校に入れなかったいわば級の屑ばかりであることを、下級生たちに自ら示しているのである。（おお、その下級生たちの中には、私のあの「ちご」もいる！）すぐうしろに並んだ新しい四年生たちは、その中には来年に成るとこの私たちと同じ悲しみを嘗めねばならぬものがあるのにきまっているのに、誰もが自分だけは、すッと四年修了で上級学校の入学試験をパスできると思い込んでいる顔で、私たちをよくまあ恥しくもなくのめのめと学校へ出てこられたもんだといった眼で見ているではないか。

「こんな帽子、もういらないと思ったのに」

Jはそう言って、その汚い内側になんとなく鼻を当てて、

「ああ臭え」

博覧会事件以来、Jから離れていた私だが、そんなJにふと私は心の歩み寄って行くのを覚えた。Jから遠ざかって私の親しくしていた坂部は美術学校に入り、岡下は一高同様の入学難を伝えられていた商科大学の入学試験に見事に合格していた。

「つまんないから、今日、式が終ったら、どこかへ行かないか」

「どこかッて？」Jのにきび面に眼をやると、

「金春館、行かないか。そうだ、パウリスタに寄って、それから……」

そこへ体操教師の雷声が落ちてきた。

「静粛にせんか！」

ガヤガヤ言っていたのがぴたりとやんだ。

「B組もC組も、A組のところに集る。背の順に並んだ！」

私たちはABCの三組に別れていたのだが、それが今三分の一に減ってしまったということは、五年生の私たちが、一組を漸く編成しうる人数しか無いということであった。しかしまだ組の編成されてない始業式の朝だったから私たちは、もとのA組の者はA組だけ、B組の者はB組だけとかたまりあっていた。新入生の一年生から新四年生まではどれも大体同じ組の長さなのに、最前列の五年生たちだけはまるで胴を切られた泥鰌の頭みたいな短かさに成っていて、そのいわば悲惨な醜体さが私たちに、なんとなくガヤガヤと御法度のお喋りをさせていたのだった。

「早くせんかい、早く！」

教師までが私たちを軽んじているようであった。

式が終ると、Jに銀座へ出ようと誘われた。日比谷公園沿いの道をぶらぶら歩いて行くと、

「角間なんかは、うかったとばかし思ってた。試験場であがったんだね」とJが言う。

けばよかった」

「願書は出したんだよ。でも、十何人に一人と聞いて、やっぱし自信を無くして、地方にした。M市に親戚があるから、そっちを受けたんだ。どうせ落ちる位なら、一高をやっとけばよかった」

「そうだよ。うかってたかもしれない。いや、うかったよ」

お世辞を言われるよりも、言う方が私には気持がいいのであった。

「図々しいからか」Jは笑った。

「そうじゃないよ。試験なんて随分まぐれがあるもの……」

これではお世辞にならなかった。これは、かねて自分に言い聞かせていた言葉であった。

背後から、おーいと呼ぶ声がした。振りかえると、級で「不良」の乱暴者として恐れられている生徒の一人が、「機関車」というその渾名通り、肩幅の広い如何にもヴォリューム感のあるごつい上体をやや前こごみにして、こっちへやってくる。「機関車」というのは、彼が普通に歩く時でも手を下にぶらんとさげて前後にのらくら振ったりするのでなく、駈け足の手付きにしっかりと折り曲げて拳を胸もとに当てているその緊張的な形と動きが、機関車のピストンを思わせるせいでもあったろうが、いつ喧嘩を売られても戦闘態勢は常にできているといったそんな拳闘選手みたいな手付きで、今もこっちに迫ってくる。それは全くシュッシュッと機関車が驀進《ばくしん》してくる感じだった。私は難を避けるみたいに道の片側に身を寄せた。

「銀ブラか」と彼は言った。

「違う」とJは眼をパチパチやって否定した。「銀座に買い物に行くんだ」

「ちぇッ。嘘言ってらア」

と「機関車」は、言葉でもって殴るみたいに言った。学校の帰りに銀ブラなどすることは校則で堅く禁じられていた。

「俺は銀ブラだ。俺と一緒についてこい。俺と一緒だったら、教師にみつかっても、俺のせいに成るから安心だぞ」

「機関車」は傲然とうそぶいた。

私はこの「機関車」と学校の中でもついぞ口をかわしたことはなかった。まして、こうして外を一緒に歩くなどということは嘗つてなかった。秀才組から置いてきぼりを食わされた私は、かくて「不良」の群に堕ちて行くのであろうか。

「Jは、お前、――おやじが学校をやってるというのに、どうしたんだ」

そういう「機関車」の肩にJは自分の肩をすりつけるようにして、その声も媚びるような調子で、

「どうしたッて、なーに?」

「自分の息子ぐらいどこかへもぐりこませることはできたろうにさ」

口のまわりに早くも黒い毛を見せはじめた彼は、まるで大人のような口をきいた。

「駄目なんだよ。おやじは固くて……」あたかもそのおやじに甘えるような声だった。

「固い？　笑わせるない。Jのおやじの学校は、天下に冠たる不良学校じゃねえか」

「いやなこと言うなよ」

「俺はJのおやじの学校に入ってればよかった」

「機関車」は、ふと別のことを言った。

「駄目だよ。うちの学校なぞ……」

Jは相手の言葉に従順に跟いて行った。「機関車」は窮屈な襟のフックを外して、

「俺は、一中なんて大嫌いなんだ。ギャボの奴、今日も新入生に向って、わが一中は日本のイートン、ハーローであるなんて大見得を切ってやがったが、嘘をつけと言うんだ。詰め込み主義が、なんで紳士教育なんだ。青瓢箪みてえなガッツキ秀才を作るだけじゃないか」

「賛成！　賛成！」

と言って、Jはセルロイドのカラーを取って、ポケットにねじ込んだ。カラーを初めからつけてない「機関車」の真似をした。「機関車」たちの「不良」組は、朝の服装検査の時だけ、ポケットに忍ばせたカラーを襟に挟んで教師の点検の眼をごまかし、教師が去る

と直ちに取り去った。やかましい校則に反対して、野暮なカラーなどつけないことが、彼等の間で流行していた。そしてそのカラー無しの襟も、できるだけ低くするのがいきとされていた。

「一高合格率が全国一だなんて自慢してるんだったら、日土講習会なんかとおんなしじゃないか」

「機関車」はなおも毒づいた。私はその大声が、かなたの教員室に響きはせぬかと、――そんなことはありえないのだが、神経をとがらせた。その横でJは、

「ヒア、ヒア」

「つまんねえ学校に入っちゃったもんだ」

そう言いながら、学校をやめようとはしない矛盾に、本人は気付いてないようだったが、聞いている私もそれを感じなかった。私は母校を悪しざまに言う彼に反感を喚られながら、心のどこかで同感も覚えさせられていた。会話から除け者にされていた私が、

「あの……」

と「機関車」に声を掛けたのは、その同感から発した衝動的な行為だった。「機関車」からこの私も言葉を掛けて貰いたいといった卑屈な想いもそこにあった。

「あの、どこ、うけたんです、今度……」

同級生とはいえ疎遠だった為の丁寧な言葉遣いだったが、ひとつは私たちと同級生とは

到底思えないほど大人びたそしてまた暴力的なその印象からくる圧迫感のせいでもあった。その顔はまるで商売女の白粉焼けのようなにやけた浅黒さで、にきびだらけのJなどとは中学生の弟と大学生の兄ほどの違いだった。

「どこも、俺は……」

と彼は、ほき出すように言った。

「どこも、うけやしないさ」

ふーんとJは感歎の声を放った。

「卒業したら、どこかへ行っちゃうんだ」

「どこかッて?」私の発言を封ずるみたいにJは言った。

「船に乗って外国へ行っちゃうんだ。日本なんかおさらばだ」

「うちで、そうしていいと言うの?」からきし子供のJの語調だった。

「いいも悪いもないさ。俺ンちじゃ、俺が怒鳴りゃ、おふくろはもう縮み上ってしまう」

「でも、お父さんが……」

「墓ン中で勝手にブツブツ言わせておくさ」

今度は私が、ふーんと感歎した。日比谷の交叉点に来た。私たちは真すぐ尾張町の交叉点へ行った。八十四銀行の角に立って、

「さて、いよいよ、シロガネスワリチリアルキ……」

と「機関車」は呟いて、

「どっちへ行くか。新橋の方か、京橋の方か」

「どっちでも……」Ｊはもう親分の鼻息をうかがう乾分《こぶん》だった。

私は向い角のカフェー・ライオンにお上りさんのような眼を向けていた。その眼を、同じ三階建ての山崎洋服店の塔に移し、それから、現在は三越が建っているそこと、ライオンとの間の電車道に眼を走らせて、かなたに建築中の歌舞伎座が見えはしないかと細首をのばした。もとの歌舞伎座は二年ほど前に焼けた。ライオン前の停留場にとまった電車が邪魔に成って遠望がきかないので、電車が交叉点を渡るのを待っていると、

「おい、角間！」

Ｊは私をＪの乾分扱いした声で、

「銀座の真中に案山子が立ったみたいだぞ」

「機関車」はもう銀行の先の足袋屋の前を歩いていた。その佐野屋の隣りは、今もある鳩居堂である。その隣りは、今は無い下駄屋だった。その店先から小粋な娘が出てくるのを見て、「機関車」が、

「おッ、いい女……」

自分より齢上かもしれないのにその女に聞かすような声だった。私は、うッと息をのんだ。「機関車」の声に驚いたのか、それともそのとき鋪道の人波の先に、新しい白線の帽

子を、ちらと見出したからか。Jは振りかえって、女の後姿を見送っていたが、私の眼は前方の二本の白線に釘づけにされていた。そのくせ、その一高の新入生が間近に迫ると、私はその帽子の細い白い二本の線が眼の眩む白熱の光りをギラギラと放射してでもいるかのように、それから面を背けないではいられなかった。

「田舎ざむらいのお江戸上りか」

ごわごわの紺飛白の着物に、剣道の袴のような荒い縦縞のそれをつけた、いかにも地方の秀才といった感じの童顔のその一高生に、これまた聞えよがしに「機関車」がそう言ったが、遣瀬ない羨望と敵意で胸を掻きむしられていた私は、もしも「機関車」のその声に機先を制せられていなかったら、この私も何かあらぬことを口走っていたかもしれない。木煉瓦の鋪道を歯の高い朴の下駄で濶歩して行く音が、実際は刻々に遠ざかって行くのに、私の受ける感覚では少しも低くも弱くもならずに、キンキンと私の頭に響く。たまりかねて私は振りかえった。私だけ振りかえって、Jや「機関車」は振りかえらない。そのことは私に、私が振りかえったのは敵意からではなく羨望からであるということを教えた。

「ちぇッ、なんだい」

私は一高生に舌打ちしたのだろうか。それとも自分自身に舌打ちしたのだろうか。ともあれ、その捨科白によって私は私のうちから屈辱的な羨望を追い払うことができた。

（なんだい、田舎ッペえ。一高に入ったというだけで天下でも取ったみたいに威張るない。）

　敵意をひたすら燃やしたが、それはこの私がその一高生のように、いや、それ以上に威張りたかったのに、それができないということの為の敵意に他ならなかった。

「Jは、お前、――酒飲むか」

「機関車」の声に私は、鋪道に落していた眼をあげた。

「うん、すこしなら……」

　明らかに虚勢を張った返事だった。

「どこかで飲もう。今日は水曜だな」

「うん」

「銀座ビア・ホールは黒ビール・デーだ。黒ビール飲むか」

　ビア・ホール入りなどが露見したら退校だ。「機関車」はビア・ホールなどへ出入しているのだろうか。

「どこでもいい、奢れ」

「そんなにお金無いんだよ」

「嘘つけ、いくら持ってるんだ」

　映画を見る位の金しか持ってない私は、二人のうしろにこそこそと身をずらせた。そして私は銀座名物の柳が既に公孫樹の幼木に植え代えられているのに、ああそうかと気付かせられた。それほど私は銀座へずっと出ていなかった。しかし、銀座の柳が、道路の改修工事に当って取り除かれるという話は、そしてそれに対して、名物の柳なのだから是非残しておいてほしいという輿論の声だったことは、私も新聞などで知っていた。地元の人々が「東京市長後藤新平閣下」へ呈した「恐惶謹言」の歎願書も新聞に載せられていたが、民の声は官僚の専断を阻止するのに何の力も無かった訳である。柳よりも公孫樹の方が樹齢がながいというだけの理由で、市民を挙げての反対にも拘らず柳は無慙にも撤去された。いま鋪道の公孫樹を見るに及んで、中学生の心には官僚の横奪が実感として感じられた。その私は、しかるに、官僚の養成所である官学に、どうあっても進もうとしている。狭いその登竜門を、不幸にも今年は通りそこねたとして、切歯扼腕《やくわん》している。全国からその門を目掛けて、人民の子たちが眼の色変えて殺到するのは、人民層から這い上って、人民を支配する権力層に這いのぼる為の最も有利な入口がその門に他ならぬからであった。

その門の内部ではその頃こんな歌がうたわれていた。

　漢の高祖も秀吉も
　　天下取らなきゃただの人

それは、その歌をうたう学生たちが、今はまだ人民層から巣立ったばかりの「ただの人」に過ぎないけれど、やがては「天下取る」身に成ってみせるという自負をこめたものなのである。私が一高の新入生を見て「天下でも取ったみたいに威張るない」と、現在からすると時代錯誤の感を免れないそんな言辞を弄したのも、語の由来としては当時中学生にまで流布していたその歌から出ているのであるが、封建色のまだ濃く漂っていたその頃はそうした言葉が決して時代錯誤では無かったことを示している。

明治ならいざ知らず、大正十二年にも成って封建色云々は奇怪だと或は思う人があるかもしれぬ。そうした人の為に、偶然私の入手した、前述の柳についての歎願書の冒頭と結尾の数行をここに書き出してみよう。

「東京市長男爵後藤新平閣下　東京市の都市計画の一部として銀座街改正の庁議略々定まり実行期に入らんとしつゝあり下名等数十年来茲《ここ》に店舗を営み密邇の利害関係を有する者窃《ひそ》かに当局の施設に対して疑惧と不安の念なき能わず敢て閣下の尊厳を冒して衷情を披瀝せんとす閣下の宏量其の非礼を咎めず微忱を裁量せらるゝを得ば下名等の光栄何ぞ之に過ぎん」

これが書き出しである。次が結びの言葉である。

「庶幾は閣下の聡明と果断とを以て新施設に対する利害休戚を検覈《りんかく》せられ名所保存の意味に於て銀座の故態を復活せらるゝを得ば独り下名等の欣快とする所に止まらず実に帝都の面目を保維するの道なりと信ず妄言多罪幸に明鑑を賜わんことを請う」

宛然決死の上訴文である。これに対して当局の声明文は、いやお上のしもじもに下されたお言葉は「先般銀座通車道拡張工事の為め柳を移植したる事は図らずも大に街路樹愛好家の非難を惹起し世上の問題となりたるを以て茲に其事情を具し以て誤解のある所を釈明し置かんとす」で始まっている。「柳は銀座通建設以来のものにして其風景美を構成する主要物なるに依り之れが除去を不可とする論多きも之れには一の史蹟としては根拠なく唯多年の習慣に基く感情より発する愛着の情として銀座通の骨子をなす建築物に於ても総て創設当時の様式を破壊し尽したる今日としては敢て之れを維持する必要を認めざるなり」そして柳存続説に対しては次のように一刀両断で片づけている。「道路樹木の寿命は樹種に依り相異なれども柳に於ては約二十年乃至三十年にして更新期に入るものの如く公園等の夫れとは趣を異にするを以て或る時代に植栽されて当時の街路に特色ある風趣を生ぜしめたる故を以て更新の際絶対に他の樹木に変更す可からずと云うが如きは実は総ての改良事業を不可能ならしむる所以なり」——

二人の背後に身をやってはいたものの、その会話は気に成って、隠密のようにうしろからついて行った私の耳に、

「Jは、お前、——ラヴしたことあるか?」

そんな言葉が飛び込んで来た。Jの返事は聞えなかった。

「俺は今ラヴしてんだ。Jは、お前、——どんな女が好きだ。たとえば西洋の女優で言ったら……」

「リリアン・ギッシュ」とJは答えた。

「ブロークン・ブラッサムのリリアン・ギッシュか。俺はベチー・コンプソン」

「ウーロン茶飲もうか」

とJが言った。台湾喫茶店を目にしたからだが、

「けちなこと言うな」と一蹴された。

二人は私には聞えない低声でこそこそ何か相談をはじめた。そして竹川町の資生堂の前に来ると、

「角間君。悪いけど失礼すら……」

とJが私に言った。流石に済まなそうな声だったが、「機関車」の方は「やッ！」と手を挙げると、「内外御化粧料」という看板を嵌め込んだ資生堂のアーケードをくぐって、横町にさっさと曲って行った。見事に引導を渡された私は、

「じゃ、また……」

侮辱されただけの顰め面はしていたが、同時にほっとしてもいた。「機関車」と一緒にビールなど飲む勇気は私には無かった。

別れて、出雲町の鋪道へ渡ると、角の資生堂ソーダ部と三河屋糸店をはさんだ先きに新橋堂書店があり、本を見に入ろうかと歩みをゆるめたが、そうちょっと思っただけで入らなかった。私は突然急ぎ足になり、私の気分とは全く反対の華やかな浮きうきした銀座か

ら一刻も早く逃れようとする急ぎ足で博信百貨店の角からくるりと右に逸れた。

この銀座が、それから半年も経たないうちに、かの関東大震災で焼野原と化そうとは、私は、いや誰もが夢にも思わなかった。予めそうと知っていたならば私も、その失われる銀座の姿を深く脳裡に刻むべく、たとえ中学生の眼を出ないとしても、一生懸命、観察の眼を働かせたことであったろうが、——この時の銀座の叙述が、前記の如く描写の筆のことにおろそかであるのは、特別の注意力を喚起することなく、あっさりと素通りしてしまった為である。当時の銀座は、大正期のがさつさが加わったとはいえまだどこかしっとりとした明治の煉瓦地の名残りが感じられたという以外、記憶が残念ながら朧ろである。……。

＊

——身心ともに懦弱な私には、難関突破の誇りの与えられることが誰よりも必要だった。この点では誰にもひけは取らない強い虚栄心の満足の為に、必要だったのではないが、強い虚栄心とともに私にとって特長的な強い羞恥心にとってそれは必要だった。出生の秘密から恐らく来ていたことだろうが誰に対しても何事についても、絶えずひけ目を感じがちだった私にとって、そしてそのひけ目からなんとかして脱却したいと漸く考え出していた私にとって、正にその脱却の為の絶好の機会ともいうべき一高の入学試験に、どっこい、私が失敗してしまったという打撃は、ひけ目というのが私の逃れられない運命であるかのような感を私に与えずにはおかなかった。

打撃に会って、えい糞と奮起することの代りに、懦弱な私は、打撃によって既にだらしなく打ち倒れた自分を更に自分からも打ちつづけるのであった。打撃に立ち向うのでなく、いわば自ら打撃の側に加担する、それがとりもなおさず懦弱ということなのであるが、私の場合、その奇怪な現象は、私によって満足を与えられなかった虚栄心の私への復讐なのでもあった。手がつけられぬ虚栄心のその暴行には、羞恥心がまた一役買っていて、やれやれとたきつけていた。

こうして私は早くも自分を人生の落伍者の如くに思いはじめた。たかが一高の入学試験に一度しくじったというだけで、なにを大袈裟な——と人は思うであろうか。だが、私は日陰の生れの自分が日向に出ようとしても、宿命的に出られぬのではないかという考えに捉えられたのだと言えば、私のこの手記のこれまでを読んでくれた人は、私の大袈裟な思いを無理からぬものと頷いてくれるのではなかろうか。

所謂不良化の一歩手前に私は立った。しかしそれは私が好きな文学書を読み耽るといった程度にとどまり、「機関車」などの仲間に入って行こうとしなかったのは、どうした訳か。それだけの「勇気」に（と言うより、前節の「勇気」の場合と似てくるが、「勇気」

を発揮し得る為に必要な小遣銭）に恵まれなかったせいか。或は「立身出世」欲がどこかにまだ残っていた為か。恐らくはそのいずれにも私の堕落を食いとめてくれた理由があったろうが、更に大きな理由のひとつは、私の母親が意外にも私の失敗に対して寛大だったことだと思われる。

「来年は、しっかり頼むよ」

と言うだけで、当然あるものと私の予想していた激しい叱責は無かった。早く私を学校から出したいに違いない母親にとって、一年の損失は、私が私の虚栄心と羞恥心の故に感じた精神的打撃などよりは遥かに大きな、物質的な打撃をも伴ったそれだったことだろうが、母親は私が自ら感じた打撃の上に更に打撃を加えることになるその叱責を、そこを察して我慢したようだった。叱責は弱い精神を逆に堕落へと追いやる恐れがあると見抜いていたところもあろうか。

父親の方は、しかし、一高が駄目なら私立大学の予科に入るがいい――と言ってきた。月々の金を持ってくる男が、金と一緒にそうした伝言を持ってきた。今からでも入れるとこへ入ったがいい。

「お母さんに少しでも早く苦労をかけないようにしなくちゃ……」

と彼は私に言った。すると私の返事を遮るように母親は、

「いいえ。わたくしは、この子には青山のお兄さまと同じ風に進ませたいと存じますから

……」

「青山と……。ふーん、そりゃ、あんた、意地というもんだ」

「いいえ、お言葉を返しますようですが、意地ではございません。忠雄には、人に負けない教育だけはつけておいてやりたいと思いますのです」

「それが意地でしょうが」

「意地でしょうか。母親として子供に立派な教育をつけてやりたいと思いますのが、意地なんでございましょうか」

「ま、それはともかく、――そんなことを言ってですな、忠雄君が一高へ来年も入れなかった日にはどうします。また一年待ちますか。待って、来々年も入れなかったら……」

「そんなことございません」

「ございませんたッて、あんたがうける訳じゃない。忠雄君にも、どうしても一高に入れというのは可哀そうだ」

　私はそこで言った。

「いえ、僕、入ります」

「やれやれ……」

　彼はにがにがしげに、私と私の母親をかわるがわる見て、

「飯倉では、あんた、言うことをきかないんなら、学資は出さないと言ってるが、どうし

ますな」

母親は首を垂れて、しばらく黙っていたが、

「そんな可哀そうな……。忠雄だって、青山のお兄さまと同じ子供じゃございませんか」

私にはこの私より、蒼くやつれた頬におくれ毛のかかったその母親の方が可哀そうだった。男は何か地固めでもするような足踏みをして、

「飯倉では、あんた、あんたに苦労をさせるのが気の毒だという気持なんですよ。それで忠雄君に早く学校を出られるようにした方がいい。一日も早くお母さんの代りに社会に出て働けるようにした方がいいと、こう言うんですがね」

「お気持は分りますが、わたくしは、この子を立派に育てたい為にこうして苦労をしておりますので、――苦労を早くなくしたい為に、この子を早くどんな学校でもいいから出してしまおうとは思いません」

「何も一高ばかりが学校じゃないでしょう」

母親はまた口を噤んだが、ややあって、

「よろしゅうございます。お言葉にそむいては学資をいただけないというんでございましたら、致し方ございません」

一中に入る時も、飯倉の父親は反対だった。学業を早く終了できる実業学校を選べと言い、それに従わなかったら学資の援助はしないと言ったが、私が一中に入ってしまうと、

結局負けて月々の金をふやしてきた。母親は今度も……と考えたのだろうか。だが、「わたくし、ひとりでなんとかして、なんとしてでも、この子を学校にやります」

たかをくくった声ではなかった。

私は意地でも一高に入らなくてはならなかった。いや、たしかに意地だった。その意地が、これも私の堕落を食いとめてくれたひとつの理由に成っていたのであろう。

私はどうあっても一高に入らなくてはならぬ。そう思うものの、意地に支えられたその奮起をまた内側から強く崩して行く想いもあった。青山の兄に負けてはならないと母親は言うが、日陰に育った草は、たとえひとりでどんなに力んでも、そしてその力みの点だけは日当りのいい場所にすくすくと育った草よりたとえ強かろうとも、所詮日向の草のようには伸びられないのではないか。前述の落伍者意識が私の心を沮喪《そそう》させるのであった。

たとえ一高に入りそして青山の兄と同じようにそれから帝大へと運よく進めても、いざ世間に出るという段に成ると、その出発を導き守ってくれるものが、兄と違って私には無い。犇めく競争者の中でよろめく私を特に庇い引き立ててくれる所謂ひきが無い。私は更に私が一中を受けようとした時、級友から私生児は府立には入れないのだと言われた言葉を、その時から数年も経っていたが、生々しくにがにがしく思いおこすのであった。私は何の保護者も支持者も無く出発点にひとりぼっちで立たされるというだけでなく、たとえ実力でもって競争者を押しのけて官界又は実業界の晴れやかな就職を摑もうとしても、その入口で、おいちょっと待ったと胸を突かれるのではないか。突いてきた手には、私の恥ずべき素性が明らかに書きしるされた履歴書が持たれている。私自身はそうしていわば日向の社会から何も擯斥《ひんせき》されねばならぬような不道徳を犯してはいないにしても、一夫一婦の社会道徳に反する暗い破廉恥行為によって生じた子であるということは、その子をやはり不道徳な存在として日陰から外へ出ることを、日向の社会が許さないのではないか。官立には入れないと言われた言葉が実は嘘だったのと同じく、いま私が私に向って言っているそうしたことも、いざとなると杞憂に終るかもしれないと考えはしたが、杞憂ではなかったということになるかもしれぬと、そうも考えない訳には行かなかったから、私の心を蔽う暗い影は、結局取り除かれるすべもない有様であった。こうして私にとっては、一高の入学試験に失敗したことは、等しくそうして五年生に成った同級生にそれが与えた打撃とは比較にならぬ、およその級友たちの想像もつかない苦悩を齎らすものと成っていた。

官界へと進む上に最も有利な道とされていた一高帝大というコースを、私もなんとかして辿ろうとしたのは、しかし私の場合は必らずしもそのコースをそうしたコースと考えてのことではなかった。言い換えると、私の「立身出世」欲は具体的な目標を描いてのそれではなかった。私が秘かに芸術家に成りたいと思っていたことは、何節か前に書いた通りだが、それはそうこっそり思うだけで、その思いを一筋に貫き通すということは許されない、そんな思いと自らも考えていた。単なる憧憬と言っていいだろう。すなわち「立身出世」欲とその憧憬とは決して結びつかないものとし、憧憬は憧憬として、現実的には母親が私に要求する「立身出世」を何等かの形で実現させねばならぬとしていた。では具体的には何に成ろうというのかとなると、そこはまことに漠然としていた。具体的と言えば、「立身出世」がいわば抽象的に約束されている一高入学と帝大入学を、とにかく実現するということが、それだけが具体的な目標なのであった。

　そんな私であったから、来年は入学試験をパスせねばならぬとして勉学にいそしむことは、心にひそむかの憧憬をこの際きっぱり諦めるといった前提を必要とするものではなかった。一高入学という形での「立身出世」欲の出現は可能でも、その後の「立身出世」は不可能かもしれぬと思うと、それも私を文学書耽読へと赴かせた。とは言っても、好きな文学書を好きなままに自由に買える余裕などありはしない私だったから、他人の本を借りたり図書館で読むという不自由さを通してのその耽読は、たかのしれた耽読とせねばならぬ。然し、――その頃、そうした耽読と同時に、受験参考書もとにかく耽読していたのだが、その参考書のひとつの、当時藤森の「考え方」などとともに有名な南日の「英文和訳法」に、こんな英文があった。同書の三六八頁に、

The very facility of obtaining books is causing them to be less valued than once they were.

巻尾の訳文を見ると「書籍が容易に得らるちょう事実こそまさしく其価値を往時よりも減じつゝあるなれ」とある。私と同年輩の当時の受験生諸君は、この訳文を見て、うたた懐旧の情に襲われるのではなかろうか。塚本の「国文解釈法」「漢文解釈法」というのもあったじゃないか。そう言う諸君の声が耳に聞えてくるようだ。では、塚本哲三先生編「諸官立学校入学試験国語問題釈義」全一冊、正価金八拾銭というのを諸君は覚えておられるか。漢文にも同じ題のものがあった。学習院教授南日恒太郎先生の受験参考書には「和文英訳法」正価金五十銭というのもあった。神田乃武先生校閲、南日恒太郎先生著「難問分類、英文詳解」正価金三十銭というのもあった。妻木忠太先生編「最新日本歴史解釈」はどうだ。故博言博士イーストレーキ先生、早稲田大学教授増田藤之助先生共編「英和比較、英文法十講」はどうだ。苦しかったが懐しい受験生生活よ。

こうした受験参考書を買うだけで手いっぱいの、否、それすら思うように買えなかった私は「書籍が容易に得らるちょう事実」からよほど遠かった。従って私が図書館から借りたり同級生から借りたりして読んだ本は、数は少くても、私にとって価値は多い読書と成った。

図書館というところはまた妙に、この本が是非読みたいと思って貸出票に気負ってその書名を書くというと、きまってその書名の上にポンと貸出中という角印をおされて突き返され、大して読みたくはないがそんな場合に備えるつもりでいい加減に書いた本が却って手許に渡されて、まことに人生好事魔多しといった感を抱かせられるものだったが、かくて書籍が容易に得られざるちょう事実が私に於いては一層強められたのであった。友人から借りる場合も、なかなか思うにまかせず、そこで同級生に矢鱈と声をかけておく。それがいつか、角間はひどく文学好きだという印象を級の中にひろめたようだった。

学期の初めに選定される文芸部委員というのに、私がさせられたのは、そのせいに違いなかった。

ある日の放課後、私は校友会雑誌の原稿募集のビラを書いて、雨天体操場に貼り出した。腰板では目につかず、さりとてその腰板の上は、ビラなど掲示する板はなくて柱だけだったから、きゃたつを持ち出して、天井に近いところに苦心惨憺して貼ったものだった。

ところが翌朝、学校へ行ってみると、それがビリビリに破かれているではないか。貼るにも苦心した高さなのだから、破るにも苦心した筈で、それからして悪意の所行であることは明らかだ。

「誰がこんなことをしたんだろう」

初めは啞然としたが、憤りがだんだんと燃え上った。これが私個人に投げられた侮辱だったら、この私は私のたちとして、内心どんなに怒っても、その怒りをそのまま外に現わすことはできなかったろう。丁度弱虫の犬が石を投げられると、尻尾を捲いてキャンキャンと鳴いて逃げ出すみたいな私であったろうが、この場合は私的な問題ではなかった。「誰が破ったか知らないか」私は憤然として聞いて廻った。

授業がはじまった。私の怒りはおさまらなかった。そして何時間目かの休みに、犯人は私と同級の陸軍中将の息子と知らされた。それは「機関車」の友人の「不良」の一味だった。彼等のグループは大概彼等だけで校庭の一隅にかたまっているのを常としたが、その日は特にビラ破りの犯人探しに私が躍気に成っていたせいであろう、中将の息子を中心にして、みんな集って、鳩首会議といった顔だった。もしも私が学校当局へ訴え出た場合の、私への報復手段でも相談しているみたいだった。そこへ私はつかつかと足を進めた。怒りに背を衝かれて、殆んど無我夢中だった。

「ビラを破ったのは、君だって?」

恐らく蒼白の顔を異様に歪めた私の、彼等には意外の権幕に、彼等も一瞬呑まれたらしく、それまでの輪を、スッと解いていたから、私は目指す相手の前に難なく立つことができた。その相手が、かねて日蔭者の私の羨望と意地（いや、いっそ呪咀と言ってもいい）の的と成っているそうした家庭の子であるということも、私の怒りを一段と煽っていたようだ。

「ああ。それがどうしたい」と相手はせせら笑った。

「文芸部に何の怨みがあるんだ」

恨みなどあってビラを破ったのではなく、学校への漠然とした反抗であることは私も感じていたが、

「それを聞かせて貰おう」

「恨みなんかねえさ」

それは私の予期していた答だったから、前もって準備していた言葉をすぐさま私は投げつけた。

「では何故あんなことをしたんだ」

見ると私は「不良」たちにぐるりと取り巻かれていた。輪を解いたのはこの為の彼等の計画だったかもしれぬ。

「おい、角間、――どうしようてんだ」

それは「機関車」だった。「機関車」に横合いから出られようとは予想してなかったから、私は慌てたが、しかしすぐ「機関車」を相手にする方が却って好都合という気持のゆとりが、そこに生じた。私は「機関車」に、彼と銀座を散歩した時以来、左様、彼の言葉で言えば「シロガネスワリチリアルキ」して以来、一種の親愛の情を寄せていたからである。デカダンの魅力に秘かに惹かれたということだろうか。実際は、しかし、その彼に資

生堂の前で、お前なんかと一緒には遊べないと言わんばかりに冷たく袖にされたその反撥から、それなり再び離れ、その時を機会に親しく交わるという風には行かなかったけれど、私は一中の生徒なら誰でも持っていると信じて疑わなかった向上心（私の場合はそれが「立身出世」欲と成っていた。）を、われとわが手で拒否している彼に、何か強烈な魅力を感じずにはいられなかった。全くのところ、そうした彼を知った瞬間の驚きは大変なもので、坂部から美術学校を受けると聞かされた時の驚きとはまた違ったものだった。違った一種の敬意とも言うべきものを抱かせられたものだ。

私は語調を変えて「機関車」に言った。

「一生懸命書いて、貼り出したんだ。それを破くなんて……。あんなに破られたら、誰だって黙ってられやしない」

「そいで？」

Jの顔がいつか加わっていた。

「一言、悪かったと言ってほしいんだ。そうすりゃ、僕だって気持がすむ」

「あやまれと？」

それは「機関車」に寄せる私の親愛感を、にべも無く弾き返す声だった。それはまた私に暴力の脅威を犇々と感じさせた。私はしかし敢然と言った。

「そうなんだ。そうして水に流したいんだ。学校に言ったりして問題にしたいとは思わない。だから、こうして直接ここへ来たんだ」
——私は今だにその時のことを覚えているが、それは私の行為の見上げた大胆さの故であるか。それとも私に似合わぬそれである為か。

春の修学旅行の行先は、たしか日光だったと思う。はっきりとその点は断言できないが、旅行先の事柄でこれははっきり覚えていることが、二つある。

そのひとつは、——街道を歩いている中途で、足もとに、ふと切れた草鞋の捨てられているのを見出して、石を蹴るのと同じ気持で、それを靴先で蹴った。一度蹴るというと、これは誰にもそういう経験があるであろうが、次々にそれを蹴りつづけて行きたくなるものである。でも、それがガラガラという様な痛快な音でも立てる缶詰の空いた奴か何かならいいが、はき古しの汚い草鞋では、やっぱりどうも面白味が無いから、私もすぐ飽きて、最後のひと蹴りを、足に力を籠めて、エイ糞！　とやった。すると軽い草鞋は地面を離れ、私のちょっと思いも寄らない高さに飛び上った。あれあれと眼で追った私は、その草鞋が、これも実に思いも寄らないことだったが、択りに択って先頭の教師の頭上に落下したのには、あッと驚いた。草鞋は教師のソフト帽のひさしを打って、そして土埃を教師の顔にかぶせるという念の入った悪戯をして地面に戻った。それはあたかも、その草鞋の奴が、私に蹴られつづけた腹癒せに、私がわざとねらいをつけて教師の頭上目掛けてその草鞋を投げたと教師に思わせるような、そしてそうと教師が取っても弁解の余地の無いような、そんな落ち方を、これこそわざわざして見せたみたいだった。その草鞋の意図はたしかに成功したと思われる教師の表情を、私は見た。それは私が三年生の頃に一中に赴任した英語の先生で、そして今は五年生の私たちの担任だったが、頰をふくらませて顔のまわりの埃をぷっぷっと吹くと、

「こら！」

とその先生は眼を剝いて背後を睨んだ。虚子門下で、俳句をやっている洒脱なその中年の先生は、教室でついぞ怒った顔を見せたことが無かった。初めて見る怒った顔だった。

「誰だ！」

その大喝は、しかしやはり恐いだけではない、一種のなんというか禅味を帯びていた。それで組し易しと思ったところもあったろうか、私は直ちに先生のところへ飛んで行って、

「僕です。すみません」

正直に名乗りでた。生徒の中に紛れ込んでごまかそうと思えばごまかせたのだが、そうした卑劣な真似はしなかった。

――うじうじしたこの私にも、見給え、いいところがあるじゃないかと誇りたい為に、それを自慢したい考えから、私はこうしたことを書いているのだろうか。ビラの一件を書

いたのも、それだろうか。

それもある。それもあるが……。

「先生。僕、わざとやったんじゃないんです。知らないで、ぱーんと蹴ったら、……」

「よろしい」

と先生は言った。私はその意味が分らず、

「あやまります。許して下さい。つい、いい気に成って蹴飛ばしたら……」

「よろしい。分った」

先生はさらりと許してくれた。そしてこう言った、

「男は少々乱暴な位がいいんだ」

この時の感激は、今なお私の記憶に鮮やかである。暗すぎる位暗い過去の思い出の中に、現在に至るまで消えやらず、明るい灯をともしつづけているその時の私の喜びを、その寛大な先生に対する感謝の念とともに、私はこれからも永く忘れないであろうし、又忘れてはならぬと思う。その時の喜びはその時だけでなく、のちのちもこの私を、暗い想いにめげようとする私を、しばしば、どんなに元気づけてくれたことだろう。——

ところで私がその出来事をここに書きしるしたのは、その為であろうか。それもある。それもあるが、実はこうした出来事のうちに私は、入学試験の失敗からすっかりいじけた日蔭者の心理に沈み込んで行ったあの私とはまたちょっと違った私の姿を見たかったので

ある。

ビラの一件もその為に書いた。だが、私に似合わぬあの大胆な抗議行為は、私が既にいじけた私とは違った私に移っていた故に大胆に為し得たことか、それとも、そのわれながら褒めてやりたい位の毅然たる行為によって、何かふっ切ったように私が落伍者意識の穴から匍い出られたのか、そこのところは判然とせぬ。判然としているのは、とにかく私がそんな大胆さを発揮したということである。

草鞋の一件に於いてもそうした私が判然と見られる。私はその草鞋が教師の頭上に落下しようとは思いも寄らぬことだったと先きに書いたけれど、そしてそれは決して嘘ではないが、列の前の方に軽率に草鞋を蹴り上げたりしたならば、列の先頭に立った教師の辺に飛んで行くかもしれないぞと果して私は思わなかったろうか。それほど無神経の私ではない。しかも私は大胆に蹴った。そして教師に飛んでもない無礼を働いたと分ると、私は大胆にあやまりに行った。

ビラの一件の時の大胆は、たしかに大胆というものだが、草鞋を軽率に蹴ったり、それで教師に率直にあやまりに行ったりしたのが、大胆というものかどうか。私には、しかしそれが乱暴者を向うに廻しての抗議の場合と等しく大胆という感じだったことはたしかだ。では次の場合はどうだろうか。今でもはっきり覚えている旅行先での二つの事柄のうち二番目に移るのであるが、なに、そう物々しく言うほど大したことではない。

宿について夜食をすませてから、私は二、三の同級生と町に散歩に出た。すると一人が、旅行気分に浮かされた声で、

「煙草買って、喫んでみようか」

と私の耳に囁いた。

私も何か放埒な振舞に出たい誘惑に駆られていた折だから、忽ち賛成して、

「買おう、買おう」

私はそれまで煙草というものを手にしたことが無いのである。

中学生とはいっても既に十八歳の私たちが、（私は早生れだったから十七歳だったが）教師の眼を掠めて生れて初めての煙草を喫うことに無上の放埒気分を味おうとしている、――と言ったら、今時の学生諸君からは、嘸《さぞ》かし笑われることだろうが、そう言えば、銀ブラ好きの「機関車」たちを当時の私たちは「不良」呼ばわりしていたけれど、あんな程度で「不良」なら現在の学生は挙げて「不良」とせねばならぬ。今迄この手記の中で「機関車」たちのことをしきりと「不良」と書いていた私は、若い読者の眼からはさぞ時代遅れの石頭と見えたことであろう。

煙草屋の前に行くと、私に煙草を買おうと提案した級友が、自分からそう言い出したくせに、やはりひるんだ面持で、

「角間、買えよ」

と言った。私もその級友に劣らず気持がひるんでいたが、それ故却って見栄を張って、

「よし、来た」

と事も無げに言って、

「じゃ、僕が買う役をするから、金は君が出せ」

「うん、出すよ」

級友は蟇口から銀貨を出して私に手渡すと、飛びのくようにして去って行った。私の方が寧ろ逃げ出したい位なのに、逆の立場に追いこめられた私は、そのことの苦痛を、級友の臆病を存分に軽蔑するということで紛らして、煙草屋に入った。

「バット無い？」

店先には口付煙草しか無かった。

「じゃ、敷島に朝日」

釣りを待っていると、

「やっちょるな」

ぽんと肩を叩かれて私はぎょっとした。それはJで、

「驚いた。——」

と私の言おうとしたことをJが言った。

「どうして？」

と私はとぼけた。

「おとなしそうな顔して、猫かぶりだな、角間は……」

「猫かぶり?」私は、いやな顔をした。

「褒めてんだよ。感心してんだよ」

ふふふと私は笑った。Jも含み笑いをした。そうして盗賊が盗品を前にして、ひそかに投げ合う笑いのようなものを交わすと、私は釣りを貰って、

「じゃあ……」とそこを出ようとした。

「おい、待てよ」とJが言った。「一緒にどうだい、一緒に来ないか」

「どこへ?」

外には「機関車」が立っていた。

「まあ、ついてこいよ」

「連れがあるんだが」

と私が言うと、

「まいちまえ」

と「機関車」が言った。あの、銀座通りで私を袖にした「機関車」が、そしてビラの一件で私と対立した「機関車」が(――その時は、中将の息子が「よし、悪かったと言えば、いいんだろう」と折れて出て、けりがついた。)今はにこにこしながら、私に言うの

だった。

「一緒に行こうや」

私は変に心が躍った。「機関車」が、「機関車」の方から私を誘ったということは、私にとって、左様、ちょっと「天下を取った」ような喜びであった。

「行こう」

と私は言った。その私の勇んだ声に、

「酒を飲むんだぜ」

とJが念を押すように言った。

「分ってる」と私は言った。

ああこれがつい二月ほど前、Jと銀座に出た時、「機関車」みたいな「不良」と共にビールなど飲む勇気は自分には無いと、彼等と別れてほっとしたあの私であろうか。否、その別人みたいなところが、言い換えると極端から極端へと揺れ動くところが、まさしく私の正体なのであった。

私はその頃勉強していた「文章軌範」の中の「前赤壁」の賦を、既に酔払ったような声で朗唱しはじめた。

「——清風徐《おもむ》ろに来りて水波興らず、酒を挙げて客に属し、明月の詩を誦し、窈窕の章を歌う……か。少焉《しばらく》ありて、月東山の上に出で、斗牛の間に徘徊す。白露江に横たわりて水光天に接せり。一葦の如《ゆ》く所を縦《ほし》いままにして、万頃の茫然たるを淩ぐ。……」

「虞や虞や汝をいかんせん」とJが言った。

「馬鹿だな。違うぞ」

と「機関車」に笑われ、

「そんなこと位知ってるよ。角間は、じゃ、そのあとまだ知ってるか。暗誦できるかい」

「できるとも……」

私は胸を張った。

「浩々乎として、虚に馮り風に御して其の止まる所を知らざるが如く、飄々乎として……ええと、なんだっけ。そこは抜かして……是に於て、酒を飲んで楽しむこと甚だし」

「そうだ。酒を飲んで楽しもう」

町外れの薄汚いカフェーに私たちは入った。——

修学旅行先のその出来事は、それによって私が「機関車」の仲間に加わり以後親しく交わるということの当然考えられる機会なのであったが、旅行から帰ると私はまたあっさりと離れて行った。前は「機関車」から袖にされたことによって彼から離れた私だったが、今度は彼から仲間扱いされたことによって再び彼から離れたのであった。

その十二

その頃私の読んでいた文学書とは、どういうものであったか。

これは書物とは言えないごく薄っぺらなパンフレット的なものだが、有島武郎個人雑誌の、あれは何号だったか、「骨」という小説の載っている、それにはなお「詩への逸脱」という評論も載っていた、あの「泉」という雑誌が、いま私の脳裡に一番さきに鮮やかに浮び出た。

それは恐らく、前節で既に述べた如く私のその頃読んでいた本というのが、いつでも友人から借りたものか、或は図書館から借りたものか、そのどちらかに限られていたなかで、その「泉」だけは乏しい小遣銭を裂いて自分で買ったものであるが故に、一にそのことによって、私に忘れられないものと成っていたに違いない。即ち、その内容の感銘によってというより珍しく身銭を切ったという事実によって、その内容までついでに強く脳裡に刻まれたのであろうが、その「骨」という小説はそれ迄私の抱いていた有島武郎の小説とは随分違ったもので何か当てが外れた思いをさせられたことを覚えている。

「新潮」がたとえば七十銭だったその頃、「泉」はたしか二十銭だったので、これなら私も買える安さだったのであるが、しかし安さだけで買った訳でも無いようだ。中学三年生の私が武者小路実篤の「一本の枝」から（正確に言えば、古本屋から買ったその古本から）どんなに深い感銘を得たか、それは既に書き記した通りだが、中学五年生の私が「泉」を買ったのも、三年生の時以来ずっと尊敬を寄せつづけて来た「白樺」派の、――有島武郎は一人だったからなのである。とは言え、その頃まだ出ていた「白樺」を、――それは間もなく廃刊に成ったが、そんなに「白樺」派を尊敬していたのなら当然買うべき「白樺」を買わないで、「泉」を買ったというのは、やはりその安さからだったには違いないが……。

倉田百三の「出家とその弟子」などを愛読したのも、――それは五年生より前のことであるが、そして断る迄もなく友人（岡下）から借りたのであるが、それも「白樺」系のものとして受け取ったからであった。同じような宗教文学でも賀川豊彦の「死線を越えて」を読まなかったのは、それが「白樺」系のものでないからというので軽蔑した為であった。今日の所謂ベスト・セーラー、当時の用語で言えば洛陽の紙価を高からしめた「死線を越えて」は、別して文学好きというのでない同級生もみんな争って読んでいたものだが、私がそれを通俗物として目もくれなかったのは、あんまりはたでワイワイ言いすぎるので臍を曲げたというか、ワイワイ言うのに釣られるみたいなのが癪で読まなかったというのか、とにかく今日の私にもその癖が残っている、そしてその頃からだんだん昂じて来て今日の抜き難い強さに成ったところの、私のあまのじゃく根性のせいもあったようだ。しかし「出家とその弟子」もそう言えばベスト・セーラーなのであった。そして「出家とその弟子」や「死線を越えて」を魁とする宗教文学の流行は江原小弥太の「新約」「旧約」大泉黒石の「老子」といったものを生んだのであるが、別に「白樺」系でも何んでもないそれらを私は三田図書館でしきりと読み耽ったものだ。これは私が「死線を越えて」を「白樺」系でないところから読まなかったと言ったのと矛盾する。だが、私はそれらの宗教文学を、「白樺」的なものの一種の延長として受取り、「白樺」文学の周辺にあるものとして読んだのであった。流行文学であるということへの反撥に負けないでそれらを読めたのは、つまりそのためであった。

「骨」は有島的でないという読後感だったのは、それが「白樺」的でないという意味なのであった。「白樺」的でないというのは一口に言えば、求道的でないということであった。その頃の私が文学に求道的なものを望んでやまなかったのは、この私だけの、いわば特別な生い立ちに由来する特別な事情なのであろうか。それとも、一般中学生という年齢の然らしむる所か。この場合、求道的とは必らずしも宗教的の同義語ではなく、いかに生くべきかの追求もそのうちに包含されるところの広義のものであって、私が宗教文学を耽読したのも、宗教への関心からではなく、人生への関心からのことであった。

人生への関心であって、現実への関心ではない。私は現実暴露の自然主義文学を殆んど読まなかった。現実描写の小説は、読んでもつまらなかった。その系統と考えられるリアリズム派の現代作家（当時の）のものには私は無関心だった。いっそ無視と言ってもい い。それらを心を留めて読み出したのは、私が自ら作家たろうと考え出してからのことであった。言いかえると、いかに描くべきかに心を傾け出してからのことであった。即ち御手本として読み出したのである。

話が現在に移るが、先頃私は東大法学部の若い教授から、あなたは一体誰を相手に小説を書いているかと問われた。そうですねえ、誰をと言いますかねえ、所詮私自身に向けて書いているんですが、そう言っちゃ話に成らんですね。私は煙草に火をつけて、――つまり私の心の中に住む読者ということですが、そういう読者は外部にも存在するとして、そういう人を目当てにしている訳ですが。私は言った。ところで今度は私の方から聞きたいが、あなたのその質問は、疑問はといいますか、それはどういうところから来ているのですか。それはですね……と大学教授はちょっと言いにくそうにしたが、直ぐズバリと言った。法学部の学生たちは、いや総じて学生は（作家志望の者は例外として）現代作家（今日の）の小説というものを全く読んでないというのである。小説を読まないという訳ではないんですが……と彼は附け加えて、

「これは学生だけのことでなく、私たちの周囲の者もそうで、インテリゲンチャ一般と言

っていいと思うんですが」

それで、私という現代作家は一体誰を目当てに小説を書いているのだろうという疑問が生じた訳である。彼の言う現代作家から私だけ例外だとすることはできぬ。

この私は、時代の寵児たるパンパン娘などに愛読されたり、アロハのあんちゃんなどから催淫薬の代用として珍重されるような小説を才拙くして書くことができないのだが、せめて私の読んで貰いたいと思っているところの学生やインテリゲンチャ諸君からも、かくて一顧だに与えられないとすると、こりゃどうしたもんだ。人口過剰の叫ばれている日本で、誰一人読者というものは無いのか。苦心して書いても誰にも読んで貰えないというのは、いくら私自身に向けて書いているのだとしたところで、これはまことに私の心を沮喪させるに足る事実だったが、

「僕がやっぱり学生時分は、――いや、僕だけじゃない、僕の学生時分もやっぱり一般の学生やインテリはそうでしたね。してみると、これはインテリの一種の伝統ですかね」

と私は言った。強がりではなく、今日の事実がそのまま、私の学生だった頃の事実でもあるという事実に寧ろ私は驚いたのである。そして、あたかも私が嘗つて現代小説（当時の）を無視したそのバチが当ったみたいに、私が現代小説（今日の）のひとりの書き手に成った時は今度は逆に無視されるというその事実を、私がさも当然とするような顔だったのは、そうした因縁からの諦めでもなければ、私の嗜虐的な性癖の故でもない。いかにも

そうだろうと、残念ながら自ら頷かれるからであった。忙しい現代作家によって毎月の雑誌に忙しく書き飛ばされる、まるで落し紙の大量生産に負けない堆高さの現代小説をこれ又忙しく読み散らすことよりも、時という辛辣で公平な批評家の取捨によって今日に残されている古典的な文学をゆっくりと味読した方がたしかにいい。いいが、私の前述の頷きは、あながちそうした高邁な心境からの頷きでもなかった。

思い出に戻ろう。私がかくて「白樺」派以外の現代小説（当時の）に対して無視的であったのは、それらが文学に於ける第一義的なものに対して無視的であったからだと、そうも思われる。だがまた私の無視は文学の表現美といったものに対する無視でもあったと顧られる。無知より来る無視。幼い頭は内容しか読みとれない。それは丁度戦時中、芸術も何も分らない軍人が、軍人であるというだけで所謂文化指導に乗り出して、下らぬ戦争画などを、それが単に忠勇無双の軍人の姿を描いているというだけでこれは傑作だと賞讃して、画はすべてこうでなくてはならぬとした、あの恐るべき芸術的無知と似ているのであった。画としてはどんなに拙劣なものであろうと、そこは分らない。描かれているものだけが問題である。林檎が転がっていたり裸婦が寝そべっていたりする画は、けしからんのである。

「白樺」派の作品を私は拙劣な戦争画になぞらえようというのではない。なぞらえるとすれば、私はその頃の私自身の幼稚さを、拙劣な戦争画しか認めない軍人の幼稚さになぞらえねばならぬ。私の無視は私の弱点の暴露に他ならないのであった。しかしながら無視される方にも、——無視されることが一種の伝統とさえ成っている日本文学にはこれまた、それだけの弱点があるものとせねばならない。

＊

——その日、私は岡下から借りた有島武郎の本を、それだけ持って学校に出た。暑中休暇が終って、二学期に入る始業日であった。夜来の雨はあがっていたが、朝はまだ曇り気味であった。

岡下から借りたのは「迷路」であったか、「反逆者」であったか、新潮社版の有島武郎著作集の一冊だったことは覚えているが、それをその日、学校の帰りに岡下のところへ返しに行こうと思ったのである。その春、商大予科に入った岡下とは、岡下に会うことによって落伍者の惨めさを嘗めさせられることがいやだったから私はしばらく離れていたのだが、やがてその私も、恐らくは友情を復活したい願いよりも新刊本を従来通り借りたい望みから、渋谷のその家へ訪ねて行くように成っていた。

有島武郎の本を夏休みに私が借りたのは、前述のような「白樺」崇拝の気持からではあったが、夏休みの前に山荘での情死事件があったせいでもあった。有夫の女性と心中した。

「ああいう死に方は残念だ」と岡下は言った。

「残念？　そうかしら」

と坂部は言った。心中の相手が人妻だというところから有島の行為を不倫として糾弾する声が一般に高かったので、岡下も世間並みのその意見に加担しているものと取ったらしく、

「それは常識論だ。岡下君」

「常識論かしら。死ぬんだったら、僕は心中なんかしないで、ひとりで死んで貰いたかった。あれでは卑怯だと思うんだが、これ常識論かしら？」

岡下は度の強い眼鏡に手をやって、

「思想の悩みを解決するのに、心中なんて手段を取ったのは、僕には残念なんだ」

ああそうかと坂部は頷いて、

「僕はまた、君が有島さんの情死を不道徳だと言うのかと思った。僕は、道徳を超越したものと考えていたから……」

「芸術家は芸術家を擁護するね」

と岡下は微笑した。ひやかしではなく、美術学校の制服を着た坂部は、私たちの眼からすれば既に芸術家だった。私の憧憬する芸術家だった。

「有島さんは、ほら、個人雑誌の中で、ちゃんと書いていたね。恋と死のこと……」

「たしか『詩への逸脱』じゃない?」と私はその岡下に言った。

「そうそう、それだった」

と岡下は指先で机を軽く叩きながら、

「有島さんは自分で書いたことを自分で実行したんだ。勇気がある。そこは卑怯じゃない。だけどもさ、今も言ったように、自分の思想上の苦悩を解決するのに情死でもってそれをするのは、僕はやっぱり卑怯だと思うんだ。女を道連れにするのは卑怯だ」

「岡下君は有島さんの死を思想の行きづまりと考えるんだね?」坂部には珍しい強い語勢だった。

「そうじゃないの?」

「僕はあれは恋愛の行きづまりだと思うけど……」

「そうかねえ」

「行きづまりと言ってはなにかもしれないが、思想の行きづまりと言ったから、それを真似て……」

「思想の行きづまりとは、全然関係無い?」

「全然無いとは言えないね。でも、あの心中は思想の問題ではないと僕は思う」

「いやに軽蔑するね」

「軽蔑じゃないよ。僕は情死を礼讃してるんだ」

中学生時分は極めて真面目な印象だった坂部からこんな大胆な言葉を聞かされようとは……。それは四年生のとき物理の教師に楯ついて行った彼のしんの不敵さと一脈通ずるものもあったが、美術学校に入って急に私などより大人に成ったように私に感じられた。その坂部は落ちついた声で更に言葉をつづけた。

「君の言う有島さんの思想の悩みとは、例の『宣言』なんかで有島さんの言った、自分は第四階級の出身でないから、どうしたらいいだろうという……」

「そうだ」と岡下は遮った。「有島さんの悩みは、僕の悩みでもあるんだ」

私もその「宣言一つ」は読んでいた。それにはこう書いてあった。「第四階級以外の階級に生れ、育ち、教育を受けた」自分は、たとえ「生活が如何様に変ろうとも、結局在来の支配階級者の所産であるに相違ないことは、黒人種がいくら石鹼で洗い立てられても、黒人種たるを失わないのと同様」で、どんなことをしても第四階級者すなわちプロレタリアに成り得ない。しかし自分は第四階級の運動の必然を固く信ずる者であり、その運動に寄与する所ありたいと思うのである。この自分は、では、どうしたらいいか。自分は更に、第四階級の運動は第四階級自身の手でなされなければならないと思う。従って、「第四階級に対しては無縁の衆生の一人」であり「新興階級者になることが絶対に出来ない」自分が、第四階級の運動に関与するというようなことは、運動を攪乱するだけでなく、僭上の沙汰である。自分はどうしたらいいだろう。せめては「第四階級以外の人々に訴える仕事」をするのが自分に許された唯一の仕事であろうか。……「有島さんの情死は僕は芸術家らしい最後だと思うけど……」坂部は言うのだった。「有島さんの悩みは甘いと思うんだ」

「そうかねえ」

岡下はやや激した口調で、

「農場をただで小作人にやったり、蔵書を全部売ったり、……あれなんかも甘いのかね」

「そりゃ、なかなか出来ないことだろうさ。しかしね、大杉栄だって、第四階級以外の出身なんだ」

「とうとう大杉栄が出た」と私は言った。

この日、私はまだ私の読んでない有島武郎の本を岡下から借りたのであった。その私は、有島武郎が第四階級以外の自らの出身を嘆いていたのに対して、私の方は自分が第四階級的境涯にあることを嘆いていたのである。そして心ひそかに早く第四階級的境涯から抜け出たいと願ったものであった。

学校は十時頃終った。

それから岡下の家へ行こうと思っていたのだが、前夜の涼しさに寝冷えでもしたのか、頭痛気味なので私はそのまま家へ帰ることにした。旧議事堂の前から愛宕通りへ行き、芝公園を抜けて赤羽橋へ出るいつものコースを辿った。赤羽橋の下には例によっておわい舟が集まっていた。悪臭に顔をしかめて私は橋を渡り三田通りに出ると、有馬ケ原の方へ曲らないで真すぐ行って、慶応前の古本屋に、「何か買うかな」と立ち寄った。そして随分永い時間を費したのち私の買ったのは、私の最も買いたいとする文学書でなく、買いたくなくても買わねばならぬ受験参考書の「東関紀行」の註釈書であった。いや、これだって一種の文学書に違いないのだが、「齢は百年の半に近づきて、鬢の霜やうやく冷《すず》しと雖も、為すことなくしていたづらにあかし暮すのみにあらず、さしていづこに住み果つるべしとも思ひ定めぬ有様なれば、かの白楽天の『身は浮雲に似たり、首は霜に似たり』と書き給へる、あはれに思ひ合はせらる」という書き出しのその「東関紀行」を、私は「国文解釈」の勉強の為に読もうというのである。

　思えば、この「東関紀行」もその一例だが、古典はこうして私にとっては、ただ受験勉強の単なる材料に過ぎなかったのである。「徒然草」でも「方丈記」でも、すべては私の国漢文解釈の素材に過ぎず、それの説く人生観的なものをそれから学ぼうとはしなかった。そういうことは文学書にのみ求めた。そう言えば武者小路の「一本の枝」から生きる喜びといったものを教えられてどんなに私が感動したかは何節か前に書いた通りだが、そうして生きる喜びにひたすら心を向けようとしていた若い魂にとって、たとえばその全巻が殆んど厭世思想と無常観とで蔽われている「徒然草」などから人生観的なものを学ぼうとしても、それはやはり無理だったろうとも言えるであろう。「人はただ、無常の、身に迫りぬることを心にひしとかけて、つかのまも忘るまじきなり」（徒然草）といった無常観は、ただに「徒然草」だけのものではなく、総じて古典に共通したものであった。人生の黄昏をその身心に感じている現在ならいざ知らず、人生の曙にあった私が、漸くこれから枝葉を生い繁らそうとする若木の時期に当って、「万事みな非なり、いふに足らず、願ふに足らず」（徒然草）といった厭世観を突きつけられては、やはり抵抗を感じないではいられなかったであろう。

左様、抵抗と言えば昭和十五年に——すなわち太平洋戦争勃発前のあのなんとも言えぬ息苦しい重圧的な空気の中で、私は「遁世への抵抗」という題の短文を書いた。「私は、この頃ふとした折に、遁世への誘惑といったものを感じることが多い。思い切って世捨人になって、サバサバしたいという気持である。作家は既に一種の世捨人といえないこともないが、作家であることも捨てて遁世したい気持である」と私は書いた。これだけ書き抜くと、これは当時の重圧に対する一種の抵抗の文字と読みとれないことも無いが、つづいて私は「時勢の動きを圧迫と感じる敗北的な心理から、その圧迫感に堪えかねて、ペンも何も捨てて了おうというのではない」と書いている。「時勢の動き」への、いかにも意気地の無い気兼ねを見せつつ私は書いている。「今日、私は積極的な気持になっている。自己革新、自分の文学の再建設ということに、一生懸命努めている。……だのに、ふとしたはずみに、何か面倒臭くなって何もかも放り出して了いたい、そんな誘惑に襲われることがある。仕事の空しさといったものが、隙間風のように心へ忍び込んでくることがある。そして、これはいけないと自分を叱り、鞭打つのだが、極端に言えば、自己革新の努力は遁世への誘惑との抵抗と結びついている、抵抗によって努力へと自ら駆り立てている、そう言ってもいい」——人によっては、これを一種の反語的表現と見抜いて、「時勢への動き」を実は圧迫と感じている私の本意をちゃんと汲み取ってくれるのではないかといった気持も無かった訳ではない。

「日本の文学者の血には、何か伝統的に遁世の志というのが秘められているのではないか。それが何かのきっかけに、表面に浮び出てくる、そんなことも考えられる。日本の文学者というのは、遁世の志というものに対して、心の奥のどこかでかねて郷愁めいたものを感じているのではないか」こう書いた私の心の奥には遁世の志というのがたしかに秘められていたのだった。遁世礼讃の古典を私は単に受験参考書としてのみ読んでいたつもりだったが、こうしてみると、その古典の説く無常観は、いつかやはり私の心のうちに植えつけられていたものと思われる。乱世の生んだ厭世思想に、私は自分の身が乱世に置かれてみると強い共感が寄せられるのだった。

「祇園精舎の鐘の声、諸行無常の響あり」という有名な平家物語の句なども中学生の私はただ有名だというだけで機械的に暗誦していたものだが、そうして鵜呑みにしたものも、いつか自分の知らぬうちに消化されて、その無常観が私の血の中に流れていることを見出さねばならない。

翌十六年、私は多くの作家とともに徴用令を受けて、陸軍報道班員というものに成った。そして平時ならば「精舎」の鐘の声の至るところで響いている筈の仏教国ビルマに赴いたのだが、生憎く戦場と化した為に鐘の声のかわりに砲声が鳴りひびいていた。その砲煙弾雨の戦場で、死が殆んど確実なものとして考えられた時、私は所謂侵略戦争に巻き込まれて殺されるのでは、死んでも死に切れないといった気持は一向に無かった。ここで死なねばならぬ運命なら仕方がないといった諦念に身を沈めた。私は既にその頃は、——それまでどうしても認められなかった戦争を遂に認めるように成ったからでもあるが、その頃の私の心の動きについては、いずれ書く時があるだろう。

私は死を覚悟した。ただ私は、まだ何も人にこれと言って誇りを以って差し出せるような文学的な仕事をしていないのに、ここで死ななくてはならないということはいかにも残念だと思った。生命は惜しくないが、仕事が惜しい。これは不思議な分裂だった。生命あっての仕事なのであるから、仕事が惜しいということは生命が惜しいということに成らなくてはならない筈なのに、そこがはっきり分裂していた。仕事が惜しいと残念がるのは即ち生命が惜しいと残念がることに他ならぬと、人は思うかもしれないし、今の私は自分でも、それはそういうものだと思えるのだが、その時の、死に直面した時の実感としては、生命は惜しくないがというのが、うそいつわりの無いものだった。ここにも私は、私の心に秘められた、そして「何かのきっかけに、表面に浮び出てくる」無常観を見るのである。

——私はこれを書くに当って、「徒然草」を書架から取り出して机辺に置いた。筆を運ぶのに疲れると、ごろりと畳に転がって、その頁をぱらぱらと繰るのだったが、次の一句に眼が触れた時は、私の口から思わず、呻きに似た声の出るのを防ぎ得なかった。

日暮れ道遠し、わが生すでに蹉跎たり、諸縁を放下すべき時なり。信をも守らじ、礼儀をも思はじ。この心を得ざらむ人は、ものぐるひともいへ、うつゝなし、情なしとも思へ、そしるとも苦しまじ、ほむるとも聞き入れじ。

重ねて余談にわたるのであるが、前述の「遁世への抵抗」を書いた年に私はある小説（「私と商人との交渉」）の中で、ヘルマン・ヘッセの「クヌルプ」（相良守峯訳）の一節を引用した。「至高の美なるものは、常に、人がそれに触れた際に、愉快の情の他になお、悲哀なり不安なりの念を抱かせるものである。それはこうだ。どんなに美しい少女であるにした所で、彼女は美しい盛りを過ぎれば、次第に年をとって死ななければならない。が、そうしたことを承知していてこそ、人はほんとうに彼女を美しいものと思うだろう。もし美しいものがいつまでも変らぬものであるなら、僕は初めの中は喜んでいるだろうが、次第にそれを冷淡な気持で眺められるようになり、遂には、何時だって見られるのだ、何も今日に限ったことではないというように考え出すだろう。それに反して脆いもの、移《うつろ》うものに対しては、それを眺めて喜びを感じるのみでなく、同情の念すら抱くようになる」——私は「徒然草」の次の一節を読んで、ふと、この引用を思い出したのであった。

あだし野の露、消ゆる時なく、鳥部野の烟、立ち去らでのみ。住みはつるならひならば、いかにもの丶あはれもなからむ。世は定めなきこそ、いみじけれ。

はかない故美しく、そこにもののあわれがあるとする考えは「徒然草」の全巻を貫いている。いや、「残りなく散るぞめでたき桜花」と古今集にもある。散る花故めでたいとするのは、いわば極めて日本的な美的感覚とせねばならぬ。それを私は中学生の頃に夙に日本の古典から教えられていた筈だのに、西欧文学者の言を俟って初めて、それを甚だ新鮮なそして甚だ尊重すべき美意識と認識する。再認識すると言ってもいい。これは日本の古典をやっぱり「国文解釈」としてだけ読みすごしたことの罪であろうが、またそれだけのことではないようだ。自国の古典を（そして文化を）不当に軽蔑するという不思議な心理を私はそこに反省させられるのである。

ここで更に余談にわたるのであるが、前節で私は前赤壁の賦の一部を暗誦する私を書いた。漢文の力をつける為に、当時の私は前赤壁の賦もその「巻七乎字集」におさめられているかの「文章軌範」を、殆んど暗誦せんばかりに繰り返し繰り返し読んだものだが、二十余年後の今日は、それに一体どういうことが書いてあったか、全く忘れてしまっていて、その忘れ方のひどさは「徒然草」などの比では無い。内容を忘れただけでなく、今では、たとえば「巻一候字集」の「高閑上人を送る序」などを白文で出されては、素読すら殆んど不可能という始末である。

苟可以寓其巧智使機応於心不挫於気則神完而守固雖外物至不膠於心尭舜禹湯治天下養叔治射庖丁治牛師曠治音声扁鵲治病僚之於丸秋之於奕伯倫之於酒楽之終身不厭奚暇外慕夫外慕徙業者皆不造其堂不嚌其胾者也。

十七歳の私が、すらすらと、いや、そうも行かなかったろうが、とにかくこれを読んで「漢文解釈」の勉強をしていたのに、同じ私が今は、全然読めないと言っては誇張に成るが、――まあ、そんなことはどうでもいい、私はこうした漢文勉強に、いや総じてこうした、あとに何も残らない勉強というものに、空しく費された時間と努力を考えるのである。何も残らない？――そうだ、そう言っては、これまた誇張に成るだろう。「徒然草」

などの勉強がしらずしらずに私の心に残したと同じようなものが当然この場合もあるとせねばならないが、その、残ることを主にした学び方、教え方ということを考えるのである。

私は、その頃ただもう受験の為の勉強にばかり熱中していた自分の愚かさを棚に挙げて、当時の教育法を批判しようとするのではない。たまたまこの手記を書く参考に、「徒然草」と一緒に、これはその頃私の読んでいた「文章軌範」の註釈書も取り出してきて、そして、これは——と驚いたということをここに記して置こうと思うのである。驚きは、今も述べたように、韓文公の漢文が漢文のままでは現在の私には素読も殆んど不可能である上に、韓文公の「争臣論」「諱弁」と言っても、欧陽公の「朋党論」「縦囚論」と言っても、さては杜牧之の「阿房宮の賦」、陶淵明の「帰去来辞」と言っても、どういうことが説かれていたかさっぱり記憶が無く、各頁に赤インキや青インキでいろいろと線が引いてあるのさえ、自分が果して引いたとは思えない有様なのに、思わず、うーむと唸らせられたというだけではない。漫然とひろげた頁を、注釈を頼りに読んでみると、忽ちふむふむと頷かせられる、否驚かせられる、至る所で驚かせられる、そうした驚きの方が私には重大なのである。こうも教えられるところ深い「文章軌範」を、左様、「文章」の「軌範」としてのみ読みすごしたのかと、驚きはまたそっちに行くが……。

前掲の「高閑上人を送る序」の冒頭の一節も、偶然眼に触れたものだが、注釈を頼りに読んで行くうちに、私は「徒然草」のこれまた前に掲げた「日暮れ、道遠し……」の一節を眼にした時と同じ感動を心に与えられた。私は自分に、――これだ、これなんだと叫んだ、こう行かなくちゃいかん。だが、道は遠く、日は既に暮れている。だが、そうであっても、――そうだ、「心に膠せじ」。

私はここにもう一度、その文章を書き記そうと思う。それは即ち私の心に書き記そうとすることだが……。

苟《いやしく》も以て其の巧智を寓し、機をして心に応ぜしめ、気に挫《くじ》けざらしめば、則ち神完うして守ること固く、外物至ると雖も、心に膠《かう》せじ。尭・舜・禹・湯の天下を治めしも、養叔の射を治めしも、庖丁の牛を治めしも、師曠の音声を治めしも、扁鵲の病を治めしも、僚の丸《ぐわん》に、秋の奕《えき》に、伯倫の酒に於けりしも、之を楽んで終身厭かざりしなり。奚ぞ外に慕ふに暇あらんや。夫れ外に慕ふて業を徙《うつ》す者は、皆其堂に造《いた》らず其胾《しゝ》を嚌《くら》はざる者なり。

家に帰った私は、早目に昼食を取った。

飯をすませて、飯茶碗で茶をのみ、それをちゃぶ台に置いた時、ごうーという何かえたいのしれない響きが聞えてきた。遠くから何か恐ろしいことが迫ってくるらしい音が、地上を伝わってというより地底から響いてきたと思うと、ちゃぶ台のいま置いた茶碗が、他の食器もろともひっくり返った。私の身体も、どすんと突きあげられていた。その頭上にザーッと壁土が落ちて……。

下から突き上げる激動は速射的に襲ってきた。

「大変だ！」

跣足のまま庭に飛び降りた。

「おばあちゃん、早く……。地震だ」

台所にいる祖母に私は叫んだ。庭に降りて私は初めて、これは大変な地震だと分ったのだった。だって、——それまで私の知っている地震というのは、たとえどんなに大きく揺れても水平動の揺れ方で、この時のように上下に揺れるというのは嘗つて経験したことが無かったから、はじめは、地震だかなんだか分らなかった。凶変感だけだった。

庭の裏木戸に、私と母親と祖母の三人がお互いに縋り合った。今はもう、はっきり地震と知らされる水平動だったが、今まで知らない恐ろしさで地面は揺れつづき、それはまるで眼前の私たちの家を、これでもか、これでもかとゆすぶっているみたいだった。まだ倒れぬか、しぶとい奴だ——と、こづかれて、粗末な長屋建築の家はキーキーと悲鳴を挙げていた。その家の中は壁土の砂煙が濛々とたちこめている。

「ナムアミダブツ、ナムアミダブツ……」

と祖母は念仏を唱えた。無言の母親は恐らく「金光さま」に必死の祈りを捧げていたのだろう。私は私で、早く地震がおさまりますようにと、何物かに祈っていた。その私は、胃袋にものがつまっているせいか、船酔のような嘔気を覚え、その耳は——果して内部の耳鳴りか、それとも外部から事実聞えてくる音か、それは分らないが、わーんと鳴っていた。

家は一生懸命抵抗していた。地震は気のせいか、弱まったようだ。だが、不幸という奴は、不幸が去りかけたとこっちが気を許した瞬間に、えてしてがっと襲いかかってくるものだと、——こういう場合、そうしたペシミスチックな考えにとらわれ勝ちの私は、眼前の私たちの家が今にも私たちの方に倒れてきそうな恐れを、地震が弱まったからとて、それでゆるめることはできなかった。庭は猫の額みたいな狭さだったから、もしも家が横倒しに庭の方へ倒れてきたら、私たちはその下敷に成ってしまう。その危険をのがれる為には、いつぐしゃッと潰れるか分らない危険な家の中へもう一度飛び込んで、そして玄関から反対側の外へ出るか、或いは木戸から裏の路地に出て、これ又いつ左右の家が倒れてくるか分らない狭い路地を抜けて、完全な表通りに出るか、どっちかしか無いが、そのどっちも危険な裏木戸にとどまっているのと同じ危険さだった。寧ろ、足の遅い祖母を連れてうろうろする方が危険だと母親は考えて、私がここはあぶないからほかへ行こうと一度は口に出して、左様、おろおろ声でそう言ったのを、駄目駄目としりぞけた。

かくて私は、母親と祖母と三人で一緒に死ぬんなら……と思った。死んでもいいや……と私は思った。つづいて私はなんとなくあたりを見廻して、

「僕には、おっかさんと、それからおばあちゃんと、──それだけしか無いんだ」

と心の中で叫んだ。この時、私の胸にぐっと衝きあげたものは、それは文字にすれば、母親と祖母への切ない愛情といったものに違いないのだが、そう言っただけではその時の実感は伝わらない。どう言ったらいいか。その感じは、──地球上の全人類が絶滅して、生き残ったのは、たった三人だけ、私と母親と祖母だと分った時のような……とでも言うか。いや、そんな有り得ない仮定でなく、その感じを、感じに即して見るならば、私の心のうちには息づまるような愛情の沸騰とともに、それはまことに血の湧き立つ想いだったが一方では、血の凍るような想いが同時に存在していた。それは、私をこの地上に生みつけた父親が、私のもしかすると死ぬかもしれないこの時に当って側にいないという事実、──既に父親は死んでこの世に居ないとか、生憎く家から出かけていて居ないとか、そういう不在ではなく、私と同じ父親の子供ではあるが私とは生れ方の違う子供たちの住んでいる家にはちゃんと居て、私の家には居ない、そういう不在の事実から来たものだった。いや、その事実だけだったら、寂しいとか悲しいとかいった程度で済ませたが、その事実から私の厭でも応でも教えられた事実の意味、──それが私にぐっと来たのだから、そうなるというと、それだけでは済まされなかった。

今迄は私は、私の父親は私の家にこそ居ないが、しかし私には私の父親というものはあるのだとしていた。私の前に一度も姿を現わさず、私に一度も会ってやろうとさえしない無情な父親だが、そして中学校でなく安上りの実業学校へ行けとか、四年修了で高等学校に入れないなら私立へ行けとか、それは使いの男の伝言だから、父親の本意とは少しは違うかもしれないけれど、それにしても私には決して親切とは思えない父親だったが、でも、どんな父親にしろ、私には父親があるのだと考えていた。

岡下の父親にいつか会った時、お父さんは何をしていらっしゃるの？　と問われて、すっかりどぎまぎした私は、父親は死んだとうそを言い、そして私は、どうせ父親の居ない家の子なら、いっそほんとうに父親の死んで、居ない家の子であってほしいと、そんなことを思ったが、それは私の父親が世の常の父親でない為の私のひがみで、その証拠には、直ぐ私は私の父親のような父親でなく、世の常の父親のような父親をほしいと思ったものだ。そしてこれらも亦、私にはとにかく父親というものがあるのだとした上での、不平不満と言うか、怨みつらみと言うか、或は哀れな望みと言うか、まあ、そうした工合のものだった。

だが、今は、――今こそ私は知らねばならなかった。私には父親というものは無いのだと。

家に居ないというだけでなく、この世に存在しないのだと、私は思わなくてはならなかった。

家に居ないというだけなら、飯倉の邸にも、この時刻では居ないかもしれない。恐らくどこかへ出かけていて、留守だろう。しかし、そのどこかで地震に会って、驚いて家へ帰るに違いない。家族の身を案じて外から急いで帰ってくる父親を、家族は家で待っている。その家が万一崩壊して、子供たちの誰かが父の帰りを待たずに死ぬというような場合があるとしても、その子と父親とは、心の中で結ばれている。——私には、それが無い。無いということは、私には父親が無いということだ。

事の事実を私は遂に知らされた。見るのが恐ろしく眼を避けていた真実が、無慙に私の前に突きつけられた。

「私には父親は無いのだ！」

そうして私は、そのことを通して次のことを、言うならば初めて知ったのである。

「しかし、ここに母親がいる。私には母親がある！」

もしも私が岡下の家へ行っていたら、離れ離れでこの地震に会わねばならなかったのだが、身は離れていても、私たちの心は結ばれている。たとえ離れ離れで死なねばならぬ場合があったとしても、心は固く結ばれている。世界中でこの私と固く結ばれているのは、この母親と祖母しか無いのだ！

私は再び心の中で叫んだ。

「僕には、おっかさんと、それからおばあちゃんと、――それだけしか無いんだ」

その十三

震動がひと先ずおさまると、私たちは路地伝いに玄関前の道に出た。見ると、そこには大家《おおや》の女主人が、道に雨戸を敷いてその上に行水の盥を置いたその中に、ちょこんと坐っていて、

「あああ、ひとりで死ぬのはいや、いや」

女主人のひとり息子は、例の人力車夫の娘との仲を割かれ、娘の縊死事件というのがあってから、その家を飛び出していた。そしてその女主人の良人というのは、朝鮮の鉱業会社に、若い妾と一緒に行っていたから、その言う通りひとりぼっちなのであった。

「奥さん、わたしがお側にいますから、そんな心細いことおっしゃらないで……」と、私の母親はまるで下婢のような鄭重さで女主人を慰めた。同情もあったろうが、大家さんで「おとくいさま」の女主人に、母親はかねてから主君に仕える如きへり下った態度を持していた。ところが相手は、なだめられると一層泣き出す駄々児のように、いやいやを続け、その半狂乱のさまは私に、気がほんとうに違ったのではないかと思わせる程だった。

あの、その頃よく街頭でみかけた、あの、台に乗ったままの身体を犬に曳かせて物乞いに廻っている、哀れなというより気持の悪い、足萎えの乞食そっくりのさまで盥の中などに坐り込んだまま動かないその恰好も実に奇怪至極だったが、やがてその女主人もヒステリックな昂奮が鎮まると、譫言《せんげん》めいたことを口走ってやまないのも不気味なら、その頃よく街頭でみかけた、

「あんた方も早く雨戸を敷いて……早く早く」

と言うに及んで、その謎も自ずと解けた。地割れに備えての雨戸であり、そして盥の方は津浪が襲ってきた際の、まことに深慮遠謀の備えなのであった。

「ぶりかえしが、すぐ来ますよ。今度来たら、さっきみたいなもんじゃありませんよ。ええ、そんなもんじゃありませんよ」

女主人に嚇かされて、私はあたふたと雨戸を取り出しにかかった。雨戸は玄関のでよかったから造作なかったが、盥となると、台所へ行かねばならぬ。すなわち家の中へ入って行くか、再び狭い路地を迂回して行くか、どっちかだが、いつゆりかえしがあるか分らぬから、それも女主人の言によると最初の激震よりも更にひどいのがいつ襲ってくるか知れぬとなると、どちらも危険であった。どうしようとためらった私の耳に、

「津浪なんか来やしないよ、こんなところまで……」

それは隣家の長男——と言っても頭の禿げ上った映画批評家だった。私は彼の言葉に同感だった。津浪なぞ来ませんようにという願望も手伝っての同感であったろうが、同感と

ともにちょっと気が咎めて背後を振り向くと、大家の女主人の、明らかにそれは怒りの光りと思われる光った眼とその私の眼がぶつかった。女主人がその津浪襲来説を真向から嘲笑した隣家の長男には怒りを向けず、耳を傾けただけの私を却って睨みつけるというのは不条理だったが、女主人に睨みつけられる前から既に睨みつけられはせぬかと気が咎めていた私は、気が咎めて背後を振り返ったことによって、女主人から却って睨みつけられるのを自ら招いていたとも言えるのであろう。嘗ての日、飛球の命中を避けようとして、却ってその落下点に自分を近づけていたあの出来事と、——あの何か私というものの運命を暗示するような出来事と、それは似ていた。

その飛球のように、宛かもパチンと弾かれたかのように、私は女主人から睨みつけられるとわが眼を、はっと空に放った。すると、その私の眼は、実に異様な、いや恐ろしい、いやこの世の終りを告げるかのような、いいやアな赤暗さに変っている太陽を、そこに見出して、

「あッ、あれ」と私は叫んだ。「あの凄い太陽」

それは日蝕のようにかすんだ太陽だったが、しかし朧ろにかすみながら焼け爛れたどぎつさは寧ろ平常より勝っていた。腐肉のような色は、刻々に太陽の生命が——生命という言葉を使えば、それが急速に衰滅しつつあることを告げているとしか思えない。太陽の死ぬ時は、人間の絶滅する時である。その時が容赦なく迫りつつある。私は肌に粟の生ずる

おもいだった。その耳に再び、

「あれは、埃のせいだな」

隣家の長男は冷静な判断を下した。

「おッそろしく埃が舞い上ったものだ」

私は、ああそうか、ああそうなのかと安堵の胸を撫でおろし、そうだ、それに違いないと又も同感の頷きをしたが、またしかし、そうなると何か物足りないがっかりした感じだった。安心とともに変な不満を覚え、冷静な判断というものにいっそ憤懣めいたものさえ唆られながら私は、地上から舞い上ったおッそろしい埃で、つい今し方まではからりと晴れ渡った青空だったのが汚い灰色に忽ち濁ってしまっているのをしばらく見上げていた。

気がつくと、母親の姿が見えない。どこへ行ったのだろう。そこへ、その母親が玄関から出てきて、あぶない家の中に入っていたのだと知らされた。反物のままのものや縫いさしのものを、いっぱい胸許にかかえて、よろめくように出てきた母親に、

「家へ入っちゃ、あぶない」

「でも、大切な預りものだから……」

——母親は私の母親であるとともに、仕立屋でもあったのだ。私はその時、いくら大切な預り物だからとて生命には替えられないといった意味のことを言って、その行動を責めたが、今日の私は仕立屋としての母親が自家のものは放って置いて他人のものだけはいち

早く取り出したその心情に頭を下げざるを得ないのである。

やがて「ぶりかえし」が来た。来たぞと私は地面に敷いた雨戸の方へ駆け寄った。

万一足もとに地割れの穴があいてそれに落ち込むというと、地割れはまるで待ってましたといわんばかりに忽ち収縮して、さあもうそう成ると、身動きもできぬ——という話を、宛かも嘗ってそれを目撃したことがあるかのように、大家の女主人は語っていた。つづいて火事にでもなると、身動きならぬ身体は、火あぶりの刑に処せられるような苦しみで、無慙の焼死を遂げなくてはならないのだとも言った。立っている足もとが、よりもよってパクリと口をあけるなんてことは、それこそ万が一のことではあろうが、しかし、それが絶対にありえないとは誰もまた言えないことなのだから、万一に備えて雨戸の上に乗っているに若《し》くはない。そうすれば、たとえ足もとに地割れが生じても、その戸板が穴への転落をちゃんと防いでくれる。

私が雨戸へ駆け寄ったのは、火あぶりはたまらんという恐怖も固よりあったが、大家の女主人の発案の雨戸の上に、その言う通りに避難することによって、さきに私が心ならずもその感情を害した女主人の、今度は御機嫌を取り結ぼうという気持もあった。だが、いざ雨戸に足をかけようとすると、

「これ、これ!」激しい叱責の声は意外にも女主人のだった。「立ったまんまで踏んだら、雨戸が割れてしまう」

割れては役に立たぬという意味ではなく、修繕費がピンと来ての大家としての叱責だった。こっちもピンとそれが来たのは、あながち私のいわば得意のひがみ根性のせいではなく、相手が何しろ、しわいということでは、店子はじめ近隣にいつも蔭口の種を撒いているその女家主だったからに他ならぬ。店子がよほど頼みに頼まないと、腐った樋だって屋根の雨漏りだって一向に修繕してくれない女家主だった。

「しゃがんで、しゃがんで……。駄目駄目。裏に横木の渡してあるところへ膝をやる。……」

生命の心配だけで精一杯の筈のこの期に及んで、雨戸のいたむのを心配するとは、まことに以って面目躍如というものだった。雨戸を敷けなどと、下手なことを言ったものだと今は悔いているみたいだった。

母親と祖母は、かねてこのことを予知してか、雨戸の隅に気がねそうに腰かけていた。

クソ垂れ婆のぼろ家なんか、ぶっ潰れろ。焼けちまえ！

ぼろ家は然し、貧乏ゆすりをするだけでぶっ潰れなかった。それこそひと揺れで、ばらばらと毀れてしまいそうなぼろ家だったが、いや、それだから却って無事だったのだ。そうと知らされたのは、――三田へ用足しに行った近所の男が、

「命からがら逃げてきた」

という前置きをして、三田四国町の「日本電気」の工場が「もろにぶっ潰れた」という話をした。

「見てる前で、あんた、あの三階建てのでッかい建物が、ぐしゃッと成ったんだからね」

「ありゃ、たしか、頑丈な鉄筋コンクリートだが」聞き手の一人がそう言うと、それは火に油を注いだ感じで、

「それが、いけねえんだ。頑丈だから、いけねえんだ」話し手はここぞとばかりに、「ここへ帰ってくる道々、ぶっ潰れた家を見るてえと、どれも、その、頑丈なという奴だ。潰れそうもねえ家に限ってぶっ潰れている」

「ちょっと待って……。あたしの知り合いが、日本電気に出てるんだがね」他の一人が言った。「ぐしゃッと成ったはいいが、人間はどう成ったんでしょう」

そんなことが分らないでどうするといった軽蔑顔で話し手は、

「ぐしゃッと成ったはいいがは無いだろう。ぐしゃッと成ったのさ」

と自分の頭上に手を上げて、頭上からがッと物が落ちる手付をして見せて、

「いけねえ。縁起でもねえ。チチンプイプイ」と指先に息を吹きかけた。

「死んじゃったのか、ふーん」

馬鹿だね、この人はといった眼付で、

「一階のね、出口にいた奴が十人ばかり助かっただけさ」話し手は、それを痛快がってい

るみたいな口調だった。

「二階、三階は駄目?」今度は女だった。話の恐ろしさに、聞き手は一度質問するともう参ってしまい、次々に新規の聞き手を繰り出さねばならぬといった風だった。

「五百人はいたそうですな」女の方を向いてはいなかったが、語調は変えていた。「それが一遍に、あんた、——ああいやだ。耳について離れない」

「凄い音だったんでしょうね」別の男だ。

「そうじゃないんだ。断末魔のなんとやら……石の下から、うーんとか、ああーとか、呻いているんだ。死にきれないのが、助けてくれと喚いている。それが一人や二人の声じゃないんだからね。声が集まって、わーッと響いてくる。地獄の声だ。……」

そこへまた余震が襲ってきて、話どころではなくなった。

余震がおさまると、母親は、近くの「おとくいさま」の家へお見舞いかたがた、預かった仕立物を返しに行くと言う。火事を考えたからだった。近所からは幸い火は出ていなかったが、白金や高輪のあたりに既に火の手が挙っていた。

「僕が行ってきます」と私は買って出た。悲壮でそして快かった。同時に今聞いた「日本電気」のような凄い現場を自分の眼で見てみたいという弥次馬的興味もあった。

母親からは然し、遠くへ行くことは禁じられた。大急ぎで行って大急ぎで帰ってくるんですよという母親に、うんうんといい加減な返事をして、私は反物の包みを小脇にかかえ、先ず最初は一番近い故H首相の弟に当る人の家へ赴いた。

塀が道路に向けて倒れて邸内が丸見えに成っていたが、家は無事だった。家人は然し避暑からまだ帰ってないのか、その姿が見えず、――私が一中に入った当座、わざわざ私の家へ一緒に登校しようと誘いに来てくれたあの長男（既に慶応義塾大学に入っていた。）も見えなかった。私は顔見知りの女中をつかまえて神妙な顔で、

「お見舞に上りました」

と出入りの男衆みたいな口上を述べると、――全くそれは柄に無い、私には極めて不得手の、だが今はそう言って済まされないので役者にでも成ったみたいに気を張り気取って述べた言葉だったから、わざとらしいぎごちなさを免れなかったせいもあろうが、

（なんだい、子供のくせして、生意気な、いっぱしの口をきいて……）

おむすびのような顔をした、――形だけでなく顔に事実、胡麻のような黒い点々のあるその女中は、そう言いたそうな表情で、つづいて私が、

「お預りの品をひと先ず……」と反物を出すと、

「こんな時に、何さ」と堪りかねたように言った。

こんな時だから返しに来たのだが、そう言われれば非常識とも取れる。蒼惶と辞し去った私は、勇躍自家を離れた時の意気込みはどこへやら、すっかり悄気て、

「いやだなア」

と首を振り振り、重い心と足どりで岡下家へ行った。（同級生の岡下の家ではなく、母親の「おとくいさま」の、そして幼時の私を可愛がってくれたあの岡下家である。）

するとここでは、――ここも鎌倉へ避暑に行っていたのだが、既に帰ってきていて、一家揃って庭の芝生に避難しているところへ、私が顔を出すと、

「あら、おうちゃん」心のこもった声で夫人が私を迎えてくれた。「みなさん、無事？　お母さんもおばあちゃんも……」

「はあ、おかげさまで」

「お家も……」

「ええ」私は胸がつまった。

「よかったわねえ」

「そいで、母の吩咐で、母の代りにひと先ずお見舞いに……」

H家で懲りたから、飾らずに言うと、

「それはそれは、御丁寧なことで……」夫人は丁寧に頭を下げて、「うちもみんな無事ですから、お母さんによろしく……」

岡下家の坊ちゃんが（この時は既に慶応義塾の普通部に入っていた。）立って来て私の側にいたが、私が脇にかかえた風呂敷包みに手をやって、

「これ、なーに」

ああそうと私は風呂敷を解いて、

「粗忽があるといけないと母が言いまして……」と縫いさしの着物を取り出した。

「はい、たしかに」と夫人は受け取って、「おうちゃんとこも、なんだったら、この庭へ避難してきたらどう……。ここなら安心よ」

「ありがとうございます」

「お母さんにそう言って頂戴、遠慮なくうちへいらっしゃいって。それに、ここも立ちのかなくてはならない時が来たら、一緒に逃げましょう。ね、そうしましょう」

「ね、ほんとに来ない？」と坊ちゃんの忠之助も側から言った。

「お母さんとおばあさんと三人だけじゃ、心細いでしょう！」

私は涙が出そうに成った。――渡る世間に鬼はないという母親の口癖を私は、何か母親の無智の臭いをそれから嗅がされる感じで、かねて嫌っていたものだが、その言葉の尊さを今しみじみと知らされた。

「おうちゃん、アイスクリームを食べといで……」帰ろうとする私を、岡下家の主人がそう言ってひきとめた。「もうすぐ出来るから……」

小さな桶の形をした、アイスクリーム自家製造機といったものを庭に持ち出して、塩を入れた氷をガラガラいわせながら女中がそのハンドルを一生懸命廻していた。

――あちらこちら見物（?）するつもりのムだったが、用をすますと、一散に飛んで帰った。

道という道は、危険な家内を避けて戸外に出ている人々で溢れ、それもなるべく道の真中にそれぞれ陣取っているので、通行が難しい位のごたつきで、いわば大騒ぎの大掃除風景に不安と悲惨を加えた如き、どこもかしこも同じそんな有様は、面白がって見て廻れるようなものではなかった。それは私に一刻も早く母親の側に帰っていたいとする、幼児が母親を慕うようなあの切ない気持を呼びさました。

私の通った道には、――それはほんの近所だけだったが、それでも不思議に倒壊家屋はひとつも見かけなかった。不思議というのは、後日の記録に拠ると東京だけの倒壊家屋でも万を以って数えるほどだったからだが、――母親の「おとくいさま」の家も、どれも無事だった。どれも、私の家みたいなぼろ家ではなく頑丈な家だったが、その頑丈さは「日本電気」などの頑丈さとは違うのだった。

私は友だちの身の上に想いを馳せた。坂部は、そして坂部の家は無事だろうか。渋谷の岡下の家はどうだろう。それからJは……？

余震におびやかされているうちに、いつか日が暮れた。家に入るのはまだまだ危いので、簡単な夕食を戸外ですませると、暮色とともに鮮やかに成り出した火煙の色が、もうすぐ側まで火は廻ってきているような恐ろしさとやがてその火は私たちの町にも襲ってくるにちがいないのだという絶望感を心に刻んで行く。

下町は火の海だという、はじめ、そうした情報が齎された時は、あの、自分に直接関係のない異変なり災厄なりに対してはできるだけ驚愕の刺戟の大きいことを求める弥次馬根性から、ふーん、そうかね、そうだろうと（そして、そうあってほしいと秘かに）頷きながら、然し心のどこかでは、とかく情報という奴は針小棒大に伝わるものだからと割引して受け取っていたものだが、同じ情報が異った人々によって頻々として持ち込まれるに従って、その恐ろしい、いわば恐ろしければ恐ろしい程よかった情報を、もはやほんとうに恐ろしい、恐ろしければ恐ろしい程いよいよ恐ろしい事実として聞かねばならぬように成り、そう成ると誰の顔からも刺戟を期待するような表情は消え、暗澹として黙しがちの顔を力無く項垂れさせた。火に追われて下町からこの山の手へ逃げてくる人々も、時とともに数を増し、表の、今は電車の通っていない電車通りを、そうした避難民の群がぞろぞろとひきもきらずに歩いていたが、その人々から誰もう、下町はほんとに火の海か、噂は事実かなどと聞こうとする者は無かった。その人々の姿そのものが、暗黙のうちに、それの事実であることを雄弁に語っており、その人々の悲惨は間もなく私たちのそれと成るのだということをも、同時に深刻に語っていた。

「火は山内《さんない》を越した！」

飛報を耳にしたのは夜の何時頃だったろうか。自然の防火壁として心頼みにしていた芝公園を猛火が突破したと成ると、もう駄目だ。

電灯は勿論つかないから、真っくらだ。私たち親子は顔を見合わせた。左様、真っくらな筈だったが、頭上の空まで赤い煙が流れて来ているその光りで、ぼんやりながらお互いの顔は見えるのだった。そのほの明りは、火が山内を越したというのを、疑いたくても疑えない事実と告げる。

避難の用意は、あらかじめ陽のある内にどの家でもしていたことだが、さていよいよとなると、もう少し担ごう、いや、そんなには持てない、ではどれを捨てて行こうかなどと、頓に横丁が騒然と成った。そうしたざわめきの中から、

「――よかろう」

「頼もう。一刻も早く……」

そんな声が聞えてきて、やがて一人の老人が、

「女の人に、お願いしまアす。火除けのまじないに、腰巻をひとつお願いしまアす」

大声で怒鳴って廻った。大まじめだけに余計、この老人気でもふれたのではないかと思われる突飛さだったが、

「早く頼むぜ」と他の男も言う。

時が時だけに、女の人たちも流石に、何をおかしなことをと笑い出したりする者はなかったが、

「家ン中は真くらだから、出せやしないね」年の行った女がそう言うと、「今しているのでないと効かない」と老人は言った。

一方では乾竿を何本も持ち出し、有り合わせの紐でそれぞれくくって、できるだけ竿を長くする工夫が行われた。それに、できるだけ沢山、万国旗のように女の腰巻を飾ろうというのである。

身につけた腰巻を、それで無いと効き目がないから、その場で外して出せという。女の身にしたらまことに恥しい、いや、側で話を聞いただけの私ですら恥しかったそんな無茶な迷信に対して、然し、女たちは一人もさからう者が無く寧ろ進んで恥しい布を我先きに差し出したのは、それで火が防げるならばといった、溺れる者が藁でも摑もうとするあの気持もあったろうが、こうした馬鹿馬鹿しい迷信の類いがまだその頃は一般に、決して馬鹿にならぬ効き目のあるものとして信じられていた為でもあったろう。左様、まだと言えるかどうか。——馬鹿な真似は止せと、もしその界隈の男の中で言い出す者があったとすれば、先ず隣家の長男だったろうが、彼は午後の二時頃に家を出てどこかへ行ったまま帰ってこなかった。

横丁の入口、すなわち油屋と銅鉄商との間に、まじないの竿が出された。赤い空に向ってたかだかと掲げられた、赤や白、さては鼠色の布は風にはたはたと鳴った。

その風の変ってくれることが頼みだった。消防なぞは今は何んの頼みにもならない。

「ナミアミダブツ、ナミアミダブツ」

まるで腰が抜けたみたいな恰好で雨戸にべたりと坐り込んだ祖母は一心に念仏を唱えていた。仏壇の仏さまだけを背負って逃げるのだと言う祖母は、仏壇から取り出した仏像を片手に持ち、片手には位牌を持っていた。私は教科書類を詰められるだけ詰めた学校の鞄を肩からさげた上に、蒲団の大包みを背負うことに成っていた。

入道雲のような火煙がもくもくと湧きあがっている芝公園の方角を私はみつめていた。どの辺が今は焼けているのだろう。あの臭い赤羽橋の辺だろうか。小山町に火はもうかかっているのだろうか。

ああの火煙は、飯倉の父親の家から出たものではないだろうか。

――父親は私の家へ誰も見舞いの者を寄越さなかった。

＊

――不安の一夜が明けた。

幸いにして火災を免れたのは、おまじないのお蔭であろうか。

芝公園を火が越えたというのは虚報であった。愛宕方面の火が麻布にのびるのを、芝公園がやはり防火壁と成って喰いとめてくれたのである。

「焼け残ったのは麻布ぐらいのものらしい」

「銀座も丸焼けだってね」

ひと安心と成ると、噂話がさかんに取りかわされた。

「神田も丸焼けだそうだ」——私は古本屋街を咄嗟に思い浮べた。あの古本がみんな灰に成ったのか。

「横浜もひどいらしい」

「ひどいのは鎌倉だ。地震が東京より強かった上に、津浪がどッと来て、全滅だというじゃないか」

大家の女主人はこれを聞くと、それ見なさいといった顔で、

「地震より火事より、一番恐いのは津浪ですからねえ」

鎌倉へ避暑に行っていた岡下家の家族は、すんでのことに生命を失うところだったと私が母親に言うと、

「やっぱりねえ」やはり、人に親切を尽くす方たちには神の加護があるものだと母親は感に堪えた面持だった。その岡下家から、同家へ避難してくるようにという親切な勧誘を受けながら、それに応じなかったのは、ひとりぼっちの大家の女主人の側を決して離れないと母親が言ったその誓いを守らねばならなかったからであった。

噂話というだけでは済まされない流言蜚語がやがて次々に乱れ飛んだ。その中で最も私の忘れ難いものは朝鮮人が暴動をおこしたというデマであった。

「ゆんべ、火事の最中に、どどーんどどーんという音が、遠くから響いてきたでしょう。あれは朝鮮人が火薬庫に火をつけて爆発させていたんだそうですよ」

そう言う者があるかと思うと、天を焦がさんばかりのあの恐ろしい火事は、倒壊した家から火が出たのがだんだんひろがったというだけでなく、朝鮮人が市内の各所に火をつけて廻った為だと言う者もある。なるほどと、聞き手の中にはすぐ相槌を打つ者が出てきて、

「そうでしょう。でなかったら、あんな大火に成る訳が無い。変だとは思ったですよ」

そんなことを言っているうちは、よかったが、

「大変だ、大変だ！　朝鮮人が攻めて来た！」

銃器弾薬を持った朝鮮人の大群が、いや大軍が、目黒方面に現われたという。東京の中心に向って大挙進撃中で、日本人を見掛けると男女の別なく赤ん坊でも何んでも片端から虐殺している！

すわ大事《おおごと》だと、大の男も真蒼に成った。襲撃者たちはどこをどう通って、都心へ出るのか、それが全く見当がつかないから、逃げようが無い。津浪でも来たというのなら高台の方へ逃げるという手もあるが、どこへひょっこり出てこられるか分らない。これはもう、押入れの中にでも隠れて、じッと息を殺しているより仕方ない。そうして、人の一人もいないがら空きの家みたいに見せかけて、襲撃者をやりすごすより他はない。

それまでは昨日と同じくみんな戸外に出ていた近所の人々が、忽ち家の中に姿を消した。そうして、町全体も亦忽ちしーんと成った。それから何十分かの間、町そのものが息を殺しているかのようなその沈黙の不気味さを今だに私は忘れない。その沈黙は、朝鮮人来襲などという有り得べからざるデマに対して、誰一人反駁《はんばく》の発言をするものがなかったという事実を物語っているのである。

部屋の片隅にちぢこまりながら私は私の知っている限りの朝鮮人の姿を思い浮べて、あんな人の良さそうな人たちもこの暴動に加わっているのだろうかと訝しく考えるのだったが、もしもこの暴動をその人たちの鬱積した怒りの爆発だとするならば、いかにもそれはありそうなことだと思えてくるのだった。

「玄米パンのホヤホヤ……」

木の箱を私の学校鞄のように肩から掛けて、パンを売り歩いている跛で年寄りの朝鮮人は、

「ヨボ、ヨボ」

と子供たちに罵られると、穴だらけのだだっぴろい顔に泣き笑いのような表情を浮べて、

「ヨボのパン、おいしいよ。パン買っておくれ」

「おいしかねえや。汚ねえな」

子供たちの中には小石を拾って投げる者もあった。

「びっこのじじい。口惜しかったら、向ってこい。やーい、やーい」

ケンマイパン売りの爺さんはそれでも怒りをこらえて、

「年寄り、いチめる、いけない」

と呟きながら、びっこひきひき立ち去るのだった。どこかの飯場で怪我をして、土工ができなくなったのだろう。

私のよく知っているもう一人の朝鮮人は、これもやはり家の近所を流している物売りだが、それはまだ若い男で、布張りとはいえ屋根のちゃんと作ってある、芝居の番小屋みたいなものを、——どうしてそんな必要があるのか、その中にすっぽり入って運びながら（家ごとのこのこと歩いているその恰好は人目を惹いた。人目を惹く為の工夫だったのだろうか。）

「アメ、アメ、朝鮮飴」

特有のアクセントで子供たちに呼びかけつつ、飴を割る鎚をカチカチと鳴らしている。飴がうまいのか、これは子供たちに人気があり、爺さんのようにいじめられはしなかったが、それでも子供たちに笑いかけるその微笑はひどく物悲しいものだった。

通学の途中にしばしば見かける朝鮮人土工たちの姿も私は思い浮べた。その暗い印象を私は漂浪の寂しさ苦しみから来ているものと見ていたけれど、思えばそれは、彼等をそういう境涯に陥れた日本人への抑えに抑えた憤りの、陰にこもった、悲しく内に折れ曲った暗さであったかもしれぬ。……

「……？」異様な音が聞えてきた。

「いよいよ来た……？」

耳をすますと、それはオートバイのあのドドド……という音だった。一台だけの音であり、その音以外の音のしないのは妙だったが、斥候かなとも考えられた。

不安を掻きたてつつ、それはやがて表の電車通りを全速力で過ぎて行った。そして再び深夜のような静寂が来た。

デマと判明したのは、どの位経ってのことだったか、今は忘れたが、判明と言ってもそれは「目黒方面よりの大挙来襲」がデマだったというだけで、朝鮮人暴動説なるものがそもそも根も葉も無いデマだと判明した訳ではなかった。

この朝鮮人暴動のデマは、一体誰が言い出したのか、どういう所から発生したものか、それに関してはいろいろと説もあるが、いずれもたしかな証拠は無く疑問のまま今日に至っている。然し、ああしたデマが当時いかにも事実のように信じられ忽ちのうちに事実として流布されたのは、――震災で人心が顚倒していた為だなどというのは言い訳めいた感じを免れず、根本は、朝鮮に対して日本人全体が感じていた一種の罪悪感、それが原因に成っていたことはたしかだ。いつかは朝鮮人に復讐されるのではないかという恐怖、それがあんなデマを生んだ下地だったことは疑いの無いところだ。しかも、その恐怖が自ら生んだ朝鮮人来襲のデマにこれまた自ら逆上して、やがて、今度は朝鮮人虐殺という血迷った行動に出た。

朝鮮人と見ると有無を言わせず寄ってたかって嬲《なぶ》り殺しにするという非道の残虐が東京全市にわたって行われたらしいが、私の家の近所ではそうした暴民の私設検問所といったものが三の橋の袂に、誰が言い出したともなく作られて、こいつ臭いぞと見られた通行人は片ッ端から腕をとられて、

「おい、ガギグゲゴと言ってみろ」

或いは、十月十五日というのを早口に言ってみろと迫られる。濁音がすらすら言えないと、そら、朝鮮人だと見なされたらしい。らしいと言うのは、私はその場に立ち合わなかったからだが、一度はその私も仲間入りをすすめられた。

「――ぶっ
た切ってやる。おい角間君。来い」

と私を誘ったのは、裏の長屋の住人の、然し普段はおとなしく家で製図板に向っている男だった。おッとり刀のその姿は、高田の馬場へ駆けつける安兵衛みたいで、毛脛もあらわの尻ぱしょりは勇ましかったが、浴衣の腕をたくしあげたその腕が変に生白いのはいけなかった。彼はそうして誰彼の区別なく誘っていたのか、それとも特に私だけに、私を乾

分にでもする腹か何かでそう呼びかけたのか。いずれにせよ、中学生の私は急に大人扱いされた感じでどぎまぎした。まるで私自身がぶった切ってやると言われたかのようにどぎまぎした。

そんな誘われ方をしたので私は気おくれがして却って仲間入りをしなかったのか。それとも「白樺」派の中学生の心には、何か批判的なものが動いた為か。とにかく、弥次馬根性は人一倍強い、たとえばいつか海城中学の生徒と一中の生徒との間に喧嘩があった時などは、前述の如く、それ行けと飛んで行ったそんなオッチョコチョイの私なのであったが、この場合は遂に暴民の仲間に入ることをしなかった。長屋の住人たちとは、気持の上で私は、私がまだ一人前の大人でなく中学生であるというだけでなく、寧ろその逆の軽蔑的な気持で、何か冷たく一線を劃していた、その為の離れ方だったかもしれぬと思うが、それにしてもその離れ方は、遠くから好奇の眼を注ぐということさえしなかったそんな離れ方だった。残虐を到底正視できない一種の臆病もあったろうか。

――では、次の日、市内のいたましい焼跡を、私がいわば心を躍らせて見て廻ったのは、どういうのか。

「飯倉の様子を見て来ておくれ」

と翌日、母親に言われた私は、

「じゃ、ついでに学校の様子も見てくる」

と言って家を出た。

飯倉の父親の邸は、その辺一帯とともに焼けないで残っていた。家族も無事らしいと外から窺ったただけで私はそこを素通りした。素通りというより急ぎ足だった。逃げるようなその急ぎ足は、あの得意の羞恥に、しかしこの場合は不可解という他は無い妙な羞恥に心をチクチクと刺されていたからであった。その時の妙な羞恥はどうした訳のものか、今なお鮮やかに覚えているその不可解な羞恥に対して、ここでいわば足をとどめて心理分析の究明をするのはやめておこう。先が急がれるからというだけでなく、その不可解な羞恥は不可解ながら分る気がする、そう思うとともに、だからとて下手に理詰めで推して行っても不可解な点は不可解として残るだろうと察せられるからである。が然し、ちょっと探ってみるならば、――地震の最中にもはや私には父親というものは無いのだと考えた、あれからたしかに来ている羞恥に違いなく、そして又、父親なんか私には無いのだとしながらしかもその父親の家から私のところへ見舞いの者が来なかったことに対して私が何かこだわっている、それからもたしかに来ている羞恥であり、また、そのこだわりを母親も、口に出しはしないが心ひそかに抱いているに違いないのに、だのに憤懣を抑えて私をここへよこし、私も亦意地を捨ててここへ来た、そんなところからも来ている羞恥に違いない。左様、そんな程度にとどめて……。

私はそれから芝の山内に入った。そして気の毒な罹災者のごった返しているなかを通り抜けて、愛宕に足を進めたのであった。

学校の様子を見に行くのなら神谷町の方へ真すぐ降りるのが近道なのに、わざわざ遠廻りして愛宕へ出たのは、愛宕通りがかねて学校への往復で馴染んでいる道だったからだが、馴染の家並はすっかり焼けて、無くなっていて、まるで馴染の無い焦土に変貌していた。ところどころ、しかしまだ燃えつづけている家もあり、既に焼け落ちた家も、ぷすぷす煙をあげていて、顔に吹きつけてくる風がむッと熱く、息苦しかった。期待(?)以上の凄さに私は、期待が報いられた時の心の躍りといった以上の昂奮を覚えた。両側の家が消えた為に道路が道路の感じでなくなった道を、そうして私は、恐るべき未知の世界へ踏み込んで行く想いで、歩いて行ったが、行けども行けども惨澹たる焦土の連続で、おまけに人の行き来が意外に少ないので、私はだんだんと心細く成った。その時、路上に散乱している数冊の本がふと眼にとまった。見ると、それはその頃の流行本の「人肉の市」だった。それに、これも人気本だった奥野他見男の「君は燃えたり火の如く」もそこに泥に塗れてころがっていたことは覚えているが、他はどんな本だったか、今は覚えてない。ただどれも私にとってそんなに欲しい本で無かったことは覚えているが、それでも私はそれが本だというところから、それを拾おうとして、いやいや、火事場泥棒はいけないと自分を叱った。

私はそれで何か勇気を得たかのように再び歩き出した。そして愛宕通りのどの辺だったか、そこにはよほど大きな炭問屋があったのだろう、堆高く積み上げられた炭の山が、人家ほどのその高さの、山の形のままで、真赤に燃えているという、全くこれは壮観というか奇観というか、驚くことも驚いたが暑いことも暑い景観に私は遭遇した。周囲はもう焼けつくした灰なのだが、なるほど木炭はもちがよく、そのカッカとおこっていてまだなかなか灰に成りそうにも見えないその赤さは、木炭のもちのよさをそうして宣伝しているかのようだった。

汗を拭って通りすぎると、どこからともなく漂ってきた屍臭がツンと私の鼻を衝いた。屍臭なるものをそれまで私は嗅いだことは無いのだからほんとうはそれが屍臭かどうかは分らぬ筈だったのだが、これは屍臭だと私は直ちに感じた。そしてそれに間違いはなかった。私は間もなく日本橋でそれをたしかめることができたのである。

前節で私は、私が中学生の頃にただただ受験勉強用としてのみ読んでいた日本の古典から、知らず知らずにそれの説く無常観を心に植えつけられていたようだということを述べたのだが、思えば、この震災のむごたらしい焼跡は、うつせみの世の姿をまざまざと私に示しつつ、頼み難き現世というのが、現代には通用しない古人の感慨といったものでは決して無いということを深く私の心に刻みつけたのではなかったか。——

学校は無事だった。それは家を焼け出された人々の応急の宿舎に当てられていた。気の急ぐ私は、そうした学校をすぐ後にして、いつかJや「機関車」と一緒に銀座へ出たその同じ道を通って、日比谷へ足を進めた。堀端のいかめしい警視庁の建物は、内部がすっかり焼け落ちて、煉瓦作りの外側だけが残っていた。そしてあの一度は入ってみたいと思っていた壮麗な帝国劇場も同じ有様だった。堀の石垣の崩れたところには、人が黒く舟虫のようにたかって、堀の水を汲んだり身体を洗ったりしているのが見られた。

銀座はもう滅茶苦茶だった。どんなに見事な店舗でも、また反対にどんなにみすぼらしい裏長屋でも、焼け落ちてしまえば、その焼跡に区別は無い、そんな儚さをしみじみと思わせる焼跡に、それでも流石に銀座だけあって、外廓や骨組だけは焼け落ちないで残っているのがぽつんぽつんと立っていたが、それも見ようによっては醜骸をさらしている感じだった。銀座ビルディングなどの建築半ばの鉄筋の建物も、西洋史に出てくる古えの廃墟めいた荒涼感を増していた。そしてそういう建築半ばの建物の多いことに、あたりが焼けてみて今更ながら、ほほうと気付かせられるのだった。

愛宕通りと違って人がぞろぞろ歩いているその銀座通りを私はいつかの「シロガネスワリチリアルキ」の方向とは反対に京橋へ向って歩いた。道路の木煉瓦は黒く焦げ、そのひとつひとつが、中味を何かしゃくったみたいに窪んでいた。そしてその上に電線の落ちたのが、――いやはや、こんなにもいろんな電線が頭上を走っていたのかとあきれる位に沢山、縦横無尽に入り乱れていて、まことに歩きにくかった。

「待てよ。この分だと焼け出された受験生がうんといるぞ」

ふと私はそんなことを思った。

「しめしめ。来年は一高へ入り易いぞ」

途端に私は電線に足をひっかけて転びそうに成った。京橋の第一相互ビルの塔がまだ煙を吐いていた。

「丸善」の、鉄骨という鉄骨が飴のように曲ったその惨状は、これもこう凄く成ると奇観と言う他は無い凄さだった。私はそして日本橋に出た。橋の上からひょいと川を覗いて、私はウッと息を呑んだ。

溺死体というのか、焼死体というのか、人間の死体とは思えぬ位に大きく膨脹し、そしてそのゴム風船のように緊張した皮膚がいずれも真赤に焼けたのが、丸太を水に浮べたようにいわば無造作に、いっぱいそこに、すぐ眼の下に浮いているではないか。つーんと来た異臭は、愛宕通りでのそれと同じだった。

「これは……」

一度は目をそむけた私も、恐いもの見たさのあの気持から、それにまた死体というものは生れて初めて見るのだったから、再び橋上から覗き込んだ。死体は殆んどが全裸だった。そうした死体に混って、これも全裸の鮪が（いや、魚は全裸にきまっているがその時はそれが実感だった。）同じようにツルツル光って浮んでいた。その頃は魚市場がまだ日本橋にあったから、これは不思議でなかったが、不思議と言えば、仰向きの死体はどれも男性のあのしるしを、これ見よがしに露出していて、そういうしるしの無いのは仰向きの死体には無いのだった。毛髪の長さなどから女性と思われるのは、いずれもうつ伏せに成っているのは不思議だった。こういう言辞は、こういう場合、不謹慎の、いや冒瀆の譏りを免れないだろうが、しかしその時ひどく不思議な気がしたのは、これは事実なのであって、そしてそう不思議がれるほど私もいつか死体を見ることに慣れたのだった。その眼を私は更に川の下流にやると、焼けた舟があちこちに見られ、舟べりはすっかり焼けおちて舟底だけに成っているのもあり、それに黒焦げの変な塊が載っているのは、――初め何か分らなかったが、それも死体だった。急に私は嘔気《はきけ》と寒気《さむけ》の入り混ったようなものに襲われた。

その場を去ろうとして私は、

「待て――」

と踏みとどまった。自己鍛練の、これが宛かも絶好の機会であるかのような奇怪な考えにとらわれて、

「逃げるな」

欄干に獅嚙みつくみたいに私はひとりで力みかえるのだった。

その日本橋を終点として、私は家へひき返した。途中、銀座の天賞堂の焼跡に人がうじゃうじゃと群って、地面をまるで爪でガリガリ引っ掻くようにして躍気に成って掘り返していたのを私は思い出す。何事かと足をとどめた私は、そうして彼等が灰に埋れた貴金属類を血眼で探しているのだと知らされたが、彼等は果してそこの店員たちかそれとも焼け跡荒しなのか、それは分らなかった。私の子供の時分によく、地面を掘るとそこからざくざく銀貨や銅貨が出てくるという変な夢を見たものだが、あれは必ずしも荒唐無稽の夢というものでもないなと思わせられた。

銀座通りを真直ぐに行って金杉橋に出た私は、そこで右に逸れ、芝園橋、赤羽橋、中の橋、一の橋、二の橋という順に古川に沿って帰ったのだが、二の橋と三の橋の中途で、小学校時分の友人の「ビリケン」と（彼は、——彼も慶応の生徒だった。）その家の石屋の前で会った。にきびを吹き出させて、以前のような美少年の俤《おもかげ》は無い「ビリケン」君だったが、私は然し彼に会うと彼が西洋人形を思わせるつやつやした頰をしていた頃に私に歌ってきかせた「煙草のめのめ」の歌を思い出すのだった。

煙よ、煙よ、ただ煙、
一切合切、みな煙。

東京の目貫通りはこの流行歌通りに「一切合切、みな煙」に成った。

余震はまだつづいていた。だんだん弱くなり回数も減ったが、それでも(記録に拠ると)三日は夜半から午前六時まで六十四回、午前六時から正午まで三十六回、正午から午後六時まで四十二回、午後六時から夜半まで三十九回。そして四日は夜半から午前六時まで三十六回、午前六時から正午まで五十六回、正午から午後六時まで六十回、午後六時から夜半まで三十二回。五日は正午までに百四十八回。六日は同じく七十八回。

何日目かに玄米の握り飯と梅干の配給が行われた。焼け出された人々に先ず配給されて、焼けない私たちのところは後廻しに成ったのだが、やがて缶詰類も与えられた。私は母親に代って配給の列に立った。長屋のおかみさん連に混って立つということは、長屋に住みながら長屋の住人でないような顔をしていたかった私にとって、恥しいいやなことなのだったが、今は自ら進んで立った。小学生の時分は母親の使いをよくやっていた親孝行の私も、中学生に成ると、家の用事を家の中でする分にはいいが、外の使いは恥しくいやだと逃げていたものだが、ここへ来て急に小学生時分の従順を取り戻した風の孝行息子に成った。虚栄心と羞恥心に何やら変化があった如くである。

配給の列の中では、本所被服廠跡の三万三千の死人の山の話や、永代橋にぎっしりつまっていた避難民が橋の焼け落ちるとともに川にごっそり落ちて死んだ話などが取り交されていた。死体の群をこの眼で見たのは私ひとり位だろうと秘かに自慢していたのが、そんなのは中学生の幼い自慢だと知らされた。

「浅草の観音さまがたすかったのはあそこの公孫樹が水を吹いて、すぐ側まで火が来たのをそいで防いだせいだというじゃないですか」

おかみさんの一人が言うと、

「有り難い話ですね」

と他のおかみさんが大きく顔を頷かせた。

「浅草と言や、吉原はひどかったね」

これはブリキ屋のおやじだった。

「火の手が、廓の京町、江戸町、揚屋町と一遍にあがった。だってえのに、大門《おおもん》を締められちゃって、おいらん達は逃げるに逃げられねえ。――吉原病院裏の弁天池なんざ、おいらんの死体で埋まってたね」

地震の最中に居合わせたのか、それともあとから惨状を見に行ったのか、どっちとも分らぬ言い方だったが、皆はただふーんふーんと聞いていた。そのふーんふーんの中には私も加わっていた。名は知っていてもその吉原へ一度だって行ったことの無い私は、京町だ大門だ弁天池だと言われてもとんと見当がつかないのだったが、それをまるで熟知の場所としているかのような私のふーんふーんで、そうした私をまた行列の大人たちは、大人の母親の代理というのでなく一人前の男として見ている顔だと私は見た。

その時のことではなかったと思うが、私がしたりげに、

「東京がこう焼けてしまっては、京都へまた御所が帰るんじゃないかしら。大阪へ遷ると言う人もありますね。でも、やっぱり歴史を考えて、京都じゃないでしょうか」

などと言ったのは、大人が私を一人前扱いしてくれることに対する返礼めいた気持からで、更に自分でもまた一人前のような顔をしたい為でもあった。

リビーのコーンド・ビーフが配給されたのは何日目位だったか。その肉をフライパンでいためるのに、家の中ではまだ危いとあって庭に七輪を持ち出してやったところからすると、余震にまだおびやかされていた頃だが、それにしては随分早くアメリカの救恤品《きゅうじゅつひん》が日本に着いたものである。関西あたりにかねてあった輸入品を救恤用に廻したのだろうか。ともあれ、アメリカ製のそのコーンド・ビーフというのを私はその時初めて眼にし口にしたのである。缶を切ると生肉みたいな赤さなので、そのまま食べるのがためらわれ、それで火でいためたのだが、フライパンからぷーんとにおってくるにおいに屍臭を思い出させられて辟易した。そしてこれは、いためたりしないでそのまま食べた方がうまいと教えられた。それは実にうまかった。以来私は漫画のジグスみたいな大のコーンド・ビーフ党と成り、それは今日に至るも変らない。

夜警が行われ出したのは何日頃からだったろうか。在郷軍人団、青年団、それに町内有

志などが加わっての自警団（——鮮人狩りを、主としてやったのは、これである。）の夜警は一日のすぐ夜から行われていたのだが、それを、一軒の家から必らず一人宛大人の男を出して公平にやることに成ったのだ。二人宛組んで竹棒を持って徹夜の巡回に当るのだが、男は私だけのわが家では私が出た。私はここでも、否ここではっきり一人前扱いされた訳である。男手の無い大家の当番も私が引き受けた。

「神戸のやり口は、ひどいですな。横浜が立ち直るまで、その間だけ、生糸の輸出を代りにやってやろうというんじゃなく、この機会に権利を横取りしてしまおうというんだから……。あれはまるで火事泥ですな」

「ごもっとも。……横浜は気の毒ですな。しかし横浜も再起不能かもしれんですね。たとえ神戸の横取りが無くても、生糸輸出港として再び立ち直れるかどうか……」

夜警小屋の中ではこうした会話が大人たちの間で行われていた。各番地から一人宛出ていたから、吉原の話などに花を咲かす長屋のおッさんばかりが集るのではなかった。

「今度のモラトリアムは金融界の一種の戒厳令ですね」

そんな話も出た。

「戒厳令と言えば軍隊の力はなんと言っても大したものですな。軍隊の出動が無かったら、東京の秩序は到底保てなかったでしょう」

「警察だけでは駄目だったでしょうな。わたしは軍縮論者、いや軍隊無用論者だったが、今度は軍隊を見直した」

私は大人たちの間に一人前の顔を突き込んで、その会話に耳を傾けていた。大人たちの軍隊讃美に同感だった私は、いや、恐らくその大人たちも、この関東大震災の際の軍隊の威力なるものが、のちの軍閥擡頭の因を成し、やがてそれが無謀な戦争へと導かれて行ったことに、その時は少しも気がつかなかったのである。

「米が八十万石、東京に集ったそうですな。東京市民の一日の消費量は約二万俵、というと二四が八の八千石ですか。八十万石というとその百倍だから、百日間は大丈夫……」

「百日以上に成るでしょう。市民が地方へだいぶ落ちて行ってるから、人口はよほど減ってる。先ずこれで数ケ月は食糧の心配は無いですな」

そこへ巡回班が戻って来た。

「御苦労さん。さア、交替だ。今度は……」

「僕です」と私は手を挙げた。会話が聞かれなくなるので中座が残念だった。

話が前後するのであるが、震災後初めて新聞を手にした時の喜びは忘れられない。新聞が見られないということは、飢餓に等しい苦しさだと、中学生の私の心にもひしひしと知らされた。

東京の新聞社は全滅と言っていい有様だった。滝山町の東京朝日も鍋町の時事新報も日吉町の国民新聞も弓町の万朝報も、それから神田の方の二六新報も日本橋の方の中外商業も、いずれもその社屋が全焼していた。京橋の角から移ったばかりの読売新聞社も、これは全焼ではなかったが、火を浴びていた。

報知新聞と東京日日新聞のどちらかが最初に出た。丸の内のその社がたすかったからである。そのどちらかに中旬近くに成ってから、次のような警視庁の諭告が掲げられた。

　遷都説を流布する者あるも右は全然虚説にして今後か丶る事を流言する者ある時は忽ち取押え厳罰に処すべし

　　　　警視庁

私はこれを見て、どきっとした。それから十日ほどして、次のような記事が、第一師団軍法会議検察官談として新聞に掲げられた。

　陸軍憲兵大尉甘粕正彦に左の犯罪あることを聞知し捜査予審を終り本日公訴を提起したり、甘粕憲兵大尉は本月十六日夜大杉栄外二名の者を某所に同行し之を死に致したり、右犯行の動機は甘粕大尉が平素より社会主義者の行動を国家に有害なりと思惟しありたる折柄、今回の大震災に際し無政府主義者の巨頭たる大杉栄等が、震災後秩序未だ整わざるに乗じ如何なる不逞行為に出ずるやも計り難きを憂い、自ら国家の蠹毒《とどく》を芟除《さんじょ》せんとしたるに有るもの丶如し。

＊

私はこの震災を境にして急に大人っぽく成った。——

源泉のことば

解説

荒川洋治

高見順（一九〇七—一九六五）の『わが胸の底のここには』は、戦後の著者の長編第一作だ。出生から府立一中時代までを描くこの自伝風の作品は、世代の別なく、これを読む人の子どものときの気持ちとつながるところも多い。自分の姿を初めて見るような楽しみも与えてくれるのだ。文庫になるのは、今回が初めて。著者没後五〇年の年に刊行される、高見順の最新刊である。

「或る魂の告白」と題された長編の第一部『わが胸の底のここには』は終戦の翌年、一九四六年三月から一九四七年一二月にかけて「新潮」ついで「展望」「文体」に「その一」から「その九」を発表したところで休止した。以上九章分は『高見順叢書I』（六興出版社・一九四九）、『わが胸の底のここには』（三笠書房・一九五八）、『新選現代日本文学全集20高見順集』（筑摩書房・一九五九）、『高見順文学全集』第二巻（講談社・一九六五）に収められた。中断のあと再開し、「その十」から「その十三」を一九四八年から一九五〇年までに「文体」「人間」に掲載。この続編を合わせ、「その一」から「その十三」の全編が『高見順全集』第三巻（勁草書房・一九七〇）、『現代日本の文学24 高見順集』（学習研究社・一九七〇）に収録された。以降この文芸文庫が出るまで、全編を収めた書物はない。なお、そのあとに書かれた「或る魂の告白」の第二部「風吹けば風吹くがまま」（一九五一―一九五七）は五章分を掲載したところで止まり、未完となった。それにより『わが胸の底のここには』は、完結した一編の長編作品として残された。

『高見順日記』第六巻（勁草書房・一九六五）によると、高見順の戦後第一作は、短編「草のいのちを」である。日記では「三十二枚」と記されている。『わが胸の底のここには』執筆開始に先立つ一九四六年二月、「新人」という文芸誌の創刊号に発表された。この作品は『わが胸の底のここには』の陰になり、久保田正文が注目するまでほとんど知られることがなかった。「素手でつかんだ、なまなましい原色の戦後」（新潮社『日本文学全集49高見順集』一九六二・月報）、「はじめて私は、もっともよく響いてくる戦後をそこに実感した」（前記『高見順文学全集』第二巻・解説）と、久保田正文は記す。

終戦の年の一二月、復員した兵士や若い男女が一軒の家に集まる。玄関の三和土《たたき》には、はきものが散乱。みんな競うように語りあう。表情は明るい。伸びやかな歌声もひびく。終戦直後の日本の新しい空気をこれほどみごとに描いたものは他にはないと、ぼくも思った。この作品は『草のいのちを』（講談社文芸文庫・二〇〇二）に収められた。

「草のいのちを」は「われは草なり／伸びんとす／伸びられるとき／伸びんとす」という「詩のようなもの」を歌い出すところで終わる。戦前の名作『故旧忘れ得べき』（一九三六）の最後は、パクパクと口をあけて「蛍の光」を歌う。「胸のモダモダを吐き出す」ように。だが『わが胸の底のここには』では、歌では終わらないもの、感傷的でないもの、ほんとうの意味で新しい自分にふさわしいものを書きたいと願ったのかもしれない。この長編は、高見順の戦後文学の起点となった。それは自己確認から始まる。

四〇歳になった「私」は、「呪わしい挫折感に貫かれた突然の老衰」を感じる。「この奇怪な老衰から救われたい」「私は己れを語ろうと決意した。私は何者だろう？　私はどんな人間だったろう？」。そこから「私」は、子どものときの姿を語り出す。過去に立ち返り、自分という人間の姿を見つめるのだ。

高見順は、北陸の港町で、私生児（作品では「私生子」）として生まれた。一歳のとき、母親と上京。母親は針仕事をして息子を育て、その成長を見守った。高見順は生涯、父と会うことはなかった。出生にまつわる特殊な事情を中心に「秘密」の告白はつづく。友だちからは、私生児は府立中学には入れないといわれる。源義経の出生の事情が漢文（「日本外史」）の時間に読まれることを予感して、その日の学校を休んだことも。母親の仕事の「おとくいさま」岡下家の「坊ちゃん」とのおつきあい。一中、一高、帝大というコースで息子の「立身出世」を願う母親。子ども心に刻まれた一連の出来事は「私」を翳らせる。「子供のくせに変にお行儀がよく、大人の顔色ばかりうかがっている」「暗い心を持った陽気な中学生」は、武者小路実篤の文章に励まされるなど読書と交友を通して、芸術へのあこがれを抱くようになる。「成績もあまりよくない」友だちとこっそり「ノコ焼」（亀の子焼の異称）を食べに行ったのは楽しい思い出。でも終始心をとらえるのは不幸な星の下に生まれた自分のことだ。著者は書き始めてまもなくのところで、このような告白をつづけることに意味があるのかと自分に問う。「老衰は書けないことのうちに現われるだけでなく、すらすらと書けることのうちにも現われるのである。彼の精神の成長がとまって、小説技術のみが残り、――ある場合は、技術というよりは、習慣だ。――そうして、彼が書くのではなく、習慣が彼を書かせる」。この「習慣」はいまや大多数の作家に見られるが、この「わが胸の底」で意識されたものかもしれない。

暗い空気の漂う作品と思われるのに、読むとそうでもない。移植した「お大神さま」の梅の木を、母親はとてもだいじにする。それに疑問をもつ「私」も、帰ってくると梅の木に水をやり、「――早く大きくなれ」。目の前のものにかけよる。吸いつく。そんな子どもらしい情景があちこちにある。

府立一中に入ったとき、古本屋で。「私」のそばでどこかの中学生が店の人に、「もっと新しい版の無いかい。修正と上についた奴……」という。〈私は唾を呑んで言った。／

「訂正でなく、校訂を下さい」〉。こうして少しずつものごとを知る。これも十代である。

級友・坂部が、一高、帝大コースをとらず、美術学校に進学すると聞いたとき。「誰も行かない美術学校へ自分だけ一人で行くという勇気ある決断」に、「私」の「立身出世」願望は動揺する。人とはちがうことを、早くからできる人は子どものときからいるものだ。彼だけは、人生の大切なことを知っているのではないか。そんな思いにとらわれるものだ。こうしたことは子どものときにいくつもある。そのたびに心がさわぐ。ひとつひとつが大問題。だからどの人にも十代は長く、長く感じるのだろう。夏休みの勉強で、古文を読む場面。「徒然草」に赤線を引きつづける。

〈「透垣」——赤線。読み方「スイガイ」。荒く編んである垣。その「たより」——赤線。工合。こしらえ方もおかしく、面白く、「うちある調度」——難しいぞ。ふーん。家にある道具、何気なく置いてある家の道具も昔おぼえて、昔がおもわれて、安らかなるこそ……安心している、調和している、あたりと調和しているのこそ「心にくし」——赤線。ゆかし。ゆかしく見える。

赤線で真赤に成ってしまった。もう一度、読み直し。「今めかしく」……。

ああ疲れた。〉

このような学習の経験は誰にもある。でもどうして「徒然草」の話になったのか。どこから脇道にそれたのか、読んでいても気づかない。いつのまにか向きを変えて、のびのびと語りをひろげる。ちいさな舟が水上を漂ううちに、新しい水路を見つけてしまうように。いつのまにか、ひろい場所にいる。そんな楽しさも、この作品の魅力だ。

小学校の卒業記念にもらった『言海』が好きだという。「猫」を見ると、「人家ニ畜ウ小キ獣、人ノ知ル所ナリ、温柔ニシテ馴レ易ク」「形虎ニ似テ、二尺ニ足ラズ、性睡リヲ好ミ、寒ヲ畏ル」。ちなみに現在の国語辞書を見てみると、「猫」は、「ネコ科の哺乳動物。昔から家に飼われている小型のけもの」といったところ。精確だがそっけない。近くに寄って猫の顔をよく見ると、「虎だ！」とぼくも思うので、『言海』の説明はとてもいいと思う。「川」については「陸上ノ長ク凹ミタル処ニ、水ノ大ニ流ルルモノ」。いくらか科学的ではないなと思いつつも、「大いに流れるもの」を思い描くと晴れやかな気分になる。こんなことばがかつての子どものそばにあった。子どものまわりを彩っていたのだ。

府立一中、朝の全員集合の合図はラッパ。「専任の喇叭卒《らっぱ》」がいた。「喇叭を吹くだけが唯一の役目の、軍隊の喇叭卒上りのその老人の姿は、少年の私の眼にもひどくうら悲しいものとして」映る。「その喇叭手は、その人の特におとなしい無口の性質からでもあったろうが、ひとりだけポツンと離れた感じで、誰からも、軽蔑とまでは行かなくても無視されていた。……」。そのもの悲しさは「私生子」の「私」のものでもあるけれど、ポツンといる喇叭手のようすは、それはそれでひとつの人の世界であるというふうにとらえていく。このように『わが胸の底のここには』は、いまは失われたことばや人影にもふれる。

幼いとき、「私」が女の子のようなかっこうをさせられるのは「悪魔が軒先から覗いた時、女の子はつまらないと素通りするという迷信」を母親が信じているためだ。他にも当時の迷信や習俗が出てくる。こうした風俗描写は、お蛙さま、お狸さま、お狐さまなどをまじえて、長編『都に夜のある如く』(一九五五)に引きつがれることになる。

表現の面でも、他の作家にはない特徴があるように思う。

「人間がそのなかで生きてきた歴史、人間がそのなかで生きている地理」。シンプルだが、歴史と地理の定義として的確だ。「人間が点だというより、この私が点だということなのかもしれなかった」。「いずれも恥の思い出である。言いかえると私の傷つけられた思い出で、私が他人を傷つけた思い出ではない。——「被害」の懐中電灯を捨てよ」。「人生への関心であって、現実への関心ではない」。

高見順の文章は、簡明だ。ことばを飾らない。だいじなところでは、数少ないことばだけをつかう。それらを向きあわせたり回転させたりして進む。文の節理が、とてもきれいだ。通常の作家が文章なら、高見順は文法で表現する。文法を支点にして、世界を切り開く人なのだと思う。文章は特殊な能力を必要とするけれど、文法は誰もがつかえるし、さわることができるので、庶民的なものだ。すこやかなものだ。高見順のことばは、この先の文学にとっても大切なものだと思う。

子どものときは「人生への関心」であり、「現実への関心」ではないとしながら、「その時代に生きた少年の心に、世相としての影はやはり投ぜられていた」。たとえば小学校のころの、子どもの家の職業について。「魚屋の子であり、小間物屋の子であり、また弁護士の子であり、地主の子であったが、それが間もなく、それまでは稀だった町工場がこの山の手の町にもあちらこちらと出来てくるにつれて、職工の子、工場労働者の子というのが小学校に現われ出した」。大正初めの資本主義「発展の姿」だが、歴史書を読む以上に鮮やかな画像が浮かぶ。

「普選案」（普通選挙導入を求める選挙法改正案）が議会に上程されると「平民宰相」が反対し、「平民」の反感をかう（宰相の弟の家も、母親の「おとくいさま」）。白樺派の作家から大杉栄へ、青年たちの関心が移るようすや、大正一一年という一年の間に、「ファシズムとコムミュニズムとの現実的基礎が相次いで築かれた」ときの感慨も、それぞれ歴史の流れを感じとらせる。こうした観察は、子どものときに行われた面と、この作品を書く時点で加えられた面がある。でも子どものときに下地となる観察が行われなければ、このような文は生まれにくい。

高見順が自分のことを書くとき、社会にふれる。社会について書くときは、自分に通じていくようだ。自分も社会も見えないときは、そのとき心に浮かぶことを書いていくと、「私」でも「社会」でもない不思議な領域に入っていく。そこには、これまで見たことのないおかしなもの、美しいものがあるのだ。書いている人と読む人が隣りあって何かが現れるのを待つ。そんな、いい空気が生まれる。それが高見順の世界なのだと思う。こういう自在な感性を展開できるのは、この作家の他にいないかもしれない。日本文学屈指の名作『いやな感じ』(一九六三、角川文庫・一九七四、文春文庫・一九八四)では、その感性が嵐のように吹き荒れ、これまでの文学にない新しい情景が生まれた。『わが胸の底のここには』は、その源泉となった作品のひとつなのだと思う。

この作品の最後は、関東大震災の情景。おとなたちの話に聞き入る「私」の姿だ。〈私は大人たちの間に一人前の顔を突き込んで、その会話に耳を傾けていた。大人たちの軍隊讃美に同感だった私は、いや、恐らくその大人たちも、この関東大震災の際の軍隊の威力なるものが、のちの軍閥擡頭の因を成し、やがてそれが無謀な戦争へと導かれて行ったことに、その時は少しも気がつかなかったのである。〉

まだ子どもなのに、おとなの話に首をつっこむようすは、なんとも愛らしい。これはこれで人として自然な、大切なこと。いくつになっても変わらない。何かが起きたとき、おとなもまた、人の声、物音に耳を澄ますのだ。そこでものを知り、もの思いの種を育て、自分という人間を実らせていくのだろう。その過程を身を切るように痛切に、明快に、印象深く映し出す。それが『わが胸の底のここには』という作品である。

三笠書房版・単行本（1958年刊）

1947年、浅草観音境内にて

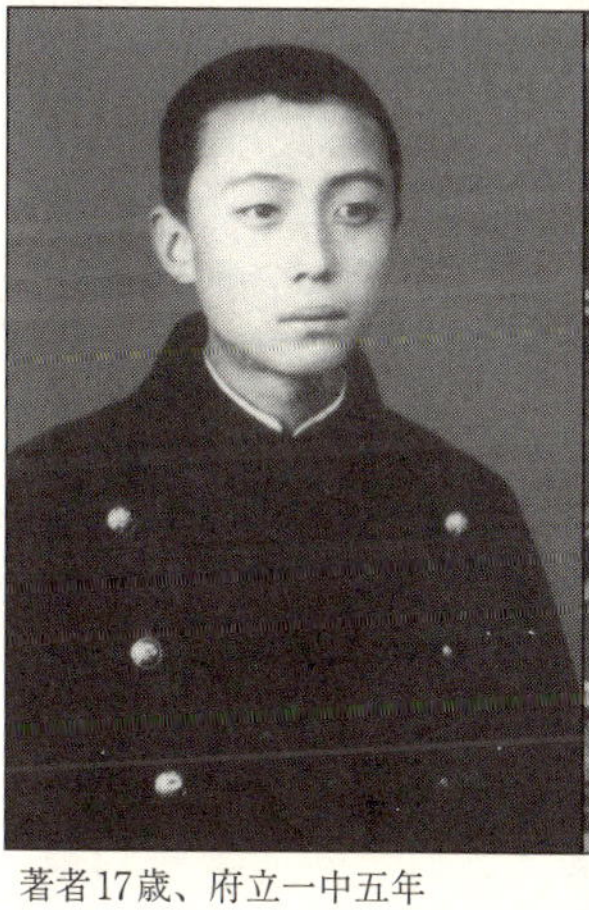

著者17歳、府立一中五年

著者5歳、端午の節句

年譜

高見順

一九〇七年（明治四〇年）
一月三〇日（戸籍は二月一八日）、福井県坂井郡三国町平木二八番地に生まれる。本名、高間義雄（のちに芳雄）。父は坂本釤之助《さんのすけ》（阪本の字を好んで用いた）。母は高間古代《こよ》。私生児として出生届が出され、認知されたのは一九三〇年九月三日である。当時釤之助は福井県知事。のちに勅選貴族院議員を経て枢密顧問官となった。永井家の出で、実兄の永井久一郎（禾原）は荷風の父である。順の異母兄で長兄の瑞男《たまお》は外交官となり、次兄は詩人の阪本越郎である。のちに瑞男との間には交流が生じたが、父とは終生会うことがなかった。

一九〇八年（明治四一年）一歳
九月、坂本釤之助の東京転任のあとを追って、祖母コト、母古代が順を連れて上京。東京市麻布区竹谷町に住み、母は裁縫の賃仕事をする。

一九一三年（大正二年）六歳
四月、東京市麻布区本村尋常小学校に入学。一〇月に東町尋常小学校に移る。

一九一九年（大正八年）一二歳
四月、東京府立第一中学校に入学。白樺派のヒューマニズム、大杉栄のアナーキズムに心ひかれる。他に、ストリンドベルヒなどを読みふける。
一九二三年（大正一二年）　一六歳
九月、関東大震災。麻布は被災しなかったが、下町の惨状を見、衝撃を受ける。
一九二四年（大正一三年）　一七歳
四月、第一高等学校文科甲類に入学。大学卒業までの六年間、篤志家より育英資金を受けた。三年間寮生活を送る。一高社会思想研究会に入ったが、間もなく離れる。
一九二五年（大正一四年）　一八歳
村山知義の影響を受けてアヴァンギャルドに心酔し、ダダイスムの雑誌『廻転時代』を創刊。このころから築地小劇場に通いはじめる。
一九二六年（大正一五年・昭和元年）　一九歳
一月、祖母コト没。校友会雑誌の文芸部委員になり、さかんに小説を書く。
一九二七年（昭和二年）　二〇歳
四月、東京帝国大学文学部英文科に入学。九月、新田潤らと『文芸交錯』を創刊。
一九二八年（昭和三年）　二一歳
二月、左翼芸術同盟に参加。五月、『左翼芸術』創刊号に載せた「秋から秋まで」に、はじめて高見順のペンネームを使う。七月、東大の左翼系同人雑誌七誌が合同して『大学左派』を創刊。編集にあたる。ここで武田麟太郎と知り合う。「植木屋と廃兵」（一号）、「葉山嘉樹論」（二号）などを発表する。劇団制作座の演出を行い、石田愛子を識る。
一九二九年（昭和四年）　二二歳
六月、武田麟太郎、新田潤、藤沢桓夫らと『大学左派』の後身にあたる『十月』を創刊。『時代文化』にも参加し、「霹靂」（四号、五号）を発表。
一九三〇年（昭和五年）　二三歳
三月、大学を卒業。卒業論文は“George Bernard Shaw as a Dramatic Satirist”。研究社の英和辞典編纂部の臨時雇となる。七月、『集団』を創刊。秋に日本蓄音器商会(現、日本コロムビア)教育部に就職。一〇月、新潮社『文学時代』の「新鋭作家総出動号」に「侮辱」を発表。一二月、『集団』に「時代」を発表。石田愛子と結婚。母のもとを離れ、大森に住む。

一九三一年(昭和六年) 二四歳

一月、「檄――亡き同志井藤に捧げる断片――」、二月、「第一歩――組合は一つだ!」を『集団』に発表。プロレタリア作家として自分を鍛えようとしていた時期だった。

一九三二年(昭和七年) 二五歳

四月、「オシャカ」を『集団』に、五月、「反対派」を『プロレタリア文学』に発表。一一月、治安維持法違反容疑で大森の自宅で検挙される。日本プロレタリア作家同盟の城南地区キャップをし、また、日本金属労働組合に関わる活動をしていたため。

一九三三年(昭和八年) 二六歳

二月下旬、運動から離れる旨の手記を書いて、起訴留保処分で釈放される。妻愛子去る。九月、新田潤、渋川驍、荒木巍、大谷藤子らと同人雑誌『日暦』を創刊。創刊号に「感傷」を発表。転向したことの自己呵責と妻に去られたことの苦悩が続く。

一九三四年(昭和九年) 二七歳

一月、「世相」を『文学界』に発表。二月、不起訴決定の通知が来る。一二月、『文化集団』に発表した「浪曼的精神と浪曼的動向」は、日本浪曼派批判の先駆けとなる。

一九三五年(昭和一〇年) 二八歳

二月、「故旧忘れ得べき」を『日暦』に連載(〜七月)。第一回芥川賞の候補となる。七月、水谷秋子(一九一一年生)と結婚。秋子は名古屋生れで、前年より東京へ出て銀座のバーに勤めており、ここで順と知り合った。披露宴は一七日、新宿「白十字」において「叱咤鞭撻の会」の名称で行なわれた。大森区入新井に、母と三人で住む。「このモダモダや如何にせん」を『文芸通信』に、一〇月、「起承転々」を『文芸春秋』に、一二月、「私生児」を『中央公論』に発表。

一九三六年（昭和一一年）二九歳

一月、『文学界』に「文芸時評」（〜三月）を書き、これにより第三回文学界賞を受けた。三月、武田麟太郎が主宰する『人民文庫』の創刊に加わる。ここに「故旧忘れ得べき」の続編を連載（〜九月）。五月、「描写のうしろに寝てゐられない」を『新潮』に、六月、「嗚呼いやなことだ」を『改造』に発表。最初の新聞小説「三色菫」（『国民新聞』）の連載を機に日本蓄音器商会を退職し、文筆生活に入る。七月、最初の短篇集『起承転々』（改造社）刊行。一〇月、『故旧忘れ得べき』（人民社）刊行。一一月、「虚実」を『改造』に発表。思想犯保護観察法の施行により、擬似転向者と見なされ終戦まで監視が続く。一二月一六日、ラジオで父の死を知り、坂本家を母と弔問する。父は享年七九。

一九三七年（昭和一二年）三〇歳

二月、「生理」を『文芸春秋』に、「人の世」を『文芸』に発表。三月、「地下室」を『日本評論』に発表。六月、『報知新聞』の「人民文庫・日本浪曼派討論会」に出席。七月、「外資会社」を『新潮』に発表。取材のため飛騨に行き、旅行中に日中戦争開始の報を聞く。八月、「工作」を『改造』に発表。東京発声映画制作所の嘱託となり、文芸映画の企画に参加する。

一九三八年（昭和一三年）三一歳

一月、「化粧」を『人民文庫』に発表。『人民文庫』が終刊し、その間、武田麟太郎との間に確執が生ずる。二月、「机上生活者」を『中央公論』に発表。この頃から浅草の五一郎アパートに部屋を借り、それまで銀座に借りていた仕事部屋を移す。四月、「文学的自叙伝」を『新潮』に発表。五月、高洲基の出資により総合文化雑誌『新公報』を創刊したが、三号で廃刊。九月、「人間」を『文芸春秋』に発表。「更生記」を『大陸』に連載(~翌年二月)。

一九三九年(昭和一四年) 三一歳

一月、「如何なる星の下に」を『文芸』に連載(~翌年三月)。五月、「私の小説勉強」を『文芸』に発表。二〇日、長女、由紀子誕生。六月、「通俗」を『改造』に発表。

一九四〇年(昭和一五年) 三三歳

七月、丹羽文雄、石川達三、北原武夫らと編集責任者となり、雑誌『新風』を中央公論社より創刊したが、内閣情報部の指示に従わなかったという理由で一号のみで廃刊。『新風』創刊のため『文学界』からの同人参加の誘いを断った。夏を島木健作と志賀高原発哺温泉で過ごす。九月から一二月まで、『文芸春秋』の「文芸時評」を担当。一〇月、日本文学者会が発足し、発起人としてこれに加わる。一二月一七日、由紀子急死。渋川驍、平野謙らと大正文学研究会を発足させる。

一九四一年(昭和一六年) 三四歳

一月二七日、画家の三雲祥之助とジャワ(現、インドネシア)およびバリ島に旅立ち、五月六日に帰国する。七月、「文学非力説」を『新潮』に発表。九月、『蘭印の印象』(改造社)刊行。一一月、徴用令が下り陸軍報道班員として南方に赴くこととなる。一二月、香港沖の輸送船上で太平洋戦争が始まったことを知る。

一九四二年(昭和一七年) 三五歳

新年をタイのバンコックで迎える。まもなくビルマ(現、ミャンマー)方面に配属される。二月、『諸民族』(新潮社)刊行。三月、ビルマのラングーン近郊でイギリス軍の戦車に包囲され危うく逃れる。「工兵山に挑む」(五月『中央公論』)など、ルポルタージュを多数執筆。七月、大正文学研究会の『芥川龍之介研究』（河出書房）刊行。ビルマ滞在の後半期はビルマ作家協会の結成のために協力し、ビルマの作家たちと親交を深める。

一九四三年（昭和一八年）　三六歳

一月、ビルマより帰国。四月、神奈川県鎌倉郡大船山ノ内宮下小路六三三（現、鎌倉市山ノ内六三三）に移る。六月、「ノーカナのこと」を『日本評論』に発表。一〇月、「東橋新誌」を『東京新聞』に連載（〜翌年四月）。

一九四四年（昭和一九年）　三七歳

六月、「春寒」を『文芸』に発表。大正文学研究会の『志賀直哉研究』（河出書房）刊行。再び陸軍の徴用令を受け、報道班員となって中国に赴く。七月五日、異母兄の瑞男がスイス公使として赴任中に死亡。順が不在のため、妻秋子が弔問した。一一月、第三回大東亜文学者大会が南京で開催され、長与善郎、豊島与志雄、火野葦平、阿部知二らとともに日本代表として参加。一二月、帰国。

一九四五年（昭和二〇年）　三八歳

三月、「馬上侯」を『文芸春秋』に発表。五月、久米正雄、川端康成らと貸本屋「鎌倉文庫」を鎌倉八幡通りに開く。八月、戦争終結のラジオ放送を鎌倉で聞く。九月、出版社鎌倉文庫を設立。常務取締役となる（〜一九四九年一〇月）。

一九四六年（昭和二一年）　三九歳

一月、「島木健作の死」を『人間』に発表。二月、「草のいのちを」を『新人』に発表。三月、「わが胸の底のここには」を『新潮』に連載（〜翌年四月。以後、一九四八年五月まで、『展望』『文体』に分載）。「今ひとたびの」を『婦人朝日』に連載（〜七月）。三一日、武田麟太郎が急逝。臨終に立ち会う。八月、「日記（昭和二十年）」を『文学季刊』に発表。以後、「日記」を各誌に分載、発表する。九月、「仮面」を『時事新報』に連載

（〜一二月）。一二月、胃潰瘍で倒れ、翌年にかけて病床につく。

一九四七年（昭和二二年）　四〇歳

四月、「或る告白」を『展望』に、「日本の近代小説と私小説的精神」を『芸術』に発表。「天の笛」を『サンデー毎日』に連載（〜八月）。五月、「深淵」を『日本小説』に連載（〜翌年六月）。詩誌『日本未来派』が創刊され編集同人となる。六月、「神聖受胎」を『大阪日日新聞』に連載（〜一〇月）。八月、「文学者の運命について」を『新潮』に発表。一一月、「炎と共に」を『読売新聞』に連載（〜翌年三月）。

一九四八年（昭和二三年）　四一歳

二月、鎌倉稲村ケ崎に仕事部屋を借りて通う。四月、「リアリティとリアリズム——描写のうしろに寝てゐられない・再論——」を『新小説』に発表。六月、胸部疾患のため鎌倉額田サナトリウムに一一月まで入院。小説が書けず、詩を書きためた。

一九四九年（昭和二四年）　四二歳

一月、「私のアルバム」を『文学界』に発表。「分水嶺」を『新大阪新聞』に連載（〜一二月）。七月、箱根仙石原に転地療養。八月、「深夜」を『風雪』に発表。

一九五〇年（昭和二五年）　四三歳

一月、逗子に仕事場を借り、一九五二年初めまで通う。「密室」を『風雪』に発表。四月、「転向」を『風雪』に発表。六月、「胸より胸に」を『婦人公論』に連載（〜翌年三月）。七月、「わが胸の底のここには・続」を『人間』に連載（〜九月）。一一月、詩集『樹木派』（日本未来派発行所）刊行。

一九五一年（昭和二六年）　四四歳

一月と三月に「風吹けば風吹くがまま」を『人間』に、四月、「インテリゲンチア」を『世界』に発表。五月、「揚帯者」を『サンデー毎日』に連載（〜八月）。「あるリベラリスト」を『文芸春秋』に発表。九月、『日暦』を旧同人と復刊。一〇月、「朝の波紋」を『朝日新聞』に連載（～一二月）。

一九五二年（昭和二七年）　四五歳
前年から兆候のあった尖端恐怖症、白壁恐怖のノイローゼが激しくなり、執筆が進まなくなる。三月、奈良を旅し古寺をまわる。八月、「昭和文学盛衰史」を『文学界』に連載（第一部は翌年一二月まで。第二部は一九五六年一月～五七年一二月）。

一九五三年（昭和二八年）　四六歳
一月、「甘い土」を『世界』に発表。「この神のへど」を『群像』に連載（～一一月）。「反時代的考察」を『新潮』に連載（～一二月）。一二月、『高見順詩集』（中村真一郎編、河出書房）刊行。

一九五四年（昭和二九年）　四七歳
一月、「一回だけの招待」を『毎日新聞』に連載（～七月）。四月、「都に夜のある如く」を『別冊文芸春秋』に連載（～翌年六月）。執筆にあたって柳橋の料亭の一室を仕事場に借りる。八月、「各駅停車」を『サンデー毎日』に連載（～一一月）。

一九五五年（昭和三〇年）　四八歳
二月中旬、ビルマのラングーンでのアジア知識人会議、その後、東パキスタン（現、バングラディシュ）のダッカでのアジア・ペン大会に出席。インド、タイに寄って二月一三日帰国。五月、「対談現代文壇史」を『文芸』に連載（～翌年一二月）。六月、「革命芸術と芸術革命の問題」を『群像』に発表。

一九五六年（昭和三一年）　四九歳
一月、自選自訳の詩「世界恋愛名詩選」を『婦人画報』に連載（～一二月）。九月、「生命の樹」を『群像』に連載（～一九五八年一一月）。この頃、妻秋子、ノイローゼで病気がちとなる。

一九五七年（昭和三二年）　五〇歳

一月、「わが胸の底のここには」を『文芸』に書き継ぐ（〜三月）。九月、第二九回国際ペン大会が東京で開催され、日本代表として参加。

一九五八年（昭和三三年）　五一歳

一月、「裸木」を『新潮』に発表。五日、小野田房子との間に女児（恭子）誕生。二月、日本ペン・クラブ専務理事に就任。三月、『昭和文学盛衰史（一）』（文芸春秋新社）刊行。四月、ソビエト作家同盟の招待により、青野季吉、阿部知二らとソビエト（現、ロシア）を訪問。帰途、パリに寄って一ヵ月滞在。六月末に帰国。九月、「革命の文学と文学の革命」を岩波講座『日本文学史』（第一二巻）に発表。「ファン・ゴッホの生活と芸術」を『読売新聞』に連載（一二回）。一一月、『昭和文学盛衰史（二）』（文芸春秋新社）刊行。警職法改正反対の運動として「静かなデモ」を、有志と行なう。

一九五九年（昭和三四年）　五二歳

一月、「激流」を『世界』に連載（〜一九六三年一一月）。四月、『敗戦日記』（文芸春秋新社）刊行。九月、『高見順詩集』（凡書房）刊行。一一月、『昭和文学盛衰史』により第一三回毎日出版文化賞を受賞。

一九六〇年（昭和三五年）　五三歳

一月、「いやな感じ」を『文学界』に連載（〜一九六三年五月）。「文学的現代紀行」を『群像』に連載（〜一二月）。二月、「愛が扉をたたく時」を『週刊現代』に連載（〜一二月）。

一九六一年（昭和三六年）　五四歳

六月、詩「旅芸人」を『日暦』に発表。

一九六二年（昭和三七年）　五五歳

一月、「純文学攻撃への抗議」を『群像』に発表し純文学論争に加わる。五月、伊藤整、稲垣達郎、小田切進らと日本近代文学館設立準備会を発足させる。この年、芥川賞選考委員となる。

一九六三年（昭和三八年）　五六歳

一月、『わが埋葬』（思潮社）刊行。四月、財団法人として日本近代文学館が発足。初代理事長に就任した。七月、『いやな感じ』（文芸春秋新社）刊行。一〇月、「大いなる手の影」を『朝日ジャーナル』に二回連載したが、食道癌と診断され千葉大学附属病院入院のため、中断。すぐに手術を受け、一一月に退院して自宅療養。『いやな感じ』により、第一〇回新潮社文学賞受賞。

一九六四年（昭和三九年）　五七歳

三月、日本近代文学館設立運動に対し第一二回菊池寛賞が贈られた。六月、千葉大学附属病院に再度の入院。手術。七月二四日、母、古代が逝去。享年八七。十月、詩集『死の淵より』（講談社）を刊行。これにより、第一七回野間文芸賞受賞。一一月二日、日本近代文学館文庫開設記念式典に出席し、総会で挨拶。一二月七日、千葉県稲毛の放射線医学総合研究所付属病院に入院、手術。

一九六五年（昭和四〇年）　五八歳

三月、手術。病床で戦前の日記に注をつける作業をする。また、闘病生活中も日記は書き続けられた（～七月一三日）。八月四日、小野田恭子を養女として入籍。一六日、東京駒場公園で日本近代文学館の起工式。翌一七日、死去。八月二〇日、日本文芸家協会、日本ペン・クラブ、日本近代文学館の三団体葬として青山斎場で葬儀（葬儀委員長・川端康成）が行なわれた。

（宮内淳子編）

＊この年譜は『高見順全集』別巻（勁草書房、一九七七年）所収の「年譜」（小野芙紗子編）を基にまとめた。

著書目録

高見順

【単行本】

起承転々　昭11・7　改造社
故旧忘れ得べき　昭11・10　人民社
女体　昭11・10　竹村書房
描写のうしろに寝てゐられない　昭12・1　信正社
虚実　昭12・7　竹村書房
人間　昭13・11　竹村書房
私の小説勉強　昭14・7　竹村書房
化粧　昭14・11　青木書店
現代の愛情　昭15・3　今日の問題社
如何なる星の下に　昭15・4　新潮社
遥かなる朝　昭15・8　学芸社
更正記　昭15・10　昭森社
文芸的雑談　昭15・11　昭森社
花さまざま　昭16・2　実業之日本社
高見順自選小説集　昭16・2　竹村書房
わが饒舌　昭16・4　富士出版社
東京暮色　昭16・5　明石書房
蘭印の印象　昭16・9　改造社
諸民族　昭17・2　新潮社
文芸随感　昭17・11　河出書房
ビルマ　昭19・2　陸軍美術協会出版部
ビルマ記　昭19・2　協力出版社
東橋新誌　昭19・11　六興出版部
工作　昭20・11　新太陽社

流れ藻　昭21・3　丹頂書房
眼で見る愛情　昭21・7　南北書園
魅力　昭21・7　葛城書店
遠方の朱唇　昭21・8　新紀元社
今ひとたびの　昭21・9　鎌倉文庫
虚実　昭21・12　昭森社
日曜と月曜　昭21・12　実業之日本社
恋愛年鑑　昭22・1　虹書房
今ひとたびの　昭22・7　青龍社・学進書房
現代の愛情　昭22・8　講談社
霙降る背景　昭22・8　地光社
仮面　昭22・10　青龍社
人間　昭22・12　弘文社
真相　昭23・1　共立書房
神聖受胎　昭23・3　永晃社
文学者の運命　昭23・3　中央公論社
炎と共に　昭23・9　新潮社
高見順作品集　昭23・12　白山書房
天の笛　昭24・7　六興出版社
高見順詩集　樹木派　昭25・11　日本未来派発行所
胸より胸に　昭26・11　黄土社書店
拐帯者　昭26・12　北辰堂
朝の波紋　昭27・3　朝日新聞社
高見順詩集　昭28・12　河出書房
この神のへど　昭29・1　講談社
一回だけの招待　昭29・11　新潮社
各駅停車　昭29・12　毎日新聞社
花自ら教あり　昭30・2　山田書店
本日は晴天なり　昭30・11　東方社
都に夜のある如く　昭30・12　文芸春秋新社
二番線発車　昭31・5　東方社
天使の時間　昭31・9　雲井書店
天使の時間　続篇　昭31・10　雲井書店
湿原植物群落　昭31・12　三笠書房
ひと日わが心の郊外に　昭32・1　三笠書房
愛と美と死　昭32・2　宝文館
人生の周辺　昭32・5　平凡社

対談 現代文壇史　昭32・7 中央公論社
愛情列島 花の篇　昭32・9 角川書店
愛情列島 風の篇　昭32・10 角川書店
虹の橋　昭33・1 講談社
エロスの招宴　昭33・2 新潮社
昭和文学盛衰史一、二　昭33・3、11 文芸春秋新社
わが胸の底のここには　昭33・6 三笠書房
愛のため・青春のため　昭33・9 凡書房
生命の樹　昭33・12 講談社
敗戦日記　昭34・4 文芸春秋新社
三面鏡　昭34・7 中央公論社
高見順詩集　昭34・9 凡書房
都会の雌雄　昭34・11 講談社
遠い窓　昭35・3 中央公論社
異性読本　昭35・3 角川書店
文学的現代紀行　昭36・4 講談社
ちょっと一服　昭36・6 朝日新聞社
わが埋葬　昭38・1 思潮社
いやな感じ　昭38・7 文芸春秋新社
激流 第一部　昭38・10 岩波書店
死の淵より　昭39・10 講談社
死の淵より（並装版）　昭39・12 講談社
（＊以上生前、以下没後）
激流　昭42・8 岩波書店
激流 第二部　昭42・8 岩波書店
重量喪失　昭42・8 求龍堂
混濁の浪　昭53・11 構想社
高見順素描集 わが一高時代　昭54・10 文化出版局

【全集・選集・叢書】

高見順全集 全20巻・別巻1　昭45・12〜52・9 勁草書房
高見順選集3（一冊のみ）　昭22・12 山根書店
高見順叢書　昭24・9〜25・3

全4巻（15巻の予定）　六興出版社
高見順文学全集　昭39・10〜40・5
全6巻　講談社
完本・高見順日記　昭34・12
昭和二十一年篇　凡書房新社
（二冊のみ）
高見順日記　昭39・11〜41・5
全8巻（九冊）　勁草書房
新潮日本文学32　昭48　新潮社
続高見順日記　昭50・5〜52・10
全8巻　勁草書房
版画荘文庫9　昭12　版画荘
自選傑作叢書　流木　昭12　竹村書房
新小説選集10　昭13　春陽堂書店
昭和名作選集19　昭14　新潮社
新選随筆感想叢書　昭14　金星堂
爪髪集
新日本文学全集21　昭16　改造社

新文学叢書2　昭16　河出書房
昭和名作選集26　昭17　新潮社
三代名作全集　高見順集　昭18　河出書房
現代作家選書1　昭21　昭森社
新生活叢書　昭21　新生活社
山の彼方の空遠く
ペット・ライブラリー　昭21　碧空社
1
手帖文庫Ⅱ—15　昭22　地平社
昭和名作選集19　昭22　新潮社
現代文学選　昭22　鎌倉文庫
如何なる星の下に
現代日本小説大系48　昭24　河出書房
現代長篇小説全集11　昭24　春陽堂
昭和新名作選　昭26　池田書店
インテリゲンチア
傑作小説選　拐帯者　昭28　北辰堂
現代日本名作選　昭28　筑摩書房
如何なる星の下に・乾燥地帯
長篇小説全集9　昭28　新潮社

昭和文学全集52　昭30　角川書店
現代日本文学全集46　昭30　筑摩書房
東方新書　駄目な夜　昭30　東方社
河出新書　この神のへど　昭30　河出書房
河出新書　花自ら教あり　昭30　河出書房
角川新書　罪多い女　昭30　角川書店
現代のエッセイ2　昭31　酒井書店
岩波講座　日本文学史12　昭33　岩波書店
新編現代日本文学全集16　昭34　東方社
新選現代日本文学全集20　昭34　筑摩書房
ミリオン・ブックス　生命の樹　昭35　講談社
現代日本文学全集75　昭36　筑摩書房
ロマン・ブックス　生命の樹　昭37　講談社
長編小説全集27　昭37　講談社
ロマン・ブックス　愛が扉をたたく時　昭37　講談社
現代日本詩集10　昭38　思潮社
日本現代文学全集85　昭38　講談社
日本文学全集49　昭38　新潮社
ロマン・ブックス　胸より胸に　昭39　講談社
日本の文学57　昭40　中央公論社
現代の文学23　昭40　河出書房新社
（＊以上生前、以下没後）
名著シリーズ　昭和文学盛衰史　昭40　講談社
名著シリーズ　死の淵より　昭41　講談社
豪華版　日本文学全集23　昭41　河出書房新社
日本文学全集36　昭42　新潮社
日本文学全集65　昭43　集英社
日本短篇文学全集41　昭43　筑摩書房
現代日本文学館39　昭43　文芸春秋
日本現代文学全集34　昭44　講談社
カラー版　日本文学全集28　昭44　河出書房新社
名著複刻全集　日本近代文学館　如何なる星の下に　昭44　日本近代文学館

グリーン版　日本文学全集35　昭45　河出書房新社
現代日本の文学24　昭45　学習研究社
ＡＪＢＣ版　いやな感じ　昭46　文芸春秋
特選名著複刻全集　近代文学館　故旧忘れ得べき　昭46　日本近代文学館
現代日本文学大系71　昭47　筑摩書房
現代日本文学全集　補巻20　昭48　筑摩書房
新潮日本文学32　昭48　新潮社
現代日本文学19　昭49　筑摩書房
筑摩叢書231　昭51　筑摩書房
現代詩文庫（第Ⅱ期）14　昭52　思潮社
筑摩現代文学大系52　昭53　筑摩書房
新潮現代文学14　昭56　新潮社
文芸選書　昭和文学盛衰史（上・下）　昭58　福武書店
昭和文学全集12　昭62　小学館
同時代ライブラリー48・49　平2　岩波書店
同時代ライブラリー60　平3　岩波書店
世界の詩78　平9　弥生書房
作家の自伝96　平11　日本図書センター

この目録を編むにあたっては『高見順書目1』（昭45・刊行者高見晶子、編者青山毅）、『高見順全集』別巻所収「著書目録」（青山毅編）を参看した。

（作成・保昌正夫）

本書は、一九七〇年二月刊行の勁草書房『高見順全集』第三巻を底本として使用し、新字新かな遣いに改めました（ただし引用の詩歌や『徒然草』などの古典は旧かな遣いとしました）。作品中、明らかな誤植と思われる箇所は正しましたが、原則として底本にしたがい、適宜ふりがなと表記を調整しました。なお底本にある表現で、今日から見れば不適切と思われるものがありますが、作品が書かれた時代背景および作品価値、著者が故人であることを考慮し、そのままとしました。よろしくご理解のほど、お願いいたします。

わが胸《むね》の底《そこ》のここには

高《たか》見《み》順《じゅん》

二〇一五年九月一〇日第一刷発行

発行者――鈴木　哲
発行所――株式会社　講談社
東京都文京区音羽2・12・21　〒112-8001
電話　編集（03）5395・3513
販売（03）5395・5817
業務（03）5395・3615

デザイン―菊地信義
印刷――豊国印刷株式会社
製本――株式会社国宝社
本文データ制作―講談社デジタル製作部

定価はカバーに表示してあります。

講談社
文芸文庫

ISBN978-4-06-290283-0

講談社文芸文庫

青柳瑞穂	ささやかな日本発掘	高山鉄男──人／青柳いづみこ－年
青山光二	青春の賭け 小説織田作之助	高橋英夫──解／久米 勲──年
青山二郎	眼の哲学｜利休伝ノート	森 孝一──人／森 孝一──年
阿川弘之	舷燈	岡田 睦──解／進藤純孝──案
阿川弘之	鮎の宿	岡田 睦──年
阿川弘之	桃の宿	半藤一利──解／岡田 睦──年
阿川弘之	論語知らずの論語読み	高島俊男──解／岡田 睦──年
阿川弘之	森の宿	岡田 睦──年
阿川弘之	亡き母や	小山鉄郎──解／岡田 睦──年
秋山駿	内部の人間の犯罪 秋山駿評論集	井口時男──解／著者──年
芥川龍之介	上海游記｜江南游記	伊藤桂一──解／藤本寿彦──年
阿部昭	未成年｜桃 阿部昭短篇選	坂上 弘──解／阿部玉枝他－年
安部公房	砂漠の思想	沼野充義──人／谷 真介──年
阿部知二	冬の宿	黒井千次──解／森本 穫──年
安部ヨリミ	スフィンクスは笑う	三浦雅士──解
鮎川信夫 吉本隆明	対談 文学の戦後	高橋源一郎－解
有吉佐和子	地唄｜三婆 有吉佐和子作品集	宮内淳子──解／宮内淳子──年
有吉佐和子	有田川	半田美永──解／宮内淳子──年
李良枝	由熙｜ナビ・タリョン	渡部直己──解／編集部──年
李良枝	刻	リービ英雄－解／編集部──年
伊井直行	濁った激流にかかる橋	笙野頼子──解／著者──年
伊井直行	さして重要でない一日	柴田元幸──解／著者──年
生島遼一	春夏秋冬	山田 稔──解／柿谷浩一──年
石川淳	紫苑物語	立石 伯──解／鈴木貞美──案
石川淳	安吾のいる風景｜敗荷落日	立石 伯──人／立石 伯──年
石川淳	黄金伝説｜雪のイヴ	立石 伯──解／日高昭二──案
石川淳	普賢｜佳人	立石 伯──解／石和 鷹──案
石川淳	焼跡のイエス｜善財	立石 伯──解／立石 伯──年
石川淳	文林通言	池内 紀──解／立石 伯──年
石川淳	鷹	菅野昭正──解／立石 伯──解
石川啄木	石川啄木歌文集	樋口 覚──解／佐藤清文──年
石原吉郎	石原吉郎詩文集	佐々木幹郎－解／小柳玲子──年
伊藤桂一	私の戦旅歌	大河内昭爾－解／久米 勲──年

▶解＝解説 案＝作家案内 人＝人と作品 年＝年譜を示す。 2015年9月現在

講談社文芸文庫

井上ひさし	京伝店の烟草入れ 井上ひさし江戸小説集	野口武彦——解／渡辺昭夫——年
井上光晴	西海原子力発電所|輸送	成田龍一——解／川西政明——年
井上靖	わが母の記 —花の下・月の光・雪の面—	松原新一——解／曾根博義——年
井上靖	補陀落渡海記 井上靖短篇名作集	曾根博義——解／曾根博義——年
井上靖	異域の人|幽鬼 井上靖歴史小説集	曾根博義——解／曾根博義——年
井上靖	本覚坊遺文	高橋英夫——解／曾根博義——年
井上靖	新編 歴史小説の周囲	曾根博義——解／曾根博義——年
井伏鱒二	漂民宇三郎	三浦哲郎——解／保昌正夫——案
井伏鱒二	晩春の旅|山の宿	飯田龍太——人／松本武夫——年
井伏鱒二	点滴|釣鐘の音 三浦哲郎編	三浦哲郎——人／松本武夫——年
井伏鱒二	厄除け詩集	河盛好蔵——人／松本武夫——年
井伏鱒二	夜ふけと梅の花|山椒魚	秋山 駿——解／松本武夫——年
井伏鱒二	神屋宗湛の残した日記	加藤典洋——解／寺横武夫——年
井伏鱒二	鞆ノ津茶会記	加藤典洋——解／寺横武夫——年
井伏鱒二	釣師・釣場	夢枕 獏——解／寺横武夫——年
色川武大	生家へ	平岡篤頼——解／著者——年
色川武大	狂人日記	佐伯一麦——解／著者——年
色川武大	遠景|雀|復活 色川武大短篇集	村松友視——解／著者——年
色川武大	小さな部屋|明日泣く	内藤 誠——解／著者——年
岩阪恵子	淀川にちかい町から	秋山 駿——解／著者——年
岩阪恵子	画家小出楢重の肖像	堀江敏幸——解／著者——年
岩阪恵子	木山さん、捷平さん	蜂飼 耳——解／著者——年
宇野浩二	思い川|枯木のある風景|蔵の中	水上 勉——解／柳沢孝子——案
梅崎春生	桜島|日の果て|幻化	川村 湊——解／古林 尚——案
梅崎春生	ボロ家の春秋	菅野昭正——解／編集部——年
梅崎春生	狂い凧	戸塚麻子——解／編集部——年
江國 滋選	手紙読本 日本ペンクラブ編	斎藤美奈子—解
江藤 淳	一族再会	西尾幹二——解／平岡敏夫——案
江藤 淳	成熟と喪失 —"母"の崩壊—	上野千鶴子—解／平岡敏夫——案
江藤 淳	小林秀雄	井口時男——解／武藤康史——年
江藤 淳	考えるよろこび	田中和生——解／武藤康史——年
江藤 淳	旅の話・犬の夢	富岡幸一郎—解／武藤康史——年
円地文子	朱を奪うもの	中沢けい——解／宮内淳子——年
円地文子	傷ある翼	岩橋邦枝——解